ハヤカワepi 文庫
〈epi 8〉

生は彼方に

ミラン・クンデラ
西永良成訳

epi

早川書房

4801

LA VIE EST AILLEURS

by

Milan Kundera

Translated by
Yoshinari Nishinaga
Published 2014 in Japan by
HAYAKAWA PUBLISHING, INC.
This book is published in Japan by
arrangement with
THE WYLIE AGENCY (UK) LTD.
through THE SAKAI AGENCY.

目次

生は彼方に

第一部　あるいは詩人の誕生

1

　詩人の母親がどこでその子をはらんだのか考えてみると、思いあたるのは三つの可能性だけだった。辻公園のベンチでの夜、詩人の父親が借りた友人のアパートでの午後、さもなければプラハ近郊のロマンチックな片隅での午前。

　詩人の父親が同じ質問を自分にしてみると、その子を恋人の胎内にはらませたのは、友人のアパートだったと思わざるをえなかった。その日はなにもかもうまくゆかない日で、詩人の母親は友人のところに行きたがらず、彼らは二度口論し、二度仲直りした。ふたりが愛し合っているあいだに隣りのアパートの錠が軋んで、詩人の母親がおびえた。行為を中断したが、やがてふたたび愛し合い、互いにいらいらしながら終えた。父親は、詩人が母親の胎内に宿ることになったのはきっとそのせいにちがいないと考えたのだった。

　これに反して母親のほうは、他人のアパートで詩人を宿したなど、ただの一瞬たりとも認めたくなかった(あそこは独身者独特のだらしなさばかりが目について、ベッドのシーツが乱れ、そのベッドのうえに見知らぬ男の皺くちゃになったパジャマが置き忘れられているのを見て胸がむかついたものだ)。また彼女は、辻公園のベンチで詩人をはらんだという可能性も退けた。しぶしぶ男を受けいれはしたものの、なんの歓びもなく、こんなふうに辻公園のベンチで愛し合うなんてまるで娼婦みたい、と思って不愉快だったのだ。だから彼女は、詩人をはらんだのは夏の太陽を浴びた午前、とある大きな岩陰で過ごしたとき以外にありえないと固く信じていた。それはプラハの人びとが日曜日に散歩に来るちいさな谷間の岩で、他の沢山の岩のあいだでもひときわ悲壮な感じをたたえ、直立している岩だった。

その舞台が詩人をはらんだ場所としてふさわしく思えるのにはいくつも理由がある。その場所は正午の太陽に照らされていたので、闇ではなくて光を、夜ではなくて昼を背景としている。開かれた自然の空間の中心に位置しているから、羽ばたきと飛翔のための場所だ。そして、街はずれの建物からさほど離れているわけではないのに、荒々しく削り取られた土のうえにいくつもの尖った岩が散らばっているロマンチックな風景だ。母親にとってそれらすべてが、当時生きていた日々の気持ちを鮮やかに表現するイメージだと思えた。詩人の父親となるべき男にたいする大きな愛情は、わたしの両親が送っていた平凡で規則正しい生活へのロマンチックな反抗ではなかっただろうか？　豊かな商人の娘が、やっと学業を終えたばかりの一文無しの技師を選ぶことで示した大胆さと、あの荒々しい風景とのあいだには、秘かに似たところがあったのではないだろうか？

当時、詩人の母親は大きな愛を生きていた。たとえその岩陰で過ごした美しい午前の数週間後に幻滅に見舞われたのだとしても。というのも、彼女がうれしそうな興奮を包み隠しきれずに、毎月生活を掻き乱すはずの肉体の変調がここ数日来遅れていると告げに行ったとき、恋人は腹立たしいほど無関心に（しかし、これはうろたえた、見かけばかりの無関心だったと筆者には思われるが）、そんなものはなんでもない生活環の乱れにすぎず、今にきっといつもの心地よいリズムを取り戻すにちがいないと断言したのである。母親は恋人が希望と歓びを分かち合いたくないのだと見抜いて感情を害し、医者に妊娠を告げられた日まで、二度とそのことを口にしなかった。ところが詩人の父親は、心配をひそかに取り除いてくれる産科医を知っていると言ったので、ついにわっと泣きだしてしまった。

あれだけの反抗の、なんとも惨めな結末！　最初若い技師のために両親に反抗した彼女は、今度は両親のもとに駆けつけて技師の意志に反する援助を求めた。両親は失望させなかった。技師に会いに行き、率直に話をした。その結果、逃れる術がないのをはっきり悟った技師は正式に結婚することに同意し、かなりの持参金を抗議もせずに受け取った。そのおかげで彼は自分の建築会社を持てるようになった。それから、二個の旅行鞄におさまってしまうほどささやかな家財道具を、新妻が誕生以来両親と住んでいた家に運び込んできた。

しかし、技師がすばやく降参したにもかかわらず、詩人の母親のほうはやがて、隠されていた事の真相を見抜かずにはおかなかった。軽率にも崇高なものだと思って身を任せたあの愛の冒険が、当然自分にも権利があるはずだと信じていた相思相愛の大恋愛でなかったことに気づいたのだ。父親がプラハの隆盛な二軒の薬局の経営者だったので、その娘として彼女は均衡のとれた勘定というモラルを奉じていた。自分がすべてを愛に投資したのだから(わたしは両親と平和な家庭とを裏切る覚悟だったではないか)、相手にも共同金庫に同じだけの感情の出資をしてもらいたかった。彼女はその不正を償ってやろうと努め、愛情の共同金庫から自分の寄託した分を引き出したいと願った。そこで結婚後は、夫に横柄でつんけんした顔をすることにしたのだった。

ちょうど詩人の母親の姉が実家を出たばかりのところだった(姉は結婚し、プラハの中心街にアパートを借りた)ので、老商人とその妻が一階の部屋に残り、技師と彼らの娘は二階の三部屋——大きな部屋がふたつとそれよりちいさいのがひとつ——に落ち着くことができた。内装は二十年前に新妻の父親がこの家を建てたときに選んだのとまったく同じだった。設備の行き届いたその室内を家庭として受け取ることで得をしたのは、技師のほうだった。まえに述べた二個の旅行鞄を除けば、彼はほんとうになにひとつ持っていなかったのだから。しかし、彼はそれでも部屋の外観を変えるためにいくつかのささやかな改装を提案した。だが詩人の母親には、自分を産科医のメスにかけようとした男が、懐かしい習慣やお互いのいたわりと安穏のうちに過ぎた二十年のあいだに両親の心が住みついてしまっているその古い内装を一新してしまうことなど、とうてい許せなかった。

またしても若い技師は戦いもせずに降参し、ただ控え目な抗議を行なっただけだった。

しかし、この抗議のことは、ぜひともここで書いておかなければならない。夫婦の寝室には一台のちいさな机があり、灰色の大理石の円板が太い脚に支えられ、そのうえに裸の男の小立像が置いてあった。男の左手は盛りあがった腰にあてがわれた竪琴を握っている。右腕が悲壮感をたたえた動作を行ないながら内側に曲がり、その指はいましがた弦をたたき終えたばかりといった感じだ。右脚を前方にやり、頭を心もち垂らしたその眼は空のほうを見つめている。また、その顔はきわめて美しく、髪が巻き毛になっていて、小立像が彫刻されている雪花石膏の白さが、その人物像にどこか女のようなやさしさ、あるいは神々にも似た汚れなさを与えていたこともつけ加えておかねばならない。ところで、いま「神々にも似た」という言葉を使ったが、これは偶然ではない。台座に刻まれている銘によれば、竪琴を持ったその男はギリシャの神アポロン（訳註1）だったのだから。

しかし詩人の母親が、腹を立てずにその竪琴を持った男の像を見ることができるのはまれだった。いつでも、技師の帽子掛けにされたり、靴の片方が優美な頭部にひっかけられていたりして、眼に入るのは立像の尻だけだったからだ。また、あるときなどは、技師の靴下をまとって悪臭を放っていた。それはミューズたちの主人へのこのうえなくおぞましい瀆聖行為だった。

詩人の母親はそんなことにいちいち我慢ができなかったのだが、それは彼女にユーモアのセンスが乏しかったためだけではない。彼女はまったく正当にも、夫がアポロンの肉体のうえに靴下をのせるのは、そんな悪ふざけによって、今まで沈黙によって礼儀正しく隠してきたこと、つまり夫が自分の世界を拒否しているのであり、自分に降参したというのも、ただほんの一時的なことにすぎないと知らせていることを見抜いていたのだ。

そんなわけで、その雪花石膏の物体は正真正銘の古代ギリシャの神、人間の世界に介入して人間たちの運命を掻き乱したり、陰謀をめぐらしたり、秘密を明かしたりする、超自然的世界に属する存在になった。若妻はその立像を自分の同盟者のように見なし、女らしい夢想のなかでそれが現に生きているもののように扱った。時どき、その眼がしばし虹の輝きを見せたり、口が呼吸をしているように思われたりもした。彼女は自分のために、そして自分のせいで辱しめを受けている、その裸でちいさな男に夢中になった。その美しい顔を眺めながら、腹のなかで大きくなってきた子供が、夫のこの美しい敵に似てくれることを願いはじめた。子供が夫の子でなく、その若い男の子でないかと思えるほど似てほしいと欲した。かつて大ティツィアーノ（訳註2）が、弟子の失敗した画布のうえに自分の作品のひとつを描きあげたのと同じように、アポロンが持ち前の魔術のひとつを使って、胎児の顔立ちを修正し、変形し、変容させてくれるよう切に願った。

処女マリア、人間の生殖者の仲介を経ずに母となり、そのために父親が余計な口を出して、混乱の種を播くこともない母性愛の理想となったマリアを本能的に模範とした彼女は、自分の子供にアポロンという名前を与えたいという挑発的な欲望を覚えた。その名前は彼女にとって「人間の父親を持たぬ者」という意味だったから。しかし、息子が将来そんな大袈裟な名前のせいで辛い人生を送らねばならないし、息子も自分も世間の物笑いになるのはわかっていた。そこで彼女は、ギリシャの青年神に匹敵するチェコの名前を捜すことにして、（「春を愛するもの」あるいは「春に愛されるもの」を意味する）ヤロミールという名前を思いついた。そしてこの選択はみんなからも認められた。

しかも、まさに季節は春だった。リラが花盛りのとき、彼女は病院に運ばれ、そこで数時間苦しんだ末、彼女の肉体からこの世の汚れたシーツのうえに幼い詩人が産み落とされた。


（訳註1）**アポロン**　ギリシャ神話の太陽神。音楽、詩歌、予言、医術などを司る。

（訳註2）**ピエヴェ・ディ・カドーレ・ティツィアーノ**　イタリアの画家（一四九〇―一五七六）。

2

そのあと、ゆりかごに入れられた詩人が、彼女のベッドのそばに運ばれてきた。そのえも言われぬ泣き声を聴いて、痛い体が誇りでふくらんだ。彼女の肉体が得たその誇らしさを羨んではなるまい。それまでというもの、その肉体はきわめてよく整ってはいたけれども、誇らしさというものを感じたことがあまりなかったのだから。たしかに尻はどちらかといえば無表情で、脚もやや短かったが、逆に胸のほうは並外れて若々しく、そして繊細な髪（細すぎて髪型を整えるのが難しいほどだった）のしたにある顔は、輝くばかりとまでは言えないまでも、慎み深い魅力をそなえていた。

この母親はいつも、自分の魅力よりも慎ましさのほうを意識してきた。子供のときからずっと、人に注目されるほど上手にダンスし、プラハでもっともよい洋服店で着るものを注文し、生家に背を向け、テニス・ラケットを片手に上品な男たちの社会に気軽に入ってゆくような姉のそばで生きてきたので、そんな控え目な傾向がますます強くなった。姉の積極的な激しさが目立つだけ、詩人の母親のすねたような謙虚さがよけい凝りかたまり、姉にたいする抗議の意味合いもあって、音楽や書物の持つ感情的な荘重さを愛するようになったのだった。

もちろん、技師を知るまえの彼女は別の男友達とつき合ったことがあった。相手は両親の友人の息子の医学生だった。しかし、その関係は彼女の肉体にさして自信をもたらさなかった。ある別荘で肉体の愛の手ほどきをしてもらったあと、彼女はその翌日に彼と別れ、自分の感情も感覚も偉大な愛を知ることはけっしてないだろう、と憂鬱な気持ちを抱きながら確信した。だが、ちょうど大学入学資格試験《バカロレア》に合格したところだったので、彼女は真面目な勉強のなかに人生の意味を見つけるつもりだと告げて、（実利的な男だった父親が反対したにもかかわらず）文学部に登録することにした。

彼女の裏切られた肉体が、大学の大教室の広いベンチのうえで四、五カ月ほど過ごしたころ、ひとりの無礼で若い技師に出会った。彼は路上で彼女を呼びとめ、三度ほどデートしたあと、いきなり彼女の肉体を奪った。ところが、そのとき肉体が（自分でも大変驚いたことに）たっぷり満足したので、彼女の魂はいちはやく学究的な野心を忘れてしまい、（分別のある魂がいつもそうするように）熱心に肉体に協力するようになった。彼女は技師の思想、屈託のない陽気さ、魅力的な無責任さなどを進んで受けいれた。そうした資質が自分の家庭には異質であるのを知りながらも、自分のものにしたいと望んだ。それらに触れると、痛ましいくらい謙虚だった自分の肉体が疑うことをやめ、自分でも驚くほどひとりでに楽しみを見つけるようになったから。

ではは詩人の母親はやっと幸福になったのか？　必ずしもそうとは言えなかった。まだ疑惑と信頼のあいだで揺れ動くこともあったからだ。鏡のまえで裸になり、彼の眼で自分の姿を眺めてみると、あるときには刺激的に見えるが、またあるときにはなんの魅力もないように見えた。彼女は他人の眼差しに自分の肉体をさらしたが、まったく自信がもてなかったのだ。

希望と疑惑のあいだでためらっていたとはいえ、少なくとも彼女は、やっとあの早すぎた諦観から身を引き離してしまっていた。姉のテニス・ラケットのことで気がくじけることもなくなった。彼女の肉体はついに一個の肉体として生きはじめ、こんなふうに生きるのはすばらしいことだと理解したのだ。彼女はその新しい生活が見かけだけの前兆ではなく、ひとつの永続的な真理であってほしいと願った。技師が大学のベンチと生家から自分をもぎ離し、たんなる愛の冒険を人生全体にわたる冒険にしてくれるのを願った。だからこそ彼女は、妊娠を知って感激したのだった。彼女は自分自身を、技師とその子供のことを眼に浮かべた。すると、この三人が星まで昇ってゆき、宇宙を満たすように思えた。

まえにすでに説明しておいたことだが、詩人の母親はほどなく、愛の冒険を求めてきた男が人生全体にわたる冒険を恐れ、一緒に星まで昇る一対の立像に変身しようなどとは少しも願っていないのを理解した。しかし、これもすでに述べたことだが、今度は彼女の自信は恋人の冷淡さの圧力に屈しなかった。じっさい、きわめて重要ななにかが変わってしまっていた。ついこれまでは恋人の思うがままになっていた彼女の肉体は、その歴史の新しい局面にさしかかっていた。それはもう他人の眼差しのためではなく、まだ眼差しというものを持たない人間のために存在する肉体になっていたのだ。外面はもはや主要な要素ではなくなり、いまだかつてだれにも見られたことがない内部の膜が別の肉体に触れていた。世間の眼がとらえることができるのは取るに足りない外観でしかなく、技師自身の意見さえ、もはやものの数には入らなくなった。それは彼女の偉大な宿命にもうどんな影響も与えることができなかったから。彼女の肉体はついに絶対的な独立と自律に到達したのだ。大きく醜くなった腹も、その肉体にとってはたえず増大しつづける誇らしさの貯蔵庫となった。

出産のあと、母親の肉体はまた新しい時期に入った。息子の口が乳房を探しだして乳を飲むのを初めて感じたとき、心地よい戦慄が胸の中央で爆発し、体中に震えがひろがった。それは恋人の愛撫に似ていたが、それ以上のなにかがあった。静かで大きな幸福、満ちたりた大いなる静寂。恋人に乳房を口づけされるときには、何時間もの疑惑や不信を贖《あがな》うのはほんの一瞬だけだった。しかし今度の場合は、胸に迫ってくる口が永遠の愛着の証拠をもたらすものだと確信できた。

さらに、それとはまた別のこともあった。彼女は恋人に裸の肉体を触れられると、いつもある恥じらいの気持ちを覚えたものだった。体を寄せ合うにはいつもどこか違和感を乗り越えねばならず、抱き合う瞬間にうっとりするのも、それがただ一瞬だけだからにすぎなかった。恥じらいが和らぐことはけっしてなく、それがかえって愛を高めていたのだが、その反面、肉体をすっかりゆだねてしまわないように監視してもいたものだった。ところが今度は、その恥じらいが消えさった。ふたつの肉体は互いに己れをすっかり開き合い、互いに隠し合うものはなにもなかった。

それまでの彼女は、もうひとつの肉体にこれほどまで自分をゆだねきった経験がなかったし、また、別の肉体がこれほどまで彼女に身をゆだねたこともなかった。恋人は彼女の腹を享受できたが、そこに住まうことがけっしてなかったし、胸に触れても、そこでなにかを飲むことは一度もなかった。これが哺乳というものなのだ！　彼女はいとおしげに、歯のないその口が魚のように動くのを観察し、息子は自分の乳を飲みながら、自分の思想、奇想、夢想を飲んでいるのかもしれないと想像した。

それは「エデン」の状態だった。肉体が充分に肉体となることができ、ブドウの葉のしたに隠れる必要はなかった。ふたりは静謐《せいひつ》な時間という果てしない空間のなかに沈みこんだ。彼らは智慧《ちえ》というリンゴの実をかじるまえのアダムとイヴのように一緒に生きていた。善悪の外側で、ただ肉体だけで生きていた。この楽園では、醜さは美しさと区別されず、その結果、肉体を構成しているあらゆるものが醜くも美しくもなくなり、ただひたすら心地よいものになった。歯こそないけれども、歯ぐきは心地よかったし、胸もへそも心地よかった。ちいさな尻も、注意深く調子を観察されている腸も心地よかったし、グロテスクな頭蓋のうえに立っている毛も心地よかった。彼女は息子のげっぷやおしっこやうんこを注意深く見張った。それは必ずしも、子供の健康を心配する看護婦の勧めがあったためではない。そうではなく、彼女はそのちいさな肉体のあらゆる活動を「情熱」をもって見張っていたのである。

そこには絶対に新しいなにかがあった。というのも、母親は子供のときから、自分のと同じように他人の動物的なところにたいして極端な不快感を覚えるたちだったからだ。便所の腰掛けに座らねばならないときはぞっとした（少なくとも、彼女はそんな場所に入るのを人に見られないようにいつも注意していた）。また、人前でものを食べるのが恥ずかしかった時期さえあった。嚙んだり吞み込んだりすることが胸が悪くなるほど不快に思われたのだ。ところがいまや不思議なことに、どんな醜さよりもひどい息子の動物的なところによって、彼女は体が浄化され、正当化されるような気がしたのだ。時どき乳房の皺のよった皮膚のうえに母乳の雫が残ることがあったが、それが彼女には露の珠と同じくらい詩的に思えた。しばしば、片方の乳房を手にとって軽く押し、魔法のように乳雫が現われるのを眺めることもあった。彼女はそれを人差指のうえにすくって味わった。息子に養分を与える飲み物がどんな味がするのか知りたいのだと自分に言いはしたが、そのじつ、彼女が知りたかったのは、むしろ自分自身の肉体の味のほうだった。そして、自分の乳が美味だと思われたので、その味わいは彼女を彼女自身のその他の体液と和解させた。彼女は自分が美味な存在であるように思いはじめ、自分の肉体が気持ちよく、自然で、自然のあらゆるものと同じように、木や茨や水のようによいものだと思えるようになった。

不幸にも、彼女はあまりにも自分の肉体によって幸福になったために、その肉体をないがしろにしてしまった。ある日、腹のうえに、真皮のいくらかの筋とともに皺のよった皮膚、垂れ下がってしっかりと肉にくっつかず、なんともしまりのない包装紙のような皮膚が残っているのに気づいたが手遅れだった。ところが奇妙なことに、彼女はそのことで絶望しなかった。皺くちゃの腹をしていても、彼女の肉体は幸福だった。それはまだこの世のおぼろげな輪郭しか知覚できず、肉体が美醜によって区別される残酷な世界が存在するのを知らない眼（これは「エデン」にふさわしい眼ではないだろうか？）のために存在する肉体だったから。

子供の眼に見られないのとは逆に、彼女の肉体は夫の眼には見えすぎるというほかはないほどよく見られた。ヤロミールが誕生すると、夫は彼女と和解しようと努めてきた。きわめて長い中断のあと、彼らはふたたびセックスしたが、以前のようにはゆかなかった。肉体的に愛し合うためにはこっそり隠れて機会を選び、暗がりで控え目に抱き合わねばならなかったからだ。母親にしてみれば、そのほうが具合がよかった。自分の体が醜くなったのがわかっていたし、あまり活発で激しい愛撫をすれば、せっかく息子によって与えられた内部の甘美な平和をたちまち失ってしまうのではないかと恐れていたから。いいや、そうでなく、夫が与えてくれるのは不安に満ちた快楽だが、息子は幸福にあふれた静けさを与えてくれたことを、彼女がけっして忘れられなかったのかもしれない。だから相変わらず、息子に慰めを見出そうとしつづけたのだ（彼はもう這いはじめ、歩きだし、喋るようになっていた）。息子が重い病気に罹《かか》ると、苦痛のために痙攣し焼けつくようなそのちいさな体から、二週間も眼を離さなかった。しかし、彼女はそんな時期でさえも、一種の恍惚状態のうちに過ごした。その病気が後退しはじめたとき、わたしは息子の体をかかえて死者たちの王国を横切り、息子と一緒にそこから帰ったのだ、と心のなかで思った。また、このような共通の試煉を経たからには、もうふたりを別れさせるものはなにもないだろうとも思った。

夫の肉体、身につけているのがコスチュームだろうとパジャマだろうと、目立たずに自分のなかに閉じこもっているその肉体は彼女から離れ、日に日に親しみを失っていったが、息子の肉体のほうは各瞬間ごとにますます彼女を頼りにするようになった。もちろん、もう乳こそやらなくなってはいたけれども、便器の使い方を教え、服を着せたり脱がせたりしてやり、髪型や衣類を選んでやるばかりか、愛情をこめて作ってやる料理のおかげで息子の内臓とも日ごとに親しくなった。息子が四歳になって、食欲不振に苦しんだとき、彼女は厳しくしてみせた。無理やり食べさせながら、彼女は初めて、その体のたんなる友達ではなく「支配者」なのだという気がした。その体は反抗し、防禦し、呑み下すのを拒んだが、最後には諦めて従った。彼女はその無駄な抵抗とその降伏とを不思議な満足感をもって観察した。また、いやいや呑み込まれた食物が、か細い喉を通過する様子も。

ああ、まことに、息子の体こそ彼女の家庭で、楽園で、王国だったのだ……

3

では、息子の魂のほうはどうなっていたのか？　それもやはり彼女の王国でなかったのか？　ああ、もちろんそうだ！　ヤロミールが初めて言葉を発したとき、それが「ママ」という単語だったので、母親は気が狂いそうなくらいうれしかった。息子の智慧を形づくっているのはまだたったひとつの概念で、その唯一の概念こそわたしなのだ、これから息子の智慧も発達し、枝分かれし、豊かになってゆくけれども、わたしは常にその根となってとどまると思ったのだ。快い勇気を与えられた彼女は、それ以後、息子が言葉の使い方を学ぼうとして行なうあらゆる試みを注意深く観察することにした。彼女は記憶が頼りなく、人生は長いことを知っていたので、ガーネット色のカヴァーの装丁がしてある備忘録を買い込み、息子の口から出るあらゆることを記入することにした。

だから筆者は、ここでその母親の日記を使わせてもらうことにするのだが、それによると、「ママ」という言葉のあとに他のいくつかの単語がつづくけれども、「パパ」という言葉は、「おばあちゃん」「おじいちゃん」「わんわん」「おしり」「わうわう」「おしっこ」のあとの七番目にしか現われなかったことがわかる。そうした簡単な単語（母親の日記には、そのあとに必ず短い註釈と日付とがつけられている）のあとに、最初の文章の試みがある。二度目の誕生日のかなりまえに、詩人は「ママはやさしい」と言ったことがわかる。それから数週間あとになって、「ママをパンパンぶつよ」という文章を口にした。母親が昼食のまえにキイチゴのシロップを与えるのを拒んだのでそんな憎まれ口をたたいたのだが、そのためにこっぴどく尻をぶたれることになった。すると彼は泣きだして、「ぼく、もうひとりのママがほしい！」と言った。ところが、それから一週間して、「ぼくのママはいちばんきれいなママだ」と叫んで、今度は反対にいたく母親を喜ばせた。また別の機会には、「ママ、おしゃぶりキスしてあげる」と言った。それは彼が舌を出して母親の顔じゅうなめ回しだすという意味だった。

数ページ飛ばすと、リズムの形によって注意を惹くひとつの感想に出会う。祖父が菓子パンをやると約束しておいたのに、やがてその約束を忘れて、その菓子パンを食べてしまった。だまされたと感じたヤロミールはひどく怒りだし、何度も繰り返して、「おじいさんは意地悪、ぼくの菓子パンとった」と言った。ある意味では、この文句はまえに引用したヤロミールの、「ママをパンパンぶってやる」という憎まれ口に近いものだったが、今度はそんなにひどく尻をぶたれなかった。祖父もふくめてみんなが笑い、それからもしばしば、家族のあいだでこの文句が繰り返し真似され、面白がられたからだ。そして、そのことを慧眼《けいがん》なヤロミールが見逃すはずがなかった。当時の彼にはたぶん、その成功の理由が理解できなかったかもしれないが、彼を懲《こ》らしめから救ったのはその韻律だったこと、それから詩というもののもつ魔力が初めて彼に啓示されたのは、そんなふうにしてだったことがきわめてよくわかる。

韻を踏んだ別の文句も母親の日記の続きのページのなかにいくつかあり、その文句につけられた母親らしい註釈によってはっきりわかるのは、家族全員にとっての歓びと満足の源泉がそこにあったということだ。たとえば、彼はアネットという女中の簡略な肖像を描いたものと思われる、「ねえやのアネットはいたちのよう」、あるいはもっとあとのほうに、「森に行くと心がはずむ」という文句を口にした。母親は、そうした詩的活動はヤロミールが持って生まれたまったく天賦の才能に負うのはもちろん、自分がふんだんに読んでやった児童詩の影響で、チェコ語がもっぱら長短格でできているのを自然に信じられるようになったためではないかと想像した。しかしこの点については、母親の意見は修正されるべきだろう。才能や文学的模範もさることながら、それよりもっと重要な役割をはたしたのが祖父だったからだ。この冷静で実利的な精神の持ち主で、詩歌の熱烈な敵ともいうべき男が、故意に世にも馬鹿馬鹿しい二行詩をでっちあげ、こっそり孫に教えていたのだ。

間もなく、ヤロミールは自分の言葉が大変な注意を持ってみんなに迎えられることに気づき、あらかじめ結果を意識しながら振る舞うようになった。最初の彼が自分を理解してもらうために言葉を用いたのだとすれば、今では他人の同意や感嘆や笑いを惹き起こすために喋るようになった。彼はあらかじめ、自分の言葉が他人のうえに生じる効果を楽しんだが、願っていた反応が得られない場合もよくあったので、他人の注意を惹くようわざと突飛なことを言うように努めた。ところが、それがいつも成功を博するとはかぎらず、父親と母親に向かって、「ふたりとも卑怯者だ」(隣りの庭で遊んでいた男の子が「卑怯者」という言葉を口にするのを聴いたことがあって、他の子供たちが大いに笑いこけたのを思い出したのだ)と言ったので、父親は彼をなぐりつけた。

それ以来彼は、大人たちが自分の言葉のどこに感心するか、なにを認め、なにを認めないか、なにが彼らを呆然とさせるのかを注意深く観察した。その結果、母親と一緒に庭にいたある日、こんな老婆の嘆きにも似た憂愁を表現するような文句を口にした。「ママ、人生て雑草みたいなものだね」

彼がそんな感想によってなにを言おうとしたのか言うのはむずかしい。確かなのは、彼が雑草に特有な生き生きとした無意味さと無意味な生命力を考慮していたわけではないということだ。そうでなく、彼が言いたかったのは人生は悲しく空しいものだという、結局のところ漠然としたひとつの考えだった。ところが言いたかったのとは別のことを言ったにもかかわらず、その言葉の効果たるや絶大だった。母親は口をつぐみ、彼の髪を愛撫し、濡れたような眼差しで見つめた。ヤロミールはその眼差しにうっとりとした。そこにはもう一度見たくなるほど感動に満ちた讃辞が読みとれたのだ。散歩の途中、彼は小石を蹴とばし、母親にこう言った。「ママ、いま小石を蹴とばしたんだ。だけど、なんだかあんまりかわいそうだから、かわいがってやりたくなっちゃった」そして、本当に身をかがめて小石を愛撫した。

母親は息子がたんに才能があるだけではなく、他の子供たちとは違って、どこか普通ではない感受性をしているにちがいないと確信し、その意見を祖父や祖母にも洩らすことがしばしばあった。なにくわぬ顔でおもちゃの兵隊や馬と遊んでいたヤロミールは、そのことを大変興味深く記憶した。それ以後彼は、家にやってくる訪問客の眼をのぞきこみ、うっとりとしながら、その眼が自分を例外的で変わった子供、たぶんちっとも子供らしくない子供として見ているのではないかと思うようになった。

彼の六回目の誕生日が近づき、学校に行くようになるまでもう数カ月に迫ったとき、家の者たちは、彼に独立した部屋を与え、ひとりで寝かさねばならないと言い張った。母親は時の経過をうらめしく思ったが承諾した。夫と相談して、二階の三つ目のもっともちいさい部屋を息子に誕生祝いとして与えることにし、子供部屋にふさわしいような長椅子その他の家具を買ってやった。ちいさな置き棚、秩序と清潔さを促すための鏡、それにちいさな勉強机などだ。

父親はその部屋をヤロミール自身のデッサンで飾るよう提案し、ただちにリンゴや庭などを描いた下手くそな絵に額縁をつけてやろうと企てた。母親が彼に近づいてこう言ったのはそのときだ。「お願いがあるの」彼は彼女を見た。母親は遠慮がちだが勢いのある声でつづけた。「紙と絵具がほしいの」それから彼女は、自分の部屋に行ってテーブルに向かって座り、眼のまえにまず一枚の紙をひろげ、長い時間をかけて、鉛筆で文字を図案化した。やがてやっと筆を赤色にぬらし、最初の文字に色をつけ、そして大文字のVを描いた。このVのあとにiが来て〔Vieという人生の意〕、その結果次のような銘句になった。「人生は雑草みたいなもの」彼女は自分の作品をしげしげと眺めて満足感を覚えた。文字はまっすぐに立ち、大きさもほぼそろっていた。しかし、彼女はもう一枚新しい紙をとり、ふたたびその銘句を書き、今度は濃紺で色づけしだした。その色のほうが息子の格言の、いわく言いがたい悲しみにずっと似合うと思えたから。

次に彼女は、ヤロミールが「おじいさんは意地悪、ぼくの菓子パンとった」と言ったのを思い出し、うれしそうな微笑をくちびるに浮かべ、(鮮やかな赤で)「きっとおじいさんは菓子パンが大好きなんだ」と書きはじめた。それから、「ふたりとも卑怯者だ」というのを思い出して心のなかで微笑んだが、その文句を書くのは差し控えた。これに反して、「森に行くと心がはずむ」というのをデッサンして、(緑で)色づけした。また、「アネットはいたちのよう」というのも、(紫色で)同じように書いた(確かヤロミールは、

「ねえやのアネット」と言ったはずだが、母親は「ねえやの」という単語は語呂が悪いと思ったのだ）。それから、ヤロミールが小石を愛撫するために身をかがめたことを思い出し、しばらく考えたあと、（空色で）「ぼくは石には意地悪になれない」と書き、最後にやや面映《おもはゆ》い気がしたが、それだけに余計うれしそうに、（オレンジ色で）「ママ、おしゃぶりキスしてあげる」というのを描き、さらに重ねて（金文字で）「ぼくのママはいちばんきれいなママだ」と書いた。

誕生日の前夜、両親は興奮したヤロミールを階下《した》の祖母のところで寝るようにと送り出してから、家具を移し変えて、壁の装飾にとりかかることにした。翌日の朝、すっかり様子が変わった部屋に子供を来させたとき、母親は神経をたかぶらせていたが、息子はその不安を鎮めるようなことをなにもしなかった。彼は呆気にとられてなにも言えなかったのだ。彼の興味（彼はそれを、おずおずと遠慮がちに外に表わしたのだが）の大部分は勉強机のほうに向かった。それは奇妙な家具で、学校机に似ていた。ライティング（傾斜し移動ができるものだが、うえのほうにはノートや本を並べるスペースがある）と椅子とがつながっていた。

「さあ、どうなの？　うれしくないの？　と我慢しきれなくなって母親が尋ねた。

——いや、うれしいよ、と息子は答えた。

——いちばんうれしいのはなんだね？　と尋ねたのは、長いあいだ待ちに待ったこの光景を、祖母と一緒に部屋の入口のところに立って眺めていた祖父だった。

——机」と子供は言い、座って蓋をあげたり、さげたりしだした。

「ところで、絵についてはどう思う?」と、額縁に入れられたデッサンを指しながら父親が尋ねた。

子供は頭をあげて微笑し、「知っているよ。

——こんなふうに壁に貼ると、どんな感じだい?」

ちいさな机のところにずっと座っていた子供はうなずき、壁に貼られたデッサンが気に入ったことを知らせた。

母親は胸がしめつけられるような思いがして、いっそのこと部屋から消えてしまいたくなった。しかしそこにとどまり、壁にかかっている銘句のことを口に出さずにはいられなかった。息子がそれについてなにも言わないのが断罪のように感じられたのだ。そこで彼女は、「文字のほうも見てごらん」と言った。

子供は頭をさげて、ちいさな机の内側に眼を向けた。

「ねえ、わたしが思ったのは、と大変うろたえて母親は言い足した。わたしは、あなたがゆりかごから学校までのあいだ、どんなふうに大きくなったのか思い出すことができるようにと考えたのよ。だってあなたはお利口な子だったし、わたしたちみんなの歓びだったんだもの……」彼女はまるで言訳でもするみたいにそう言ったのだが、つい弱気になって同じことを何度も繰り返した。結局、それ以上どう言っていいのかわからなくなり、そのまま口をつぐんだ。

　しかし、ヤロミールがその贈り物のことで感謝していないのではないかと考えたのは彼女の誤りだった。彼に言うべき言葉が見つからなかったのは事実だが、しかしけっして不満でなかったのだ。彼は相変わらず自分の言葉を誇りにし、無駄遣いするのを恐れていた。自分の言葉が色を使って書き直され、絵になっているのをしげしげと眺めて、自分は成功したのだと感じた。あまりに大きすぎる予想外な成功だったので、どう答えたらよいのか知らず怖くなった。自分が「人の注目を浴びる言葉を放つ子供だ」とわかり、そんな子供なら、まさにこんなときにこそ、なにかしら注目されることを言わなければならないのを知っていた。ところが、実際にはどう言ってよいのかわからなかったから、彼はうなだれたのだ。しかし彼は眼の端で、壁のうえに石化され固定され、実際よりも堅牢で偉大な自分の言葉を見つけたとき、酔いしれてしまった。自分が自分自身の人格によって包囲され、複数の存在になり、その部屋全体、いや、家全体を満たすような印象を受けていたのだ。

4

学校に通うようになるまえに、ヤロミールはすでに読み書きができた。そこで母親は、息子をいきなり二年生にすることに決めて文部省の特別許可証を手に入れた。ヤロミールは特別審査委員会の試験を受け、ひとつ年上の生徒たちの仲間に入ることができた。学校ではみんなから感心されたので、彼には教室は家庭の反映でしかないように思えた。母の日には学校でも祝いがあって、生徒たちはそれぞれの作品を発表した。最後に壇上に立ったヤロミールは短い詩を朗読し、満場の父兄たちから拍手喝采された。

しかし間もなく、喝采を送っている聴衆のうしろに、陰険に自分を見張り、敵意をみせている別の聴衆がいるのに気づいた。またこんなこともあった。彼はぎっしり詰まった歯医者の待合室にいた。待っている患者たちのあいだにたまたまひとりの級友がいて、彼らは並んで窓に背中をもたせかけていた。ヤロミールは、ふたりが語り合っているのをひとりの老紳士がやさしそうな微笑を浮かべながら聴いているのに気がついた。彼はその興味の兆《きざし》に勇気がわき、友達に（質問がだれの耳にも入るようにやや声を大きくして）、もし文部大臣になったら、なにをするつもりかと尋ねた。友達がどう言っていいのかわからなかったので、彼は自分のほうから意見を開陳することにした。それはちっとも難しくなかった。同じことをして、いつも彼を楽しませてくれる祖父の話を口真似するだけでよかったのだから。ぼくが文部大臣になったら、学校は二カ月にして、休みを十カ月にする。先生は生徒に従い、菓子屋におやつを買いに行かなければならない。その他にもいろいろ驚くことが沢山でてきて……などと、ヤロミールは詳細にわたって高く利口そうな声で披瀝《ひれき》した。

すると、歯医者の診療室のドアが開き、患者をひとりつれた看護師が出てきた。読みかけのページに指を入れ、半分閉じかけた本を膝に置いていた婦人が、その看護師のほうを振り向き、ほとんど哀願するような声で頼んだ。「どうか、あの子になにか言ってくださいな！　あんなにまで自分を見世物にするのを見ていると、空恐ろしくなってくるわ！」

クリスマスのあと、先生は生徒たちを黒板のところに呼び、クリスマスツリーのなかになにがあったか話してみるよう求めた。ヤロミールは先頭に立って、積木、スキー、スケート靴、本、と列挙しはじめたのだが、間もなく子供たちが、自分が彼らを見ているほどには自分に注目していないことに気づいた。それどころか、無関心、さらには敵意さえ顔に出している者もいた。彼は話を中断し、その他のプレゼントのことはひと言も口にしなかった。

いや、安心していただきたい。筆者には、貧乏人の子供が金持ちのおぼっちゃんを憎むという、これまで何度繰り返されたかしれない話を新たにするつもりはない。ヤロミールのクラスには彼の家族などよりずっと財産のある家の子供たちもいたのは事実だが、彼らをその富のことで非難するものはひとりもいなかった。では、ヤロミールのなにが仲間たちの気に入らなかったのか？　なにが彼らの癪に触ったのか？　どうして人とは違った目で見られたのだろうか？

言いにくいことだが、それは富ではなく、母親の愛情のせいだった。この愛情があらゆるところに痕跡を残し、ワイシャツ、髪型、言葉遣い、ノート類を入れる学生鞄のうえ、それから家で気晴しのために読む本のうえにも刻み込まれていたのだ。あらゆるものが彼のために特別に選ばれ、並べられていた。つましい祖母が仕立ててくれるワイシャツは、どういうものか、男の子のものよりむしろ女の子のブラウスに似ていた。彼は長い髪が眼のなかに入らないように、母親のヘアピンで額のうえで止めていなければならなかった。雨のときには、母親が大きな雨傘を持って学校のまえで待っていた。級友たちは靴を脱いで、ぬかるみのなかを歩くというのに。

母親の愛情が男の子の額になにかしらの標《しるし》をつけ、そのために級友から好感を持たれないのだ。時がたつにつれ、ヤロミールも巧みにその痕を隠すことを学んだが、華々しく入学したあとの彼は辛い時期を送った（これは一、二年つづいた）。その間、級友たちは彼悪の時期でさえ何人かの友達がいて、彼は一生彼らに感謝したのだが、それについていくらか述べておかねばならない。

彼の第一番目の友達は父親だった。時どき、父親はフットボールの球を持ち、庭の二本の木のあいだにヤロミールを立たせた（父親は学生時代フットボールをやっていた）。父親が息子のほうにボールを蹴ってやるのだ。ヤロミールは、自分がゴールキーパーで、チェコスロヴァキア・ナショナルチームのためにボールを止めるのだと想像した。

第二番目の友達は祖父だった。祖父はヤロミールを自分のふたつの店に連れていった。一方の店は大きな薬局で、娘婿《むこ》はすでにひとりでその経営を行なっていた。もう一方は化粧品が中心の店で、そこの売り子をしている若い女が愛想のよい微笑で子供を迎え、彼がありったけの香水の匂いを嗅ぎまわってもなにも言わなかった。そのため、やがてヤロミールは様々な香水の名を匂いで言い当てられるようになった。彼は眼を閉じ、祖父に自分の鼻のしたに香水の壜をもってこさせ、試験をさせた。「おまえは天才的な嗅覚をしてるよ」祖父はそう言ってほめた。ヤロミールは新しい香水の発明家になろうと夢想した。

第三番目の友達はアリックだった。アリックは、しばらくまえから家に住んでいる気まぐれな小犬である。育ちが悪く、人の言うことをきかない犬だったが、ヤロミールが美しい夢を見ることができたのはその犬のおかげだった。というのも、彼はその犬が忠実な友達のような性質をしていて、学校の教室のまえの廊下で待っていたり、授業が終わると一緒についてきてくれたりするので、級友たちがみんなその犬をほしがり、ついてきたがるようになるのを想像していたから。

犬にまつわるいろんな夢想をすることが、孤独な彼の情熱になり、さらにはそのために一種奇妙な、マニ教的な考え方をするようにさえなった。それは犬が動物界の善、あらゆる自然の美徳の合計を象徴するというものだった。彼は犬対猫の一大戦争を想像し（それは将軍たち、士官たちもいれば、彼が鉛のおもちゃで兵隊遊びをしながら学んだあらゆる戦術も入る戦争だった）、そして、人間が常に正義の側に立たなければならないのと同じく、彼は常に犬の味方をした。

また彼は、紙と鉛筆をもって長いあいだ父親の書斎で過ごすことがあったので、犬は彼のデッサンの主要な画題になった。そこには数えきれないほど多くの叙事詩的な場面が描かれ、犬が将軍、兵士、フットボール選手、それに騎士などにされた。ところが犬は、四足の動物というその形態のために、そうした人間の役割をはたせないので、ヤロミールは彼らを人間の体を持っているものとして表現した。それは大変な発明だった！　事実、以前に彼が人間を描こうとすると、大きな困難に出会ったものだった。どうしても人間の顔が描けないのだ。それに反して、鼻のてっぺんにしみのある犬の長い顔の形は、すばらしくうまく描くことができた。その結果、彼の夢想と不器用から、犬面をした人間たちから成る奇妙な世界、フットボールの試合とか戦争とか山賊の話とかを簡単に、しかもただちに想像し、連想させるような人物たちの世界が生まれることになった。ヤロミールは続きものの冒険をいくつか描き、多量の紙に描き尽くした。

最後に、彼の友達のなかに同じ年頃の子供がいたのだが、それは第四番目の友達でしかなかった。彼は級友のひとりで、父親が学校の守衛をしていた。黄ばんだ顔色をした小男のこの守衛はよく校長に生徒の告げ口をした。その息子は告げ口をされた生徒から仕返しをされて、教室の除け者にされていた。生徒たちがひとりひとりヤロミールから離れていったときに、守衛の息子だけは彼の心酔者としてとどまり、そのために郊外の彼の家に招かれるようになった。昼食が出され、夕食をご馳走になり、ヤロミールと積木遊びをしたあと、ふたりは一緒に宿題をした。次の日曜日、ヤロミールの父親はふたりをフットボールの試合につれていった。試合もすばらしかったが、ヤロミールの父親も同じくらいすばらしかった。彼は選手の名前を全部知っていて、玄人ふうに戦況を批評したので、守衛の息子は彼から眼を離さなかった。ヤロミールにはそのことが誇らしかった。

それは一見奇妙な友情だった。ヤロミールの服装はいつも行き届いていたが、守衛の息子の肘のところには穴があいていた。ヤロミールが丁寧に宿題を提出するのに、守衛の息子はあまり勉強には向いていなかった。ところが、ヤロミールはその忠実な連れと一緒にいると気分がよかった。というのも、守衛の息子は並外れて腕力が強かったからだ。冬のある日、級友のいく人かがふたりを襲ったが、敵は一枚うわてだった。ヤロミールは友人と一緒に、数では優る敵に勝ったことが誇らしかった。しかしながら、成功した防禦の魅力も、攻撃の魅力には比ぶべくもない。

ふたりが郊外の人気《ひとけ》のない場所を散歩していたある日、まるで子供の集いにでも行こうとしているように、小ざっぱりときれいな服を着た少年に出会った。「母さんお気に入りの坊や！」と守衛の息子が言って道を塞いだ。彼らはその少年に意地の悪い質問をしかけ、相手がおびえるのを見て喜んだ。やがてその少年がとうとう勇気をふるって、彼らを押しのけようとした。「なんてことをするんだ！　高くつくことになるぞ！」と、そのぶしつけな接触に心底傷つけられて、ヤロミールが叫んだ。守衛の息子はその言葉を攻撃の合図だと解して、少年の顔を殴りつけた。

知性と肉体の力とが補い合うことがしばしばあるものだ。バイロン（訳註1）がボクサーのジャクソンにたいして熱烈な愛を感じ、ボクサーがひよわな貴族にあらゆるスポーツを献身的に練習させたのは事実ではなかろうか？　「殴るんじゃない。つかまえろ！」とヤロミールは友達に言い、蕁麻《いらくさ》の枝を拾いに行った。それから、その少年に無理やり服を脱がせ、蕁麻の枝でつま先から頭のてっぺんまで鞭打った。「お気に入りの坊やがざりがにのように赤くなっているのを見て、母さんはきっとうれしがることだろうよ」と、打ちながらヤロミールは言った。そして仲間にたいする熱烈な友情という雄大な感情、世の中の秘蔵っ子たちにたいする熱烈な憎しみという雄大な感情を味わった。

（訳註1）ジョージ・ゴードン・バイロン　イギリスの詩人（一七八八―一八二四）。代表作『チャイルド・ハロルドの巡礼』他。

5

それにしても、いったいなぜヤロミールはいつまでも一人息子だったのだろうか？　母親が二番目の子供をほしがらなかったからだろうか？

ところが、事実は正反対だった。彼女は最初の母性的な年月の至福の時期をもう一度取り戻すことを大いに願っていた。しかし、いつも夫が様々な理由を持ち出して、もうひとりの子供の誕生を遅らせていたのだ。二番目の子供を持ちたいという欲望が弱まったわけでないのは事実だけれども、彼女はそれ以上固執する気にはなれなかった。夫からふたたび拒否されるのを恐れ、その拒否によって自分が辱しめられるのがわかっていたから。

しかし、彼女は母性的な欲望を自分に禁じれば禁じるほど、ますますそのことを考えるようになった。それをなにか不法で秘密の、したがって禁じられたものでも考えるように考えた。夫が自分の子供をつくってくれるという考えが彼女の心を惹きつけたのは、ただその子供のためだけではなかった。それは彼女の頭のなかにどこかしら煽情的な色調をもたらすからでもあった。「いらっしゃい。わたしにかわいい女の子をつくってちょうだい」と、心のなかで夫に言ってみると、その言葉が刺激的なものに思えてくるのだ。

　夫婦が夜遅く、やや陽気な気分で友人の家から帰ったある晩、ヤロミールの父親は妻の傍らに横たわり、明かりを消したあと（結婚以来、彼は暗闇でしか彼女を抱かず、視覚でなく触覚によって欲望に導かれるようにしていたことを記しておこう）、毛布をはねのけ、彼女と体を合わせた。それがふたりの性関係としては珍しいうえに、酒の酔いも加わって、彼女は久しい以前から感じたことがないほど官能の昂りを覚えながら身をゆだねた。ふたりで一緒に子供をつくっているのだという考えが、ふたたび心を満たし、夫が快楽の頂上に近づいたのを感じると、彼女はもう自分を抑えきれなくなり、恍惚となりながら、いつもの用心はやめて、このまま離れないで、子供をつくって、かわいい女の子をつくって、と叫びだした。そして痙攣しながらきつく抱き締めたので、夫は妻の願いが確実にかなえられないようにするために、乱暴に身をもぎ離さねばならなかった。

　そのあと、彼らが疲れた体を並べて横たわっていると、母親が彼のほうに近づき、ふたたびその耳にささやいて、あなたの子がもうひとりほしい、と言いかけた。だが彼女はそれ以上しつこくしたくなかった。むしろまるで言訳でもするように、なぜ、しばらくまえにあれほど激しく、あれほど不意に（そして、おそらくあれほど不作法に、と彼女は認めてもよかった）子供を産みたいという欲望を口にしてしまったのかを説明した。さらに、今度こそ、きっとかわいい女の子ができたにちがいなく、ちょうどわたしがヤロミールの顔立ちに自分を認めることができるように、あなたがその女の子の顔立ちのなかに自分自身の姿を認めることができたのに、と言いそえた。

そこで技師は（結婚以来初めてそのことを回想して）、自分に関するかぎり、かつて一度も彼女の子供をほしいと思ったことはない、最初の子供のときは自分のほうが譲歩したのだから、今度は彼女のほうが譲歩する番だ、今度の子供に自分の特徴を認めるように願ってくれているけれども、生まれてほしくもない子供に自分の特徴を見出したとて、それは自分のもっとも不本意な姿にほかならないと言った。

彼らは並んで横たわっていた。母親はもうなにも言わなくなったが、しばらくすると泣きだした。ひと晩じゅう泣いていたが、夫は触れさえしなかった。かろうじて気を鎮めるような文句をいくつか言ったが、それは彼女の涙のもっとも上っ面の波のなかにさえ入りこめなかった。彼女にはとうとうすべてがわかったような気がした。自分のそばで生活しているこの男が一度も自分を愛したことがなかったのだ、と。

彼女が沈みこんだ悲しみは、それまでに知ったあらゆる悲嘆のなかでももっとも深いものだった。幸いなことに、夫によって拒まれた慰めは、別のものによって与えられた。歴史である。今述べたばかりの晩から三週間あと、夫は召集令状を受け取り、荷づくりして国境に向けて出発した。今にも戦争が勃発しかねなかったので、人びとはガス・マスクを買いこんだり、地下蔵のなかに防空壕をつくったりした。そして、母親は祖国の不幸をまるで救い手のようにとらえた。彼女はその不幸を悲壮感を持って生き、長い時間息子と一緒に過ごし、様々の出来事を鮮やかな色彩で描いてやった。

やがて大国がミュンヘンで合意に達して、（訳註1）ヤロミールの父親はドイツ軍に占領されたちいさい堡塁《ほうるい》から戻った。それ以来、家族全員が階下の祖父の部屋に集まり、夜な夜な歴史の様々な進展を検討しあった。最近までまだ彼らが眠りこんでいると思っていた歴史は（しかし、実際には眠るふりをしながら様子を窺っていたのかもしれない）、突然、隠れ家から飛び出し、その高い背丈の陰に、自分以外のものをすべて隠してしまったところだった。その陰に護られて、彼女はなんと居心地よく感じていたことだろう！　チェコ人たちは群れをなして〔ナチスに占領された〕ズデーテン地方を逃れ、ボヘミア地方は防備を奪われ、皮をむかれたオレンジのようにヨーロッパの中心に孤立した。それから六カ月後のある朝、ドイツ軍の戦車がプラハの街に侵入した。その間、ヤロミールの母親は祖国を守ることを禁じられたひとりの兵士といつも一緒にいたのだが、それが自分を一度も愛してくれたことがない男だということをすっかり忘れてしまっていた。

しかし、歴史の嵐が激しく吹きあれる時期においても、遅かれ早かれ日常生活が陰から立ち現われ、夫婦生活もあの相変わらずの陳腐さと呆気にとられる不変性の衣をまとって姿を見せる。ある夜、ヤロミールの父親がふたたび妻の胸に手を置くと、彼女はとっさに、こんなふうに自分に触れてくる男がかつて自分を辱しめた男と同じ男なのだと思った。彼女はその手を押しのけ、微妙なほのめかしによって、いつか彼が発した乱暴な言葉を思い出させた。

彼女は意地悪をするつもりはなかった。ただ、その拒否によって、国家の一大事といえども人間のささやかな冒険を忘れさせることができないのだと言ってやりたかったのだ。昨日の言葉を今日言い直し、あのとき辱しめた女を、いま元気づける機会を夫に与えてやりたかった。彼女とて国家の悲劇が夫を人の心がわかる人間にしたことを疑っておらず、そのために、こそこそとした愛撫でも、後悔のしるしとして、そしてふたりの新しい愛の始まりとして、感謝しながら受けいれようという気になっていた。ところが残念！　夫は手が妻の胸から押し返されると、寝返りを打ち、そのまま早ばやと寝入ってしまった。

プラハの大きな学生デモのあと、ドイツ人たちはチェコの大学を閉鎖したが、母親は夫が毛布のしたに手を滑り込ませ、自分の胸のうえにのせてくれるのを空しく待ちつづけた。祖父は、化粧品店の美しい売り子が十年まえから使い込みをしていたのを発見して怒り、脳卒中を起こして死んでしまった。チェコの学生たちは家畜用の運搬車に積みこまれて強制収容所に送られることになったが、母親のほうは医者にかかった。医者は彼女の神経の状態がよくないのを嘆き、保養に行くことを勧めた。医者はみずから、小川と池に囲まれたちいさな温泉地のふちにあるペンションを指定した。そこは夏になると、水浴び、魚釣り、ボート遊びなどが好きな旅行者が大勢来る場所だった。初春だったが、水辺の静かな散歩のことを考えると、ヤロミールの母親は胸がときめいた。だがしばらくすると、楽しいダンス音楽が、レストランのテラスの空中に胸を刺すような夏の思い出として忘れられたまま漂っているのを想像して怖くなった。彼女は自分自身の郷愁が恐ろしくなり、ひとりでそこに行くわけにはいかないと決心した。

しかし、もちろん彼女はじきに、だれと一緒に出発すればよいのか知ったのは言うまでもない。夫から受けた悲哀のせいで、また二番目の子供がほしいという欲望のせいで、久しいあいだ、彼女は彼のことをほとんど忘れかけていた。なんて馬鹿だったんだろう、あの子のことを忘れたために、どれだけひとりで自分を苦しめていたことだろう！　彼女は後悔しつつ彼のほうに身をかがめた。

「ヤロミール、あなたはわたしの一番目で二番目の子供なの」と、彼女は自分の顔を彼の顔に押しつけながら言った。そして、さらに馬鹿馬鹿しい文句をつづけた。「あなたはわたしの一番目、二番目、三番目、四番目、五番目、六番目、そして十番目の子供……」それから、彼の顔をキスで埋めた。

（訳註1）一九三八年九月のミュンヘン協定のこと。この協定により、英仏伊三国の首脳はヒトラー・ドイツにチェコスロヴァキアのズデーテン地方を割譲した。翌三九年

三月、ヒトラーはチェコスロヴァキアを占領し、解体することになる。

6

灰色の頭をし、真直ぐ背中を伸ばした大柄な女が、駅のプラットホームで彼らを迎えた。頑強な農夫が二個の旅行鞄をつかんで駅のまえに運んだ。そこには馬をつけた黒い馬車が待っていた。男が御者の席に座り、ヤロミールと母親、それに大柄の女がふたつの階上席に向き合って座った。彼らはちいさな街の道をいくつか横切って、とある広場まで連れてゆかれた。一方にはルネッサンス様式のアーケード、もう一方には金属製の柵があり、その背後に庭園がひろがっていた。そのなかにブドウの木に覆われた壁の古い城が建っていた。彼らはそれから小川のほうに下っていった。ヤロミールは黄色い木造の脱衣室の列、飛び込み台、白い小型の円卓とそのまわりの椅子などを目にした。もっと奥のほうには小川に沿ってポプラ並木があったが、馬車は水際に散らばり、それぞれ孤立している別荘のほうにどんどん進んでいった。

馬が別荘のひとつのまえで止まると、男は席を立って二個の旅行鞄を持った。ヤロミールと母親は男の後に従い、庭、ホール、階段を通って部屋に入った。二台のベッドが、夫婦のベッドを並べるように並べてあり、ふたつある窓のうちの一方が、ドアのように開いてバルコニーに面していた。そこからは庭、そして端の方角に小川が見えた。母親はバルコニーの手摺りに近づいて、深呼吸しはじめた。「ああ、うそみたいに平和ね！」と言い、そしてふたたび大きく呼吸してから小川のほうを眺めた。赤く塗った舟が一艘、木の舷梯に繋がれて揺れていた。

その日母親は、階下のちいさな食堂で夕食をとっているあいだ、同じペンションの別の部屋に泊まっている老夫婦と知り合いになった。それ以来毎晩、その部屋には長く静かな会話のざわめきが流れるようになった。みんながヤロミールを大変好きになり、母親はうれしそうに彼のおしゃべりや意見、それに控え目な自慢話を聴いた。そう、たしかにそれは「控え目」だった。ヤロミールは歯医者の待合室の婦人がどうしても忘れられなくて、その意地悪な眼差しを逃れようといつも衝立の陰に身を隠すことにしていたのだ。もちろん、彼には依然として人に讃美されたいという渇きがあったけれども、その讃美を、素直で慎ましやかな口調で発する簡潔な文句で獲得することを学んでいたのだった。

静かな庭園のなかの別荘、黒っぽい小川と長い航海を連想させる停泊中の舟、城砦や宮殿を物語る本に出てくる王女のような貴婦人を運んで時どき別荘のまえに止まる黒い馬車、世紀から世紀へ、夢から夢へ、本から本へ移るように、馬車を降りるとすぐに下りてゆける人気《ひとけ》のないプール、ルネッサンス様式の広場と、剣を持って戦っている騎士を隠している柱の狭いアーケード。それらすべてがひとつの世界を構成していた。ヤロミールはうっとりしながらそのなかに入りこんだ。

犬を連れた男もまた、その美しい世界の一部だった。彼らが初めてその姿を見かけたとき、男はじっと小川のふちに立って水を眺めていた。男は革のオーバーを着て、その横に黒い狼犬が前足を立てて座っていた。じっと動かないその男と犬は、まるで別世界から来た者たちのように見えた。彼らが二度目に会ったときもやはり同じ場所で、男が（例によって革のオーバーを着ていた）前方に小石を投げると、そのたびに犬が持ち返ってきた。三度目の出会いのとき（背景は相変わらず同じで、ポプラ並木と小川）、男は母親にちょっと会釈をした。目端のきくヤロミールが確かめたところ、そのあと彼は長いあいだ振返っていたという。その翌日、彼らが散歩から戻ると、別荘の入口に座っている黒い犬の姿を認めた。ホールに入ると、なかで人が会話をしているのが聞こえた。男の声はその犬の飼主のものだとわかった。彼らは好奇心にかられて、しばらくのあいだそのままホールにとどまり、あたりを見回したり、おしゃべりをしたりしていたが、やがてペンションの女主人が現われた。

母親が犬を指差して、「この犬の飼主は、どなたですの？　私たち散歩の途中でいつもお会いするんですけど。

――街の高校で絵の先生をしていらっしゃる方です」。母親は、その絵の先生と話ができれば大変うれしい、ヤロミールが絵を描くのが好きなので、専門家の意見をきいてみたいのだという意味のことをほのめかした。女主人がその男を母親に紹介したので、ヤロミールはスケッチブックを取りに部屋まで走らなければならなかった。

そのあと、ペンションの女主人、ヤロミール、デッサンを見ている犬の飼主、そのデッサンについて補足的な註釈を加える母親の四人は小サロンに座った。母親は、ヤロミールが常々興味があるのは風景とか静物などではなくて行動を描くことだ、と言っていると説明し、どうして登場人物が必ず犬の頭をした人間なのかはとうとう理解できなかったけれども、事実、彼のデッサンには驚くべき活力と動きがあるようです、と言った。それから、ヤロミールが人間の姿をした本当の人物を描いてくれれば、たぶんこの子のささやかな作品にはなにか確かな価値が生まれるかもしれないのに、残念なことに、このままだとこの子の作品に意味があるのかないのか決められないんです、とつづけた。

犬の飼主はそのデッサンを満足そうに眺めた。それから、このデッサンで自分の心を惹きつけるものこそまさしく、動物の頭と人間の体との組み合わせなのだと断言した。なぜなら、その幻想的な組み合わせはたんなる偶然の発想ではなく、子供が描く多くの光景が示しているように、ひとつの固定的なイメージ、その根を幼年時代の測りしれぬ深みのなかに持っているなにものかだからだ。あなたは、外界の表現の巧みさだけで、息子の才能を判断するのは差し控えるべきだ。そうした巧みさは、どんな人間でも獲得することができるものなのだから。画家として言わせてもらえば（彼はそのとき、教育は自分にとって必要悪にすぎないことをほのめかした。彼もやはり一応生活の資をかせがねばならなかったから）、この子供のデッサンで自分の興味が惹かれるものこそ、まさにこの子供が紙のうえに映し出している、このなんとも独特な内面世界なのだと言った。

母親は画家の称讃の言葉をうれしそうに聴いていた。女主人はヤロミールの髪をなでながら、あなたには大きな未来が約束されているのよ、と断言した。ヤロミールのほうはテーブルのしたを眺めていたが、耳に入ることをすべて記憶に刻みこんだ。画家は、来年になればプラハの高校に転勤になるはずだから、息子さんの他の作品を見せに来てもらえると大変うれしいと言った。

内面世界！　とはまた、大層なことを言ったものだが、ヤロミールはとても満足そうに聴いた。五歳のときからすでに他の者たちとは違った例外的な子供と見做《みな》されていたのをけっして忘れたことがなかったのだ。彼の鞄とかワイシャツとかを嘲笑った級友たちの振る舞いによっても同じように（そしてしばしば辛い思いで）、自分が独特なのだという気持ちをますます強くしていた。とはいえ、これまではその独自性は彼には空虚で不確かな概念でしかなかった。それは不可解な希望、ないし理解に苦しむ拒絶だった。しかし、それが今やひとつの名を受け取ったのだ。独特な内面世界。しかもこの名称がただちに、犬の頭をした人間たちを描いているデッサンという、まったく厳密な内容を見出したのだ。

もちろん、たまたま犬の頭をした人間というそのすばらしい発見をしたのは、たんに人間の顔を描けないからにすぎなかったのをヤロミールはよく知っていた。それゆえ彼は、自分の内面世界の独自性は辛い努力の結果ではなく、偶然、機械的に頭のなかに生起したすべてのものが勝手に外に現われたのだから、いわば贈り物のように自分に与えられただけなのだ、と漠然と思った。

しかしそれ以来、彼は以前よりもずっと注意深く自分自身の思考を辿り、讃美しはじめるようになった。たとえば彼は、自分が死ねば、自分が生きている世界は存在しなくなることを思いついた。そんな考えはやがて頭のなかで消え去ってしまうのが通例だったが、しかし今度はそれも自分の内面の独自性によるものだと教わったので、その考えを逃すまいとした（ぼくはこれまで、なんと多くの考えを見逃してしまったんだろう）。彼はただちにその考えをとらえ、観察し、あらゆる方面から検討した。小川に沿って歩きながら、しばしば眼を閉じ、自分が眼を閉じていてもまだ、その小川が存在するかどうか自問した。もちろん眼を開くたびに、小川は以前と同じように流れつづけていた。しかし驚くべきは、それなら自分が見ていないときに、小川が現実にそこにあったということがどうしても立証できないということだった。それがヤロミールにはとりわけ興味深いものに見え、少なくとも半日はその観察に費やし、やがてそのことを母親に話した。

滞在が終わりに近づくにつれ、彼らが会話から得る楽しみは大きくなるばかりだった。

今や夜になると、ふたりだけで散歩に出、水際の蝕まれたベンチに腰を掛け、手を取り合って、大きな月を揺らしている波を眺めるようになっていた。「なんてきれいなこと」と、母親はため息をついた。子供は月に照らされた水の輪を見ながら、その小川が辿った長い道程についてぼんやり考えていた。母親は数日後に戻ることになる空しい日々に思いをはせてこう言った。「ねえ、わたしにはあなたにはけっして理解できない悲しみがあるのよ」それから息子の眼を見、この眼には大きな愛情と、わたしを理解したいという願望があると思った。だが、彼女は怖くなった。いくらなんでも、女の悩みを子供に打ち明けるなんてできないわ！　とはいえそれと同時に、その理解に満ちた眼はひとつの悪徳のように彼女の心を惹きつけた。母親と息子はツイン・ベッドに並んで寝ていた。母親は、ヤロミールが六歳になるまでこんなふうに一緒に寝てきたのを思い出した。そのころが幸福だったことも思い出した。彼女は思った、この子は夫婦用のベッドでともに過ごして幸福だったたったひとりの男だったんだ、と。そんなふうに思ってまず微笑したのだが、改めて息子のやさしげな眼差しを見たとき、この子は自分を苦しめているものから気をそらしてくれる（だから、「忘却＝慰め」を与えてくれる）だけでなく、自分の言うことを注意して聴いてくれること（したがって、「理解＝慰め」をもたらしてくれること）もできるのだと考えた。「ねえ、知っておいてほしいんだけど、わたしの人生が愛情でいっぱいなものだなんてとても言えないの」と彼女は言った。また別の折りには、「わたしは母親としては幸せなのよ。だけど、母親はただ母親だけというわけじゃなくて、それでもひとりの女なの」とまで言った。

そうだ、そんな未完成の打ち明け話は、まるでひとつの罪のように彼女の心を惹きつけたのだ。彼女にもそのことはわかっていた。ある日ヤロミールが突然、「ママ、ぼくってそれほど子供じゃないから、ママの気持ちがよくわかるよ」と言ったとき、彼女はほとんど恐ろしくなった。もちろん、この子供にはなにもはっきりしたことは見抜けないにちがいなく、自分はどんな悲しみでも分かち合うことができる、と母親に知らせようとしたにすぎない。しかし彼が発したその言葉には重い意味があって、まるで突然開かれた深淵のように、母親はその言葉のなかをのぞきこんだ。それは許されない親しさと禁じられた理解という深淵だった。

7

ところで、ヤロミールの内面世界は、その後どんなふうに発達したのだろうか？

それがあまりかんばしくはなかった。小学校ではあれほどたやすく好成績をおさめることができた学業は、高校になるとずっと難しくなって、そのため毎日が精彩を欠いたものになり、内面世界の輝きも消えてしまった。教師が生徒たちに、この世に悲惨と廃墟しか見ない厭世哲学の本について話してくれたことがあった。それによって、人生は雑草に似ているという彼の格言は、恥ずかしいほど平凡なものになってしまった。ヤロミールは、かつて自分が考えたり感じたりしたことすべてが自分に固有なものだとは信じられなくなった。まるであらゆる考えはずっとまえからこの世に最終的な形で存在していて、人間にできるのはただ、それをちょうど公共図書館から本でも借りるように借りてくることだけだと思われた。しかしそれでは、自分はいったい何者なのか？　自分の自我の内実とは本当はなんだというのか？　彼はそのことを探究するために自我についてよく考えてみた。しかし自分の自我を探究するために、自分についてよく考えてみようとしている自分自身のイメージの他はなにも見つけられなかった……

そんなこともあって、彼は二年前に初めて自分の内面の独自性について語ってくれた男のことを考え、懐かしく思った。そして、絵の点数が平均点すれすれだったので（水彩画を描くとき、水がいつも鉛筆で描いた下書きのまわりからはみ出してしまうのだ）、母親も息子の要求に同意して、通知簿を台無しにするその弱点を直すために画家の住所を探し出し、ヤロミールに個人教授してくれるよう頼みこんだ。

そこである日、ヤロミールは画家のアパートに入ることになった。そのアパートは貸家の屋根裏部屋を改造した二部屋からなっていた。一方の部屋には大きな本棚があり、もう一方の部屋には、窓代わりに大きな艶消しガラスが斜めの屋根にはめこまれていた。それに、描きかけの絵のかかっている架台がいくつかと、長いテーブルが一台見え、そのテーブルのうえに紙片、色のつまった小さなガラス壜などが散らばっていた。それから、壁のうえに黒く異様な人間の顔がかかっていたが、画家によれば、それらは黒人の仮面の複製だという。一匹の犬（ヤロミールにはすでにおなじみの犬だ）がソファの一角に寝そべって、身動きせずに訪問客を眺めていた。

画家は長いテーブルのところにヤロミールを座らせ、彼のデッサン帖をめくりはじめた。それから、「いつも同じだな、これじゃ袋小路だよ」と言った。

ヤロミールは、それは犬の頭をした人間たちで、まえにあなたの気に入ったので、まさしくあなたのために、そしてあなたのせいで描いたものにほかならないと反駁したかったが、落胆し心痛がひどく、なにも言えなかった。画家は白い紙を一枚彼のまえに置いてから墨汁の壜を開け、彼の手に筆を握らせた。「今度は、きみの頭に浮かんだことを描いてみなさい。あまり考えすぎないように、ただ描くだけでいいんだ……」。しかしヤロミールはひどくおびえ、なにを描いてよいのかさっぱりわからなかった。だが、画家が固執するので、打ちひしがれた彼はふたたび犬の頭に助けを借り、それをどうやら人間の体らしきもののうえにくっつけた。画家が不満そうな顔をするので、ヤロミールは言いにくそうに、教室で描くときには、いつも色がスケッチを汚くしてしまうので、できれば水彩画を教わりたいんですが、と言った。

「きみのお母さんも、そう言っていたね、と画家は言った。しかし、今のところは、それを忘れることだ。それから犬のほうも忘れることだね」。そのあとで彼は、厚い本をヤロミールのまえに置き、なかの何ページかを見せた。そこには、色地のうえに一本の黒く不器用な線が気紛れな蛇のような形で描かれていて、ヤロミールは心のなかでムカデ、ヒトデ、こがねむし、天体と月などのイメージを連想した。画家は、その子が自分の想像力に自信を持ち、それに近いものを描くことを望んだ。「でも、ぼくはいったいなにを描けばいいんですか？」と彼が尋ねると、画家は答えた。「線を一本描くのだ。きみの好きな線をね。それから、絵を描く者の役割とは事物の輪郭を真似するのではなく、自分自身の線によってひとつの世界を紙のうえにつくり出すことだってことを思い出すのだ」ヤロミールは何本もの線を描いてみたが、少しも気に入らなかった。彼はそんなふうに数枚の紙を汚したあと、最後に母親の言いつけに従って一枚の紙幣を画家に渡してから家に戻った。

だからその訪問は、彼が予期していたのとは違った形で終わった。それは失われた自分の世界をふたたび発見する機会どころか、まったく正反対の結果を生んだのだ。自分だけに属すると思っていた唯一のものまで、例の犬の頭をしたフットボール選手や兵士たちまでも奪われてしまったのだから。とはいえ、絵のレッスンが面白かったかと母親に聞かれたとき、彼は夢中になって話した。彼は正直だった。その訪問が彼に内面世界の確認をもたらさなかったとしても、ひとつの例外的な外界に出会ったのだから。それはだれにでも近づける外界ではないし、いきなりいくつかのささやかな特権を与えてくれる外界でもあった。まず彼は不思議な絵を見た。それを目前にすると途方にくれるような気持ちになったけれども、両親の家の壁にかけてある静物とか風景などとはなんの共通点もないという美点（それが美点だとはすぐに理解できた！）をそなえていた。彼はまた、いくつかの突飛な思想も耳にして、いちはやく自分のものにした。たとえば、ブルジョワという言葉が悪口になるのがわかった。絵画とは人生に似たものであり、自然の模倣をするなどというのはブルジョワだ。そしてもちろん、ブルジョワとは馬鹿にしていい存在だ。なぜなら、彼らはずっと昔から死んでしまっているのに、そのことを知らないのだから（この考えは大層ヤロミールの気に入った！）。

だから彼は、好んで画家のところに出かけるようになった。そして、かつて犬の頭をした人間のデッサンによってもたらされた成功を、もう一度再現したいと激しく願った。だが、それは空しい期待だった。（訳註1）ミロの絵のヴァリエーションとなるはずだった彼の下手くそな絵はわざとらしくて、子供らしい戯れの魅力をまったく欠いていた。黒人の仮面のデッサンは、ぎごちないモデルの模倣の域を出ず、画家が願っていたように、その子の個性的な想像力を刺激することは少しもなかった。そこで、もう数回も画家の家に行ったのに、どんなささいな讃美のしるしも得られないことにうんざりしたヤロミールは、とうとうある決意をした。裸婦を描いた秘密のスケッチブックをもって行って見せることだ。

彼がそのデッサンの大部分に使用したモデルは、祖父の古い蔵書のなかから見つけ出した挿画本の立像写真だった。したがってそれらは、とくにスケッチブックの最初のほうは前世紀の寓意彫刻によく見られる、高慢な態度をし、成熟した堂々たる女たちだった。もっとあとのページになると、それよりも興味深いものもいくつかあった。たとえば頭部のない女。いや、より正確に言えば、紙が首のところでたち切られているので、頭が切断されたあとの紙にはまだ想像上の斧の跡が残されているような印象を与える女。その紙の切り込みはヤロミールのナイフによってなされたものだった。じつを言えば、彼には気に入っている女のクラスメートがいて、よくそのクラスメートの体を裸にしてみたいという空しい欲望を抱きながら眺めていた。その欲望を現実に移すため、彼はその女の子の写真を一枚手に入れて頭を切り取り、切り込みのところに挿し入れたのである。そんなわけで、このデッサンからあとの女の体はいずれも首を切られ、想像上の斧の跡が残されていたのだ。そのうちの幾人かはきわめて突飛な状況にあるところを示されていた。たとえば排尿している恰好でうずくまった姿勢の女。また、ジャンヌ・ダルクのように炎に包まれ薪のうえにいる女。その苦悶の光景は、歴史の授業のことを考慮することで説明がつくだろうが(そしておそらく彼を許してやることができるだろうが)、長いシリーズの始まりとなっていた。他の素描には、尖った杭に串刺しにされた頭のない女、脚を切断された頭のない女、腕を一本もぎとられた女、それからここでは言わないほうがよいその他の状況にある女などがいた。

もちろん、それらのデッサンが画家の気に入るという確信はヤロミールになかった。画家の厚い本とか、アトリエの架台のうえに置いてある絵とかに見られるものとは、少しも似てはいなかったからだ。しかし、先生がやっていることに近いなにかが、秘密のスケッチブックのデッサンのなかにあるように思えた。そのなにかとはたぶん、禁じられたものの持つ様子、あるいは家にかかっている絵と比較してみるとはっきりわかる、それらの独自性だったのかもしれない。あるいは、もしヤロミールの家族と常連の客とで構成された審査会の判断にその裸婦のデッサンと画家の訳のわからない絵とをゆだねるようなことになれば、必ずどちらも誘発するにちがいない否認かもしれなかった。

画家はスケッチブックをめくっていたが、なにも言わずに、やがてヤロミールに一冊の厚い本を差し出した。彼は離れたところに座って、紙のうえになにかデッサンしていたが、その間ヤロミールには、その厚い本のページに描かれている裸の男が見えた。男があまりにも長い尻をしているので、それを支えるためには木の杖が必要なほどだった。また、花を産み出している卵、蟻に覆われた顔、一方の手が岩になってしまう男などが見えた。

「サルバドール・ダリ(訳註2)は見事なデッサンを描くということに、きみは気づくだろう」と彼に近寄って画家は言い、眼のまえに石膏のちいさな裸婦像を置いた。「ぼくらはデッサンという仕事をないがしろにしてきたが、それは間違いだった。まず、あるがままの世界を知ることから始めなければならない。そうして初めて、世界を根本的に変えることができるようになるのだ」と言った。そこでヤロミールのスケッチブックは女の体で覆われることになったのだが、画家はそれらのプロポーションをひと筆で矯正し、修正した。


(訳註1) **フアン・ミロ**　スペインの画家（一八九三—一九八三）。

(訳註2) **サルバドール・ダリ**　スペインの画家（一九〇四—八九）。パリに出てシュルレアリスムに参加。

8

女が充分に肉体を使って生きていない場合、肉体はついに敵のように思われてくる。母親は息子が絵のレッスンから持ち帰る奇妙で拙《つたな》い絵には少しも満足しなかったが、画家の手で矯正された裸婦のデッサンを見たとき、激しい不快感を覚えた。その数日後、彼女は庭の向こうで梯子を支えているヤロミールの姿を窓ごしに見かけた。女中のマグダがうえに乗ってさくらんぼを摘んでいたのだが、息子はそのスカートの奥を注意深く眺めていたのだ。彼女は裸にされた女の尻の連隊に四方八方から攻撃されたような気がして、もうこれ以上待つまいと心に決めた。その日、ヤロミールはいつもの通り絵のレッスンを受けに出かけることになっていた。母親は急いで身支度をし、息子より先に家を出た。

「わたしはべつに貞淑ぶろうとするつもりはありませんが……」と、アトリエの肘掛椅子に腰掛けてから彼女は言った。「でも、ご存知のように、ヤロミールは危険な年齢にさしかかっているんです」

画家に言ってやりたいと思っていたことをあまりにも入念に準備しすぎてきたので、そう言ってしまうと、彼女にはもうあまり言うべきことがなくなった。彼女がその文句を準備したのは自分の家のなかで、そのときには、窓から見えた庭の静かな緑が自分の考えることのすべてに無言の喝采を送っているように思えたものだった。ところが、ここには緑はなく、その代わり架台に置かれた奇妙な絵があった。また、ソファには一匹の犬が休らい、頭を脚のあいだに入れて、疑い深いスフィンクスのようなすわった眼でじっと彼女を見守っていた。

画家はいくつかの文句で母親の抗議に反論し、つづけてこう言った、ヤロミールが学校の絵の時間で取ることができるようなよい点数などに、自分はなんの興味も持っていないことをはっきりと認めよう。しかしあんな授業は子供たちの持っている絵画的センスを腐らせるだけだ。息子さんのデッサンで自分の興味を惹くのは、ほとんど病的なものといってもよい独特の想像力なのだ。

「次のような奇妙な偶然の一致に留意してください。数年前に見せてもらったデッサンには犬の頭をした人間が描かれていましたね。最近、お子さんが見せてくれるデッサンには裸の女が描かれているが、どれもみな頭のない女たちばかりです。人間にたいして人間の顔をもつことを認めない、人間にたいして人間的な本性を持つことを認めないという、この頑固な拒否を意味深いものだとは思いませんか？」

母親はあえて、息子は人間が持っている人間らしい本性を否定するほど暗い子ではないと反駁した。すると画家が言った。

「もちろん、彼のデッサンは必ずしも悲観的なものの考え方の結果ではないでしょう。芸術の源泉は理性とは別のところにあるからです。ヤロミールはただなにげなく、犬の頭をした人間とか頭のない女とかを描こうと思いついたので、なぜ、どうしてそうなのかはわからなかった。つまり、それらの奇妙だが、しかしでたらめというわけではないイメージを彼に指示したのは、無意識だったのです。お子さんのそのヴィジョンと、ぼくらの生活を刻々ゆるがせている戦争とのあいだには、秘かな関係があるという気がしませんか？　戦争は人間から顔と頭を奪わなかったか？　ぼくらは頭のない男どもが首を切られた女の断片に欲望を感じるような世界に生きているのではないだろうか？　世界の現実的なヴィジョンとは、もっとも空しい幻想のことではないのか？　お子さんの子供らしいデッサンは、見かけよりもずっと真実を衝いているのではないだろうか？」

ここにやってきたのは画家を叱責するためだったのに、彼女は今や小娘のようにびくびくし、叱られることにおびえているのだった。なんと言ってよいかわからなかったので、彼女は口をつぐんだ。

画家は椅子から立ち上がり、アトリエの片隅のほうに向かった。額縁に入れてない数枚の絵が壁に立てかけられていた。彼はそのうちの一枚を取って部屋の内側に向け、数歩遠ざかってしゃがみこみ、眺めはじめた。「いらっしゃい」と彼は母親に言った。彼女が

（おとなしく）近づくと、彼は彼女の腰に手をかけ、自分のほうに引き寄せた。そのためふたりは並んでしゃがみこむような恰好になった。母親はこげ茶と赤が変な具合に混じり合っているその物体をしげしげと眺めた。それは消された炎とも血けむりともつかないものにあふれ、荒涼と焼けただれたような一種の風景を形づくっていた。その風景を篦《へら》で削って、ひとりの人物が描かれてあった。それは、白糸でできているように見え（そのデッサンは画布の色でなされていた）、歩いているというよりは飛翔し、存在しているというよりは消滅しそうになっている不思議な人物だった。

母親にはまだ、なにを言うべきかわからなかった。しかし画家はひとりで喋りまくり、絵描きの幻想などはるかに超える（と彼は言った）戦争の、この世ならぬ光景を語り、人間の体の切れ端が、もつれている葉の樹、枝のうえから下方を見やっている眼とか指などのある樹が呈する、おぞましいイメージについて語った。そしてこの世界で自分に興味があるのは、もう戦争と愛だけだと言い、愛は戦争によって血まみれにされた世界の背後から、ちょうどあなたがその画布のうえで識別しえた人物のように現われるのだとも言った（この会話の初め以来、画家の言うことがわかるような気がしたのはそれが最初だった。なぜなら彼女もまた、その画布のうえに戦場らしきものを見たのだし、白い線は彼女にもやはりひとりの人物を連想させたから）。それから画家は、ふたりが初めて出会い、その後も数回出くわした小川沿いの道のことを思い出させ、あの時あなたは、まるで内気で白い愛の天使の体のように、火と血の霧のなかから自分のまえに現われたのだと言った。

つづいて彼は、しゃがみこんだ母親の顔を自分のほうに引き寄せてキスをした。いま自分がキスされようとしているのだと考える余裕も与えずに、彼はキスしたのだ。とはいえ、それがこの出会い全体の特徴でもあった。出来事がいつも彼女の不意を襲い、想像や思考を出しぬく。そのキスは彼女があれこれ考える暇を見出せぬまま成就された事実となり、いくらあれこれ余計な反省をしてみても、なされつつあることをなにも変えることができない。というのも、彼女はかろうじて一瞬、たぶんあってはならないことが起こっている、と心のなかでちらりと考えたのも事実だから。しかし彼女には、それが果たしてあってはならないことかどうかということさえ確信があるわけではなかった。そこで、その疑わしい問題の解答をもっとあとに延ばすことにして、注意をそっくり現在起こっていることに集中し、物事をあるがままに引き受けた。

彼女は口のなかに画家の舌を感じたが、とっさに、自分の舌が臆病でぐにゃりとしているので、画家には濡れ布屑のような印象を与えているにちがいないと気づいた。そのことが恥ずかしかったが、間もなく、ほとんど腹を立てながら、長いあいだキスなんてしたことがなかったんだから、舌が布屑のようになっていても不思議ではないのだと思った。彼女は急いで舌の先を使って画家の舌に応えた。彼は彼女を持ち上げてソファのうえに運び（ずっとふたりから眼を離さなかった犬が飛びはね、ドアのそばに行って横たわった）、彼女の乳房を愛撫しはじめた。彼女は満足で誇らしい気持ちになった。画家の顔が貪欲で若々しく見えたが、彼女はぼんやりと、わたしは長いあいだ自分を貪欲で若々しく感じたことがなかったのだと思った。もうそんなふうに感じることができなくなっているのではないかと恐ろしくなり、そこで貪欲で若々しい女として振る舞うよう自分に厳命した。すると突然（またしても、出来事が考える暇がないまま起きてしまっていた）、彼女は、これが生まれてから体のなかに受けいれる三人目の男だと気づいた。

そのことを望んでいるのかいないのか自分でもさっぱりわからないことに気がついて、彼女はふと、わたしは相変わらず世間知らずのおぼこ娘だ、もし画家がわたしにキスをし、わたしと寝ようとするかもしれないと心の片隅で疑ってみさえしていたら、いま起こっているようなことがけっして起こるはずはなかったのに、と思った。だが同時に、その考えは彼女にとって心を安めてくれる言訳にもなった。なぜなら、そうなれば彼女が姦通することになったのは、情欲のためではなく、世間知らずなため、ということになるのだから。世間知らずな女だという考えは間もなく、ずっとこんな中途半端な世間知らずの状態にしておいた男にたいする怒りの感情と混じり合い、その怒りが鉄のカーテンのようになって彼女の思考を閉ざした。だから、やがて彼女にはもう自分のせわしないあえぎ声しか聞こえなくなり、行なっていることの検討を諦めてしまった。

そのあと、ふたりの息が静かになり、思考が目を覚ましたとき、彼女は思考を逃れようと画家の胸に頭をのせた。髪を愛撫されながら、油絵具のいやな臭いを嗅ぎ、先にこの沈黙を破るのはどちらのほうだろうと自問した。

沈黙を破ったのはそのどちらでもなく、ベルの音だった。画家は立ち上がり、急いでズボンのボタンを閉め、「ヤロミールだよ」と言った。

彼女はひどくおびえた。

「ここに静かにしているんだよ」と彼は言い、彼女の髪を愛撫してアトリエから出ていった。

彼は子供を迎え入れて別の部屋に座らせた。

「アトリエにお客さんがいるので、今日はここでやることにしよう。持ってきてくれたものを見せたまえ」ヤロミールはスケッチブックを差し出した。画家はヤロミールが家で描いてきたものを見てから主題を与え、描いてみるように求めた。

それから、彼はアトリエに戻った。母親が服を着て、帰ろうとしていた。「どうしてあの子をなかに置いておくの？どうして帰してしまわなかったの？

――そんなに急いでぼくから離れたいのかい？

――あなた、どうかしている」と母親が言うと、画家はふたたび彼女を腕に抱き寄せた。彼女は今度は逆らわなかったが、愛撫には応えなかった。彼女は魂を奪われた肉体のように男の腕に抱かれていた。画家はその力のない肉体の耳元に、「そう、どうかしているんだ。愛とはどうかしているか、もしくは存在しないか、そのどちらかなんだよ」とささやいた。彼は彼女をソファのうえに座らせ、キスをし、乳房を愛撫しはじめた。

そのあと、彼はヤロミールが描いたものを見るために別の部屋に戻った。次に与えた主題は、子供の手先の器用さを訓練することを目的としたものではなかった。ヤロミールがやらされることになったのは、最近見た夢を思い出して描くことだった。画家は今度は、長いあいだ彼の作品について論じた。夢でもっともすばらしいのは、日常生活ではとても出会えないような、人と物とのありうべからざる遭遇なのだと言った。夢では船が窓から寝室に入ってくることがあるし、二十年前に死んだと思われていた女がベッドに寝ていることもある。そうかと思うと、その女が小舟に乗りこみ、その小舟がいつのまにか棺に変じて、花が咲き乱れる小川の両岸を漂いはじめることもある。「解剖台のうえでの雨傘とミシンの出会い」という詩句のなかにある、ロートレアモン（訳註1）の美についての有名な文句を引用し、つづけてこう言った。「とはいっても、その出会いもある画家のアトリエでの、ひとりの女とひとりの子供との出会いほどには美しくない」

先生がいつもと少し違っていることが、ヤロミールにはよくわかった。彼は夢や詩について語るときの先生の声の熱っぽさに注目した。それが気に入ったばかりでなく、自分がそんな高揚した口舌のきっかけになったことを喜んだ。そしてとりわけ、画家のアトリエでのひとりの女とひとりの子供の出会いについて、先生が口にした最後の文句を間違いなく記憶にとどめた。さきほど先生が、ふたりだけで入口の部屋にいることにしようと言ったとき、アトリエにはきっとひとりの女がいるに違いないとヤロミールは考えた。しかも、それはどうでもよい女のひとではない、だって先生は自分にその女を見ることを許さないのだからと思った。しかし彼は、大人の世界からまだあまりにも遠くにいたので、その謎をはっきりさせようとはしなかった。それよりもずっと関心を惹かれたのは、あの最後の文句のなかで、画家が彼、ヤロミールを、きっと大切にしているに違いない女と同列に並べたという事実、ヤロミールの登場がその女の現在を明らかにより美しく、より得がたいものにしたという事実だった。そこから彼は、自分が画家に愛され、画家の生活に無くてはならない存在なのだと結論した。それはたぶん、まだ子供なので、自分にははっきり見分けがつかないけれども、成熟して賢明な男である画家にはわかっている、深く神秘的な内面の類似性のせいなのだろうと思った。その考えは彼を穏やかな満足感で満たし、画家に新しい主題を与えられると、熱心に紙のうえに身をかがめた。

画家はアトリエに戻り、涙を流している母親の姿を認めた。

「お願い、すぐに帰らせて！

——帰ったら。ふたり一緒に帰ってもいいんだよ。ヤロミールはもうすぐ終わるんだから。

——あなたって悪魔みたいなひと」と相変わらず涙を流しながら言うと、彼は彼女を抱き締め、キスを浴びせた。それから、彼はふたたび隣りの部屋に戻って、ヤロミールが描いたものすべてをほめ（その日、ヤロミールはなんと幸福だったろう！）、家に帰した。そしてまたアトリエに戻って、泣き濡れている母親を絵具で汚れた古いソファのうえに寝かせ、その柔らかい口と濡れた顔に接吻し、二度目のセックスをした。

（訳註1）**ロートレアモン**　フランスの詩人。本名イジドール・デュカス（一八四六―七〇）。代表作『マルドロールの歌』他。シュルレアリストたちに高く評価された。

9

母親と画家の愛は、ふたりの最初の出会いのときにはっきりと現われた前兆から、けっして解放されない定めになっていた。それは、彼女がしっかりと視界にとらえ、長いあいだあらかじめ夢み、熟考した愛ではなかった。背後から襟首に飛びついた、思いもかけない愛だった。

その愛はたえず、彼女に恋の「準備」不足を思い出させた。彼女は世間知らずで、なすべきことも言うべきことも知らなかった。画家の特異で気難しい顔をまえにすると、なにもしないうちから自分の言葉のひとつひとつ、動作のひとつひとつが恥ずかしくなるのだった。また、彼女の肉体さえもさして準備が充分だったとは言えなかった。彼女は出産のあと、あまり自分の肉体を気にかけなかったことを、苦い気持ちで初めて後悔した。鏡に映った腹や、悲しげに垂れ下がり皺の多い肌を見てぎょっとした。

彼女が常々夢みていた愛は、肉体と魂が手に手をとってともに仲睦まじく老いてゆける愛だった（そう、それこそが夢みがちに見据えながら、長いあいだあらかじめ熟考していた愛だった)。しかし、突然始まったこの危険な出会いのなかで、彼女は自分が痛ましいまでに稚《おさな》い魂と、痛々しく老いた体とをしていることを発見した。彼女はその冒険のなかを、狭すぎる板をふるえる足で渡るように進んだのだが、もし転落するとすれば、それは魂の稚さのせいなのか、体の老いのためなのかはわからなかった。

画家はそんな彼女を並々ならぬ気遣いで包んでくれ、自分の絵や思想の世界に導き入れようと努めた。彼女にはそれがうれしかった。ふたりの最初の出会いが、状況をうまく利用した肉体同士の陰謀とは別のものだったという証拠をそこに見ることができたから。しかし愛が魂と体の両方を同時に占領するとなると、それだけ余計に時間を食う。母親は度重なる留守の言訳を(とりわけ祖母とヤロミールに)するために、新しい女友達ができたという嘘をつくり出さねばならなかった。

画家が絵を描いているときには、彼女はその傍らの椅子に座っていることにしたが、それだけでは充分でなかった。画家は、自分の考えている絵画は人生から不思議なものを抽出するためのひとつの方法にすぎないのであり、そしてその不思議なものを、子供は遊んでいるうちに、大人は夢に注意することによって発見できるのだと説明し、母親に一枚の紙と絵具を与えた。彼女はその紙のうえにしみをつけて、息を吹きかけなければならなかった。すると、いろんな線が紙のうえを四方八方に走りだし、その紙が色彩豊かな網で覆われた。そんなふうにして出来上がったつまらない作品を、画家は本棚のガラス戸のなかに飾り、やって来る客をつかまえては、その長所をいろいろとほめたたえるのだった。

ごく最初のころのある逢引きのとき、画家は帰ろうとしている彼女に数冊の本を与えた。家に帰って読めというのだったが、彼女は人目を避けてこっそりと読まねばならなかった。遠慮を知らないヤロミールにその出所を尋ねられるか、また彼以外の家族の者に同じ質問をされるかもしれないのが怖かったから。もしそんなことにでもなろうものなら、彼女は説得力のある嘘をなかなか見つけられなかったに違いない。ひと目見ただけで、それが家族の友人とか親類の本箱で見つけることができるものとはまったく違った本だとわかったからだ。だから彼女は、その本を下着用のタンスのブラジャーや寝間着のしたなどに隠しておき、ひとりになった合間を見はからって読まねばならなかった。なにか禁じられたことをしているという気持ちと、悪いところを見つかりはしないかという不安のために、彼女はその読書に身を入れることができなかったのかもしれない。そこから大したことは記憶にとどめられなかったし、たてつづけに沢山のページを二度、三度と読んでも、ほとんどなにが書いてあるのかわからないようにさえ思われたから。

そのあとで画家の家に行ったとき、彼女はまるで質問されはしないかとびくびくしている小学生のように、胸が締めつけられるような不安に苛《さいな》まれた。画家はまず、その本が気に入ったかと尋ねるにちがいないし、それにたいしてただ、はいと返事をするだけでは満足しないのがわかっていたから。彼にとってその本は会話の出発点であり、そのなかのいくつかの文章を護るべき共同の真理にして、ふたりが共犯関係に入るのを望んでいることがわかっていた。母親にはそのことがよくわかっていたが、だからといって、その本になにが書いてあるのか、なにがそんなに重要なのか、よりよく理解できるようになるわけではなかった。だから彼女は、ずるがしこい生徒のようにひとつの弁解を持ち出した。その本を人に見つけられないように隠して読まねばならなかったのを嘆いてみせ、そのために思う存分身を入れて読めなかったと言ったのだ。

画家はその弁解を認め、巧妙な解決法を見つけてくれた。次のレッスンのとき、彼は現代芸術の諸傾向についてヤロミールに話し、数冊の本を読んでおくようにと渡すと、その子は喜んで受け取った。母親が最初にその本を息子の机のうえに見つけ、その禁じられた文学が本当は自分のために与えられたものだと理解したとき、恐ろしくなった。それまでは自分の情事という重荷をひとりで引き受けてきたのに、いまや息子(この無垢の象徴)が知らぬ間に不倫の愛の使者となっているのだ。しかし、どうすることもできない。その本は現にヤロミールの勉強机のうえにあるので、母親としては、いかにも理解のある母らしい気遣いを装いながら、そのページを繰ってみるほかはなかった。

ある日母親は思い切って、貸してもらった詩集は不必要に曖昧で複雑ではないかと画家に言ってみた。が、その言葉を言うか言わないうちにもう後悔した。画家はどんなささいな意見の食い違いをも裏切りとみなす男だったから。彼女はいちはやく、その大失策を取り返そうと努めた。画家が眉をつりあげて、描きかけの絵のほうに向かったとき、彼女はこっそりとブラウスとブラジャーをとった。彼女は美しい胸をしていて、それを自分でも知っていたのだ。それから、誇らしげに（だが、どことなくおずおずしたところも隠しきれずに）その胸を見せびらかしながら、アトリエ中を歩き回ったのだ。次いで、架台にかけられた画布で半分身を隠して、画家の眼前に立った。画家は不機嫌そうに画布のうえに筆を走らせ、険しい眼つきで数回、絵のうしろに立っている母親を見つめた。そこで彼女は、画家の手から筆を取りあげて口にくわえ、どんな人間にもけっして言ったことがない言葉、俗悪で粗野なひとつの言葉を彼に向かって言った。そして小声で数回それを繰り返すと、やがて画家の怒りが愛の欲望に変わるのが認められた。

いや、彼女にはそんなふうに振る舞う習慣はなかった。もともと神経質で打ちとけない女だったのだ。しかし、ふたりが親しくなった当初から、画家が要求するのは自由で意表をつく形の愛情表現で、一緒にいるときにはあらゆる習慣、あらゆる羞恥、あらゆる禁止からすっかり離れ、まったく自由で打ちとけた気持ちになるよう望むことを彼女は理解した。彼はよくこう言った、「きみがきみの自由、完全な自由をくれないなら、ぼくはなにもほしくないのだ！」と。そして、あらゆる瞬間にその自由を確認したがるのだった。そのとらわれのない態度がたぶんすばらしいものにちがいないとはいくらか理解できるようになっていたのだが、それ以上に自分にはけっしてそんなことなどできないのではないかと恐れる気持ちのほうが強かった。だから、彼女が「自分の自由を知ろう」と努めれば努めるほど、ますますその自由は難しい任務になり、義務になり、あらかじめ家で準備すべきものになった（要するにどんな言葉、どんな欲望、どんな動作で画家を驚かせ、彼に自分の機転を見せようか知ろうとしたのだ）。その結果、彼女はなにか重荷でも背負わされたように、その自由の絶対命令のもとで屈服しはじめた。

「もっとも悪いのは、世界が自由でないということではない。人間が自由の使い道を忘れたということだ」と画家は言ったが、その指摘はどう見ても自分のためになされたもののように思われた。彼女は画家が全面的に、なにからなにまですっかり打ち棄ててしまわねばならないと断言した古い世界にすっぽりと属していたのだから。「ぼくらが世界を変えることができないなら、少なくともぼくら自身の生活を変えて、自由に生きようではないか」とか、ランボー（訳註1）を引用しながら、「もしどんな生活もかけがえのない唯一のものなら、それを出発点にして結論を出そうではないか。新しくないものはすべて、打ち棄てようではないか。なんとしても現代的にならねばならないのだ」などと言った。彼女は彼の言うことを、その言葉にたいする信頼と自分自身にたいする不信によって身をふくらませながら、ほとんど宗教的な気持ちで聴いた。

画家が自分に感じてくれる愛は誤解にしか由来していないのではないかという考えがふと彼女の心に浮かび、いったいどうしてわたしを愛しているの、と尋ねてみることがしばしばあった。彼は答えて、ぼくがきみを愛するのは、ボクサーが蝶を、歌手が沈黙を、強盗が村の小学校の女の先生を愛するのと同じだと言い、さらに肉屋が若牝牛のおびえたような眼を、雷が人家の屋根の健気さを愛するように、愚かしい家庭から盗んできてこっそり隠してやった恋しい女として、きみを愛しているのだとつづけた。

彼女は言われることをうっとりとして聴き、一分でも暇ができるとすぐに彼の家に行った。彼女は自分を、疲れ切っているために、眼前に美しい風景があるのに、その美しさを味わうことができない旅行者のようだと思った。彼女はその愛からどんな喜びも引き出せなかったが、それが偉大で美しい愛であり、失ってはならないことはわかっていた。

ところで、ヤロミールはどうしていたのか？　彼は本棚の本を画家に貸してもらったことを誇りにしていた（画家は彼に、自分はだれにも本を貸さないことにしていて、このような特権を与えたのはきみだけだと何度も言った）。彼は時間がたっぷりあったので、夢みるようにゆっくりとページを辿った。その時代には、現代芸術はまだプチブル大衆の資産とはなっていなかったので、ひとつの分派としての抗いがたい魅力、党派とか協会とかのロマンティスムを夢みる年齢の子供にもたやすく理解できるあの魅力を持っていた。ヤロミールはその魅力を深く感じ取り、それらの本を読むのでも、母親とはまったく違った読み方をした。母親がこれから人に質問を受ける教科書を読むように最初から終わりまで順序正しくページを繰るのに反して、質問を受ける心配のないヤロミールは、本当の意味では画家の本を読まなかった。むしろ散歩でもするようにそれを辿って、ここのページのうえでゆっくりしたかと思うとあそこの詩の一句のうえで立ち止まるといった具合に本をめくり、残りの詩がわかるかどうかなどとは気にかけなかった。しかしある詩句ひとつ、またある散文の一節だけで充分幸福になることができた。必ずしもそれらが美しいためばかりではなかった。それはとりわけ、他の者たちには隠されたままでいるものが知覚できる、選良たちの王国への案内図の役目を果たしてくれたからだ。

　息子がたんなる使者の役割には甘んじず、みかけだけ彼に向けられた本を、興味深く読んでいるのを母親は知っていた。そこで彼女は、ふたりとも読んだものについて語り合うことにして、とても画家にはする勇気がない質問をしてみる。その結果彼女は、息子が画家よりもずっと仮借のない頑固さで、貸し与えられた本を擁護するのを確認して恐ろしくなった。

　そうするうちに彼女は、エリュアール（訳註2）の詩集の「一方の眼に月を、もう一方の眼に太陽を入れて眠ること」という詩句に鉛筆でアンダーラインが引かれているのに気づいた。

「いったいこの詩のどこが美しいと思うの？　どうして眼に月を入れて眠らなくちゃならないの？　〝砂の靴下をはいた石の脚〟。どうしたら砂で靴下がつくれるっていうの？」

母親がただ詩を嘲笑しているわけでなく、自分が若すぎて理解できないと思っているのにちがいないのだと考えたヤロミールは、手かげんせずに答えた。

なんということだ、彼女はわずか十三歳の子供に反論することさえできないのだ！　その日、画家の家に赴いたとき、彼女は外国の軍服を身につけたばかりのスパイのような精神状態だった。仮面を剝がされるのを恐れていたのだ。彼女の振る舞いは自然らしさのかけらさえ失い、言うこと為すことすべてが、朗読の最中に非難の口笛を鳴らされるのではないかと恐れるあまり、体が麻痺してしまう素人役者の演技に似ていた。

画家が写真機の魅力を発見したのはほぼそのころだった。彼は母親に初めての写真――いろんな物を奇妙な具合に組み合わせた静物、忘れられ棄てられた物体を示す不思議な絵などを見せた。それから、彼女をガラス窓のしたに連れていって写真を撮った。母親がまず感じたのは、一種の安心感だった。そうしていると、ものを話す必要はなく、ただ立ったり、座ったり、笑ったり、画家が指示したり、時どき自分の顔をほめてくれるのを聴いているだけでよかったからだ。

すると、突然画家の眼が輝いた。彼は筆をとって黒い色に浸して、微妙な手つきで母親の頭を回しながら顔のうえに二本の斜線を描いた。「ぼくはきみを抹殺した！　神の作品を破壊したんだ！」と叫び、鼻のうえで交叉している二本の太い線のあるその顔を撮影しだした。それから、彼女を浴室に連れてゆき、顔を洗ってタオルで拭いてやった。

「今しがた、きみを抹殺したのは、きみを復活させるためだったんだ」と言い、もう一度筆をとると、ふたたび彼女のうえに絵を描き出した。今度は古代の表意文字に似た円や線だった。「メッセージになった顔、文字になった顔」と彼は言い、彼女を明るいガラス窓のしたに連れていって、ふたたび写真を撮りはじめた。

そのあと、彼は彼女を床のうえに横たえ、その頭の横に石膏の古代風の立像を置いて、彼女の顔のうえのものと同じ線を描いた。ついで、ふたつの頭、生きている頭と動かない頭とを写真に撮った。それから、母親の顔の線を洗って別の線を描き、つづいてまた彼女の写真を撮った。そして、ソファのうえに彼女を寝かせ、服を脱がせはじめた。母親は乳房や脚のうえになにか描かれるのではないかと恐れ、体のうえにものを描くものではないと理解させるために、冗談めかした忠告をしそうになった（冗談めかして忠告をするには大変な勇気が必要だった。冗談が目標を外して、かえって自分が滑稽になるのではないかといつも恐れていたから）。しかし、画家は描くのに飽きていたので、そのかわりに彼女と交わった。交わりながら、彼はいろんな模様で覆われた彼女の頭をかかえた。わざわざ自分のために創ったばかりの女と寝ている神のように、彼は自分自身の被造物、自分自身の気紛れ、自分自身のイメージであるひとりの女と愛し合っているとでも考えているらしく、ことのほか興奮しているようだった。

だがその時の母親は、画家の発明以外のなにものでもなく、また彼の作品以外のなにものでもなかったのはまったく事実だった。彼女もそのことを知っていたので、全力を集中し、けっして自分が画家の相手、奇跡的なパートナー、愛されるに値する女ではなく、ただ生命のない反映、おとなしく差し出された鏡、画家が己れの欲望のイメージを映し出す受身の表面にすぎないのを見透かされないよう努めた。そして彼女は、その試煉に首尾よく耐えた。官能の喜びを得た画家は、満足しきって彼女の肉体から離れた。しかし、そのあと家に戻ると、彼女はなにか大変な努力を払いつくしたような気がし、夜、眠るまえに泣いた。

それから数日してアトリエに戻ると、デッサンと写真撮影の場面が繰り返された。今度は、画家は彼女の胸を裸にし、その見事な乳房のうえに描きだした。しかし、つづいて全裸にしようとしたとき、彼女は初めて愛人に逆らった。

それまでの彼女が、画家との情事のあいだ自分の腹を隠すためにみせた巧妙な手練手管を想像することは、かなり難しいことだろう！　靴下どめをつけたままで、半裸のほうがずっと刺激的だと彼に思わせたことが何度もあった。まぶしい光を嫌って、薄暗がりのなかで愛し合うよう工夫したこともよくあった。また何度も、腹を愛撫したがる画家の手を、そっと離して胸のうえに持っていったものだ。そして彼女は、あらゆる手管を使いきってしまうと、画家もよく知っていて、彼女の性格のひとつの特徴として愛している羞恥心の助けを求めた（きみは白の化身であり、最初にきみのことを考えたとき、削りとった白い線によってその考えを篦《へら》で画面に表現したと彼がよく言うのは、その羞恥心のためではなかったか）。

ところが今、彼女はアトリエの中央に生ける立像のように立ったままでいなければならず、そこを画家の眼と筆が襲おうとしているのだ。彼女が身を守ろうとして、初めての訪問のときに言ったように、そんなことを要求するなんてどうかしていると言うと、彼もそのときと同じように、そう、愛とはどうかしているもののことなのだと答え、着ているものを剝ぎ取ってしまった。

そこで彼女は、アトリエの中央に立たされることになったのだが、もう自分の腹のことしか念頭になかった。眼を下げて見るのが恐ろしかったが、彼は眼前に立ち、しかもちょうど、何度となく鏡に映して絶望したのでよく知っている視角に位置していた。わたしはこの腹以外のなにものでも、皺のよったいやらしい一枚の皮以外のなにものでもないのだ、と彼女は心のなかでつぶやいた。まるで手術台のうえにのった女、諦めてただ、こんなことはすべて一時のもので、手術も苦痛もやがて終わるのだから、さしあたってできるのはただひとつ、耐え忍ぶことだけだと信じなければならない女にでもなったような気がした。

すると画家は筆をとり、黒い色をつけて彼女の肩やへそや脚に押し当ててから、やがてうしろに数歩下がって写真機をつかんだ。彼女は浴室に連れてゆかれ、空っぽの浴槽に寝かされた。彼は先が孔のあいた頭球になっているシャワーの、蛇のような金属製の管を彼女の体のうえに斜めに置いて、この金属製の管から出るのは水ではなく、致死ガスで、愛の天使の体のうえに戦争の体が重ねられるように、今それが、きみの体のうえに置かれているのだと言った。それからふたたび彼女を起き上がらせ、別のところに連れていってまた写真を撮りだした。彼女はおとなしくついてゆき、もう腹を隠そうとはしなかった。しかし、腹はいつも彼女の眼前にあった。彼女は画家の眼とそのなかの自分の腹、自分の腹とそれを映す画家の眼を見ていた……

そのあと彼が、体中模様で覆われている彼女を絨緞のうえに横たえ、美しく冷たい古代風の立像の頭の横で交わったとき、彼女はもう我慢できなくなり、彼の腕のなかですすり泣きをはじめた。しかし彼にはおそらく、そのすすり泣きの意味が理解できなかったにちがいない。なぜなら彼は、規則正しく切れ味のよい見事な運動に変わった荒々しい呪縛への答えとしては、欲情と幸福のあえぎ以外にはありえないと確信していたから。

画家がすすり泣きの理由を見抜けないのを理解した母親は、自分を抑え、泣くのをやめた。しかし家に帰ると、階段のところでめまいに襲われた。倒れて膝に擦り傷をつくった。動転した祖母は彼女を寝室に運び、額のうえに手を当て、腋のしたに体温計を入れた。母親は発熱し、神経がくたくたに疲れていた。

（訳註1）**アルチュール・ランボー**　フランスの詩人（一八五四―九一）。代表作『地獄の一季節』『イリュミナシヨン』他。「抒情詩人」の典型として、この小説ではた

びたび言及される。

（訳註2）**ポール・エリュアール**　フランスの詩人（一八九五―一九五二）。代表作『詩と真実』他。シュルレアリスム運動の創始者の一人。

10

数日後、イギリスから派遣されたチェコの落下傘部隊がボヘミア地方のドイツ人支配者を倒した。戒厳令が公布され、街角には銃殺者の長いリストが貼りだされた。母親は寝たきりで、毎日医者が尻に注射しに来ていた。夫はベッドの枕もとに座り、手を取っていつまでも彼女の眼を見つめていた。母親は夫が自分の神経の動揺を歴史の様々な恐怖のせいにしてくれているのを知っていた。騙されたのに、やさしくしてくれ、この困難な時節に味方になってくれようとしているのだと考えると、彼女は恥ずかしくなった。

ところで女中のマグダのことだが、彼女は数年前からこの家に住みこんで家事の手伝いをし、強固な民主的な伝統を大切にしている祖母などは、使用人というよりむしろ家族の一員だと言っていた。そのマグダがある日、泣きながら家に戻ってきた。結婚の約束をしていた男がゲシュタポ（ナチスドイツの秘密警察）に逮捕されたのだという。それから数日後、他の死者たちの名にまじって、その男の名が濃い赤の通知書のうえに黒い字で書き出されていた。マグダは数日休みをもらった。

戻ったマグダが語ったところによると、男の両親は遺骨壺をもらうことができず、息子の死骸のありかもきっとわからずじまいになるだろうとのことだった。そう言って彼女はまた新たな涙にくれ、それ以後というものほとんど毎日のように泣きつづけた。大体は自分の部屋に入って泣いたので、そのすすり泣きの音は仕切りによって弱められたが、時どき昼食の最中に突然泣きだすこともあった。というのも、その不幸以来、家族は彼女に一緒に食事することを許しており（以前は台所でひとりで食べていた）、その好意が破格の性質のものだっただけに、そのぶんだけ余計に毎日正午になると、彼女は自分が喪中にあり、同情されているのを思い出すのである。眼を赤くし、まつ毛のしたに涙の滴をつくり、それがソースをかけたクネーデル〔小麦粉、卵で作る団子〕のうえに落ちた。彼女は涙と赤くなった眼とを隠そうと努め、人から顔を見られないようにと願って頭を下げるのだが、それが逆に、ますます人の注目を惹くことになった。いつもだれか一人が慰めの言葉をかけたが、彼女は返事しながら、また大きくしゃくり上げるのだった。

ヤロミールはそうした光景をすべて、わくわくする見世物のように観察していた。やがて一粒の涙がその若い女の眼に現われるのだと考え、若い女の羞恥心が悲しみを抑えようと努めるのに、結局、悲しみが羞恥心に打ち勝ち、涙を流させるのだろうと思うと心が躍った。彼はその顔に見とれた（なにか禁じられたことをしているような気がしたのでこっそりと）。生暖かい興奮と、その顔をやさしさで覆い、愛撫し、慰めてやりたいという欲望とにとらえられた。その夜、一人になって毛布をかぶり、仰向けになったとき、彼は褐色の大きな眼をしたマグダの顔を思い浮かべ、その顔を愛撫しながら、「泣くんじゃない、泣くんじゃない、泣くんじゃない」と言ってやる様を想像した。というのも、それ以外に彼女に言ってやれる言葉が見つからなかったから。

彼の母親が神経病の治療を終え（それは自宅での一週間の催眠療法だった）、ふたたび家事をやりはじめたのはほぼその時期だった。彼女はたえず頭痛を訴え、心臓が苦しいと言いながら買物や雑用をした。ある日彼女は机のまえに座り、一通の手紙を書きだした。最初の一行を書くやいなや、画家がきっとセンチメンタルで愚かしいと思うにちがいないとわかって、その批判が恐かった。しかし間もなく気を取り直した。これは彼に宛てる最後の言葉で、別に返事を期待しているわけではないのだと自分に言いきかせ、そう思うと勇気が出てきてあとをつづけた。軽い気持ちで（しかし奇妙なほど片意地になって）文章が書けた。まるで本当の彼女、彼を知るまえの彼女が文章を綴っているような感じだった。彼女が書いたのは、彼を愛しているし、一緒に過ごした奇跡のような日々をけっして忘れないだろうが、しかし真実を告げるときになったこと、自分は画家が想像しているのとはまったく違って、本当はありふれた時代おくれの女にすぎないので、今に息子の無垢な眼を見られなくなってしまうのではないかと恐れている、などということだった。

それでは、彼女はついに真実を告げてしまおうと決意したのだろうか？　とんでもない！　彼女が人を愛する幸福と呼んだものは、現実の彼女にとっては辛い努力だったとは言わなかったし、傷痕のついた自分の腹をどれだけ恥ずかしく思っていたのかも言わなかった。また、神経の発作を起こし、膝が痛んで一週間も寝こまなくてはならなかったことも言わなかった。彼女がそのことを言わなかったのは、もともとそれほどまでに素直になれる性質でなかったことにもよるが、それと同時にもう一度本来の自分に戻りたかったからだ。そして本来の自分に戻れるのは、自分の感情をいつわることによってだけだったからだ。そういったことをすべて率直に打ち明けるのは、腹の線条皮をあらわにしながら、もう一度彼のまえに裸で身を横たえるようなものだった。いや、彼女は外側であれ内側であれ、もう彼に自分を見せたくなく、自分にも羞恥心があるのだという安心感を取り戻したかった。そのためには偽善家になり、子供のことと母親としての聖なる義務のことしか話さない必要があったのである。そして手紙の終わりになると、自分の神経に動揺を引き起こしたのは腹でもなく、画家の考えについてゆくために払わなければならなかったあのくたびれ果てる努力でもなく、罪深い大恋愛に反抗した偉大な母性的感情だったのだと自ら確信するにいたった。

その時彼女は、ただ限りなく悲しいと感じたばかりでなく、自分を気高く、悲劇的で、力強いとも感じていた。数日まえには彼女を苦しませるだけだった悲しみも、高貴な言葉で叙述された今となっては、心が和むような幸福を与えてくれた。それは美しい悲しさであり、彼女はそのメランコリックな光に照らされた自分を悲しいほど美しいと思った。不思議な符合というべきだが、ちょうど同じ時期に、日もすがら何日もマグダの泣き濡れた眼差しをうかがっていたヤロミールも、大変よく悲しみの美しさを知るようになり、すっかりそのなかに沈み込んでいた。彼はふたたび画家に借りた本をひもといてエリュアールの詩を何度も読み返し、その詩句の魅惑にとらえられた。それは、「彼女は体の静けさのなかに、眼の色をしたちいさな雪だるまをもっていた」とか、「遠くでおまえの眼を浸す海」とか、「悲しみよこんにちは。ぼくの愛するひとの眼のなかにおまえが刻まれている」といった詩句だった。エリュアールはマグダの静かな体と涙の海に浸された眼との詩人になった。彼には彼女の一生が、「美しい顔をした悲しみ」という唯一の詩句の持つ魔法のなかにあるように思われた。そうだ、美しい顔をした悲しみ、それはマグダのことだったのだ。

家中の者たちがみんな芝居を観に出かけたある夜、彼はマグダと二人きりで家に残った。彼は家の習慣を空《そら》で知っていて、その日は土曜日だから、やがてマグダが入浴するはずだとわかっていた。一週間前から両親と祖母が観劇の予定をたてていたので、彼にはすべてを準備する時間があった。数日まえ、浴室の戸の鍵穴を出すように鍵穴隠しを持ち上げ、それが簡単にくっついて垂直の位置にとどまっているように、濡らしたパン屑を軽く塗っておいたのだ。彼は鍵穴からの視野が狭められないように、鍵を抜いて、注意深く隠した。

鍵が失くなったことにはだれも気づかなかった。家族の者たちには鍵をかけて入浴する習慣がなく、鍵穴の鍵を回すのはマグダ一人だったから。

家は沈黙し、人気《ひとけ》がなかった。ヤロミールの心臓は高鳴っていた。彼はうえの部屋にいたが、だれかに不意を襲われ、なにをしているのか尋ねられるとでもいうように、本を一冊眼前に置いていた。しかし本は読まずに、ただ聞き耳をたてているだけだった。とうとう管路に水が流れる音が聞こえ、それから浴槽の底に水がジャーと当たるのが聞こえた。

彼は階段の明かりを消して静かに降りた。運のよいことに、鍵穴は開かれたままだった。眼を近づけると、もう服を脱ぎ、乳房をあらわにして、ズロースしかつけていないマグダが浴槽にかがみこんでいるのが見えた。心臓の高鳴りがとても激しくなった。というのも、彼はいままで一度も見たことがないものをまのあたりにし、これからもっとよく見ようとしているのに、それを止めるものはもうだれもいないのだから。マグダはふたたび体を伸ばして鏡に近づき(彼には彼女の横の姿が見えた)、しばらく自分の姿を眺めてから、やがて浴槽のほうに向かった(今度は正面から彼女が見えた)。彼女は立ち止まってズロースを脱いで投げ捨て(相変わらず正面が見える)、そして浴槽のなかに入った。

彼女が浴槽のなかにいるときも、ヤロミールはずっと鍵穴から観察していた。しかし、肩まで湯が来ているので、彼女はただ一個の顔でしかなかった。涙の海に浸された眼をした、いつもの悲しげな顔だったが、しかしそれは同時にまったく違った顔でもあった。それは彼が心のなかで（今、そしてこれからもずっと）裸の乳房、腹、尻などをつけ加えてやらなければならない顔であり、「裸の肉体にまぶしく照らされた顔」であった。彼は相変わらず心のなかでやさしさを呼び覚ましつづけてはいたが、そのやさしさはいつもとは違っていた。なぜなら、そこにはいやます心の衝撃が反映されていたから。

それから突然、彼はマグダが自分の眼を眺めているのに気がついた。見つかるのが恐かった。彼女は鍵穴をじっと見据え、そしてやさしく微笑んだ（それは間が悪そうでいて愛想のよい微笑だった）。彼は急いで戸から離れた。見られたのだろうか、それとも見られなかったのか？　彼は何度も何度も実験して、戸の向こう側からのぞきこんでいる眼が浴室の内側から見られるはずがないのを確かめた。だが、マグダの眼差しと微笑をどのように説明したらよいのか？　それとも、マグダがこの方向を見たのは偶然で、微笑んだのはただ、ヤロミールに見られているかもしれないと考えたためだけだったのか？　いずれにしろ、マグダの視線に出会ったことですっかり落ち着きを失ってしまった彼は、もう戸に近づく勇気がなくなった。

しかし、しばらくして平静に返ったとき、彼がそれまで見、生きてきたあらゆることを超えるある考えを思いついた。浴室の鍵は締まっていなかったし、マグダは入浴するとは告げていなかった。だからなにも知らないふりをして、当然のように浴室に入ってゆくこともできるのだ。ふたたび彼の心臓が高鳴った。彼はもうすでに、驚きの表情を浮かべて戸のふちに立ち止まり、「ぼくはちょっと櫛を取りに来ただけなんだ」とマグダに言っている自分を想像する。全裸のマグダの傍らに行くが、彼女にはとっさに言うべき言葉が見つからない。昼食の最中に、突然の嗚咽に襲われたときのように、その顔が恥ずかしさに染まる。ところが彼、ヤロミールのほうは、櫛が置いてある洗面台まで浴槽に沿って進む。そして櫛を取ってから、浴槽のまえで立ち止まり、マグダのうえに、緑がかった水を透して見えるその裸体のうえに身をかがめる。それからあらためて恥じている顔を眺め、恥じ入ったその顔を愛撫する。しかし、想像がそこまで進んだとき、彼はふたたびぼんやりとした霧に覆われ、もうなにも見えず、なにも想像できなくなった。

まったく自然に、なかに入ったかのように見せるために、彼は静かに部屋に昇り、それから各段ごとにとてもきつく足を踏みながらふたたび下に降りた。震えるのを感じ、穏やかで自然な声で、「ぼくはちょっと櫛を取りに来ただけなんだ」と言うだけの力があるかどうか心もとなかった。しかし彼は降りた。そしてほぼ浴室の戸のところまで行って、息ができなくなるほど強く心臓が搏動しはじめたとき、「ヤロミール、わたしがお風呂に入っているの！　入ってこないで！」という声が聞こえた。彼は答えた。「とんでもない、ぼくはちょっと台所に行くだけなんだ！」そして廊下を逆方向に横切って台所に行き、なにかを取ったばかりのところだとでもいうように、ただ戸を開けて閉め、ふたたび階段を昇った。

しかし、一旦部屋に戻ってみると、マグダの言葉がいくら面くらうものだったとしても、なにもあれほど急に降服するよう唆《そそのか》すものでは少しもなかったはずだと考えた。ただ、「かまわないよ、マグダ、ぼくはちょっと櫛を取りに来ただけなんだから」と答えてなかに入ってしまえばよかったのだ。マグダは彼が好きだったので、きっと家族に言いつけることまではしないはずだから。彼はいつも彼女にはやさしかったのだ。そして彼は、ふたたびその場面を想像しだした。彼が浴室に入る。マグダは目前の浴槽のなかで丸裸のまま体を伸ばしている。彼女が彼に言う。「近づかないで、早く行ってちょうだい」しかし彼女はなにもできない。身を護ることができず、許婚者の死をまえにしたときと同じほど無力だ。浴槽のなかで身動きできないのだから。そして彼は彼女の顔のうえに、彼女の大きな眼のうえに身をかがめる……

ただ、その機会が取り返しがつかないほど過ぎ去ってしまっていた。ヤロミールにきこえるものと言えば、もう浴槽から離れた排水孔のほうに流れ出ているぽちゃぽちゃという弱い水音だけだった。そんなすばらしい機会がもう戻ってこないと考えると、彼の心は張り裂けそうになった。家でマグダと二人きりで夜を過ごす機会はそんなに早く来ないし、たとえ来たとしても、そのずっとまえに鍵は元の場所に戻されているはずで、マグダは二重鍵を締めて閉じこもっているだろうとわかっていたから。彼はベッドのうえに寝ころんで、絶望的な気持ちになった。しかし、その失われた機会よりもずっと彼を苦しめたのは、自分自身の臆病さや弱さ、それに自分の心をどこかに奪い去り、すべてを台無しにしてしまった、あの馬鹿げた心臓の高鳴りのことを考えるときに覚える絶望感だった。彼は自分自身にたいして激しい「嫌悪」を抱いた。

しかしその嫌悪をどうすればいいのか？　嫌悪は悲しみとはまったく別のもの、正反対のものでさえある。かつて人に意地悪をされたとき、ヤロミールはよく自分の部屋に閉じこもって泣いたものだった。だがそれは幸福な、ほとんど官能的な涙であり、ほとんど「愛」の涙といってもよいものだった。その涙によってヤロミールは自分を哀れみ、慰めた。ところが、この突然の嫌悪はヤロミールに自分自身の滑稽さを思い知らせ、自分の魂から彼をそらせ、遠ざけるのだ！　それは侮辱のように、また平手打ちのように明白で素気なかった。その嫌悪から免れようとすれば、ただ逃げるより他の方法はありえなかった。

しかし、突然自分の卑小さを思い知らされたとき、その卑小さから免れるためには、いったいどこに逃げたらよいのだろうか？　屈辱から免れられるのはただ上方への逃亡だけだ。だから彼は勉強机に向かい、ちいさな本を開いた（それは、画家が他のだれにも貸したことがないと言っていたほど貴重な本だ）。彼は強い努力を傾けて、好きな詩に注意を集中した。そしてふたたび、「遠くでおまえの眼を浸す海」という詩句を読み、もう一度マグダの姿を眼に浮かべた。そこには、体の静けさのなかの雪だるまも含めてすべてがあった。閉じた窓から小川のせせらぎが部屋のなかに入ってくるように、ぽちゃぽちゃと水の流れる音がその詩のなかに入りこんできた。ヤロミールはやるせない欲望に襲われて本を閉じた。彼は一枚の紙と鉛筆を取り、今度は自ら、エリュアール、ネズヴァル（訳註1）、ビーブル（訳註2）、あるいはデスノス（訳註3）ふうの詩を書きだした。彼は次々にリズムも押韻もない短文を書いた。それは彼が読んだもののヴァリエーションだったが、しかしそのヴァリエーションのなかには、彼が今しも経験したばかりの事柄が述べられていた。そこには「溶けだして水になる悲しみ」があり、「緑色の水」があって、その表面が「昇り、また昇ってぼくの眼までくる」。また体、「悲しい体」、「ぼくが果てしない水を横切ってあとをつけ、追いつめる」水のなかの体があった。

彼は大きな声を出し、なだらかで悲壮感をたたえた調子でその詩のなかの何行かを読み上げて感動した。その詩の底には浴槽のなかのマグダとその顔、それに戸に押し当てた彼自身の顔があった。だから、彼は自分の経験の「圏外」ではなく、まさしくその「上方」にいたことになる。彼が自分自身にたいして覚えた嫌悪は「下方」にとどまっていた。下方にいたときには、恐怖で手がしめっぽくなり、呼吸がだんだん速くなるのを感じたものだった。しかし詩のなかのこの「上方」にいると、無一物の状態よりはるかに高いところにいる思いがした。鍵穴と自分の臆病さのエピソードはもはや飛び板にすぎず、そのうえから今の彼は跳躍したのだ。彼はもう今しがた経験したばかりのことに従属してはいず、今しがた経験したばかりのことが彼の書いたことに従属しているのだ。

翌日、彼は祖父のタイプライターを持ち出し、特別な紙のうえにその詩を書き写した。詩は、大きな声で朗読したときよりももっと美しいものに思えた。その詩はたんなる言葉の羅列ではなくなり、ひとつの「物」となったからだ。詩の自立性は以前よりもはるかに異論の余地がないものになった。普通の言葉は、発音されるやたちまち消え去ってしまうように出来ていて、伝達の瞬間に役立つ以外の目的はない。それは物に従属し、物の名称でしかない。ところが、ここではその言葉がそれ自体物となり、なににも従属していない。もはや即時的な伝達や迅速な消滅には従属せず、持続に従属していた。

前夜にヤロミールが経験したことがその詩のなかに表現されていたのは事実だったが、それと同時に、ちょうど種子が果実のなかで死ぬように、その経験はそこではゆるやかに死んでいた。「ぼくは水の下にいる、心に受けた衝撃が水面に弧をつくる」。この詩は浴室の戸のまえで震えている若者のイメージを表わしているが、それと同時に、このなかでは彼の特徴が次第にぼんやりとなっている。その詩は彼の先を行き、彼を超越しているのだ。「ああ、液体のようなぼくの恋人」と別の詩句は言っているが、この液体のような恋人とはマグダのことだとヤロミールにはわかっていた。しかしまた、その言葉の背後にマグダがいることにだれも気づかないだろうともわかっていた。そこでは彼女が隠れ、眼に見えず、埋もれていたから。彼が書いた詩は、まったく自立的で、独立し、理解不可能だった。だれとも馴れあわず、ただ「存在」するだけに甘んじている現実そのものと同じほど独立し、理解不可能だった。だから、この詩の自立性はヤロミールにすばらしい逃げ路、夢みていた「第二の生」の可能性を差し出していた。彼はそれをじつに美しいと思ったので、翌日から新しい詩を書こうと試み、やがて少しずつその活動に没頭していった。

(訳註1)**ヴィーチェスラフ・ネズヴァル**　チェコのシュルレアリスム詩人(一九〇〇―五八)。代表作『パントマイム』『ふるさと』他。

(訳註2)**コンスタンチン・ビーブル**　チェコのシュルレアリスム詩人(一八九八―一九五一)。代表作『新しいイカロス』『恐れもなく』他。

(訳註3)**ロベール・デスノス**　フランスのシュルレアリスム詩人(一九〇〇―四五)。代表作『肉体と資産』『財産』他。

11

起き上がり、恢復期の患者のように家のなかをあちこち歩きまわれる今になっても、彼女は気が晴れない。彼女は画家の愛を斥《しりぞ》けたのだが、そのかわりに夫の愛を取り戻したわけではなかった。ヤロミールの父親が家にいることがめったにないのだ！　夫が夜遅く帰ることにはやっと慣れたが、しまいにはかなりひんぱんに数日家を留守にすると告げられることにさえ慣れてしまった。というのも、彼はよく仕事で出張することがあったからだが、しかし今度の場合は、まったくなにも言わないで、夜になっても帰宅せず、母親にはなんの便りもないのだ。

ヤロミールは父親の姿を見かけることがあまりにも稀だったので、父親がいなくなったことに気づきさえしない。彼は自分の部屋で詩のことをぼんやりと考えている。一篇の詩が詩となるためには、だれかほかの人に読まれることが必要だ。そこで初めて、詩とは暗号化された日記とは別のものであり、書いた人間から独立した、固有の生を生きることができるという証拠が得られる。彼がまず考えたのは、詩を画家に見せることだった。しかし、彼は自分の詩にあまりにも重要性を与えていたので、わざわざあれほど厳しい人間の判断にゆだねる危険を冒す勇気がなかった。彼に必要だったのは、自分とまったく同じほどその詩に感心してくれる人間だった。そして間もなく、だれがその最初の読者に、彼の詩の選定された読者になるべきかがわかった。その読者がまるで自分の詩に出会いに歩いてくるとでもいうように、悲しげな眼と痛ましい声をして家のなかを歩きまわっているのが見えた。そこで彼はひどくうろたえ、入念にタイプした数篇の詩を母親に渡すと、走って自分の部屋に閉じこもり、母親が読んでから自分を呼んでくれるのを待った。

彼女は読んで泣いた。彼女にはなぜ泣くのかわからなかったかもしれないが、しかし、それを見抜くのはさして難しくはない。彼女の眼から流れる涙には、おそらく四つの理由があったと思われる。

まず、彼女はヤロミールの詩句と画家が貸してくれた詩が似ていることに驚き、眼から涙、失った愛の涙があふれ出たのである。

次に、息子の詩がかもしだすなんとも言えない悲しみを感じて、夫が二日来家を留守にしているのに、自分にはまえもって断わってさえゆかなかったことを思い出して屈辱の涙を流した。

しかし、それからほどなく彼女の眼から流れたのは、慰めの涙だった。詩を見せるためにあれほどの信頼と思いつめた気持ちで駆けつけた息子の心根が、彼女のあらゆる傷のうえに芳香をふりまいてくれたからだ。

そして最後に、数回その詩を読み返したあと、彼女は感嘆の涙を流した。ヤロミールの詩句がわかりにくく思われ、もしそうだとすればこの詩のなかには自分に理解できるよりもっと多くの事柄が述べられていることになり、したがってわたしは一人の神童の母親なのだと考えたからだ。

それから、彼女は彼を呼んだ。しかし、いざ彼を眼のまえにしてみると、貸してくれた本についていろいろ質問したときの画家の眼のまえにいるような気がした。息子の詩についてなんと言ってよいかわからなかったのだ。熱い期待を抱いてうつむいている息子の頭が見えたが、彼女にできることといえば、ただ彼を抱き締めて口づけしてやることだけだった。ヤロミールは怖気づき、母親の肩のうえに顔を隠すことができるのがうれしかった。母親のほうは、腕に息子の体の子供っぽい弱々しさを感じたとき、心を圧迫していた画家の亡霊を遠くに押しやり、勇気をふるいおこして話しはじめた。しかし声がふるえ、眼が濡れてくるのをどうすることもできなかった。ヤロミールにとっては、母親が発する言葉よりそのほうがずっと重要だった。そのふるえと流れる涙こそ、彼の詩が持っている力の——現実の、肉体的な力のなにより貴重な保証だと思われたのだ。

夜になっても父親は戻らなかったが、母親は、ヤロミールの顔にはやさしい美しさがあり、夫も画家も比較にならないと思った。その突飛な考えはしつこく、どうしても頭から離れなかった。彼女は妊娠していたとき、アポロンの小像を見ながら願いごとをしていたことを話しだした。「だから、ほら、あなたはこのアポロンのように本当に美しいのよ。あなたはこれに似ている。母親がお腹を大きくしているときに考えたことのなにかが、必ず子供に残されるって話があるでしょう。それが迷信にすぎないなんてことはないの。あなたが詩才を受け継いだのは彼からなのよ」

それから彼女は、文学がいつも自分の最高の愛の対象だったこと、大学に行ったのは文学を勉強するためだったこと、そして、ただ結婚のために（ただし妊娠のことは口にしなかった）その天職に全身全霊を捧げられなくなったことを語り、ヤロミールは詩人だと発見した今にして思うと（まさしく、彼女こそ彼にその大きな肩書きを与えた最初の人間だ）、もちろんびっくりしたけれど、それでいてずっと以前からそのことを待っていたような気もするのだと言った。

その日、二人は長い時間語り合い、いずれも幻滅した恋人の母子は、お互いのなかにそれぞれの慰めを見出した。

第二部　あるいはクサヴェル

1

建物の内部から、もうすぐに終わろうとしている休み時間の物音が彼のところにきこえてきた。やがて数学の老教師が教室に入り、黒板に数字を書いて生徒たちを眠らせる。迷いこんだ蠅のうなり声が、教師の質問と生徒の解答とのあいだに横たわる途方もない空間を占領する……しかし、彼はそのときには遠くに行ってしまっているだろう！

　戦争は一年前に終わっていた。季節は春で、太陽の光が射している。彼は道をいくつか曲がってヴルタヴァ川まで行き、川岸に沿ってぶらついた。教室で過ごす五時間という銀河は遠くにあり、彼をまだそこに結びつけているものがあるとすれば、それはノートや教科書が入っている栗色の手さげ鞄だけだ。

　彼はカレル橋に着いた。川のうえに二重に並んでいる立像が向こう岸に渡るよう誘っている。中高等学校《リセ》を欠席するとき（彼はじつにひんぱんに喜んで学校をサボった！）、ほとんど必ずといっていいほどカレル橋に惹きつけられて橋を渡る。今度もまた、橋を渡ろうとし、そして今度もまた同じ場所で立ち止まる。橋のしたを見ると、川の流れがそこで終わり、土手になっている。土手のうえには黄色の古い家が建っている。その四階の窓がほぼ橋の手摺りの高さにあって、ごくわずかしか離れていない。彼は（いつも閉まっている）その窓を眺めるのが好きで、窓ガラスの奥にだれが住んでいるのか考えてみる。

その日は、初めて（たぶん珍しく日射しの強い日だったためだろう）窓が開いていた。鳥のいる鳥籠が一方の窓にかかっている。彼は立ち止まって、白い針金を優雅に撚《よ》り合わせて作られたそのロココ風の籠をしげしげと眺め、やがて薄暗い部屋のなかに人影を認めた。見えたのは背中だったが、それが女だとわかり、その女が振り向いて顔を見せてくれたらいいのにと思った。

人影が動いた。しかし、逆方向に向かってだった。女は闇のなかに消えてしまった。窓が開かれていて、それが誘《いざな》い、きっと自分に向けられた秘やかな沈黙の合図にちがいないと彼は確信した。

彼は抵抗できずに、手摺りのうえに昇った。窓と橋のあいだは、したが堅い舗石になっている深い空間によって隔てられていた。鞄が邪魔になったので、彼は窓から暗い部屋のなかに投げ込み、そして飛んだ。

2

クサヴェルは手を伸ばして、いま飛び下りたばかりの長方形の高い窓の、内側の縁に触れた。窓は彼の背丈で全部覆われてしまっている。彼はその部屋を（ちょうど注意力がまず遠いところにあるものに働く人びとのように）奥から探った。最初にドアが目につき、次に左側の壁にくっつけられた胴のふくらんだ戸棚、右側には支柱に細工の施された木製のベッド、部屋の中央には手編みの食卓布で覆われた円いテーブル、そのうえの花瓶、そして最後に、安物の絨緞の総縁《ふさべり》のうえに落ちている手さげ鞄が足元に見つかった。

まさに彼が手さげ鞄を見つけ、飛び下りて拾おうとした瞬間、部屋の暗い奥でドアが開き、女が現われた。女はすぐに彼を見た。じっさい、部屋は薄暗がりのなかに沈んでいて、長方形の窓のところが照らされているので、まるで内部は夜なのに外は昼であるような感じだったのだ。女がいるところからは、窓辺に立っている男が黄金色の光を背景にした黒い人影のように見える。それは昼と夜の中間の男だった。

光に目が眩んだ女が男の顔立ちを見分けることができないのに、クサヴェルのほうはやや有利な立場にいた。彼の視線はもう薄暗がりに慣れ、少なくともその女の優美な顔立ちと愁いをふくんだ表情をとらえることができたからだ。どんなに深い暗闇のなかでも、彼女の顔くらいの蒼さならきっと遠くまで光を放つにちがいない。女はドアのところにじっとして、彼をまじまじと見ている。彼女は大きな声を出して恐怖を表わすほどには率直でなく、彼に向かって言葉をかけるほどには落ち着いていなかった。

互いにはっきりとしない顔を見つめ合っているあいだにかなりの時間が過ぎ、そしてようやくクサヴェルが口を開いた。「ぼくの手さげ鞄がここにあるんです。

——手さげ鞄ですって？」と女が尋ねた。そして、クサヴェルの言葉の響きによって最初の茫然自失から引き戻されたとでもいうように、後ろ手でドアを閉めた。

クサヴェルは窓辺にしゃがみ、自分の足元の、手さげ鞄が落ちている場所を指差して、「なかにとても大切なものが入っているんです。数学のノート、理科の教科書、それに国語の宿題を写したノートも。〈春の到来〉という題の新しい作文が書いてあるのはそのノートなんです。その作文のために大変苦労させられたので、これ以上同じことで頭を使いたくないんです」

女は部屋のなかを数歩進んだ。するとクサヴェルはずっとはっきりとした光で女を見ることができた。彼の第一印象は正しかった。やはり優美で愁いをふくんだ女だったのだ。彼はぼんやりした顔のなかを流れているようなその大きな眼を見、もうひとつの新しい言葉を心に浮かべた。恐怖というのがその言葉だったが、それは彼の不意の到来によって惹き起こされた恐怖ではなく、なにかしら古い恐怖だった。その恐怖が動かないふたつの大きな眼、蒼ざめた様子、いつも弁解しているような動作という形でずっと彼女の顔に残っていたのだ。

そう、この女は実際に弁解した！

「すみません、と彼女は言った。でも、どうしてあなたの鞄がうちまでやってきたのかわかりませんの。ついさきほど掃除しましたが、うちのものではないものはなにも見かけませんでしたが。

――でも、とクサヴェルは窓の縁のうえに身をかがめ、指で絨緞をさして言った。大変うれしいことに、ぼくの手さげ鞄がここにあったんです。

――わたくしも、あなたがそれを見つけられたのを大変うれしく存じますわ」と彼女は言って微笑した。

彼らはいまや正面から向き合い、ふたりのあいだにあるのは、手編みの食卓布のかかったテーブル、ゴム引き紙の花が盛られたガラスの花瓶だけだった。

「そうなんです。それが見つからないと、大変困ったことになるところでした、とクサヴェルは言った。国語の教師がぼくを憎んでいるので、もしそのノートを失くしでもしていたら、退学させせられるかもしれない」

女の顔には同情の色が現われ、その眼が突然、クサヴェルには他のなにも知覚できなくなってしまうほど大きくなった、まるで顔の残りと体が眼の付属物か眼を収める小箱にでもなったかのように。女の顔の様々な特徴とか体のプロポーションがどのようであったのかさえわからなくなり、すべてが彼の網膜のふちにとどまったまま像を結ばなかった。彼がその女から得た印象は、実際にはその深い眼によってもたらされた印象で、その栗色の光が体の残り全体を浸していた。

だから、クサヴェルがテーブルを迂回して進んでいったのは、彼女の眼のほうにであった。

「ぼくはあわれな落第者なんです、と彼は女の肩をつかんで言った(その肩は胸のように柔らかかった!)。信じてください、一年してふたたび同じクラスにいて、同じ椅子に座っているほど悲しいことはなにもないってことを……」

するとその褐色の眼が自分に注がれるのが見え、幸福が波のように押し寄せてきた。こうなればもっと手をしたに滑らせ、乳房、腹、それから望むところはどこにでも触れることができる、とクサヴェルは思った。完全にその女に棲みついている恐怖のせいで、女は彼の腕のなかでおとなしくしていたから。しかし、彼はなにもしなかった。彼は手を女の肩、その丸くなった美しい頂点に置いていた。それだけでも充分にすばらしく刺激的だと思い、それ以上なにも望まなかった。

ふたりはしばらくのあいだじっとしていたが、やがて女はあたりの様子を気にするそぶりをみせて、「もういらっしゃらなくては。主人が帰って来るんです！」。手さげ鞄を取り、窓の縁に飛び乗り、そこから橋に飛び下りるほどたやすいことはなかった。が、彼はなにもしなかった。女が危険な状態にあるのだから、そばにいてやらなければならないのだという、心地よい気持ちが体中にひろがるのを感じた。「あなたをひとりここに残してゆくことはできないんだ！

――主人が！　出ていってください！　と女は心配そうに懇願した。

――いや、一緒に残る！　ぼくは卑怯者なんかじゃないんだ！」とクサヴェルが言っているあいだに、階段では人の足音がはっきりと鳴り響いた。

女はクサヴェルを窓のほうに押しやろうとしたが、まさに危険が迫ろうとしているときに彼女を捨てるべきでないことを彼は知っていた。アパートの奥ではもうドアが開くのがきこえ、そしてぎりぎり最後の瞬間になってクサヴェルは床に体を伏せ、ベッドのしたに潜り込んだ。

3

床板と、ボロボロのマットレスを支える五枚の板からできたベッドの裏板とのあいだの空間は、棺の空間に比べてもけっして広いとは言えなかった。しかし、棺と違って、それは香りのよい空間で（麦わらの匂いがよかった）、とても音の通りがよく（床板は足音をひとつひとつ明瞭に伝えた）、また、様々なヴィジョンに満ちていた（彼はちょうど真上に、見捨ててはならない女の顔、今、マットレスの黒っぽい生地のうえに投げ出されている女の顔、布から突き出した三本の麦わらに刺された女の顔があるのが想像できた）。

彼にきこえる足音は重く、頭を振り向けると、床板のうえを寝室に向かって進んでくる長靴が見えた。やがて、女の声がきこえた。彼は漠然としてはいるものの、心が張り裂けそうな後悔の気持ちを抑えられなかった。その声が、しばらくまえにクサヴェルに話しかけたときと同じくらい愁いをふくみ、おどおどし、魅惑的だったから。しかし、クサヴェルは分別をわきまえ、突然の気紛れにも似たその嫉妬を抑えた。この女が危険な状態にあり、いま自分の持っているすべてのもの、その顔と悲しみによって自分の身を守っているのだとわかったのだ。

つづいて男の声がきこえ、その声が床板のうえを進んで来る黒い長靴にいかにも似つかわしいと彼は思った。それから、女が、「いや、いや、いや」と言うのがきこえ、二組の足音がゆらめきながら、彼が隠れているところに近づくのがきこえ、そしてやがて、彼が身を横たえている真上の低い裏板が、ますます低くなり、ほとんど顔に触れそうになった。また新たに女の声がきこえ、「いや、いや、いや、今はいや、お願い、今はいや」と言った。彼には女の顔が眼から一センチも離れていないそのマットレスの、大きな布のうえにあるのが想像でき、その顔が屈辱感を打ち明けているのだと思った。

彼はその棺のなかで立ち上がり、女を救ってやりたいと望んだが、しかしそんなことをする権利などないのはわかっていた。女の顔が自分の顔のとても近くにあり、自分のうえにかがみこんで哀願しているように思えた。彼は三本の麦わらに突き当たったが、まるで三本の矢にでも身を突き刺されたような気がした。そして、クサヴェルのうえの裏板が調子よく揺れだし、三本の麦わらが、女の顔を刺していたあの三本の矢が調子よく鼻に触れ、くすぐり、そのため彼は不意にくしゃみをした。

運動がぴたりと止まった。ベッドは動きをなくし、呼吸の音さえきこえなくなった。クサヴェルもまた体が麻痺したようになった。それからしばらくして、「あれはなんだったんだ？」と言う声がきこえ、女の声が、「なにもきこえなかったわよ、あなた」と答えた。

それからまたしばらくの沈黙があり、やがて男の声が、「ところで、この手さげ鞄はだれのものなんだ？」と尋ねた。間もなく響きのいい足音が部屋中に鳴り響き、長靴が床板のうえを移動するのが見えた。

おや、この男は長靴をはいてベッドにいたのか、とクサヴェルは思って憤り、今度は自分のほうが行動する番だと判断した。彼は肘で体を支え、部屋で起こっていることを見ようとベッドから頭を出した。

「ここにだれをかくまっているんだ？　どこに男を隠したんだ？」と男の声が叫んだ。クサヴェルには黒い長靴のうえに濃紺の乗馬ズボンと警察の制服の、濃紺のワイシャツが見えた。男は穿鑿《せんさく》するような眼差しで部屋を調べまわしていたが、やがて、いかにも愛人が隠れていそうな深々した衣裳ダンスめがけて飛びかかった。

そのときクサヴェルは、猫のように静かに、豹のようにしなやかに、ベッドのしたから飛び出した。制服の男は衣類が一杯詰まった衣裳ダンスを開いて、手さぐりでなかを探りはじめた。しかし、クサヴェルはもう彼のそばに立ち、男がふたたび衣類の闇に手を入れて隠れている愛人を捜そうとしたとき、その襟をとらえ、荒々しく衣裳ダンスのなかにぶち込んだ。彼は戸を閉め、鍵をかけ、鍵を引き抜いて、ポケットにしまい、女のほうに振り向いた。

4

彼は褐色の大きな眼のまえにいた。背後から衣裳ダンスの内側を叩く音、バタバタ暴れる物音、叫び声がきこえてきたが、衣類を通るので減殺され、騒音に交った言葉も意味を成さなかった。

彼は大きな眼のそばに座り、指のあいだに肩を抱き締めた。そのときになってやっと、掌に裸の肌を感じた彼は、女がコンビネーションをつけているだけで、そのしたに柔らかくしなやかな裸の乳房がふくらんでいることに気がついた。

衣裳ダンスのなかは、相変わらずバンバンと太鼓を打ち鳴らすような音がやまなかった。クサヴェルは今度は両手で女の肩を支え、大海のような眼の深さのなかに消え去ってしまいそうな体の輪郭を、はっきり感じとろうと努めた。彼は、怖がらなくてもいいと女に言い、衣裳ダンスがきちんと閉まっているのを示してやるために鍵を見せた。夫のいる監獄は樫でできているので、囚人となった彼は開くことも押し破ることもできないのだと彼女に思い出させてやった。そのあとで、彼は彼女にキスをした（彼の手はずっと、柔らかな裸の肩のうえに置かれていたが、その肩が途方もなく肉感的だったので、手がもっとしたのほうにすべって、乳房に触れるのではないかと恐れた、まるで自分が眩暈に抵抗するほど強くはないかのように)。そしてふたたび、もし唇をその顔につければ、果てしなく深い水のなかに溺れてしまうことになりそうだと考えた。

女の声がきこえた。「これからどうするの?」

彼は彼女の肩を抱いて、なにも気にしなくてもよいと答えた。今、ここにいるのは気分がいい、ぼくはこれほど幸福だったことはなく、衣裳ダンスの内側を叩いている音など、レコードから来る嵐の音や、街の反対側のはずれの小屋につながれた犬のほえ声ほどにも心配していないのだと。

自分がその場をなんとでもできるのだと示すために、彼は立ち上がって部屋を見回りだした。そして、机のうえに黒い警棒が置いてあるのを見つけて笑った。彼はそれをつかんで衣裳ダンスに近づき、なかで叩く音に返答するように、その警棒で衣裳ダンスの戸を数回打ち返した。

「これからどうするの?」とふたたび女が尋ね、彼は答えた。

——ここから出発しよう。

——でも、あのひとはどうなるの? と女が尋ね、クサヴェルは答えた。

——人間はものを食べなくても二週間や三週間は生き延びることができる。来年ここに戻ってきたら、衣裳ダンスのなかに制服を着て長靴をはいた骸骨が待っていることだろう」。それから、騒がしい衣裳ダンスに近づき、警棒をひと打ちしたあと、一緒に笑ってくれることを願いながら女を見つめた。

しかし女は笑わずに尋ねた。「どこへ行くの？」

クサヴェルはふたりが行く場所を説明した。彼女は、この部屋だと自分の家にいるという安心感があるけれども、クサヴェルが連れてゆこうとしているところには衣裳ダンスもなければ籠の鳥もいないと言って反対した。クサヴェルは、家庭とは衣裳ダンスや籠の鳥ではなく、愛する人のそばにいることだと答え、さらにつづけて、自分自身は家庭を持たない、別の言い方をすれば、自分の家庭は自分の足跡、歩み、旅のなかにある、自分の家庭は見知らぬ地平線が開けているところにあり、自分は夢から夢へ、風景から風景へ移りながらでなければ生きられず、もし同じ背景のなかに長いあいだとどまっていなければならないとしたら、ちょうど彼女の夫が二週間以上も衣裳ダンスに閉じこめられていたら死んでしまうのと同じように、自分もやがて死んでしまうのだと言った。

そんな話をしているうちに、衣裳ダンスのなかが突然静かになったのにふたりとも気づいた。その沈黙があまりに際立ったものだったので、ふたりとも目が覚めた。それは嵐のあとの一瞬に似ていた。カナリヤは籠のなかで声をかぎりに鳴き、窓には傾きかけた太陽の黄色い光が射していた。それは旅への誘いのように美しく、大いなる許しのように美しかった。ひとりの警官の死のように美しかった。

今度は女のほうがクサヴェルの顔を愛撫した。彼女のほうから触れてきたのはそれが最初だった。クサヴェルがぼんやりとした影でなく、くっきりとした輪郭をそなえた女として彼女を見たのもそれが最初だった。彼女は言った。「いいわ、出発しましょう。あなたの好きなところに行きましょう。ちょっと待って。旅行に必要なものを取ってくるだけだから」

彼女はもう一度彼を愛撫し、彼に微笑みかけてドアのほうに向かった。彼は突然静けさに満ちた眼になった女を眺めた。肉体に変じた水の歩みのように、しなやかで規則正しい女の歩みが見えた。

それから彼はベッドに座り、なんともすばらしい気分になった。衣裳ダンスは静かで、まるで男が眠りこんだか首を吊りでもしたかのようだった。その沈黙にはあふれるような空間、ヴルタヴァ川のざわめき、街のはるかな叫び声、森の声にも似たはるかな叫び声とともに、窓から部屋のなかに入ってくる空間が孕《はら》まれていた。

クサヴェルはふたたび旅に充たされるのを感じた。旅に先立つ瞬間、明日の地平がわれわれを訪れ、約束を伝えてくれる瞬間ほどすばらしいものはない。クサヴェルはくしゃくしゃになったシーツのうえに寝ころんだ。すべてが見事な調和のなかに溶けてゆくように思われた。柔らかいベッドはひとりの女に似ていて、その女が水を思わせ、彼が窓のしたにあるのを思い浮かべているその水は液状の床に似ていた。

やがてふたたびドアが開くのが見え、女が入ってきた。女は青い服を着ていた。水のように青く、明日彼が潜るはずの地平のように青く、彼がゆっくりと、しかしどうしようもなく落ちてゆく眠りのように青い服だった。

そう、クサヴェルは眠りこんでしまったのだ。

5

クサヴェルが眠るのは、目覚めの力を眠りから汲みとるためではない。そうではなく、一年に三百六十五回行なわれる目覚めと眠りというあの振子運動は彼には未知のものだった。

彼にとって眠りは生の反対ではない。眠りが生であり、生が夢なのである。彼はまるでひとつの生から別の生へ移るように、ひとつの夢から別の夢に移る。

夜、黒い夜だ。ところが、高い上方から、光り輝く円盤が降りてくる。それは角燈がひろげる光だ。闇の底にくっきりと浮き立ったそれらの円のなかに、ふわふわしたものがしきりに降っているのが見える。

彼は低い建物のドアに飛び込み、急ぎ足でホールを横切って、プラットホームに入った。そこには窓が照らされ、まさに出発しようとしている汽車が待っていた。手に角燈を持ったひとりの老人が列車に沿って進んできて、車輛のドアを閉めていた。クサヴェルがすばやく汽車に飛び乗ると、老人が角燈を高く上げた。プラットホームの向こうの端で汽笛がゆっくりと鳴るのがきこえ、汽車が走りだした。

6

彼は汽車のデッキで立ち止まり、深く息を吸いこんで、速くなった呼吸を鎮めた。彼はまたしても最後の瞬間になって到着したのだが、最後の瞬間に到着するのは彼の誇りだった。他の者たちは全員定められた計画に従って時間通りに到着していた。彼らの全生活はなんの驚きもなく過ぎていき、まるで先生に指示された教本を書き写しているみたいだ。彼は彼らが客室に予約してあった席に腰掛け、まえもってわかりきっている話題を取りかわして、これからの一週間を過ごしに行く山の別荘だとか、学校で空《そら》で覚えて、ひとつの間違いもなく盲目的に従うほど親しいものになりはじめた時間割のことなどを話している様を想像した。

しかしクサヴェルのほうは、最後の瞬間に、なんの準備もなく、突然の衝動と思いがけない決断とに導かれてやってきたのだ。彼は今、客車のデッキに立ち、なにが自分をそそのかして、退屈な級友たちや虱《しらみ》がうようよしている口髭をつけた禿頭の教師たちと一緒に、高校が組織したこの遠足に参加させたのか考えていた。

彼は客車を横切った。あるものたちは廊下に立って霜が下りた窓ガラスに息を吹きかけ、片方の眼を円いのぞき穴にくっつけて見ている。別のものたちは頭のうえにある荷網にスキーを十文字にのせて、客室の椅子にだらしなく寝そべっている。あるところでトランプ遊びに興じているかと思えば、別の客室ではいつ終わるともしれない歌をうたっている。それは幼稚なメロディーと何百回何千回も飽きもせず繰り返される歌詞とでできた歌だ。

「カナリヤが死んだ、カナリヤが死んだ、カナリヤが死んだ……」

彼はその客室のドアで立ち止まり、なかを見た。そこには三人の上級生の少年、そのそばに金髪の娘で彼のクラスの女の子がひとりいた。その同級の女子生徒は彼のほうを見たが、なにも言わずに顔を赤らめた。まるで悪いところを見つかったのではないかと恐れているような様子だ。しかし彼女はクサヴェルをじっと見据えながら、依然として口をあけ、「カナリヤが死んだ、カナリヤが死んだ、カナリヤが……」とうたっていた。

クサヴェルがその金髪の娘から遠ざかって、また別の客室の前にさしかかると、別の学生歌とわいわい冗談を言い合う声がきこえてきた。それから眼に入ったのは、車掌の制服を着た男が反対の方向から各客室ごとに立ち止まり、切符を求めている姿だった。制服を着ていても、彼の眼はごまかされるはずがなかった。帽子のひさしのしたにあるのはラテン語の老教師の顔だとわかり、とっさにその教師と出くわすべきではないと判断した。というのも、まず彼は切符を持っていなかったし、それにラテン語の授業に出席しなくなってからもうかなりに（それがどれだけのあいだか彼には思い出せなかった）なるからだった。

彼はラテン語の教師が客室のひとつに頭を差し入れた一瞬を利用して、後ろ足でこっそりデッキまで戻った。デッキにはふたつのドアがあって、その一方は洗面所のもの、もう一方は便所のものだった。洗面所のドアを開くと思いがけず、いかめしい五十女の国語教師と級友のひとりとがやさしく抱き合っている現場に出くわした。その級友というのはいつも一番前の席に座るやつで、そいつが学業に専念しているかぎりは、クサヴェルがこのうえなく軽蔑できる男であった。彼を見たとき、不意をつかれたふたりの恋人はすばやく離れ、洗面所のうえに体をかがめた。彼らは蛇口から流れる細い水の糸のしたで熱心に手をこすった。

クサヴェルは彼らの邪魔をしたくはなかったので、ふたたびデッキに出た。そこで、例の金髪の女子生徒とかち合うと、彼女は青く大きな眼を見開いて彼を見つめた。彼女の唇はもう動かず、カナリヤの歌もうたっていなかった。てっきりそのリフレインには終わりがないものとばかり思っていたのに。ああ、なんて馬鹿だったんだろう、と彼は思った。終わりのない歌があるなどと信じていたとは！　まるでこの下界では、すべてが最初から裏切りとは無縁のものだと考えていたようではないか！

　そう考えて勇気の出た彼は、視線をその金髪の娘の眼のなかに沈めた。そして、かりそめのものを永遠のものだと思わせ、卑小なものを偉大なものと取り違えさせるいんちきな仕掛けに身をゆだねるべきではない、愛と呼ばれるいんちきな仕掛けに身を任せるべきではないと知った。そこで彼は、きびすを返して洗面所のちいさなキャビンに戻ると、あの太った女国語教師がふたたびかわいらしい級友のまえに立ちはだかって、その腰に手をあてがっていた。

「ああ、ダメですよ、お願いです、また手なんか洗わないでくださいよ」と、クサヴェルが言った。「今度はぼくの番です」そして彼は慎重に彼らをかわし、水道の栓を回して洗面台にかがみこみ、そんなふうにして彼のためにも、そこから離れずに間が悪そうにしているふたりの恋人たちのためにも、その場にふさわしいいくらかの孤独をさがし求めた。国語の女教師が勢いよく、「あっちに行きましょう」とささやいているのがきこえ、やがてドアがパタンと閉まって、隣りの便所に入ってゆく二組の足音がきこえた。彼はひとりになると、ほっとして壁に背をもたせかけ、愛の卑小さについての甘美な物思い、背後で青く大きな眼が哀願するように輝いている甘美な物思いに身を任せた。

7

やがて汽車が止まり、汽笛が鳴った。そして今度は若者らしい大騒ぎ、ドアの鳴る金属製の音、靴音。クサヴェルは避難所から出て、プラットホームに押し寄せる他の高校生たちに合流した。やがて山が見え、大きな月と煌《きら》めく雪が見えた。夜のなかを歩いているのに、まるで昼間のように明るかった。長い行列で、沢山のスキーが敬虔な装飾物のように、また誓いをしている二本の指のしるしのように、十字架の形にそびえ立っていた。

長い行列だったが、クサヴェルは両手をポケットに入れて一緒に歩いた。というのも、彼だけその誓いのしるしのスキーを持っていなかったから。彼は歩いた。歩きながら、もうかなり疲れている高校生たちのかわす言葉をきいていた。それからうしろを振り返ってみると、ちいさくほっそりとした例の金髪の娘があとについて歩いてくるのが見えた。娘はスキーの重みに耐えかねて、よろめいたり雪のなかに足をつっこんだりしていた。しばらくしてもう一度振り返ると、数学の老教師が娘のスキーをとって自分のと一緒に肩に背負い、空いている手で娘の腕をとって、歩くのを助けているのが見えた。それは悲しい光景だった。哀れな老人が哀れな若い女に同情しているのだ。彼はその光景を眺めて気分がよくなるのを感じた。

そのあと、最初は遠くで、それからだんだん近くでダンス音楽がきこえてきた。レストランが見え、そのまわりにクサヴェルの仲間たちが泊まることになっている木造の別荘がいく棟か散らばっていた。しかし、クサヴェルは部屋の予約をしていなかったし、スキーを預ける必要も、着替えをする必要もなかったので、いきなりバーのあるホールに入った。踊り場、オーケストラ、それにそれぞれのテーブルに陣どった客たちがいたが、彼がいちはやく注目したのは、ガーネット色のセーターにぴったりとしたスキーズボンをはいたひとりの女だった。男たちがビールのジョッキをまえにしてそばに座っていたが、女が上品で誇り高く、男たちに退屈しているのがクサヴェルにはわかった。彼は彼女に近づき、ダンスに誘った。

ホールで踊っているのは彼らだけだった。クサヴェルは、女の首が見事に萎び、眼のまわりの皮膚が見事に皺になり、口のまわりに見事なほど深い二本の皺が刻まれているのを見た。彼は自分の腕にこれほど多くの年月を経験した生をかかえていることがうれしく、自分のような高校生がもうほとんど終焉に達している生全体を腕にかかえることができることに幸福を覚えた。彼女とダンスをするのが誇らしく、こうしているうちにもあの金髪の娘が入ってきて、どれだけおれのほうが偉いか知ることができるかもしれないと心のなかで思った。それはちょうどダンスの相手をしている女の年齢が高い山で、未成年の娘のほうはその山のふもとに生えている一本のつまらない雑草のような感じになることだろう。そして事実、ホールは少年たちや、スキーズボンをスカートに着替えてきた少女たちで一杯になりはじめていた。みんなは空いているテーブルに来て座った。今や、数多くの公衆がガーネット色の服を着た女と踊っているクサヴェルを取り巻いていた。彼はあるテーブルに例の金髪の娘がいるのを認めて満足した。彼女は他の女子生徒たちに比べてはるかに入念な服装をし、この不潔なカフェーにはまったく似つかわしくない美しいドレスを着ていた。その軽やかで白いドレスに包まれた彼女は、まえよりもさらにほっそりとし、傷つきやすく見えた。クサヴェルには、彼女がそのドレスを着たのは自分のためだとわかった。そして自分は彼女を失うべきでなく、その夜は彼女のために、彼女とともに過ごさなければならないと固く決意した。

8

　彼はガーネット色のセーターを着た女に、もう踊りたくない、ビールのジョッキのうしろから赤いてらてらとした顔にじろじろ眺められるので、胸が悪くなったと言った。女はそれを肯定するように笑った。そこで、ダンスは終わっておらず、踊り場にいるのは彼らだけだったのに、ふたりはダンスを中止した（ホールにいた者たちが全員、彼らがダンスをやめるのを見ることができた）。ふたりは手を取り合って踊り場を離れ、いくつもテーブルを回って雪の積もったテラスに出た。

　彼らは凍てついた空気を感じた。クサヴェルは、白いドレスを着た、ほっそりとして病人のようなあの少女が、やがてこの寒さのなかにいるふたりに合流するだろうと考えた。彼はガーネット色の服を着た女の腕をとり、女を引きずって煌めくテラスを横切った。そして、これでは自分が伝説的な鼠取りで、横にいる女はさしずめ自分の吹く横笛みたいだと思った。

　しばらくすると、レストランのドアが開いて、金髪の娘が出てきた。娘はさきほどよりももっとほっそりとなり、その白いドレスは雪と区別がつかなくなって、まるで雪のなかを歩んでいる雪のように見えた。クサヴェルは暖かそうな服装をし、見事に年をとったガーネット色の女を引き寄せ、女にキスをしながら手をセーターのしたに差し入れ、ふたりのほうを眺めて苦しんでいる白い衣裳の少女を横目で観察した。

それから、彼はその年老いた女を雪のうえに倒し、覆いかぶさった。やがてこのことがかなり長いあいだつづいているし、寒いうえに着ているドレスが薄いので、少女のふくらはぎや膝が凍り、冷気がだんだん高くまでのぼり、やがて性器や腹のところにまで達するはずだと考えた。彼らは起きあがり、老女は部屋をとっている別荘のなかに彼を導き入れた。

部屋は一階にあり、雪の積もったテラスからほぼ一メートルのところに窓があった。クサヴェルは窓ガラスを通して、数歩しか離れていないところで、窓ごしに自分を眺めている金髪の少女を見ることができた。彼はその少女も見捨てたくはなかった。少女のイメージが彼の全身を満たした。そこで彼は明かりをつけ（老女はその光への欲求にたいして官能的な笑いで応えた）、女の手を取った。女を連れて窓に近づき、窓のまえで抱き締めてから、けばだったそのセーター（それは年老いた体には暖かすぎるセーターだった）をめくり上げた。そして、全身凍えきっているにちがいない娘のことを考えた。寒さのなかでもはや自分の体を感じることができず、ただひとつの魂、もはやなにも感じなくなってしまうほど凍てついた体のなかにかろうじて漂っている、悲しく痛ましい魂でしかない娘。娘の体はもうなんの触感もなく、漂う魂のための死んだ包みでしかないが、クサヴェルはそんな彼女を限りなく愛していた、そう、まったく限りなく愛していたのだ。

しかし、それほど限りない愛にだれが耐えられるだろう！　クサヴェルは自分の手が弱まり、老女の胸を裸にするだけ高く、そのけばだったセーターを持ち上げる力さえないのを感じた。体全体が無感覚になった彼は、ベッドに腰を下ろした。彼がどれほど安心し、どれほど満足して幸福だったかをここで描くことは難しい。男が極度に満足したときには、報いのように眠りが訪れてくるものだ。クサヴェルは微笑し、深い眠りのなかに、美しくやさしい夜のなかに落ちていった。そこにはふたつの氷った眼、ふたつの凍えた月が輝いていた……

9

クサヴェルが生きていたのは、誕生から死まで汚く長い糸のように延びる、ただひとつの生だけではなかった。彼は自分の生を生きずに眠っていたのであり、その生＝眠りのなかで、ひとつの夢から別の夢へと飛び移った。その結果、彼の眠りはひとつの箱のようなものになり、その箱に別の箱が入り、別の箱にはまた違った箱が、そして違った箱にはまた新しい箱が入る、といった具合につづいた。

たとえば、このとき彼は眠っていたのだが、同時にカレル橋の家と山の別荘のなかにいる。このふたつの眠りは、長いあいだ抑えられていたオルガンのふたつの音のように鳴り響き、そして今度はこのふたつの音に三つ目の音が加えられる。

彼は立ってあたりを眺める。道には人気《ひとけ》がなく、かろうじてほんの時どき、人影が通って街角や戸口に消え去るだけだ。彼もまた人の注目を浴びたくはない。彼は場末の小道を歩いている。街の反対側のはずれからくる銃声が耳に達する。

彼はとうとうある家のなかに入って階段を降りはじめる。地下にはいくつものドアがある。しばらくのあいだ、どれが正しいドアだろうかと捜してから、彼はノックした。まず三つノックしてから、少し休んでもう一つノックし、さらに一度休んでから、ふたたび三つノックする。

10

ドアが開いて、仕事着を着た青年が彼を招じ入れた。ふたりは古道具、衣裳掛けにひっかけてある衣類、それから隅に立てかけられた銃などのある部屋をいくつも通り、長い廊下を経て（彼らは部屋の周囲からかなり遠いところに来ているはずだった）、やっとあるちいさな地下室に入った。二十人ばかりの男たちがいた。

彼は空いている椅子に座って、出席している人間たちを見回した。彼が知っている者もいくらかいた。三人の男がドアのそばに置かれたテーブルに座っていて、そのうちのひとりで、帽子をかぶった男が喋っている最中だった。男はさし迫った秘密の日時について話していて、その日にはすべてが決するのだという。その日までにすべてが計画に従って準備されていなくてはならない。すべてとはビラ、新聞、ラジオ、郵便、電信機、武器などだ。それから彼は、その日の成功のためにそれぞれが負わされていた任務を果たしたかどうか各人に尋ねた。彼はクサヴェルにも言葉をかけて、例のリストを持ってきたかときいた。

恐ろしい瞬間だった。けっして人に見つけられないと安心していられるように、クサヴェルはずっとまえからそのリストを国語のノートの最後のページに写しておいた。そのノートは他のノートや教科書とともに鞄のなかにあった。しかし、鞄はどこにあるのか？　彼は鞄を持ってきていないのだ！

帽子をかぶった男は同じ質問を繰り返した。

しまった、いったいあの鞄はどこに行ったのか？　クサヴェルはかっとなって思い出そうとした。記憶の底から、かすかでとらえがたい思い出と、幸福に満ちたきわめて甘美な息吹きが現われた。彼は飛んでいるその思い出をすばやくとらえたいと思ったが、その暇がなかった。全員の顔が彼のほうに向けられ、彼が答えるのを待っていた。彼はリストを持って来なかったと認めねばならなかった。

彼が選りぬきの仲間として交じり合っていた人間たちの顔がこわばり、帽子をかぶった男が冷やかな声で、もし敵がそのリストを手に入れるようなことにでもなれば、今までみんながすべての希望を置いていたその日が失敗に帰して、他のどんな日とも同じ、空虚で死んだ日でしかなくなるだろうと言った。

だが、クサヴェルには返答をする時間がなかった。ドアがこっそり開いて、ひとりの男が現われ、口笛を吹いた。それは警戒の合図だった。帽子をかぶった男に最初の命令を下す余裕を与えずにクサヴェルが発言し、「最初にぼくを行かせてくれないか」と言ったのは、いま自分たちを待ち受けている道が危険であり、最初に外に出る者が生命の危険を冒すことになるのがわかっていたからだ。

クサヴェルは、リストを忘れてきたからにはその過失を洗い清めなければならないと判断した。とはいえ、彼をその危険に押しやったのはたんなる罪悪感だけではなかった。彼は生の重みを半分にし、人間を半人前にする臆病さを憎んでいたのだ。彼は自分の生を秤にかけたかった。そして秤のもう一方の皿には死がのせられていることを望んだ。彼の行為のひとつひとつが、いやさらに彼の生の毎日、毎時間、毎秒が死という最高の基準に照らして測られるのを願った。だからこそ彼は列の先頭に立って進み、したに深淵が口をあけている一本の糸のうえを歩き、頭のまわりが弾丸の光輪を帯び、そしてみんなの眼に大きく見え、ちょうど死が無限なのと同じように無限になることを欲したのだ……

帽子の男は冷たく厳しい眼差しで彼を見たが、そこには理解の光が輝いていた。「じゃあ、行きたまえ！」と男が言った。

11

彼は金属製のドアを越えて、狭い中庭に出た。そこは暗く、遠くで銃声がはじけていた。眼を上げると、屋根のうえに投光機の光線が移動しているのが見えた。正面に金属製の梯子があって、それが五階建ての建物の屋根に通じている。彼は梯子に足をのせ、急いで登りはじめた。他のものたちは彼のあとから中庭に飛び出し、壁に身を寄せていた。彼らは彼が屋根の上に行き、道が空いているという合図をしてくれるのを待っていた。

屋根にあがってしまうと、彼らは慎重に這って進んだ。しかしクサヴェルは依然として先頭に立ち、生命を危険にさらして他の者たちを護った。彼は注意深くゆっくりと前進した。猫のように進み、眼で闇の底をうかがった。ある地点まで来て止まり、帽子の男を呼んで、彼らの下方のずっと向こうのほうを指さした。手に短い武器を持った黒い人影が駆けつけて、薄暗がりを見張っている。「われわれの先導をつづけたまえ」と男はクサヴェルに言った。

そこでクサヴェルはさらに進んで、屋根から屋根へと飛び移り、短い金属製の梯子を登り、煙突の背後に隠れて、たえず家、屋根の縁、道のあいだを掃くようにしている厄介な投光機から逃れた。

それは鳥の群れに変身したような、沈黙の男たちの美しい旅だった。彼らは見張っている敵を避けるために中空を通り、罠を逃れるために屋根という羽にのって街を横切った。それは美しく長い旅だったが、もうあまりにも長い旅になったので、クサヴェルは疲労を覚えだした。感覚を朦朧《もうろう》とさせ、精神を幻覚で一杯にするあの疲労。彼は葬送行進曲、楽隊が墓場で演奏するショパンのあの有名な行進曲がきこえたように思った。

彼は歩調をゆるめなかった。ありったけの力を振りしぼって感覚を目覚まし、不吉な幻想を追い払った。だが、無駄だった。まるで終焉の近いことを告げ、この闘いのときに未来の死の黒い帳《とばり》をピンで止めるかのように、その音楽が依然として彼らの耳にきこえてくるのだった。

しかし、なぜ彼がそれほどまでに強くその幻覚に抵抗するのか？　彼は死の偉大さが屋根のうえの行進を忘れがたく、終わりのない道行きにすることを欲しないのか？　予言のように耳に達するその不吉な音楽は、彼の勇気のもっとも美しい伴奏ではないだろうか？　闘いが葬式であり、葬式がひとつの闘いであり、生と死が同じように見事に結びついているとは、このうえなくすばらしいことではないだろうか？

そうではない。クサヴェルを怖がらせていたのは、死が近づいたということではなく、むしろ自分自身の感覚が信用できなくなり、（同伴者たちの身の安全が彼にかかっているというのに）葬送行進曲がかき立てる液体のような憂愁のために耳をふさがれた今となっては、もう敵の陰険な罠を知覚できなくなるということだった。

それにしても、ひとつの幻覚が、あらゆるリズムの間違いやトロンボーンの間違った音色もふくめてショパンの行進曲がきけるほど現実のものと思われるということが、はたして本当にありうるのだろうか？

12

彼は眼を開けて、傷のついた衣裳ダンスと、寝ていたベッドがそなえつけてある部屋を見た。服を着て眠ったので、着替えをする必要がないのを確認してほっとした。彼はベッドの脚のそばに投げ棄ててあった靴をはくだけでよかった。

それにしても、調べがこれほど真に迫ったものと思われるこの悲しい吹奏楽は、どこから来るのか？

彼は窓に近づいた。数歩ばかり前方の、すでに雪が消え去った風景のなかに、黒衣を着た一群の男女が背を向けてじっとしていた。その一群の男女たちは、彼らを取り巻いている風景と同じように悲歎に暮れ、淋しそうだった。煌めく雪だったのに、いま湿った地面のうえに残されているのは、汚らしいぼろきれとリボンだけだった。

彼は窓を開いて外のほうに身をのり出した。すると、まえよりずっとよく状況がのみこめるようになった。黒衣の人びとは棺が置いてある穴のまわりに集まっている。穴の向こう側では、別の男たちがちいさな譜面台からはみ出す楽器を口に当てている。譜面に視線を釘づけにした楽師たちが、ショパンの葬送行進曲を演奏していたのだ。

窓は地上から一メートルあるかないかのところにあった。クサヴェルは窓をまたいで葬列に近づいた。そのとき、ふたりの頑強な百姓が棺のしたに紐をまわして持ちあげ、ゆっくりと下ろした。黒衣の人びとのなかにいたひとりの老人とひとりの老女がどっと泣きくずれた。他の者たちがふたりの腕を取って励ました。

それから棺が穴の底に置かれ、黒衣の人びとがひとりずつ順番に近づいて、ひと握りの土を覆いのうえに投げた。クサヴェルは棺に頭を垂れた最後の人間だったが、雪の塊の混じった土塊を手に握って穴のなかに投げ入れた。

だれにもなにも知られていないのは彼だけだった。すべての事情に通じているのも彼だけだった。彼だけが、なぜ、どんなふうに金髪の少女が死んだのかを知っていた。彼だけが氷結の手が彼女のふくらはぎに置かれ、つづいて、体に沿って這い上がり、腹と乳房にまで達したことを知っていた。彼だけが、なぜ彼女がそこに埋められるよう求めたのかを知っていた。彼女がもっとも苦しんだのも、愛に裏切られ、逃げられたために死にたいと願ったのもそこだったからだ。

彼だけがすべてを知っていた。他の者たちは、なにもわからない群衆のように、あるいはわけを知らない犠牲者のようにそこにいた。彼は遠くの山の風景を背景にした彼らを見て、彼らはちょうど死んだ娘が土のなかに消え去ったのと同じように、そのはるかな風景のなかに消え去ったのだと思った。彼はまた、（自分がすべてを知っているからには）そのはるかな湿った風景よりも自分のほうがずっと広大であり――生き残った者たち、死んだ娘、シャベルを持った墓掘り人夫たち、野原や山々など――すべてが自分のなかに入って来て、自分のなかで消え去ったのだと思った。

彼の全身はその風景に、生き残った者たちの悲しみに、金髪の少女の死につきまとわれた。まるで自分の内部に生えた木のように、自分がそれらすべてのものの現存に満たされるような気がした。自分が大きくなり、自分自身の現実の人格がもはや変装、変貌、謙譲の仮面でしかないように思われた。彼が死んだ少女の両親に近づいてお悔やみを述べたのは、彼自身の人格という仮面のもとにであった（父親の顔は金髪の少女の顔立ちを思い出させ、その顔は涙で赤くなっていた）。彼らは放心した風情で手を差し出した。彼は掌の窪みに彼らの弱々しく頼りない手を感じた。

そのあと、彼はあれほど長く眠っていた山荘の建物の壁に背をもたせかけて、長いあいだゆっくりととどまっていた。埋葬に立ち合った人びとがちいさなグループに分かれ、湿ったはるか彼方にゆっくりと消え去ってゆくのを眼で追っていた。突然、彼はだれかに愛撫されるのを感じた。そう！　顔に触れている手を感じたのだ。彼は確実にその愛撫の意味を理解したと思い、感謝しつつ受けいれた。彼にはそれが許しの手で、少女が彼を愛するのをやめたのではなく、愛は墓を越えて存続しているのだと理解させてくれたのがわかった。

13

それはいくつもの夢を通過する転落だった。

もっとも美しい瞬間とは、ひとつの夢がまだつづいているのに、別の夢が生まれはじめ、そのなかで目覚める瞬間だった。

山の風景のなかでじっと動かない彼を愛撫したその手は、彼がまもなく沈んでゆく別の夢に出てくる女のものである。しかし、クサヴェルはそのことをまだ知らない。さしあたって、その手はそれだけで単独に存在している。それは虚空のなかの奇跡的な手だ。ふたつの冒険の、ふたつの生のあいだにある手。体によっても頭によっても台無しにされることがない手。

肉体をもたないこの手の愛撫が、できるだけ長いあいだつづいてくれるように！

14

そのあと彼が感じたのは、手による愛撫だけではなく、逞しくふっくらとした乳房が胸に押しつけられる感触だった。彼は褐色の髪をした女の顔を認め、女の声が「目を覚まして！　ああ、お願い、目を覚まして！」と言うのをきいた。彼の体のしたには皺くちゃになったベッドがあり、まわりは大きな衣裳ダンスのある灰色がかった寝室だった。クサヴェルはカレル橋の家にいたことを思い出した。

「もっと長いあいだやすみたいのはわかっているわ、とまるで弁解をしたがっているように女は言った。でも、どうしても目を覚ましてもらわなくちゃならないの。わたしは怖いんです。

――なにが怖いの？　とクサヴェルが尋ねた。

――ああ、やっぱり、あなたはなにも知らないのね。ねえ、きいて！」と女が言った。

クサヴェルは黙り、注意を集中してきこうと努めた。遠くで銃声が鳴っているのがきこえた。

彼はベッドから飛び起きて窓のほうに走った。作業服を着た男たちの群れが、携帯機関銃を肩から脇下に吊してカレル橋を渡っているところだった。

それは、人がいくつもの城壁を越えて捜しだす思い出のようなものだった。橋のうえで監視しているそれらの武装した男たちの群れがなにを意味しているのか、クサヴェルはよく知っていた。しかしなにかが、いま見ているものにたいする自分自身の態度をはっきり知らせてくれるなにかが思い出せないような気がしていた。その場面のなかで果たすべき役割が自分にあるのに、そこにいないのはなにかの間違いのためであり、舞台に入ることを忘れたのに、やがて芝居が彼なしに演じられ、奇妙な欠落感を残すことになった俳優に自分が似ているのがわかった。そして突然、彼は思い出した。

そして思い出した瞬間、彼は眼で部屋のなかを捜し、ほっと息をついた。手さげ鞄は片隅の壁に立てかけられてあった。だれもそれを持ってゆかなかったのだ。彼は勢いよく近づいて開いた。数学のノート、国語のノート、理科の教科書などすべてがそこに入っていた。彼は国語のノートを取って、その裏を開き、そしてふたたびほっと息をついた。帽子をかぶった男に要求されたリストが、はっきりとしたちいさな字で入念に写されていたのだ。クサヴェルは、一方の側に〈春の到来〉という作文を読むことができるそのノートのなかに、重要な文書を隠すことを思いついた自分の考えに改めて満足した。

「ねえ、お願い。そこでなにを捜しているの？

――べつになにも捜していないさ、とクサヴェルは言った。

――あなたが必要なの。あなたの助けが必要なんです。なにが起こっているかわかるでしょう。あの人たちは家という家に入って来て、人を逮捕したり銃殺したりしているのよ。

――なにも恐れることはないさ、と彼は笑って言った。彼らはだれひとり銃殺なんかできないんだよ！

――どうしてそんなことがわかるの？」と女が問い返した。

どうしてそれがわかるかだって？　彼はそれを知りすぎるほど知っていた。革命の初日に処刑されるはずのすべての人民の敵のリストがそのノートのなかにある以上、処刑が行なわれるはずがないのは確かな事実だったからだ。それに、その美しい女の苦悩などどうでもよかった。銃声がきこえ、見張りに立っている男たちが見えた。戦友たちとともに熱心に準備してきたあの日が、とうとうやってきたのだ。しかし、おれはそのあいだ眠っていて、別のところ、別の部屋と別の夢のなかにいたのか、と彼は思った。

彼は出発したかった。直ちに作業服を着たあの男たちに合流したかった。自分だけが所有していて、それがなければ革命はだれを逮捕し、だれを銃殺するのかわからず、盲目になってしまうそのリストを彼らに渡したかった。だが、とつづけて彼は考えた。それは不可能だ、この日の合い言葉を知らないし、長いあいだ裏切り者だと思われていたから、だれもおれを信じてくれないだろう。彼はもうひとつの生のなかに、もうひとつ別の冒険のなかにいた。その生から、彼がもうそこにはいない別の生を救い出すことはできなかった。

「どうしたの？」と、女は不安そうにまた言った。

クサヴェルが考えていたのは、もうあの失われた生を救うことができず、自分は今生きている生をもっと大きなものにしなければならないということだった。彼はゆったりした体つきの美しい女のほうに振り向いた。そして女を捨てねばならないことを理解した。なぜなら、生は彼方に、窓の向こうのそとにあるのだから。彼方から、ナイチンゲールの旋転音に似た銃声のパチパチという音が彼のところまで届いてきた。

「どこに行きたいの」と女が叫んだ。

クサヴェルは微笑して窓を指さした。

「一緒に連れていってくれる約束だったのに！

――昔の話だ。

――わたしを裏切りたいの？」

女はひざまずいて、彼の脚にからみついた。

彼は彼女を眺め、美しい女だし、この女と別れるのは辛いと思った。しかし、窓の向こうの世界はさらに美しかった。だからもし、そのために恋しい女を捨てるなら、その世界はいちだんとかけがえのないものになるだろう、裏切られた愛の報いとして。

「きみは美しい。しかしぼくはきみを裏切らなくてはならないんだ」と彼は言って、女の抱擁から体をもぎ離し、窓に向かって進んだ。

第三部　あるいは自慰する詩人

1

ヤロミールが自分の詩を見せた日、母親は夫の帰りを空しく待っていた。翌日もそのあとの日々も待ったが無駄だった。

その代わり彼女は、夫が逮捕されたことを告げる公式の知らせをゲシュタポから受け取った。戦争の終わりになって、新しい公式の知らせを受け取った。それによると、夫は強制収容所で死亡したのだという。

彼女の結婚が喜びのないものだったとすれば、寡婦生活のほうは偉大で栄光に満ちたものになった。彼女は知り合った時期の夫の、大きな写真を見つけ出し、金箔を張った額縁に入れて壁に掛けた。

それからほどなく、戦争はプラハの人びとの大きな歓喜のうちに終わり、ドイツ人たちはボヘミア(訳註1)を引き払った。そして母親は諦念という峻厳な美によって一段と高められた生活を開始した。かつて父親から相続した財産が尽きていたので、彼女は女中を解雇し、アリックが死んでも新しい犬を買うことを拒否した。それから彼女は仕事を捜さねばならなかった。

その他にもいろいろな変化が生じた。姉がプラハの中心にあったアパートを、結婚したばかりの息子に明け渡し、実家の一階に夫と下の息子を連れて引越すことになった。祖母のほうは未亡人のいる階の一部屋に居を定めた。

母親は、ヴォルテール（訳註2）をヴォルトを考案した物理学者だと言っているのをきいて以来、義兄を軽蔑していた。義兄の一家は騒々しく、無遠慮に幼稚な遊びに興じた。一階の各部屋が鳴り響かせる楽しげな生活は、厚い境界によってそのうえの階に広がっている憂愁の領域とへだてられていた。

しかしその時期の彼女はかつてなかったほど毅然としていた、まるでダルマチア〔アドリア海沿岸地方〕の女たちがブドウの籠を運ぶときのように頭のうえに目に見えない夫の骨壺を持ち運んでいるとでもいうように。

（訳註1）**ボヘミア**　クンデラはチェコスロヴァキアという言い方を好まず、地理的には不正確になるが、詩的な理由でボヘミアと書くのを常としている。なお、ここで

語られている戦争の終わりとは一九四五年五月のナチスムからの解放のこと。

（訳註2）**ヴォルテール**　本名フランソワ・マリー・アルーエ。フランスの文学者、啓蒙思想家（一六九四―一七七八）。代表作『カンディード』『寛容論』他。電圧などの単位ヴォルトは電気学の始祖アレッサンドロ・ヴォルタ（一七四五―一八二七）にちなむもの。

2

浴室の鏡のしたにある小板には、香水の罎やクリームのチューブなどが置いてあったが、母親が自分の肌の手入れに用いることはほとんどなかった。彼女がそれらの物体のまえでゆっくりしていることがよくあったのは事実だが、それは死んだ父親、父親の薬局（これはずっと以前から憎らしい義兄のものになっている）、それにこの家で呑気な生活を過ごした長い年月を思い出させるからだった。

両親や夫と一緒に生活した過去が、すでに沈んでしまった太陽の懐かしい光に照らされ、その懐かしい光が彼女の心を引き裂くのだった。もう存在しない今となっては、その年月の美しさを味わうには遅すぎるとわかり、不実な妻だったことを自分に責めた。夫はこのうえもない大きな危険に身をさらし、様々な心配に悩まされながらも、彼女の心の平和を乱さないよう、かつてなにについてもひと言も洩らさなかった。こんにちでもまだ彼女は、どんな理由で夫が逮捕されたのか、どんな抵抗運動に属し、そこでどんな役割を果たしていたのか知らない。まったくなにも知らず、それこそまさに、自分に与えられた不名誉な刑罰であり、料簡の狭い妻だったこと、夫の態度に無関心のしるししか見なかったことで自分が罰せられているのだと考えた。夫がこのうえもない大きな危険を冒していたときに、自分が不倫をしていたのだと思うと、彼女はほとんど自分を軽蔑しそうになる。

今、鏡に映してみて、自分の顔が相変わらず若いのを確認して彼女は驚く。時間が首の皮膚のことを忘れてくれたのが、なにかの間違いで不当なことだとでもいうように、無益なくらい若々しいとさえ思われる。最近、ヤロミールと道を歩いているところを人に見られ、その人がふたりを姉と弟だと思ったことを教えられた。それを滑稽だと思ったが、やはりうれしかったのも事実だ。その日以来、息子と一緒に劇場やコンサートに行くのが、彼女にとって一層大きな喜びとなった。

それに、彼女には彼の他になにが残されていたろうか？

祖母は記憶と健康を失い、家のそとにも出なくなって、ヤロミールの靴下を繕ったり、娘の服にアイロンをかけたりしていた。彼女は後悔と思い出だけに満たされ、あれこれと細かく気を配った。彼女は身のまわりに悲しいほど情愛深い雰囲気を創り出し、家でヤロミールを取り巻く環境（二重の寡婦生活という環境）をいやがうえにも女性的にした。

3

ヤロミールの部屋の壁は、もう幼児言葉では飾られず（母親はそれらを名残り惜しそうに整理ダンスに片づけた）、彼が雑誌から切り取ってボール紙にはりつけたシュルレアリストやキュビスト（立体派）の絵画のちいさな複製二十枚で飾られていた。それに交じって、線の断ち切られた受話器が壁に固定してあるのが見られた（しばらくまえ、電話局の作業員が家の電話の修繕に来たのだが、ヤロミールは、いつもの置き場所からはずされて魔術的な印象を与えるところから、電話機から引き抜かれて破損したその受話器を正当に「シュルレアリスム的オブジェ」と形容できると思ったのだ）。しかし彼がもっとも多くの時間をかけて調べたイメージは、同じ壁にかけられた鏡の縁《ふち》組のなかにあった。彼がもっとも入念に研究したものこそ、彼自身の顔にほかならなかったのだ。自分の顔以上に彼を苦しめるものはなかったし、自分の顔以上に希望を投入した（そのためには粘り強い努力が必要だったが）もののもなかった。

その顔は母親の顔に似ていたが、ヤロミールが男であるため、顔立ちの繊細さは母親よりもよけいに目立った。彼は細い鼻と軽く落ち込んだちいさな顎をしていた。その顎のために大層悩んだ。ショーペンハウアー(訳註1)の有名な省察のなかで、落ち込んだ顎はとりわけ人に嫌悪を催させる、なぜなら人間が猿と区別されるのはまさしく突出した顎によってだからだという一節を読んだためだ。しかしそのあとでリルケ(訳註2)の写真を見つけ、リルケもまた落ち込んだ顎をしていたのを確認して、貴重な励ましを与えられた。彼は長時間自分を鏡に映し、猿とリルケとのあいだの途方もない空間で絶望的にもがいた。

じつを言えば、ヤロミールの顎はごくわずかしか落ち込んでいず、母親が息子の顔の魅力は子供らしさにあるのだと見做《みな》しているのは正しかった。しかし、そのことが顎以上に彼を苦しめた。顔立ちの繊細さのせいで数歳も若く見られ、級友たちは一歳年上だったから、彼の顔の子供らしさがよけいに目立ち、一層明瞭になって、毎日数多くの弥次の対象になった。だからヤロミールは、一瞬たりとも自分の顔を忘れられなかったのだ。

ああ！　こんな顔をしているなんて、なんて重荷なんだろう！　この顔立ちの微妙な輪郭は、なんて重くのしかかってくるんだろう！

（ヤロミールは時どき恐ろしい夢を見た。夢のなかで茶わん、さじ、ペンといった極度に軽いものを持ち上げなければならないのだが、どうしてもできない。物が軽いものであるだけに、彼の弱さはそれだけますます甚だしいものとなる。そして彼は「その軽さのしたで押しつぶされる」のだ。その夢は悪夢になり、目覚めたときにびっしょり汗をかいていた。その夢のテーマはレースの先で描かれたような彼の弱々しい顔であり、彼はそれを持ち上げ、投げ捨てようと空しく努力していたのだと思われる）

（訳註1）アルトゥール・ショーペンハウアー　ドイツの哲学者（一七八八―一八六〇）。代表作『意志と表象としての世界』他。

（訳註2）ライナー・マリーア・リルケ　オーストリアの詩人（一八七五―一九二六）。代表作『マルテの手記』『ドゥイノの悲歌』他。

4

詩人が生まれる家は女たちに支配されている。トラークル(訳註1)の妹、エセーニン(訳註2)やマヤコフスキー(訳註3)の姉妹たち、ブローク(訳註4)の叔母たち、ヘルダーリン(訳註5)やレールモントフ(訳註6)の祖母、プーシキン(訳註7)の乳母、それにもちろん、とりわけ母親たち、うしろに立つ父親の影を薄くしている詩人のあの母親たち。レディー・ワイルド(訳註8)とフラウ・リルケは息子に少女の恰好をさせた。子供が不安そうに自分の顔を鏡に映しているからといってだれが驚くだろうか！「ひとりの男になる時だ」と日記のなかでイージー・オルテン(訳註9)は書いた。詩人は一生のあいだ、自分の顔のうえに表情の雄々しさを捜すことだろう。

とても永いあいだ鏡のなかの自分を眺めていると、彼は眼の厳しい輝きとか、口の険しい線といった、自分が捜しているものを見つけられるようになった。しかしそのためには、いうまでもなくある種の微笑を自分に押しつける、いやむしろ、上唇を激しく緊張させるように口の筋肉をいくらか引きつらせねばならなかった。彼はまた、容貌を変えるような髪型をいろいろ追求した。濃く野性的な藪のような印象を与えるために、髪を額の上方に掻き上げようと努めた。ところが悲しいことに、母親がひと房を形見入れに入れて保存しているほど、なによりもいつくしんでいるその髪は、彼が想像しうる最悪のものだった。生まれたての雛鳥のうぶ毛のように黄色く、たんぽぽの綿毛のように細いその髪に、なにかの形を与えるのは不可能だった。母親はよく彼の頭を撫で、天使の髪のようだと言っていた。しかしヤロミールは天使を憎み、悪魔を愛していた。髪を黒に染めたい気がしたが、その勇気はなかった。髪を染めるのはブロンドのままでいるよりずっと女々しいことだからだ。そこで少なくとも彼は、髪を非常に長くのばし、ぼさぼさにして歩くことにした。

彼は自分の外見を確かめ、直す機会があれば一度も逃さなかった。店頭の窓ガラスのまえを通るときには必ずちらりと一瞥をくれた。しかし自分の外見に注意を払えば払うほど、ますます気になり、それだけよけいにその外見がわずらわしく、痛ましいものに思われた。

たとえば——

彼は高校《リセ》から戻る。道には人気《ひとけ》がないが、遠くのほうから、見知らぬ若い女が彼のほうに向かって進んでくるのが見える。ふたりはたちまち近づく。ヤロミールは自分の顔のことを考える。その女が美しいことがわかったから。彼は修羅場をくぐり抜けてきたような厳しい男の微笑をくちびるにつくろうと努めるが、うまくゆかないのを感じる。彼はだんだん、女たちの眼には滑稽に映るにちがいない女のように幼い自分の顔のことを考える。彼はするとあの他愛ない童顔の化身そのものとなり、動かなくなり、化石のようになり、しかも（なんたる不幸！）、赤くなるのだ。そこで彼は、女が自分のほうに眼を向ける危険を冒すのをできるだけ避けるように歩みを速める。もし赤くなっている瞬間を美しい女に不意に見られでもすれば、その恥ずかしさに耐えられないだろうから！


（訳註1）**ゲオルク・トラークル**　オーストリアの詩人（一八八七―一九一四）。代表作『詩集』他。

（訳註2）**セルゲイ・アレクサンドロヴィチ・エセーニン**　ロシアの詩人（一八九五―一九二五）。代表作『おおルーシ、はばたけ』他。

（訳註3）**ウラジーミル・ヴラジロミヴィチ・マヤコフスキー**　ロシアの詩人（一八九三―一九三〇）。代表作『ズボンをはいた雲』他。

（訳註4）**アレクサンドル・アレクサンドロヴィチ・ブローク**　ロシアの詩人（一八八〇―一九二一）。代表作『十二』他。

（訳註5）**フリードリヒ・ヘルダーリン**　ドイツの詩人（一七七〇―一八四〇）。代表作『ヒュペーリオンまたはギリシャの隠者』他。

（訳註6）**ミハイル・ユリエヴィチ・レールモントフ**　ロシアの詩人（一八一四―四一）。代表作『現代の英雄』『悪魔』他。一八四一年七月、ささいなことからマルトゥイノフと口論になり、決闘の末即死する。

（訳註7）アレクサンドル・セルゲーヴィチ・プーシキン　ロシアの詩人（一七九九―一八三七）。代表作『エヴゲニー・オネーギン』『大尉の娘』他。一八三七年一月、妻ナターリャを追い回していた若い近衛士官ダンテスと決闘して致命傷を負い、二日後に死亡。

（訳註8）オスカー・ワイルド　イギリスの詩人、小説家（一八五四―一九〇〇）。代表作『ドリアン・グレイの肖像』他。

（訳註9）イージー・オルテン　チェコの詩人（一九一九―四一）。代表作『春の書』他。

5

鏡のまえで過ごす時間は彼を絶望の底に触れさせたが、幸いなことに、彼を星まで運んでくれる鏡がひとつだけあった。心を高揚させるその鏡とは、彼の詩だった。彼はまだ書いていない詩に懐かしさを覚え、すでに書いてしまった詩は、ちょうど昔の女のことでも思い出すように心に浮かべて悦に入った。彼は詩のたんなる作者ではなく、理論家と歴史家でもあった。自分が書いたものについて註釈を書き、作品を様々な時期に分け、それぞれの時期に名を与えた。その結果、二、三年のあいだに、自分の詩集をゆうにひとりの修史官の仕事に値する歴史的過程と見做すことができるようになった。

そこには慰めがあった。「下界」、つまり彼が日常生活を送り、教室に行ったり母親や祖母と昼食を食べたりする下界には、不分明な空白が広がっていた。しかしそれよりも「上方」、すなわち彼の詩のなかには、道しるべを置き、銘句のある標識を定めた。そこでは、時間はくっきりと区別されていた。彼はひとつの詩的時期から別の詩的時期へと移り（眼の片隅で、なんの事件も起こらないあの恐るべき停滞のなかを眺めながら）、高揚した忘我状態になって、想像力の意外な地平を開く新しい時代が到来したことを自分で自分に告げることができた。

彼はまた、容貌（それから、人生の無意味さ）にもかかわらず、自己のうちに例外的な豊かさを持っているという確固として静かな確信を抱くことができた。別の言葉で言えば、自分が「選ばれた者」だという確信を抱くことができた。

この選ばれた者という言葉についてはもう少し説明しておきたい。

ヤロミールは相変わらず画家の家に通っていた。もっとも母親があまりこだわらなくなったので、そうひんぱんではなくなっていたのも事実だが。ずっとまえから絵を描くのはやめていたが、ある日、思い切って画家に自分の詩を見せ、そのとき以来、書いた詩はすべて持って行くことにした。画家はそれに興味を示して熱心に読み、友達に見せると言って預かることもあった。それはヤロミールを幸福の絶頂に導いた。かつて彼の絵についてきわめて懐疑的な態度を見せた画家だったが、それでも彼には依然として揺ぎない権威であることに変わりはなかったから。（道に通じた人間の意識のなかに入念に保存されている）芸術的価値評価を可能にする客観的な基準が（ちょうどセーヴルの博物館に白金製の一メートル原器が保存されているように）存在していて、画家はまさしくその基準を知っているのだと彼は確信していたのだ。

しかし、それでもどこか苛立たしいことがあった。ヤロミールには画家が自分の詩のどこに感心し、どこを拒否するのか、少しもわからなかったからだ。彼はヤロミールが急いで書きなぐった詩句をほめるかと思うと、別の機会にはヤロミールがきわめて大切にしている別の詩句を不機嫌そうに突き返した。それをどう説明したらよいのか？　ヤロミールが自分で自分の書いたものの価値を理解できないとすれば、彼はそれらの価値を機械的に、偶然それと知らず、また望まず、したがっていかなる才能もなく創り出したと結論すべきではなかろうか？　（ちょうどかつての彼が、たまたま発見した犬面の人間たちの世界によって画家の心を魅了したのと同じように）。

「もちろんだとも」と、ふたりがその話題に入ったある日、画家が言った。「きみはたぶん、自分の詩にこめた幻想的な思想を推論の結果だと信じているんだろう？　しかし、けっしてそうではないのだ。その思想はうえのほうからきみのなかに落ちてきたものなんだ。一挙に、きみがそんな期待をしていないのに、だ。だからその思想の作者はきみではなく、むしろきみのなかにいるなにものか、きみのなかで詩を書いているなにものかなのだ。そしてきみの詩を書くそのなにものかとは、ぼくらのひとりひとりを通る無意識というやつの全能の流れなのだ。その流れのなかでは、ぼくらはすべて平等なんだから、それがきみを媒介物に選んだからといって、自分に才能があるなどと考えちゃいけないんだ」

画家の気持ちでは、その言葉は謙虚の教えのつもりだったのだが、ヤロミールはただちにそこに自分の誇りのために輝く煌めきを見出した。そうかもしれない、詩のイメージを創り出したのはぼくではないかもしれない。しかし、ほかならぬこのぼくの手を記述者として選んだのは、なにか不思議なものなのだ。だから、ぼくは「才能」よりもずっと大きいこのなにものかを誇らしく思っていいわけだ。「選ばれた者という資格」を誇りにしてもいいわけだ。

それに彼は、ちいさな温泉場の女主人が言ったことを忘れてはいなかった。「あなたには大きな未来が約束されているのよ」。彼はその言葉を予言のように信じていた。未来とは未知の彼方、革命のおぼろげなイメージ（画家はしばしばその不可避性について語っていた）と詩人たちの放縦な自由のおぼろげなイメージとが混じり合う、未知の彼方のことだった。自分がその未来を栄光で満たすのを知り、そう知っていることが彼に確信を与え、そしてこの確信が彼を苦しめたあらゆる不安と並んで、（自立し自由に）彼のうちに同居することになった。

6

ああ、ヤロミールが部屋に閉じこもり、ふたつの鏡を次々に眺める午後のなんという永い惨めさ！

どうしてこんなことがありうるのか？　彼はいろんな本で青春時代が人生でもっとも充実した時期だと読んでいた！　それでは、どこからこの虚無、生き生きとした物質が散失したこんな状態が来るのか？　どこからこんな「空しさ」が来るのか？

この空しさという言葉は、敗北という言葉と同じほど彼には不愉快だった。その他にも、彼のまえではけっして口にしてはならない言葉があった（少なくとも、空しさの首都ともいうべき彼の家においては）。たとえば「愛」とか「娘たち」という言葉だ。この点に関して、彼は一階に住んでいる三人の人間たちをどれほど憎んでいたことだろう！　彼らはよく客を招いた。客は夜遅くまで残って、酔っぱらった声がきこえてくる。そのなかによく通る女の声が交じっていて、それが毛布のしたで体を縮め寝つけないヤロミールの魂を引き裂いた。従兄は彼より二歳しか年上でないのに、その二歳という年がピレネー山脈のようにふたりのあいだにそびえ立ち、ふたりを二世紀ほども引き離していた。大学生だった従兄は（両親の好意ある理解を得て）美しい娘たちを家に連れてきて、なんとなくヤロミールを軽蔑しているふうだった。伯父はめったに家にいなかったが（相続した店のことでやらねばならない仕事が大変多かったのだ）、その代わりに伯母の声が家中にとどろいた。伯母はヤロミールに出会うたびに、いつも決まりきった質問をして、「どう、女の子たちとはうまくやっているの？」と尋ねる。ヤロミールはその顔に唾を吐いてやりたい気持ちだった。快活な親切心からされるその質問が、いつも詩人の惨めさをあらわにさせたから。彼が娘たちとつき合うことがまったくなかったからではない。娘たちとの接触がごくまれで、二度の逢引きのあいだが宇宙の星々ほども遠く離れていたからだ。娘という言葉は、郷愁とか挫折とかという言葉と同じほど、彼の耳には悲しげに響いた。

彼の時間は女たちとの逢引きによって使い果たされなかったが、その代わり逢引きの期待によってすっかり満たされていた。その期待は、未来についてのたんなる瞑想ではなく、ひとつの準備、ひとつの研究だった。逢引きが成功するために肝心なのは、気づまりな沈黙に落ちるのではなく、ものを話せることだとヤロミールは確信していた。娘との逢引きとは、まず会話の技巧のことなのだと。そのために彼は、特別な手帖を用意し、語るに値する物語を書きつけた。物語であって、逸話ではない。逸話はそれを物語る人間の個人的なことをなにも表わさないから。彼は個人的に起こった様々な冒険を書きとめることにしたが、冒険らしいものはなにひとつ起こらなかったので、冒険を想像した。この点にかけては、彼はよい趣味をしていることを示した。彼が創り出した冒険（あるいは、本で読んだことがあるか、話されるのをきいた記憶のある冒険）は主人公が彼自身なのだが、その主人公を英雄的な光のもとに描き出さないで、停滞と空虚の世界から運動と冒険の世界へと、微妙に、ほとんど知覚できないほど移し変えただけのものだった。

彼はまた様々な詩の抜粋（しかし、それは彼自身が熱愛する詩の抜粋でなかったことを強調しておこう）も書きつけた。それは詩人たちが女性の美しさに呼びかけたもので、ほとんど当意即妙と思われかねない詩だった。たとえば、彼は手帖にこのような詩句を記入した、「きみの顔から徽章をつくれるだろう、眼、口、髪……」。もちろん、娘たちには人工的な韻律から詩句を引き離し、突然湧いた自然な考えのように言わなくてはならなかった。「きみの顔はまるで徽章のようだ！　きみの眼、口、髪。それはぼくに認められるただひとつの旗なのだ！」

逢引きをしているあいだずっと、ヤロミールはあらかじめ用意しておいた文句を考え、声が自然でないように思えたり、自分の文句が教室で暗誦するように響いて、調子が才能のないアマチュア俳優のようになったりするのを恐れる。その結果、彼はその文句を口にする勇気がなくなるのだが、その文句が注意力のすべてを奪っているので、ほかにはなにも言えない。逢引きは苦い沈黙のうちに過ぎてゆき、ヤロミールは娘の皮肉な眼差しを感じて、間もなく敗北感とともに娘のもとを去る。

家に戻ると、彼はテーブルに向かい、怒り狂ってあわただしく、しかも憎しみをこめて書く。「きみの眼から小便のように眼差しが流れている。ぼくはきみの愚かしい考えというおびえた雀を銃で撃ち落とす。きみの脚のあいだには池があり、蛙の大隊が飛びはねている……」

彼は書き、書きつづけてから、つづけて何回も満足そうに原稿を読み返す。その幻想はすばらしく悪魔的なものと彼には見える。

ぼくは詩人だ、偉大な詩人だと彼は思い、その考えを手帖に書き記した。「ぼくは偉大な詩人だ、ぼくには悪魔のような想像力がある。ぼくは他人どもが感じないことを感じる……」

そのあいだに、今度は母親が帰ってきて自分の部屋に入る……

ヤロミールは鏡に近づき、子供らしく厭わしい自分の顔を長々と眺める。あまり長く眺めるので、彼はとうとうそこに例外的な人間、選ばれた人間の持つ輝きを見るようになる。

一方、隣りの部屋では、母親がつま先で立ち、金縁の額に入った夫の写真を壁から外す。

7

彼女は、夫が戦争のずっとまえに若いユダヤ人の女と関係を持っていたのを知ったばかりなのだ。ドイツ人がボヘミアを占領し、ユダヤ人が屈辱的な黄色い星を外套につけて街を歩かざるをえなくなったときでさえ、彼は女を捨てずにずっと会いつづけ、できるだけの援助をした。

その後、女がテレジーンのゲットーに流刑にされると、彼はとても正気とは思えないことをやってのけた。チェコ警察の助けを借りて、厳重な監視下にあるその街に忍びこむことに成功し、数分のあいだ恋人に会ったのだ。その成功が忘れられず、ふたたびテレジーンに赴き、とらえられた。そして恋人と同じように、そこから戻ることは二度となかった。

母親が頭にのせていた眼に見えない骨壺は、夫の写真とともに衣裳ダンスのうしろに片づけられた。彼女はもう首を真直ぐに伸ばして歩く必要もなく、夫にたいして昂然としていることもなくなった。あらゆる倫理的な偉大さはすでに、他人のものとなっていたのだから。

彼女の耳には老いたユダヤ人の女の声がまだきこえる。夫の恋人の縁者だったその女は彼女にすべてを話し、「わたしが知ったもっとも勇気のある男の方でした」と言った。また、「わたしはこの世にひとり残されました。わたしの家族はみな強制収容所で死んだんです」とも。

その女は、苦しみが与える栄光を全身に受けて目のまえに座っていたが、そのときに母親が感じていた苦しみには栄光はなかった。母親は、その苦しみのために頭がみじめに垂れ下がるのを感じた。

8

おお、おまえ、かすかに煙を立てている干し草の山よ
おまえはきっと、あの人の心のタバコを喫っているのだろう

彼はそう書いて、野原に埋められた少女の肉体を心に描いた。彼の詩に死が現われることがきわめてよくあったが、それを生の悲劇性に心を奪われた息子の早熟によって説明しようとしたとき、母親は誤っていた（彼女は相変わらず、彼のすべての詩の最初の読者だった）。ヤロミールの詩で問題になっていた死は、現実の死と共通するものはほとんどなかった。死が現実になるのは、老いによる裂け目を通って人間の内部に入ってくるときだけだ。しかしヤロミールにとって、死は無限に遠いところにあった。それは抽象的で、現実というより夢想だった。

しかし彼はその夢想のなかでなにを捜していたのか？

彼はそこに無限を捜していたのだ。人生は絶望的にちいさく、彼を取り巻くものはすべて取るに足らず、灰色をしていた。ところが、死は絶対的で、分割も溶解もできないものだった。

少女の存在は取るに足らない（いくらかの愛撫と多くのくだらない言葉にすぎない）が、少女の絶対的な不在はかぎりなく崇高だった。彼は野原に埋められた少女を想像することによって、苦しみの気高さと愛の偉大さとを突然発見したのだ。

しかし、彼が死に関する夢想のなかに求めていたのは、絶対だけではなくて、また幸福でもあった。

彼は地下でゆるやかに溶けてゆく肉体を夢み、肉感的に永い時間をかけて、肉体を土に変えるその愛の行為を至高のものだと思った。

世界はたえず彼を傷つけた。女たちのまえでは赤くなった。自分が恥ずかしく、どこへいっても嘲笑にしか出会わなかった。ところが、死に関する夢想のなかでは、沈黙を見つけることができ、ゆるやかで、無言の、幸福な生を生きることができた。そう、ヤロミールが想像する死とは、「生きられた死」のことだったのだ。不思議なことにそれは、人間が自分ひとりでひとつの世界にいて、上方には母親の腹の内部の橋弧が穹窿《きゅうりゅう》のようにそびえ立って保護しているので、世界のなかに入ってゆく必要などない、あの時期に似ていた。

彼は終わりのない幸福にも似たそんな死のなかで、愛する女と結合することを望んだ。彼の詩のひとつに、恋人同士が抱き合い、あまりにも深く抱き合ってただひとつの存在でしかなくなり、歩くことも動くこともできず、次第に不動の鉱物に変身し、時間の試煉を受けずに永久に存続する、というのがあった。

別のところでは、彼はふたりの恋人が、あまりにも永いあいだお互いのそばにじっとしていたので、とうとう苔に覆われ、やがてふたりとも苔に変わってしまう様を想像した。のちになって、ある人がたまたま彼らに足をのせた（それがちょうど苔が花咲く時期だった）ので、ふたりは、飛翔だけが幸福になることだとでもいうように、言い知れぬ幸福に満たされて空中に舞い上がった。

9

過去とはすでにあったということだから、終了し不変なものだと読者は考えているかもしれない。ああ、そうではないのだ。過去がまとう着物は光の具合で光沢の変わるタフタでできていて、わたしたちが振り返って見るたびに、異なった色に見える。彼女が画家のせいで夫を裏切ったと自分を責めていたのは、そんなにまえのことではない。しかし今では、夫のせいで唯一の愛を裏切ったといって、自分の髪をかきむしっているのである。

わたしはなんて意気地のない女だったんだろう！　夫がロマンチックな大恋愛をしていたのに、わたしは日常生活のうわっつらの部分しか任されない家政婦だったんだ。それにわたしはあまりにものを恐れ後悔するたちなので、画家との冒険は、自分の側から生きる時間もないうちに砕け散ってしまった。今そのことがはっきりとわかる、人生がわたしの心に与えてくれたたったひとつの大きな機会を捨ててしまったのだと。

彼女は常軌を逸したしつこさで画家のことを考えはじめた。注目に値するのは、彼女の思い出に蘇る彼が、ともに肉体の愛の日々を過ごしたプラハのアトリエを舞台にしているのではなく、小川や小舟、それにちいさな温泉地のルネッサンス風のアーケードなどのあるパステル画の風景を背景にしていることだった。彼女は心の楽園を、愛がまだ生まれず、ただ宿されたばかりだった保養地の静かな数週間に見出していたのだ。彼女は画家に会いに行って、もう一度あそこに戻り、ふたりの愛の歴史を生きる、しかもあのパステル画のような背景のなかで自由に、楽しく、なんの拘束もなく生き直してみるよう頼んでみたいと望んだ。

ある日彼女は、彼のアパートの階段の最後の一段まで昇った。しかし、ベルを鳴らさなかった。なかから女の声がきこえてきたから。

そのあとも彼女は、その家のまえを行ったり来たりし、とうとう彼の姿を見かけた。彼はいつもと変わらず、革の外套を着て、とても若い女に腕を貸し、市電の駅まで送って行くところだった。彼が戻ってきたとき、彼女は彼のほうに向かって進んだ。彼は彼女に気づいて驚いた様子であいさつした。彼女もまたその思いがけない出会いに驚いたふりをした。彼は彼女に家に入るようにと言った。彼女の心は強くときめきだした。最初にちょっと触れられただけで、彼の腕のなかに崩れてしまうのがわかっていた。

彼は彼女にブドウ酒をすすめ、新しい絵を見せた。過去に微笑するように、やさしく微笑んだが、ただの一度も彼女に触れずに市電の駅まで送った。

10

ある日の休み時間に、生徒たちが全員黒板のまえでひしめきあっていたとき、彼はとうとうその時が来たと思った。ひとりだけ自分の席に残っていたクラスの女の子にこっそり近づいた。ずっとまえからその子が気に入っていて、ふたりがながく見つめ合うことがしばしばあったのだ。彼はその少女の横に座った。しばらくして、相変わらずいたずらな生徒たちがふたりの様子に気づき、その機会をとらえて悪ふざけした。彼らはくすくすと笑いながら教室を出て、ドアの鍵を閉めたのだ。

級友たちの肩に取り巻かれているかぎり、彼は自分を自然で自由だと感じられたのだが、いざ教室で少女とふたりきりになってしまうと、煌々と照らされた舞台のうえにでも立っているような気がしてきた。彼は気の利いた感想をいくつか述べて狼狽を隠そうとした（あらかじめ準備してきた文句以外のことも、やっと言えるようになっていたのだ）。彼が言ったのは、級友たちの行為は最高に滑稽な行為の模範だ、それをしでかした当人たちにとっては不利益で（彼らはいまや満たされない好奇心をかかえながら廊下で待っていなければならない）、逆に悪意を向けられたものにとっては利益をもたらすからだ（以前から望んでいたようにふたりきりになれたではないか）ということだった。少女はうなずき、せっかくのこの機会を利用してやらなくちゃ、と言った。キスが空中にぶら下がっていた。彼は少女のほうに体をかがめるだけでよかった。しかし、彼女のくちびるは近づきがたいほど遠くにあった。彼は喋り、さらに喋りつづけてキスをしなかった。

鐘が鳴った。それは今にも教師がやってきて、ドアのまえに集まっている生徒たちがどうしても教室を開けねばならないことを意味していた。その考えがふたりを刺激した。ヤロミールは、級友たちに仕返しをするもっともよい方法は、ふたりがキスして羨ましがらせてやることだと断言した。彼は指で少女のくちびるに触れ（そんな勇気をどこで汲みとってきたのか？）、こんなに濃い化粧をしたくちびるにキスしたら、顔にはっきり跡が残るにちがいないと言った。すると少女はふたたびうなずいて、ふたりがキスしなかったのはとても残念だったと言った。しかしそう言っているあいだに、教師のいらいらとした声がドアのうしろできこえた。

ヤロミールは、教師も生徒たちも自分の頬にふたりのキスの跡を見ないのは口惜しいと言い、ふたたび少女のほうに体をかがめたが、ふたたび彼女のくちびるはエヴェレスト山ほどにも近づきがたいように思われた。

「そうよ、みんなあたしたちのことを羨ましがらなくちゃいけないんだ」と少女は言い、ハンドバッグから口紅とハンケチを取り出し、ハンケチに赤い色をつけてヤロミールの顔を汚した。

ドアが開かれて、怒った教師が一群の生徒たちを従えて教室に飛び込んできた。ヤロミールと少女は、教師が教室に入ってきたときにいつもするように立ち上がった。彼らは空席の椅子の列のただなかでふたりきり、すばらしい赤の染みに覆われたヤロミールの顔を全員じっと見つめる観客の群れと向かい合った。彼はみんなの視線にわざと顔を見せつけ、自分を誇らしく幸福に感じた。

11

会社では、ひとりの同僚が彼女に言い寄っていた。同僚は結婚していたので、彼女の家に招かせるのを承知させようとしていたのだ。

彼女は、自分の性的自由をヤロミールがどんなふうに受け取るか知ろうとした。彼女は慎重に、遠回しに、戦争中に夫を失った他の女たちや、新しい生活を始める際に女たちが感じている困難のことについて話した。

「いったいどういう意味？　新しい生活というのは、とヤロミールは苛立って言い返した。別の男との生活って意味？

——もちろんよ、それも問題の一面だわ。人生はつづくのよ、ヤロミール、人生にはそれなりの欲求がいろいろあるの……」

死んだ英雄への妻の忠節はヤロミールの聖なる神話の一部だった。それが、愛の絶対性はたんに詩人の思いつきでなく、現実に存在し、人生を生きるに値するものにするのだという安心感を与えていたのだ。

「偉大な愛を経験した女が、どうして別の男とベッドに寝そべることができるんだ、と彼は不貞な未亡人について憤りをあらわにしながら叫んだ。どうして、苦しめられ、殺された男のイメージを記憶に残している女が、別の男に触れるんだろう？　どうして犠牲者をもう一度苦しめ、二度も死に追いやることができるんだろう？」

過去は、光の具合で光沢の変わるタフタの着物を着ている。母親は感じのよい同僚を拒んだ。すると、彼女の過去は、さらに新しい光のもとに現われた。

というのも、自分は夫のせいで画家を裏切ったというのは事実ではないと彼女には思えてきたからだ。わたしはヤロミールのせいで夫を捨て、ヤロミールのために家庭の平和を護ってやろうとしたのだ。今でもまだ、わたしは自分の裸の姿を考えると悩みで一杯になるけれども、この腹が醜くなったのはヤロミールのせいだ。わたしがどうしても産むと意地になって言い張ったのだから、夫の愛を失ったのもやはりヤロミールのせいなのだ！

この子は最初からわたしのすべてを奪っているのだ。

12

　また別のとき（この頃には本当のキスもかなり経験していた）、彼はダンス教室で知り合った娘と一緒にストロモフカの公園、人通りの少ない道を散歩していた。しばらくまえからふたりの会話はやみ、沈黙のなかを足音だけが響きわたっていた。それは、彼らがまだその名で言う勇気がないものを突然ふたりに告知する共通の足音だった。ふたりが一緒に散歩し、そして一緒に散歩しているからには、きっと愛し合っているということではないのか。沈黙のなかを響きわたる足音はそうふたりを非難し、彼らの歩みはだんだん遅くなった。その結果、娘はヤロミールの肩に頭をのせることになった。

　それはじつにすばらしいことだった。しかし、そのすばらしさを味わうまえに、ヤロミールは自分が勃起している、しかもまったく明瞭に勃起しているのを感じて怖くなった。彼はただひとつのこと、つまり自分の興奮の明瞭な証拠ができるだけ早く消えてしまうことしか願わなかった。しかし、そのことを考えれば考えるほど、ますますその願望がかなえられなくなった。娘が眼を落とし、自分の体の恥ずかしい変化に気づくかもしれないと考えておびえた。彼は娘の視線をうえのほうに惹きつけておくように努め、葉のあいだにいる鳥や雲などの話をした。

散歩は幸福に満ちたものだったが（ひとりの女が自分の肩に頭をのせてくれたのは初めてで、彼はその動作のなかに人生の終わりまでつづくにちがいない愛着のしるしを見た）、しかし同時に屈辱感に満たされた。彼は自分の体がふたたびそのような間の悪いへまを繰り返すのではないかと恐れたのだ。永いあいだ考えぬいた末、彼は母親の整理ダンスから長く広いリボンを取り出し、次の逢引きのときには、あらかじめそれをズボンのしたで結わき、たまたま興奮のしるしが現われても、脚に縛りつけられたままになるよう工夫した。

13

筆者が何ダースもの他の挿話《エピソード》からその挿話を選んだのは、ヤロミールがそれまでに知った最大の幸福が、肩のうえに娘の頭を感じたことだったことを示すためだ。

彼にとって娘の頭は体以上のものを意味していた。体については、彼はほとんどなにも知らないも同然だった（美しい脚とはいったいなんのことか？　美しい尻とはなにに似ているものなのか？）。しかし人間の顔についてはくわしいので、彼の眼には顔だけが女の美しさを決定するものと思われたのだ。

筆者はそのことによって、彼にとって体がどうでもよいものだったと言いたいわけではない。彼は女の裸のことを考えるとめまいがしたのだから。しかし、念のためその微妙な違いのことを述べておこう。

彼は娘の体の裸を欲していたのではなかった。体の裸によって照らされた娘の顔を欲していたのだ。

彼は娘の体を所有することを欲していなかった。彼が所有したいと思っていたのは娘の顔であり、その顔が愛の証しとして体を捧げてくれることを欲していたのだ。その体は彼の経験のはるか圏外にあった。そしてまさしくその理由から、彼は娘の体に数えきれないほど多くの詩を捧げたのだ。当時の彼の詩で女性の性器がどれだけ問題にされたかしれない。しかし、詩的な魔術（未経験という魔術）の奇跡的効果によって、ヤロミールはその生殖と性交の器官を空想的な物《オブジエ》と遊戯的な夢想のテーマにしていた。たとえば、詩の一篇で、彼は女の体の中心で「チクタクと鳴っているちいさな時計」のことを語った。

別のところでは、女の性器を「目に見えない生き物たちの炉」として語った。

さらに別のところでは、彼は穴のイメージに心を奪われ、自分がビー玉で、その穴のなかを長いあいだ落ちてゆき、ついにはまったく転落してしまう様子を想像した。「女の体の内部にいつまでも落ちつづける転落」

また別の詩では、娘の脚が互いに合流する二本の川に変えられていた。彼はその合流点に不思議な山があると想像し、それを「セインの山」という聖書的な響きをもつ架空の名で呼んだ。

さらに別のところでは、ひとりの自転車乗り《ヴエロシペディスト》（この言葉は黄昏《クレピユスキユル》という言葉と同じくらい美しいと彼には思われた）の長い放浪の旅が語られていた。自転車乗りは風景のなかを走って疲れるのだが、その風景というのが娘の体であり、彼が休みたいと願う干し草の山は娘の乳房を表わしていた。

女の体、未知の、見たこともない非現実的な体、匂いもなく、黒い染みもなく、ちいさな欠陥も病変もない体、架空の体、夢の戯れの場となっている体、そのうえを放浪するのは、なんとすばらしいことだろう！

子供たちにおとぎ噺をしてやるような調子で、女の胸や腹のことを話すのは、あまりに魅惑的すぎることだった。そう、ヤロミールが生きていたのはやさしさの国だったが、それは「人工的な幼年時代」という国だった。人工的というのは、現実の幼年時代にはなんら楽園的なものはないし、またそれほどやさしいものでもないからだ。

やさしさが生まれるのは、わたしたちが大人の年齢の入口に投げ出され、子供のときには理解していなかった幼年時代の様々な利益を苦悩とともに悟るときだ。

やさしさとは、大人の年齢がわたしたちに吹きこむ恐怖のことだ。

やさしさとは、そこでは他者が子供のように扱われなければならない、人工的な空間を創り出そうとする試みのことだ。

やさしさとはまた、愛の肉体的な帰結への恐怖のことだ。それは大人の世界から愛を取りあげ（大人の世界では愛は老獪《ろうかい》で、束縛的で、肉体と責任のために重くなっている）、女を子供と見做そうとする試みでもある。

「彼女の舌の心臓がゆるやかに脈打つ」と、彼はもうひとつの詩のなかで書いていた。彼が心のなかで思っていたのは、彼女の舌、彼女のちいさな指、彼女の胸、彼女のへそがそれぞれ自立した存在であり、聴きとれないような声で話し合っていること、娘の体は幾千もの生き物からできているので、その体を愛するとは、それらの生き物たちの声を聴くことであり、また「ふたつの乳房が秘密の言葉によって語り合う」のを聴くということだった。

14

過去は彼女を苦しめた。しかし、ながながと来し方を振り返っていたある日、彼女は新生児のヤロミールと過ごした一ヘクタールほどの楽園を発見した。そこで自分の判断を訂正しなければならなくなった。いや、ヤロミールがわたしのすべてを奪っていたというのは事実ではない。それどころか、彼は他のだれよりも多くのものを与えてくれたのだ。嘘に汚されていない生の断片を与えてくれたのだ。強制収容所から生き残ったどんなユダヤ女だって、この幸福には偽善と虚無しかないとはわたしに納得させられないだろう。この一ヘクタールの楽園はわたしのたったひとつの真実なのだ。

すると過去が（こうなるとまるで万華鏡を回しているようなものだったが）、ふたたび違った光のもとに現われてきた。ヤロミールはわたしから貴重なものをなにひとつ奪ったわけではなく、彼がやったことといえば、ただ誤りと嘘でしかなかったあるものから、金めっきの仮面を剝ぎ取っただけなのだ。彼はまだ生まれてもいないときから、わたしが夫に愛されていないことを発見するのを助けてくれた。それから十三年後、新たな悲しみしか与えてくれなかった馬鹿げた冒険から、わたしを救い出してくれたのだ。

彼女は、ヤロミールの幼年時代という共通の経験はふたりにとって約束、しかも聖なる契約なのだと思った。しかし息子が、その契約を裏切ったと悟ることがだんだん多くなった。話しかけても言うことを聞かず、頭のなかでいろんなことを考えているらしいのに、なにひとつ打ち明けてくれないことがわかった。彼女が確かめたところでは、彼が自分のまえに出ると恥ずかしそうにし、自分の肉体と精神のちいさな秘密をしっかり守りはじめ、自分をヴェールで包んでなかを窺わせないのだ。

彼女はそのことで苦しみ、苛立った。彼が子供だったときにふたりが一緒に起草したあの契約には、彼が永久に信頼を寄せ、わたしのまえに出ても恥じることがないと書かれていたのではないか?

彼女はふたりが一緒に生きてきた真実が永久につづくことを願った。そこで、彼がちいさかった当時と同じように、毎朝、身につけるべきものを指定し、下着も選んでやって、一日中彼の服のしたにいてやることにした。それが彼には不愉快になったのを感じたとき、彼の下着のささいな汚れのことでわざと文句を言って仕返しをした。無礼な羞恥心を罰してやるために、彼女は彼が服を着たり脱いだりする部屋にわざとだらだら居残った。

「ヤロミール、来てごあいさつをしなさい、と客があったある日、彼女は言った。まあー、なんて恰好をしているの!」彼女はわざと入念にぼさぼさにしてある息子の髪を見て怒った。彼女は櫛を捜しに行き、客たちとの会話をやめずに、手で彼の頭をとらえ、髪を整えだした。すると、悪魔的な想像力を持ち、リルケに似ている偉大な詩人は、おとなしく座って真赤になり、怒りながらもされるままになっていた。彼にできることはただひとつ、残忍な微笑を見せびらかし（長い年月のあいだその訓練をしてきた）、その微笑が顔のうえで険しくなるままにすることだけだった。

母親はカールの具合をよく見るために数歩うしろに下がった。そして、客のほうを振返って、「おやおや、どうしてこの子が、こんないやらしいしかめ面をするかおわかりですか？」

ヤロミールは、これからは必ず世界を根底から変えようと望む人間たちの味方になろうと心に誓った。

15

彼が彼らのところに着いたとき、議論はすでに最高潮に達していた。問題になっていたのは、進歩とはなにを意味するのか、進歩ははたして存在するのか、ということだった。彼はまわりを見渡し、高校の友達のひとりに招かれて加わったその若いマルクス主義者のサークルもまた、プラハのあらゆる高校《リセ》で見られるのと同じような若者たちから構成されているのを確かめた。教室で国語の教師が率先して行なおうとする議論に比べれば、はるかに注意が持続されているかもしれないが、しかしここにもやはり騒々しい人間たちがいた。そのうちのひとりが手に百合の花を一輪持って、たえずその匂いを嗅ぐので、他の者たちが吹きだした。そのため、自宅を会合の場に提供していた褐色の髪の男がとうとうその花を押収してしまった。

やがて彼は聞き耳を立てた。参加者のひとりが、芸術においては進歩ということを語りえないと断言して、シェイクスピアが現代の劇作家たちより劣っていたとは言えないからだと説明した。ヤロミールは議論に参加したいと強く思ったが、よく知らない人びとのまえで発言することにためらいを覚えた。みんなに見られて顔が赤くなり、手が神経質に動くことになるのを恐れたのだ。しかし彼は、そのちいさなグループとの「絆を持ちたい」と強く欲し、なにか発言しなければそうはなれないのを知っていた。

自分を奮い立たせるために、彼は画家と、それからいままで一度も疑ったことがない画家の権威のことを考え、自分がその画家の友達で弟子であるのを思い出して意を強くした。そうすると、討論に介入する力が出てきて、アトリエを訪問したときにきいた画家の考えを口真似した。注目すべきは、彼が自分のものではない考えを役立てたという事実ではなく、その考えを自分自身のものではない声によって口にしたことだ。自分の口から出る声が画家の声に似ていて、しかもその声が手まで捲きこみ、画家がよく空中でやってみせた仕草をなぞりはじめたことに気づいて、自分自身でもいささか驚いた。

彼はこう言った、芸術における進歩は異論の余地がないほど明白だ。現代芸術の諸傾向はこの千年の進展における全面的な大転倒を意味しているのであって、これによって芸術はついに、政治的、哲学的思想を普及させるとか、現実を真似るといった義務から解放された。だから、現代芸術とともに芸術の真の歴史が始まるとさえ言えるのだ……

そのとき、出席していたうちの何人かが言葉を挟《はさ》みたがったが、ヤロミールは発言を許さなかった。最初こそ、画家が彼の口から彼の言葉と彼の話の調子とを使って喋っているような気がして不愉快だったが、しばらくすると、彼はその借り物のなかにひとつの保証と保護とを見出すようになった。彼はまるで楯のうしろに隠れるようにその仮面のうしろに隠れた。もう自分が臆病で困惑しているとは感じなくなり、自分の文句がその場で気持ちよく響くことに満足しながら話しつづけた。

彼は、人類はこれまで先史を生きてきたのであり、真の歴史は必要性の領域から自由の領域への移行であるプロレタリア革命とともに始まると言った、マルクスの思想を援用した。このことは芸術史におけるあの決定的段階、すなわちアンドレ・ブルトン（訳註1）その他のシュルレアリストたちが自動記述、そしてそれとともに人間の無意識という奇跡的な宝物を発見した時期と符合を一《いつ》にする。この発見がロシアにおける社会主義革命とほぼ同時期に起こったという事実はきわめて意義深い。人類にとって人間の想像力の解放は、経済的搾取の廃止と同じく、自由の領域への大飛躍を意味するからだ……

その時、褐色の髪の男が議論に割り込んできて、ヤロミールが進歩の原則を擁護することを認めるが、シュルレアリスムをプロレタリア革命と同一の次元に並べることには異論の余地があるという判断を下した。それどころか、現代芸術は堕落した芸術であり、芸術においてプロレタリア革命に呼応するのは、社会主義レアリスムだという意見を述べた。われわれの模範とすべきはアンドレ・ブルトンではなく、チェコの社会主義詩の創設者であるイージー・ヴォルケル（訳註2）なのだと。ヤロミールがその種の概念に出会うのは初めてではなかった。まえに画家がよくそれについて話し、馬鹿にしていたからだ。今度はヤロミールが皮肉な口調を試みて、社会主義レアリスムは芸術に新しいものをなんらもたらさず、古くさいブルジョワ的キッチュと見違えるほどよく似ていると言った。それにたいして褐色の髪の男が反論し、新しい世界のために闘うことを助ける芸術だけが現代的なのであって、シュルレアリスムの場合はこれに当てはまらない、人民大衆には理解できないからだと言った。

褐色の髪の男は声を大きくすることもなく魅力的に論旨を展開した。そのため、議論は口論に堕することはけっしてなかった。しかし、自分に集中された注意にうっとりとしたヤロミールは、やや硬直した皮肉に訴えた。とはいえ、だれひとり最終的な判断を口にしなかったし、他の者たちも争論に加わったりして、ヤロミールが擁護した考えは間もなく、他の新しい議題に捲き込まれ、押し流されてしまった。

だが、進歩が存在するか存在しないか、シュルレアリスムはブルジョワ的かそれとも革命的か、といったことがそんなに重要だったろうか？　正しいのは彼かそれとも他の者たちか、といったことはそんなに重要だったのだろうか？　重要なのは、彼が彼らと絆を持ったということだ。彼は彼らと意見を異にしたとはいえ、彼らにたいして激しい共感を覚えた。彼はもう彼らの話を聞いてさえいず、ただひとつのこと、自分は幸福だということしか考えていなかった。彼はたんに母親の子あるいは教室の生徒だけではなくなり、自分が全面的に自分自身になる人間たちの集まりを見つけた。そして、人が全面的に自分自身になるのは、他人たちと交じり合うときからでしかないのだと思った。

やがて、褐色の髪の男が立ち上がると、みんなは一斉に立ち上がって戸口のほうに向かわねばならないことがわかった。その家の主人にはやらなければならない仕事があったからだ。彼はその仕事のことをわざと曖昧な言い方をしてほのめかし、それがなにか重要なことだという印象を与えてみんなに尊敬の念を起こさせた。しかし彼らが戸口のまえの控えの間《ま》にさしかかったとき、眼鏡をかけた若い女がヤロミールに近づいてきた。急いで言っておかなければならないが、集会のあいだずっと、彼はその女に注目さえしなかった。彼女は注目に値するものをなにも持たず、むしろありふれた女だった。醜いわけではなかったが、いささかだらしなかった。化粧はせず、髪を額のうえに軽くのばしていたが、髪型を整えた形跡は少しもなかった。また、身につけているものは、まさか裸で人前を歩くわけにもゆかないので、なんでもいいからなにかを着ているといった風だった。

「あなたの言ったこと、わたしには大変面白かった、と若い女は言った。もっとふたりで話し合ってみたいんだけれど、いいかしら……」

(訳註1) アンドレ・ブルトン　フランスの詩人、作家（一八九六―一九六六）。代表作『ナジャ』『狂気の愛』他。シュルレアリスム運動の指導者。

(訳註2)　イージー・ヴォルケル　チェコの詩人（一九〇〇―二四）。代表作『家へ来た客』『苦しい時間』他。

16

褐色の髪の男の家からさして遠くないところに、辻公園があった。彼らはそのなかに入り、たっぷりと話し込んだ。ヤロミールは、その娘が大学生で、彼より二歳年上であるのを知った（その情報は彼を誇りで一杯にした）。ふたりは辻公園の曲がりくねった径に沿って歩いた。娘は知ったかぶりの話をし、ヤロミールも同じように訳《わけ》知り顔の話をした。ふたりは急いで互いに信じていること、考えていること、やっていることを打ち明け合った（娘はどちらかといえば理科系の女で、ヤロミールのほうは文科系だった）。彼らは尊敬する偉大な名前を列挙し合い、娘はヤロミールの突飛な意見が大変面白かったともう一度言った。彼女はしばらく黙っていたが、やがて彼のことをエフェーブ〔古代ギリシャの青年〕みたいだと言った。そうなの、あなたが部屋に入ってきたとき、わたし、優美なエフェーブが現われたような気がしたのよ……

ヤロミールにはその言葉が正確にはどういう意味なのかわからなかったが、どんなものであれ、自分がある言葉によって呼ばれるのはすばらしいと思った。しかもそれがギリシャ語とくればよけい言うことがなかった。それに彼は、エフェーブという言葉が若い人間にたいして用いられ、それが指す青春は彼がそれまで経験してきた不器用で退廃的な青春ではなく、たくましく讃美に値する青春だと見抜いていた。エフェーブという言葉を発したとき、その女子学生は彼の未熟さを言い当てたのだが、同時に彼をぎごちなさから解放してやり、彼よりも大人であることを示したのだ。それが大変心を慰めてくれたので、彼らが六度目に辻公園を一周したとき、ヤロミールは最初から漠然と考えていたのだが、決断する勇気の持てなかった行為を敢えて行なった。その女子学生の腕を取ったのだ。

彼が彼女の腕を「取った」というのは必ずしも正確ではない。彼は彼女の腕のしたに手を「忍び入れた」といったほうがよいかもしれない。娘に気づかれることさえ願わないかのように、彼はきわめて慎重に手を忍び入れた。はたして、彼女はその行為にたいしてどんな反応も示さなかった。そこでヤロミールの手は、まるでこっそりと忍ばせてやったのに持ち主がすっかり忘れ、たえず落としそうになっているハンドバッグか小包のように、彼女の体のうえの異物としてそこにじっとしていることになった。しかし間もなく、したに手を導入されていた腕が、その手の存在に気づいたそぶりを見せはじめた。それとともに、彼の歩みは、女子学生の脚の動きがややゆるくなったのを感じはじめた。彼はそのような足どりのゆるみ方を知っていたので、なにか取り消しできないものが空中に漂うのがわかった。普通、なにか取り消しできないものが起きそうになると、人はさらに事の成り

行き を急がせるようにする(きっと、それでも事の成り行きにたいして最小限の力を行使しうることを自分に示すためだ)。それまでじっと動かないままでいたヤロミールの手が、突然活気づいて、女子学生の腕を圧したのはそのためだった。彼女は眼鏡をヤロミールの顔に向け、鞄を地面に落とした。

それにはヤロミールもびっくりした。まず、うれしさのあまり、娘が鞄など持っていたとは気づかず、落ちて初めてその鞄が天上からの伝言のように姿を現わしたから。それから、彼女が大学から直接マルクス主義のサークルに出かけ、その鞄にはおそらく大学の講義を写したノートや分厚い科学書などが入っているのだと思うと、彼の陶酔はいちだんと大きくなった。自由になった腕にぼくを抱くことができるように、彼女は大学全体を地面の上に落としたんだ。

鞄の落下がじつに感動的だったので、ふたりは心が奪われるような魅惑にとらえられてキスをし出した。長いあいだキスをし合い、やっとキスが終わると、彼女はもうどうつづけてよいのかわからなくなり、ふたたび彼のほうに眼鏡を向け、落ち着かず苦しそうな声を出して、「あなたはきっとわたしがほかの娘たちと同じだって思っているんでしょう。でもわたし、ほかの娘たちと同じだなんて思われたくない」と言った。

その言葉はたぶん鞄の落下よりもずっと感動的だったのかもしれない。ヤロミールは呆然となって、眼のまえにいる女が自分を愛している、最初の瞬間から奇跡的に、理由もわからずに自分を愛したのだと理解した。その途中（あとになってもう一度注意深く、入念にその感想を検討することができるように意識の余白の部分で感じたのだが）、女子学生が他の女たちのことを話すとき、まるで彼が豊富な経験を持っている男で、そのために女が愛しても、悲しみしか覚えない男のように話すことに気づいた。

彼は娘に、きみが他の女たちと似ているとはちっとも思っていないと答えた。娘は鞄を拾った（いまやヤロミールもその鞄にもっと注意を払うことができた。それは本当に重く大きく、本が一杯詰まっている鞄だった）。そして彼らは辻公園の七回目の一周を開始した。ふたりがふたたび立ち止まってキスをしていると、突然、激しい円錐形の光が当てられたように感じた。警官がふたり彼らのまえに立ち、身分証明書の提出を求めていた。

ふたりの恋人たちは間が悪そうにその書類を捜し、たぶん売春を取り締まる役目を負っているか、あるいはただ長い勤務時間のあいだの気晴しをしようとしているだけなのかもしれない警官に、ふるえる手で差し出した。いずれにしろ、警官たちはふたりの若者に忘れがたい経験をさせた。その晩の残りのあいだ中（ヤロミールは家の玄関まで娘を送った）、彼らは偏見、道徳、警察、古い世代、馬鹿げた法律、一掃されねばならない社会的腐敗によって迫害される愛などについて語り合った。

17

その日の昼はすばらしく、晩も同じだったが、ヤロミールが帰宅したときはもう夜の十二時に近かった。母親は家の部屋をいらいらしながら行ったり来たりしていた。

「あなたのせいでふるえていたのよ！　どこに行っていたの？　わたしにはちっとも思いやりがないんだから！」

ヤロミールはまだその偉大な一日の興奮が醒めやらず、少しまえにマルクス主義のサークルで用いたのと同じ口調で母親に返事しだした。画家の自信に満ちた声を真似したのだ。母親はたちどころにその声に気づいた。彼女は失った恋人の声を口から出す息子の顔を見た。もう彼女には属していない顔が見え、声がきこえた。眼前の息子は二重の否認のイメージのようなものになり、そのことが彼女に耐えがたく思われた。

「あんたって人はわたしを殺すの！　わたしを殺すの！」ヒステリックな声でそう叫ぶと、隣りの部屋に駆け込んだ。

ヤロミールは恐ろしくなってその場に釘づけになり、大変な間違いをしでかしたという気持ちを嚙みしめていた。

（ああ、若者よ、きみはけっしてその気持ちを払いのけられないだろう。きみが悪い。きみが悪いのだ！　自分の家のそとに出かけるたびに、きみは非難の視線を背後に感じるだろう。その視線はあとに引き返すよう叫ぶだろう！　きみは長い綱につながれた犬のように世間に出ることになるだろう！　遠くに行っても、いつも首に首輪が触れるのを感じることだろう！　女たちと時間を過ごしても、女たちと一緒にベッドに入っていても、きみの首にはその長い綱がかかっていることだろう！　どこか遠いところで母親がその端を引いているから、綱のせわしない動きによってきみが身を任せているいかがわしい運動を感じていることだろう！）

「ママ、お願いだ、怒らないで、ねえママ、お願いだから、ぼくを許して！」彼はおそるおそる母親のベッドのそばにひざまずき、濡れた頰を撫でた。

（シャルル・ボードレール（訳註1）、きみは四十歳になってもまだ母親を怖がっていた！）

すると母親は、できるだけ長いあいだ肌にその指を感じることができるように、なかなか彼を許そうとはしなかった。

（訳註1）シャルル・ボードレール　フランスの詩人（一八二一—六七）。代表作『悪の

華』他。

18

（それはクサヴェルにはけっして起こらないことだった。クサヴェルには母親も父親もいなかったから。そして両親を持たないことが自由の第一条件だから。

しかし誤解のないように言っておくが、ここで問題になるのは両親を失うということではない。ジェラール・ド・ネルヴァル（訳註1）の母親は彼がまだ新生児のときに死んだが、しかし彼は一生のあいだ母親の不思議な眼の、催眠にかけるような視線のもとに生きた。

自由は、両親が捨てられるか埋められているところでは始まらない。自由が始まるのは、両親が「いない」ところでだ。

人間が自分がだれのものか知らないでこの世に生まれてくるところでだ。

人間が森のなかに捨てられた一個の卵から出発してこの世に生まれてくるところでだ。

人間が天によって地上に吐き出され、どんなささいな感謝の気持ちもなしにこの世に足を踏み出すところでだ。）

（訳註1）**ジェラール・ド・ネルヴァル**　フランスの詩人（一八〇八―五五）。代表作『シルヴィー』『オーレリア』他。

19

女子学生との愛の、最初の一週間のあいだに生まれたのはヤロミール自身だった。彼は自分がエフェーブで、美男子で、頭がよくて空想に富んでいるのを知った。眼鏡をかけた娘が自分を愛し、自分に捨てられる瞬間を恐れているのを理解した（娘の言うところによれば、それはあの晩、彼女の家のまえでふたりが別れ、彼が軽い足取りで立ち去るときだったという。そのとき、彼女は彼の本当の姿、つまり遠ざかり、逃れ去り、消え去るひとりの男の姿を見る思いがしたのだと……）。あれほど長いあいだ、ふたつの鏡のなかに捜していた自分のイメージを、彼はとうとう見つけたのだ。

最初の一週間、ふたりは毎日会った。四度夜の街を長時間散歩し、一度劇場に行き（彼らは仕切席で抱き合い、上演には無関心だった）、そして二度映画館に行った。七日目に、ふたたび散歩した。寒く、凍えそうだったが、ヤロミールは軽いレインコートしか着ていなかった。ワイシャツと上着のあいだにチョッキを着ていなかった（母親が着るように強制する灰色の毛編みのチョッキは、隠居した田舎者にこそ一番ふさわしいような代物だと思われたからだ）。彼は帽子もボンネットもかぶっていなかった（眼鏡の娘が二日目から、かつて彼が憎んでいた扱いにくい髪をほめて、あなたの髪はあなた自身と同じほど御しがたいと言ってくれたからだ）。そしてゴムの切れた靴下がしょっちゅうふくらはぎのうえを滑って靴のなかに戻りそうになるので、低い靴と灰色のソックスしか足につけていなかった（彼はこのソックスの色とズボンの色の不調和のことを忘れていた。洗練された服装の趣味には少しも注意しなかったから）。

彼らは七時を打ったときに再会し、長いあいだ郊外を散歩した。そこでは空地の雪が足のしたできしみ、ふたりは立ち止まってキスをすることができた。ヤロミールの心を魅了したのは娘の体の素直さだった。これまでは、女の体への接近は様々な段階を次々に越えなければならない長い旅に似ていた。娘がキスをさせてくれるようになるまでに時間がかかった。娘の胸に手が置けるようになるまでに時間がかかった。娘の尻に触ったときには、もうすでにかなり遠くまで来たような気になった——それ以上進んだことは一度もなかったから。ところが今度は、最初の瞬間から予期しないことが起こった。女子学生は彼の腕に抱かれ、まったくおとなしく、なんの防備もせず、なにをされてもよいと覚悟を決めている様子だから、どこでも好きなところに触ることができた。彼はそれを大きな愛の証しだと見做したが、同時にそのことで気づまりにもなった。その突然の自由をどうしてよいかわからなかったから。

ところで、その日（七日目だった）、娘は彼に、両親がしばしば家を留守にするので、あなたを家に招けたらうれしいと打ち明けた。爆弾にも似たその言葉のあとに長い沈黙がつづいた。ふたりとも、人のいないアパートでの出会いがなにを意味するかわかっていた（ヤロミールの腕に抱かれているとき、娘はまったくなにも拒まなかったともう一度言っておこう）。彼らは黙りこみ、やがて長い時が過ぎて、とうとう娘が静かな声で言った。

「愛においては、妥協はないと思うの。愛し合っているときには、すべてを与え合わなくてはならないわ」

ヤロミールは心底その宣告を是認した。彼にとってもまた、愛はすべてを意味していたから。しかしどう言ってよいかわからなかった。彼は答える代わりに、娘に悲壮な視線を注いだ（しかし、夜になっていたから、いくら視線を悲壮にしたところで、少しも相手に感じられないとは夢にも思わなかった）。それから、彼女にキスをし、狂おしく抱き締めた。

十五分ほど沈黙したあと、娘はふたたび会話を始めて、あなたはわたしが家に招く最初の男だと言った。男の仲間は沢山いるけど、ただの仲間にすぎない。彼らもそのまま慣れてしまい、冗談にわたしに「石の処女」というあだ名をつけたわ。

ヤロミールは自分がその女子学生の最初の愛人になると知って大変いい気分になったが、同時に怖気づいた。以前から愛の行為の話を沢山きいていたが、処女を相手にするのは一般に困難なことだとされているのも知っていたからだ。だから彼は、女子学生の冗舌に話をつなげることができなかった。うわの空だったから。頭のなかでその偉大な約束の日の歓びと苦しみをあれこれ考え、(人類の先史と歴史についてのマルクスの偉大な思想が彼を鼓吹《こすい》するのをやめず)、その日から自分の人生の真の歴史が始まるのだと思った。

さして話すこともなくなったが、ふたりはじつに長いあいだ街路を散歩した。夜がふけるにつれ、ますます寒くなり、充分に衣類をつけていない体が凍えるのをヤロミールは感じた。どこかに行って座ろうと提案したが、ふたりはすでに中心街からあまりに遠く来ていて、あたり一里四方にはカフェーひとつなかった。そのため彼は骨まで凍えて家に帰り(散歩の終わりごろには、歯がガチガチ鳴る音を彼女にきかれまいと努力しなければならなかった)、翌朝目が覚めたときには喉が痛かった。母親が体温を計って、彼に熱があることを知った。

20

ヤロミールの病んだ体は床《とこ》に臥せていたが、魂は待ちに待った偉大な日を生きていた。彼がその日について抱いていた考えは、一方では抽象的な幸福から、そしてもう一方では具体的な気がかりから成り立っていた。ひとりの女と寝るという事実がどういうことを意味するのか、その正確な細部をまったく想像できなかったからだ。彼が知っていたのはただ、それには準備、巧みな立ち回り、それからいくらかの知識が必要だということだけだった。肉体の愛の陰には妊娠という恐ろしい亡霊が渋面をつくっているのだが（学友たちのあいだでは、それが数え切れないほど多くの話題になっていた）、その危険は防げるのを知っていた。野蛮な時代だったその当時は、（騎士たちが戦闘のまえに甲冑《かっちゅう》を身につけたように）男たちは透明な靴下を男性器につけたものだった。ヤロミールはそうしたことすべてを知識としては充分に知っていた。しかし、どうしたらその靴下を手に入れることができるのか？　恥ずかしさを乗り越えて薬局に入り、それを買うことはとてもできそうになかった！　それにいったい、娘に見られないようにいつつけたらよいのか？　その靴下は滑稽に思われたし、そんなものが存在する事実を娘が知っているという考えには我慢できなかった！　それをまえもって家でつけるべきなのだろうか、それとも、娘のまえで裸になってからにすべきなのか？

それは彼には答えの見つからない疑問だった。ヤロミールは試験用（訓練用）の靴下をひとつも持っていなかったが、どうしても手に入れ、つけ方の練習をしておこうと決意した。迅速さと器用さこそ、この領域において決定的な役割を果たすのだから、練習もなしにつけることはできないと考えたのだ。

しかし、他にも彼を悩ませることがあった。いったい性行為とはなんなのか？　その時に人はなにを感じるのか？　体にどんな変化が生じるのか？　快感は人が叫び声をあげるほど、そしてどんな自己抑制も失ってしまうほど大きなものなのか？　それにしても、叫び声をあげるなんて、相手に滑稽に見られやしないか？　また、そのことはいったいどれだけのあいだつづくのか？　ああ、まったく、ただそんなことを企てるだけだって、準備もせずにできるんだろうか？

それまで、ヤロミールは自慰を経験していなかった。そんな行為は恥ずべきもので、真の人間なら差し控えるべきことだと見做していたのだ。ぼくの宿命は偉大な愛であって、オナニスムではない。とはいえ、なんの準備もなしに、どのようにその偉大な愛に近づけばよいのか？　ヤロミールは自慰がそのために不可欠な準備なのだと解することにして、原則的な敵意を持つのをやめた。自慰はもはや肉体の愛の惨めな代用品ではなくなり、愛に到達するために必要な一段階になったのだ。もはや貧しさの告白ではなく、豊かさに到達するために是非越えねばならない一段階になったのである。

　そんなわけで、彼ははじめて（三十八度二分の熱とともに）性愛の行為の模倣を実行したのだが、それが極端に短く、少しも快感の叫び声をあげたい気にならないのに驚いた。そこで彼は、がっかりすると同時にほっとした。それから数日のあいだ、何度も経験してみたが、なにも新しいことを覚えなかった。しかし彼は、こんなふうにだんだん慣れてゆき、やがて恋しい娘に恐れもなく挑むことができるようになるのだと自分に納得させた。

　喉を湿布しながらベッドに臥せってから三日過ぎたある朝早く、祖母があわただしく彼の部屋に入って来て言った。

「ヤロミール！　下じゃ大慌てしているよ！——どうしたの？」と彼が尋ねると、一階の伯母たちがチェコ放送で革命が起こったことを知ったのだと祖母は説明した(訳註1)。ヤロミールは飛び起きて隣室に行った。ラジオをつけると、クレメント・ゴットワルトの声がきこえてきた。

　彼にはなにが起こっているのかすぐにわかった。この数日のあいだ（さきほど説明したように、彼には別のもっと重大な心配があったので、その問題にはさして興味がなかったけれども）、非共産党系の大臣たちが共産党員の大統領ゴットワルトに辞職するよう脅迫しているときいていたからだ。ところが今、旧市街の広場に集まった群集に向かって、政府から共産党を追放し、人民が社会主義に前進するのを妨害しようとしている裏切り者たちを非難している、そのゴットワルトの声がきこえてくるのだ。ゴットワルトはそれらの大臣たちの辞職を容認し、要求して、共産党の指導のもとで、いたるところに新しい革命権力の組織をつくるよう、人民に呼びかけていた。

古いラジオ受信機から、ゴットワルトの言葉と群集のごうごうたる叫び声がまざってきこえてきて、ヤロミールを燃え立たせ、熱狂に陥れた。彼は祖母の部屋でパジャマ姿で、頸のまわりに手拭を巻きながら、「とうとう来たんだ！　こうなるべきだったんだ！　とうとうやってきたんだ！」と大声でわめいた。

祖母にはヤロミールの熱狂が理由のあるものとはちっとも思えなかった。「おまえは本当にこれがいいことだと思っているのかい？　と心配そうに尋ねた。

——そうだよ、おばあさん、いいことなんだ！　いや、かえってすばらしいことなんだよ！」と彼は答えた。彼は祖母を抱き、部屋のなかを勢いよく歩き回った。プラハの古い広場に集まったあの群集は、この一日という日を天にまで持ち上げようとしているのだ、これからの長い世紀のあいだ、この一日はくっきりと見える星のように輝くだろうと思った。それから、こんな偉大な一日を、群集とともに街路にいないで、祖母と一緒に家にいるのがなんとも口惜しいと考えた。しかし、彼がそう考えるか考えないうちにドアが開いて、腹を立て、真赤になった伯父が入ってきて言った。「やつらの言うことを聞いたか？　悪党ども！　悪党どもめ！　これはクーデターじゃないか！」

ヤロミールは、その妻と自惚れきった息子と同じように、ずっと憎んできた伯父を見つめ、とうとうこの男をグーの音も出ないようにしてやるときがきたのだと思った。ふたりは向かい合っていた。伯父はドアを背にし、ヤロミールはラジオを背にしていた。そのため、彼は声を出している十万の群集と団結しているように感じ、まるで十万の人間がたったひとりの男に向かって話すような気がしてきた。

「これはクーデターではなく、革命ですよ！」と彼は言った。

「――おまえなんか革命と一緒にとっとと消え失せろ、と伯父は言った。うしろに軍隊と警察、おまけに途方もない超大国がひかえていたら、革命を起こすなぞたやすいものさ」

まるで大馬鹿者にでも話しかけるような、自信に満ちた伯父の声をきいていると、彼の頭に憎悪が昇ってきた。

「その軍隊と警察が、以前のようにひと握りのならず者どもに人民を抑圧させないようにするんだ。

――間抜けな小僧だ。共産党の連中はすでに権力の大半を握っていたが、このクーデターで全部手に入れたんだ。おれはずっと、おまえがただの馬鹿息子だと思っていたよ。

――このぼくは、ずっとまえからあんたが搾取者で、労働者階級はいつかあんたを絞め殺すと思っていたさ！」

ヤロミールがその文句を口にしたのは怒りに駆られたためで、よくよく考えたうえではなかった。とはいえ、それでもこれは、しばらく立ちどまって説明しておくに値することだ。彼がいま口にしたばかりの言葉は、しばしば共産党系の新聞で見られるか、よく共産党系の演説家の口からきかれるかするものだったが、あらゆる決まり文句と同じように、むしろ彼に嫌悪を与える言葉だった。彼はいつも、自分は詩人だから、革命的な言辞を弄しても、自分自身の言葉を用いることは断念したくないと思っていた。ところがそのときの彼は、労働者階級はあんたを絞め殺すと言ったのだ。

そう、これはたしかに奇妙なことだ。興奮したとき（したがって個人が自発的に振る舞い、あるがままの自我が仲介物なしに自己を表現するとき）、ヤロミールは自分の言葉を断念し、だれか他の者の仲介者になる可能性を選ぶほうを好んだのだ。しかも彼は、たんにそのように行動しただけでなく、そのように行動することに強い満足を覚えた。彼は自分が千もの頭をもつ群集の一部、前進する人民という千もの頭をもつ竜の頭のひとつになったような気分になり、それを壮大なことだと感じた。突然自分が力強くなって、昨日もまだ、そのまえに出るとおどおどと赤くなった男を、大っぴらに愚弄できるような気がした。そして、口にした文句（労働者階級は、あんたを絞め殺すだろう）が粗野なまでに単純なものだったことが尽きせぬ歓びになったのは、それが彼をまさしく、微妙なニュアンスなど馬鹿にし、傲慢なほど単純な、事物の本質に興味を寄せることを智慧としているすばらしく単純な人間たちと同列に置いてくれたからだ。

（パジャマ姿で、頸のまわりに手拭を巻いた）ヤロミールは、脚を開いてラジオのまえに立っていた。背中の真うしろにあるそのラジオが、このときすさまじい拍手喝采をとどろかせ、その喚き声が自分のなかに入り込み、自分を大きくし、自分が揺らぐことがない樹、高笑いする岩のように、伯父のまえに立ちはだかっているような気がした。

ところが、ヴォルテールのことをボルトの考案者だと思っているその伯父は、彼に近づいて平手打ちをくらわせた。

ヤロミールは頬に燃えるような痛みを感じた。辱しめを受けたことがわかり、自分を樹や岩のように偉大で力強く感じていたから（背後のラジオでは相変わらず幾千もの声が唸り続けていた）、伯父に飛びかかり、平手打ちを返そうとした。が、それでもそう決意をするのにしばらく時間がかかったので、その間に伯父はくるりと背を向けて立ち去った。

ヤロミールは、「きさまに仕返しをしてやる！　卑怯者め！　きさまに仕返しをしてやる！」と叫んでドアのほうに向かった。しかし、祖母が彼のパジャマの袖をとらえ、じっとしているようにと頼んだ。そのためヤロミールは、「卑怯者　卑怯者　卑怯者め」と繰り返しただけで、やがて、ほぼ一時間まえに想像上の恋人を捨てたベッドに戻って横たわった。彼はもう彼女のことを考えられなかった。ただひたすら伯父の顔しか見えず、平手打ちの痛みを感じながら、ぼくは一人前の男として迅速に行動しなかったんだと繰り返しながら、いつまでも自分を責めさいなんだ。あまり厳しく自分を責めたので、泣きだし、怒りの涙で枕を濡らしさえした。

その午後遅く母親が帰宅し、おびえながら、会社の社長はとても尊敬されていた人だったのに、すでに追放されたし、その他の非共産党員も全員逮捕されてしまうのではないかと恐れていると語った。

ヤロミールはベッドに肘をついて起き上がり、熱っぽく議論をしはじめた。彼は母親に、いま起こっているのは革命で、革命は短い期間だけれども、暴力が永久に追放されてしまう社会の樹立を早める目的から暴力に訴える必要があるのだと説明した。母親としてもそう理解する他はないというのだ。

母親もまた全身全霊を議論にかたむけたが、ヤロミールは彼女の反駁に反論することができた。彼は企業家や商人どものためにあるこの社会全体と同じく、金持ちどもの支配は馬鹿げていると言い、そして巧妙にも、ママ自身もこの家族のなかでは、そんな人間たちの犠牲者ではないかと指摘した。母親の姉の傲慢さと義兄の無教養とを思い出させたのだ。

母親が動揺し、ヤロミールは自分の議論の成功を喜んだ。それによって彼は、数時間まえに受けた平手打ちの仕返しをしたような気がした。だが、その平手打ちのことを考えただけで、ふたたびむかっと腹が立ち、こう言った。

「ところでママ、ぼくは共産党に入りたいんだ」

彼は母親の眼に拒絶の色を読み取ったが、粘り強く主張した。彼は、もっと早く入党しなかったのを恥ずかしく思っているが、以前から仲間たちと自分を隔てていたのは育った環境というめんどうな遺産だけだったのだと言った。

「あなた、もしかしたら、この家に生まれ、わたしが母親だということを恨みに思っているの？」

母親が侮辱されたような口調でそう言ったので、ヤロミールは急いで、ママはぼくの言ったことを誤解しているんだと言わねばならず、ぼくの見るところ、本当のママは、姉とも、義兄とも、金持ちの連中とも、どんな共通点もないという意味だったのだとつけくわえた。

しかし母親は言った。

「もしわたしのことが好きなら、そんなことはしないで。伯父さんのせいですでに、ここの生活が地獄のようになっているのを知っているでしょう。もしあなたが共産党に入ったら、もう絶対耐えられなくなってしまうわ。お願いだから、ききわけのよい子になって」

悲しみがヤロミールの喉を絞めつけ、涙があふれそうになった。まえに受けた平手打ちの仕返しをするどころか、これで二発目の平手打ちを受けたも同然だったからだ。彼は顔をそむけ、母親が部屋を出て行くのを止めなかった。それから、ふたたび泣きだした。

（訳註1）クレメント・ゴットワルト　チェコの政治家（一八九六―一九五三）。一九四八年二月の「無血クーデター」によって共産主義政権を誕生させ、みずから大統領になった。

21

六時だった。女子学生は白い前かけをつけて彼を出迎え、とてもきれいな台所に招じ入れた。夕食には特別なものはなにもなく、かき卵にさいころ型に切ったソーセージを混ぜたものだった。しかし、それは（母親と祖母を除けば）ひとりの女がヤロミールのためにつくってくれた初めての夕食だった。彼は情婦に世話をやいてもらっている男のような誇らしさを感じながら食べた。

そのあと、彼らは隣りの部屋に移った。そこには、手編みのテーブルクロスのかかったマホガニーの机、そのうえの重しとして、大きなクリスタルの花瓶が置かれていた。壁はひどい絵で飾られ、片隅にソファがあって、いくつものクッションが積み重ねられていた。すべてがまえもってこの晩のために打ち合わせされ、取り決められていた。ふたりに残されていたことはただ、枕の柔らかい波のなかに潜り込むことだけだった。ところが意外や意外、女子学生がテーブルのまえの堅い椅子に座ったので、彼は仕方なくその正面に座った。それからその堅い椅子に座ったまま、様々な事柄についてあれこれ長々と議論をしていたのだが、やがてヤロミールは喉が絞めつけられたようになるのを感じだした。じつを言えば、彼は十一時までに帰らなければならないのがわかっていた。ひと晩中そとで過ごす許可を母親に求めてみた(彼は級友がパーティーを開くのだと言い張った)が、あまりに激しい抵抗に出会ったために、その主張を押し通すことができなかった。だから彼は、夜の六時から十一時の五時間が、初めての愛の夜に充分な長さになるよう願っていたのだ。

ところが、女子学生は喋りに喋って、五時間という時間がみるみる縮まっていった。彼女は家族のこと、かつて不幸な恋のために自殺を図った兄弟のことを話した。「それがわたしにとても強い影響を与えたのよ。そのせいでわたし、他の娘たちのようにはなれないの。愛を軽々しく考えられないの」と彼女が言ったので、その言葉が自分に約束されている肉体の愛に真剣さの刻印を押すためのものだとヤロミールは感じた。そこで椅子から立ち上がって、娘のほうに体をかがめて、きわめて厳かな声で、「よくわかる。よくわかるよ」と言った。そのあと、彼女を椅子から抱き上げ、ソファのところまで運んで座らせた。

やがて彼らはキスをし、愛撫し、ちちくり合った。それがとても長いあいだつづいたあと、ヤロミールはそろそろ娘の服を脱がせるときが来たようだと考えた。しかし、それに似たことをかつて一度もやったことがないので、どんなふうに始めたらよいのかわからなかった。まず、明かりを消すべきかどうかわからなかった。この種の状況に関してきいたことのある話に従って、彼は明かりを消すべきだと思った。それに、上着のポケットに例の透明な靴下の入っている袋を忍ばせ、いざという時にこっそり目立たずにつけたいなら、どうしても暗闇が必要だったのだ。しかし、愛撫の最中に立ち上がり、スウィッチのところに向かう決心がなかなかつかなかった。そんなことをするのは場違いに思われた（彼は育ちがよかったことを忘れないようにしよう）。彼は客だから、スウィッチをひねるのはむしろ招いた女の責任だと考えたのだ。ついに彼はおずおずと、「明かりを消したほうがいいんじゃないかな」と言った。

しかし娘は反対して、「いや、いや、お願い」と言ったので、それは娘が闇を望まず、したがってセックスしたくないということなのか、それともしたいのだが、闇のなかではいやだということなのかとヤロミールは自問した。もちろん、彼女にその質問をすることもできたのだが、自分の考えていることを大きな声で口にするのが恥ずかしかった。

それから彼は、十一時には家に帰らねばならないことを思い出し、自分の臆病さを乗り越えようと努力した。彼は人生で初めて女のボタンを外した。それは白いブラウスのボタンだったが、外しながら、娘がなにか言うのを恐る恐る待ちうけた。彼女はなにも言わなかった。そこで彼はブラウスのボタンを全部外して、スカートから裾の部分を外に出し、やがてすっかり脱がせてしまった。いまや彼女はスカートにブラジャーの姿でクッションに横たわっていたが、驚くべきことに、彼女はほんの一秒前には貪るようにヤロミールにキスをしていたのに、ブラウスを脱がせたとたんに体が麻痺したように見えた。彼女は身動きできず、銃口に胸をさし出す死刑囚みたいに、心もち上半身を反らしていた。

彼にはやるべきことがただひとつ、彼女の服を脱がせつづけるしかなかった。彼はスカートのチャックを見つけて開いた。しかし、この生《うぶ》な青年はスカートを腰に固定しているホックがあるなどとは思いもよらず、しつこく、空しく、娘の腰からスカートを引きずり下ろそうと努力した。娘は眼に見えないその銃殺執行者にたいして上半身を反らしただけで、彼の困難に気づきさえしなかった。

まあ、ほぼ十五分ちかいヤロミールの苦労のことは言わないでおこう！　ついに彼は、女子学生を完全に裸にすることに成功した。じつに長いまえから予定されていたその瞬間を待ちながら、おとなしくクッションに横たわっている彼女を見て、今度は自分が服を脱ぐ番だと思った。しかし、シャンデリアが強烈な光をひろげていたため、ヤロミールは服を脱ぐのが恥ずかしかった。そのとき、ひとつの考えがひらめいて救われた。居間の横に寝室（ツインベッドのある流行遅れの部屋だった）があったことに気づいたのだ。あそこは光に照らされていなかった、あそこに行けば暗闇で服を脱ぎ、毛布のしたに隠れることもできるはずだ。

「寝室に行かない？」と彼はおずおずと聞いた。

――寝室？　なにをするため？　どうして寝室に行かなくちゃならないの？」と、娘は笑って言った。

なぜ彼女が笑ったのか説明するのはむずかしい。それはなんでもない、困惑した、とっさの笑いだったのかもしれない。しかしヤロミールは傷ついた。まるで寝室に行こうという提案が滑稽な未経験を暴露したとでもいうように、自分が馬鹿なことを言ってしまったのではないかと思ったのだ。彼はうろたえ、知らないアパートのなかで、消すことができないシャンデリアのぶしつけな光のもとに、自分を嘲笑する未知の女と一緒にいるような気がした。

彼はただちに、今晩ふたりはセックスできないだろうと知った。彼はむっとして、ひと言も発せずにソファに座った。残念だったが、それと同時になんとなくほっとした。明かりを消すべきかどうか、服を脱ぐのにどんなふうに振る舞えばよいのかなどと自問する必要はなくなったのだから。そして、それが自分のせいでなかったことに満足した。彼女はなにもあんなに馬鹿馬鹿しく笑う必要なんてなかったんだ！

「いったいどうしたの？」と彼女が尋ねた。

「――いや、別に」とヤロミールは言った。娘に自分の困惑の理由を説明すれば、もっと滑稽に見られるのがわかっていたからだ。そこで彼は、自制しようと努力し、彼女をソファから持ち上げて、その体をわざとらしく観察しはじめた（彼はその場の状況を支配したいと望み、観察する者は観察される者を支配すると考えたのだ）。そして、「きみはきれいだ」と言った。

それまでじっと動かずに待っていたソファから持ち上げられた娘は突然解放されたように見え、ふたたびおしゃべりになり、自信を取り戻した。男の子に体を観察されるなど、彼女にとってはどうでもよいことだった（たぶん彼女は、観察される者は観察する者を支配すると考えたのかもしれない）。次いで彼女は、「わたしって、裸でいるのと服を着ているのとでは、どちらがきれい？」ときいた。

女が発する古典的な質問がいくつかある。あらゆる男は遅かれ早かれ人生で出会うことになるのだから、学校ではそんな質問にたいする準備を若者たちに授けておくべきだろう。しかしヤロミールは、わたしたちみんなと同じように悪い学校に通っていたので、どう返事していいのかわからなかった。彼は一所懸命になって、娘の言おうとしたことを見抜こうと努めたものの、ほとほと困り果ててしまった。社会ではだいたい、娘は服を着ている。だから、服をつけているほうが美しいと答えれば、たぶんうれしがるはずだ。だが、裸の状態こそが肉体の真実である以上、素裸のほうがずっと美しいと言ってやれば、もっとうれしがるかもしれない。そこで彼は、

「裸でも服を着ていても、きみはきれいだよ」と言ったのだが、その答えは少しも女子学生を満足させなかった。彼女は部屋中飛び回って、若者の眼に体をみせびらかし、もっと率直に答えるよう仕向けた。「わたし、どうしたらもっとあなたの気に入るのか知りた

いの」

　そんなふうにはっきり質問してもらうと、答えはずっと楽になった。他の者たちは服を着た彼女しか知らないのだから、服を着ているほうが裸より美しくないと答えるのは機転がなさすぎると考えていたのだが、彼女が求めているのは自分の個人的な意見だとすれば、思い切って、個人的には裸のほうが好きだと答えてもいいわけだ。そのほうが、あるがままの彼女を愛していることをずっと明瞭に示せるだろう。また、彼女という人格につけ加えられたにすぎないものなど気にしていないとも示せるはずだ。

　あきらかに彼の判断は間違っていなかった。裸のほうがきれいだと言われるのをきいて、女子学生はとても好意的な反応を示したのだから。彼女は彼が帰るときまで服を着ようとはせずに、彼に数多くのキスを浴びせた。そして別れるとき（それは十一時十五分前だったので、母親は満足するはずだった）、ドアの入口に立って彼の耳にささやいた。「今日あなたは、わたしを愛していることを示してくれたわ。あなたってとてもやさしく、本当にわたしを愛しているのね。そう、これでよかったの。あの瞬間はもっとあとにとっておきましょうよ」

22

ほぼそのころ、彼は長い詩を書きはじめた。それはひとつの詩＝物語で、そこでは突然自分が老人だと理解した男のことが語られていた。彼は「運命がもう駅を建てなくなったところ」に見捨てられ、忘れられていた。まわりでは、

壁は石灰で白くされ、家具が運ばれ
部屋のすべてが変えられる

すると彼は、大急ぎで家の外に出て、かつて自分が人生のもっとも強烈な瞬間を経験したところに戻る。

建物の裏側、四階左側の奥まった片隅
戸口には、暗がりではっきりとは見えないけれども

一枚の名刺が貼ってある

〈この二十年のあいだに過ぎ去った時間よ、わたしを迎え入れよ！〉

ひとりの老婦人が長い孤独の年月沈みこんでいた冷たい無関心の邪魔をされて戸を開く。彼女は急いで血の気のない唇を嚙み、少し色を与えようとする。昔の仕草であたふたと、洗ったことのないまばらな髪の束を少しでも整えようと努め、間《ま》の悪そうな様子で、壁にかけられたもとの愛人たちの写真を彼の眼から隠す身振りをする。しかしそのあとで、彼女はこの部屋は快適だし、今さら体裁をつくろっても始まらないと感じて言う。

〈二十年。でもあなたはやっと戻ってきた
これから出会う最後の大切なものとして
いくらあなたの肩の向こうに未来をさぐっても
わたしには何も見えそうにない〉

やはり、この部屋は快適だ。もうなにもかもどうでもよくなった。皺も、だらしない服装も、黄ばんだ歯も、まばらな髪も、蒼ざめた唇も、垂れ下がった腹も。

これでいいんだ。これでいいんだ。わたしはもう動かない。覚悟ができている
これでいいんだ。あなたのそばでは、美しさなどなんでもない。
あなたのそばでは、若さなどなんでもない

するると彼のほうは、疲れた足どりで部屋を横切る。(「彼はテーブルについている見知らぬ男たちの指紋を手袋で消す」)彼は彼女が愛人を、沢山の愛人を持っていたことを知る。その愛人たちが、

彼女は肌の輝きをすっかり浪費しつくした
暗闇のなかでさえ、彼女はもう美しくない
人びとの指に使い古された
値打ちのない硬貨のように

だが、ひとつの古い歌が彼の魂のなかで消え残っている。ああ、忘れてしまった。あの歌はいったいどういう歌だったんだろうか?

おまえは遠ざかる。砂場のようなベッドのうえを遠ざかる

やがておまえの外観が消えさってゆく
おまえは遠ざかる、遠ざかる。そしておまえが残してゆくのは
核心、ただおまえの核心だけ

彼女は自分が彼にふさわしい若さをすっかりなくしていることがわかっている。しかし、

わたしを襲ってくる虚脱のこの瞬間
わたしの疲れ、わたしの衰え、こんなに大切で
純粋なこの推移は
あなただけのもの

感動のあまり彼らの皺のよった体が触れ合い、彼は彼女に「少女よ」と言い、彼女は彼に「わたしのぼうや」と言う。そしてふたりは泣きだす。

そして、ふたりの仲を取りもつものはなにもない
言葉ひとつ、動作ひとつなく、まったくの無
その無のうしろには、ふたりの惨めさを隠すもうひとつの無が隠れている

なぜなら、彼らが口いっぱいにとらえ、互いに貪るように飲むのはまさしく、お互いの惨めさにほかならないのだから。ふたりは互いの惨めな体を撫で合い、互いの肌のしたですでに死という機械が静かに音を立てているのをきく。だがふたりは最終的に、全面的に互いに身を捧げ合っていること、そこにこそふたりの最後の、そして最大の愛があることを知っている。なぜなら、最後の愛こそ最大の愛だから。男は思う、

これは出口のない愛、壁のような愛

そして女は思う、

もう死がやってくる。時期はまだ遠いかもしれないけれど、姿の似ていることによってじつに近い死
肘掛椅子に深く沈んでいるわたしたちふたりに
こんなにも似ているほど近い死が。
ここにはやっと目標に到達し、幸福のあまりもう一歩も動こうとしない脚がある
もう愛撫さえ求めようとしないくらい確かな手がある

今となってはもう、わたしたちの口のなかの唾液が露の玉と変わるのを待つばかり

母親がこの奇妙な詩を読んだとき、いつもと同じように、これほど自分と離れた年齢を理解する息子の早熟ぶりに呆気にとられた。詩の登場人物が老年の現実の心理とはなんの関係もないことがわからなかったのだ。

いや、この詩においては、老人と老女のことなど全然語られていなかった。もしヤロミールに、この詩の老人たちはどれだけの年齢なのか尋ねてみれば、彼はきっとためらい、四十歳と八十歳のあいだと答えたことだろう。彼は老年のことなどまったく知らず、老年などはるか遠くの抽象的な概念だった。彼が老年について知っていることと言えば、ただ壮年がすでに過去のものとなった人生の一時期――運命が終わり、人が未来と呼ばれるあの恐ろしい未知をもはや恐れず、そして愛に出会ったなら、それが究極の絶対的なものとなる一時期だということだけだった。

それは、ヤロミールが苦悩にみちていたからだ。彼は刺のうえを歩くように若い女の裸の体に向かって進んでいた。その体が欲しいのに怖かった。だから、やさしさに関するいくつもの詩のなかで、彼は肉体の物質性から逃げ、幼児的な想像世界に隠れ家を求めたのだ。彼は肉体から現実性を奪い、女の性器を機械仕掛けのおもちゃのようなものとして想像していた。ところが今度は反対側、すなわち老年の側に隠れ家を求めた。そこでは、肉

体はもはや危険で誇り高いものではなく、惨めで憐れむべきものとなる。老いぼれた肉体の惨めさは、今度は自分が老いなければならない若い肉体の誇りと彼とを多少なりとも和解させたのだ。

彼の詩には自然主義的な醜さがあふれていた。ヤロミールは黄ばんだ歯も、眼のふちのやにも、垂れ下がった腹も忘れていなかった。しかし彼は、それらの生々《なま》しい細部の陰に、愛をひたすら永遠のものに、破壊しえぬものに、母親の抱擁に代わることができるものに、時間に従属していないものに、「核心、ただ核心だけ」であるものに、肉体の力を乗り越えることができるものに限定したいという、妄執にも似た願望を持っていた。なぜなら、その不実な肉体の世界が、まるでライオンどもが住む土地のように、眼のまえに広がっていたのだから。

彼はやさしさという人工的な幼年時代について詩を書き、非現実的な死について詩を書き、非現実的な老年について詩を書いた。それらは三本の青い旗で、彼はそのしたを恐る恐る、大人の女のきわめて現実的な肉体めざして進んでいた。

23

彼女が家に来たとき（母親と祖母は二日の予定でプラハを留守にしていた）、闇がゆっくりと落ちはじめていたのに、彼は明かりをつけないように気を配った。ふたりは夕食を終えてヤロミールの部屋にいた。十時ごろ（いつもなら母親にベッドに追いやられる時間だ）、彼は心のなかであらかじめ何度も繰り返し練習して、易々とごく自然に言えるようにしておいた文句を口にした。「そろそろ寝ることにしたらどうだろう？」

彼女は同意し、ヤロミールはベッドを開いた。そう、すべてが予想した通りに進み、すべてがなんの苦もなく進んだ。娘は片隅で服を脱ぎ、ヤロミールも（彼女よりずっと急いで）もう一方の片隅で服を脱いだ。彼はただちにパジャマ（そのポケットのなかに注意深く例の靴下の入っている袋を入れておいた）を着てから、すばやく毛布のしたに滑りこんだ（彼はそのパジャマが似合わないし、大きすぎるので自分がちいさく見えるのを知っていた）。それから、なにひとつ身につけず全裸になった娘が（闇のなかで見る彼女は、まえの時よりずっと美しく見えた）彼のほうにやってきて、傍らに横たわるのをじっと見つめた。

彼女は彼に体を寄せ、狂ったようにキスをした。しばらくしてヤロミールは、いよいよ例の袋を開くときが来たと思った。そこで、手をポケットに突込んでこっそり引き出そうとした。

「そこになにを持っているの？」と娘が尋ねた。

「——なにも」と答えた彼は、袋をつかもうとしていた手をあわてて女子学生の胸のうえに持っていった。それから、なにか言訳でも考え出して、しばらく浴室に行ってこっそり準備してこなくてはならないかなと考えた。しかし、あれこれ考えているあいだに（彼女はキスをするのをやめなかった）始めのうち、あれほどはっきりと体に感じていた興奮が消えてしまっていることに気づき、そう気がついたことで、新たな困惑のなかに投げ出された。そんな状態では、袋を開いてもなんの役にも立たないことがわかったから。そこで彼は、娘を激しくかき抱いて、消え去った興奮を取り戻そうと不安な思いで待った。だが無駄だった。それほど注意深い視線で見られると、体は恐怖にとらえられたようになり、大きくなるどころか縮んでしまったのだ。

いくら愛撫やキスをしても、もう快感も満足も与えなくなった。それはもはやひとつの屏風でしかなく、その陰で、この若者は苦悶し、自分の体に命令に従うよう必死に呼びかけていた。果てしない愛撫や抱擁は終わりのない拷問、絶対的な沈黙のなかでの拷問となった。ヤロミールには言うべき言葉がわからず、どんな言葉を口にしても自分の屈辱をあばくだけだという気がしてきたからだ。娘も口をつぐんでいた。たぶん彼女も失敗を見抜きはじめていたものの、その失敗がヤロミールのものなのか自分のものなのか正確にはわからなかったのだろう。いずれにしろ、彼女が予期せず、名づけるのが怖い何事かが起きていたのだ。

しかしやがて、愛撫とキスの恐ろしいパントマイムが勢いを弱め、もう続ける力を感じなくなったとき、ふたりはそれぞれ枕に頭をのせて、眠ろうと努力した。彼らがまどろんだのかどうか、長いあいだ眠ったのかどうか言うのは難しいが、眠れなくても眠ったふりをした。そうすることによって、お互いから隠れ、逃れることができたから。

翌朝起きたとき、ヤロミールは女子学生の肉体を見るのが怖かった。彼にはその肉体が痛いほど美しく、自分に属していないものだけに、それだけ余計に美しく見えた。ふたりは台所に入って朝食を用意し、努力してさりげない話をした。

しかし、やがて女子学生が言った。「あなたってわたしのことを愛していないのね」

ヤロミールは、それはちがうと言って安心させてやりたかったが、彼女は口をはさむのを許さなかった。「いいえ、わたしを説得しようとしたって無駄。あなたにはどうしようもないことなのよ。昨夜、よくわかったでしょう。あなたは充分にわたしを愛していないのよ。あなた自身、昨夜、充分にわたしを愛していないって確認したんでしょ」

まずヤロミールは、昨夜のことは彼の愛の大きさとはなんの関係もないと娘に説明したいと思ったが、そんなことはなにもしなかった。じつを言えば、娘の言葉が彼の屈辱を隠す思いがけない機会を与えてくれたのだ。娘を愛していないという非難を受けるほうが、自分の体に欠陥があるという考えを受けいれることよりも、ずっと容易だったのである。だから彼はなにも答えず、頭を垂れた。娘が同じ非難を繰り返したとき、彼はわざとあいまいで、説得的でない口調で言った。「とんでもない、ぼくはきみを愛しているよ。

──嘘よ、と彼女は言った。あなたの人生には、あなたが愛している別のひとがいるんだわ」

そのほうがさらに都合がよかった。まるでその非難に一片の真実があると認めたとでもいうように、ヤロミールは頭を下げ、悲しげに肩をすくめた。

「これが本当の愛でないのなら、そんなものにはなんの意味もないわ、と不興気な声で女子学生は言った。まえにも、このことは軽々しく考えられないと言ったでしょう。わたしがだれかほかの人の代わりだと思うと、我慢できないわ」

過ごしたばかりの夜は残酷だったが、ヤロミールにはひとつだけ出口が残されていた。もう一度やり直し、失敗を帳消しにすることだ。そこで彼はこう答えねばならないと思った。「いや、きみは正しくない。ぼくはきみを愛している。ものすごく愛しているんだ。しかし、きみにあることを隠していた。たしかに、ぼくの人生にはもうひとりの女がいる。

その女はぼくを愛していたのに、ぼくは彼女を大変苦しめた。だから今でも、彼女は重くぼくにのしかかる影になっていて、その影にたいしてはどうすることもできないんだ。お願いだ、ぼくの気持ちをわかってくれ。こんなことで、もうぼくに二度と会ってくれないなんて、ひどすぎるよ。だって、ぼくはきみを愛している、きみしか愛していないんだから。

——二度と会いたくないなんて言っていないわ。わたしの言っているのはただ、たとえ影でも、別の女がいるなんて我慢できないということだけ。あなたにも、わたしの気持ちがわかってほしいわ。わたしにとって、愛とはひとつの絶対なの。愛に関して、わたしは妥協をしないの」

ヤロミールは眼鏡をかけた娘の顔を見た。彼女を失うかもしれないと考えると、胸が締めつけられた。彼女はまだ自分の近くにいるのだから、いずれ理解してくれるはずだと思えた。しかし、それにもかかわらず、彼女にありのままを打ち明けたくなかったし、打ち明けられなかった。身のうえに宿命的な女の影が広がっているので、心が引き裂かれ、同情に値する男として押し通さねばならなかった。彼は反駁した。

「愛における絶対とはまず、そのうえやなかにあるものすべてと、またその影とさえも一緒に他者を理解し、愛せるということではないのか？」

それは巧妙な言い方だった。女子学生はその文句について熟考しているようだった。たぶんすべてが失われたわけではないのだ、とヤロミールは思った。

24

彼は彼女に自分の詩を読ませたことが一度もなかった。画家がある前衛雑誌に載せてやると約束してくれたので、いずれ印刷された文字の威光を借りて、娘の眼を眩《くら》ませてもらう必要があろうと思っていたのだ。しかしいまや、彼には自分の詩に一刻もはやく救ってもらう必要が生じた。それを読めば（彼がもっとも期待していたのは老人たちについての詩だった）、彼女もきっと自分を理解してくれ、感動するにちがいないと信じて疑わなかった。しかし、彼は間違っていた。彼女は若い友人には批判的な意見を言ってやるべきだと考え、素気ない指摘をして彼を縮みあがらせてしまった。

かつて彼が初めてそこに自分の個性を発見した、あの熱狂的な讃美の鏡はどうなってしまったのか？　あらゆる鏡は彼に自分の未熟さという歪んだ醜さを差し出した。それは耐えがたいことだった。そこで彼は、額にヨーロッパの前衛とプラハの様々なスキャンダルという光輪がさしている、ある有名な詩人の名を思い出し、その詩人を知らず、一度も会ったことがないのに、一信者が自分の属する〈教会〉の高僧に覚えるような、盲目的な信頼を覚えた。彼はその詩人に、へり下り、憐みを懇願する手紙を添えて詩を送った。そして、詩人の友情と感嘆に満ちた返事を夢みた。その夢想が芳香のように、女子学生との逢引きのうえに広がっていたのだったが、その逢引きはだんだん稀になり（彼女は大学の試験の日が近く、あまり時間がないのだと言い張った）、だんだん陰気になっていった。

そこで彼は、どんな女とどんな会話をするにも困難が生じるので、あらかじめ家で逢引きの準備をしなければならなかったあの時期に（さして昔のことではなかったが）もどった。ふたたび逢引きのたびに、それを数日前から体験し、女子学生との仮想の会話をしながら長い夜を過ごした。口にはされないそうした独白のなかから、だんだんはっきりと（しかし神秘的に）ひとりの女の姿が現われた。それは朝食のあいだ、ヤロミールの部屋で女子学生がその存在について疑念を表明した女だった。その女は生きた過去という光で彼に光輪を与え、嫉妬にも似た興味を目覚めさせ、彼の体の失敗を許してくれた。

不幸なことに、その女が現われるのは口にはされない独白のなかでしかなかった。その女はヤロミールと女子学生との現実の会話からこっそりと、すばやく消えてしまったのだから。女子学生はその女のことを話しだしたのと同じほど突然、興味を示すのをやめてしまったのだ。それはなんと失望させることだったろう！　ヤロミールのちょっとしたほのめかし、入念に計算された言い落とし、別の女のことを考えていると信じさせるための突然の沈黙などはすべて、どんなささやかな注意も惹き起こすこともなく消え去ったのである。

それに反して、彼女は長々と（そして悲しいことに、とても楽しそうに）大学のことを話し、仲間の数人を生き生きとした話し方で描き出してくれるので、その仲間たちのほうが自分よりずっと存在感があるように彼には思われた。ふたりはもう一度、知り合う以前の状態に戻った。すなわち、知ったかぶりの会話をしている内気な少年と「石の処女」。それでも時どき（ヤロミールはそんな瞬間を限りなく大切にして、そこからなにものも失われないようにした）、彼女はいきなり黙りこむか、だしぬけに悲しく愁いにみちた文句を口にした。ヤロミールはその文句に自分自身の言葉をつなげようとしたが無駄だった。娘の悲しみは彼女自身の内部に向けられたものであって、ヤロミールの悲しみとの一致を願うものではなかったから。

その悲しみの源はなんだったのだろうか？　だれが知ろう？　たぶん彼女は、消え去ってしまった愛を惜しんでいたのかもしれないし、好ましいと思っている別の男のことを考えていたのかもしれない。だれが知ろう？　ある日、その悲しみがあまりに強烈だったので（ふたりは映画館を出て、暗く静かな道を散歩していた）、彼女は歩きながら頭を彼の肩にのせた。

なんということだ！　彼はすでにそれを経験したことがある！　ダンス教室の娘とストロモフカ公園を散歩していた晩に経験したのだ！　その頭の動きはあの晩の彼を興奮させ

たが、今度も同じ効果を及ぼした。彼は勃起した！　かぎりなくあからさまに勃起した！　しかし、今度はまえとは逆に、彼はそれを恥じず、今度こそ娘がその勃起に気づいてくれるよう絶望的に願った！

しかし娘は悲しげに、頭を彼の肩にのせたまま、眼鏡越しにあらぬほうを眺めていた。

ところがヤロミールの勃起は勝ち誇り、堂々と、長々と、明々白々に続き、彼は娘にその勃起に注目し、察知してもらいたかった。できれば娘の手を取って、自分の体のうえにのせてやりたいとさえ思ったが、しかしそれは正気を外れ、実行できないただの思いつきにすぎなかった。立ちどまってキスし合ってもいい、そうすれば彼女は体でこの勃起に気づいてくれるだろうと彼は思った。

しかしだんだん遅くなる彼の足どりで、女子学生は彼が立ちどまって、キスをしようとしているのを理解し、「いいえ、いいえ、わたしはこのままでいたいの、このままこうしていたいの……」と、じつに悲しそうに言ったので、ヤロミールは文句も言わずに従った。しかし、彼の脚のあいだのもうひとりの男は、踊りながら彼を嘲笑する敵、ピエロ、道化のように思えた。彼は肩のうえの悲しげでよそよそしい頭、そして脚のあいだのからかい好きな、異分子のピエロとともに歩いた。

25

彼はたぶん、悲しみと慰めへの渇き（有名な詩人はずっと返事してこなかった）があれば、どんな突飛な行動をしてもよいと思い込んでいたのかもしれない。というのも、だしぬけに画家の家に行ったのだから。入口に入るとすぐ、話し声がして、なかに人がいるのがわかった。彼は弁解してただちに立ち去りたかったが、画家は愳ろにアトリエのなかに招じ入れ、客たち、三人の男とふたりの女に彼を紹介した。

彼は五人の見知らぬ人びとの視線を浴びて、頬が赤くなるのを感じたが、同時に心が擽《くすぐ》られた。画家が彼を紹介して、彼のことをすばらしい詩を書いている男だと言い、まるで噂によって客たちがすでに知っている人物のように話してくれたからだ。それは心地よい気分だった。椅子に座ってまわりを眺めると、ふたりの女が例の女子学生よりもずっと美しいことが確認でき、大変うれしかった。彼女たちはなんという自然な優雅さで脚を組み、タバコの灰を灰皿に落とし、奇抜な文句のなかに知的な言い回しと淫猥な言葉とを結びつけるんだろう！　ヤロミールは眼鏡をかけた娘の胸を苛《さいな》む声が届かない美しい山頂にエレベーターで一気に押し上げられたような印象を受けた。

女のひとりが彼のほうを向いて、どんな種類の詩を書いているのかと愛想よく尋ねた。

「どんな詩といっても……」と彼は言って、間が悪そうに肩をすくめた。すると、「すばらしい詩だよ」と画家が助けを出してくれたので、ヤロミールは頭を下げた。もうひとりの女が彼を見つめ、アルトの声で言った。「ここで、あなたがたのあいだにいると、この青年はファンタン・ラトゥール(訳註1)の画の、ヴェルレーヌ(訳註2)とその仲間たちのあいだにいるランボーみたいだわ。おとなたちのあいだにいる子供。ランボーは十八歳になっても、まるで十三歳のようだったそうよ。それにしてもあなた」と彼のほうを振り向いて、「あなたって本当に子供みたいに見える」

(ここで読者の注意を喚起すると、その女がヤロミールのうえに身をかがめたときに示したやさしさは、ランボーのうえに彼の先生イザンバールの姉妹たち、あの有名な「虱をとる女たち〔けんかを売る女の意もある〕」が身をかがめたときに示したのと同じやさしさだった——ランボーが長い冒険のひとつから戻って、彼女たちの家に避難を求めて来たとき、彼の体を洗い、虱をとってやった、あのやさしさだ)

「われわれの友は、と画家が言った。まあ、これはあまり長くつづかないことだが、もう子供ではないけれども、まだ大人にもなっていないという幸運を持っている。

——思春期ってもっとも詩的な時期だわ、と最初の女が言った。

――きみがこの若い童貞が書く詩の、驚くべき成熟と完成ぶりを知れば、と画家が微笑しながら言った。さぞかし呆気にとられることだろう……。

――まったくだ、と男のうちのひとりが言い、そう言うことによって、ヤロミールの詩を知り、画家の讃辞を認めていることを暗示した。

――発表なさらないの？　とアルトの声の女がヤロミールに尋ねた。

――実利的な英雄とスターリンの胸像の時代が、彼の詩にどれだけ好意を見せるか疑わしいがね」と画家が言った。

この実利的な英雄への言及は、ヤロミールの到着のまえに始められ、終わっていなかった会話をふたたび刺激した。ヤロミールにはその問題はなじみ深いもので、たやすく議論に加わることもできたのだが、もう他人が言っていることがきこえなくなっていた。彼の頭には終わりのない谺《こだま》が響き、その谺がおまえは十三歳に見え、子供で童貞なのだと繰り返し語っていた。たしかにここではだれも彼を侮辱したいなどとは思っていないのだし、画家は心から彼の詩を好いているのはわかっていたが、そのことがかえって事態を悪化させるばかりだった。そのときの彼には、自分の詩のことなどどうでもよかった。人間としての成熟を得られるのなら、それと交換に詩の成熟ぶりなどいくらでも諦めただろう。一回の性交のためなら、自分の詩を全部くれてやってもよかったのだ。

活発な議論が始まったので、ヤロミールは帰りたくなった。しかし圧迫感を感じて、どうしても出発を告げる文句を口にできなかった。自分の声をきくのが怖かった。その声がふるえるか、わななくかしだして、もう一度自分の未熟さと子供らしさを白日のもとに晒《さら》すのではないかとおびえたのだ。彼はなにか目に見えないものにでもなって、つま先でこっそり立って消え去り、まどろんで長いあいだ眠り、十年後に顔が老い、男らしい皺に覆われるころになって目覚めたかった。

アルトの声の女がふたたびヤロミールのほうに振り向いた。「ぼうや、どうしてそんなふうに黙っているの？」

彼はもぐもぐと（全然人の話など聴いていなかったのに）、話すより聴くほうが好きだからだと言い、そして、あの女子学生に下された刑罰を逃れるのは不可能だ、いま烙印みたいに見せまわっている童貞に自分を送り返すあの判決がまたしても確認されたのだと思っていた（ああ、ぼくを見るだけで、ぼくがまだ女を経験したことがないのがだれでもわかるんだ！）

みんなに見られているのがわかっていたので、彼は辛い思いで自分の顔を意識し、ほとんど恐怖を覚えながら、自分が顔に浮かべているのは母親の微笑だと感じた！　その苦く繊細な微笑が母親そっくりだと確認した。くちもとにその微笑が浮かぶのが感じられたが、それを厄介払いしようにもできなかった。母親が顔に貼りついてきて、まるで蛹《さなぎ》が幼虫に自分自身の顔を持つ権利を与えずに包みこんでしまうように、自分を包んでいくのを感じた。

彼は大人たちのあいだに混じって母親の仮面をつけていた。そして母親は、彼を腕に抱き締めて自分のほうに引き寄せ、彼が属したいと思う社会から引き離していた。その社会は親切そうに彼のほうに向かってくるのだが、しかしそれはまだそこに正当な席をもたない人間に近づくような具合にであった。そんな状況があまりにも耐えがたくなったので、ヤロミールは力をふりしぼって、自分の顔から母親の仮面を投げ捨て、母親から逃れた。つまり、その議論に耳をかたむけようと努めたのだ。

議論は当時の芸術家たちのあいだで激しい論争の的となっていた問題に関するものだった。ボヘミアでは、現代芸術はずっと共産主義革命を引き合いに出してきた。ところが革命が到来し、みんなに理解できる大衆的なレアリスムへの同意を無条件の計画として布告し、現代芸術をブルジョワ階級の堕落の醜悪な表われとして斥けた。

「これがわれわれのジレンマなのだ」と画家の招待客のひとりが言った。われわれが育った現代芸術を裏切るか、さもなくばわれわれが要求してきた革命を裏切るか？

――問題の立てかたが間違っている、と画家が言った。アカデミックな芸術を墓から蘇生させ、何千もの国家的人物の胸像を造っている革命が裏切ったのは、現代芸術だけではない。革命はまず革命自身を裏切ったのだ。この革命は世界を変革しようとは望まず、まったくその正反対なのだ。革命は歴史のなかでももっとも反動的な精神、つまり狂信主義、規律、独断主義、信仰、そして因襲などの精神を保守しようとしている。われわれにとってはジレンマなどない。もしわれわれが真の革命家ならば、この革命の裏切りを受け入れることはできないのだ」

ヤロミールは画家の論理をよく知っていたので、その考えをさらに展開するのにさして困難も感じなかっただろう。しかし彼は、いじらしい生徒の役割を演じ、人びとの称讃を浴びるおとなしい少年としてその場に登場するのがいやだった。彼は反抗の欲望に襲われ、画家のほうを振り向いてこう言った。

「あなたはいつもランボーを引き合いに出される、〈絶対に現代的でなければならないのだ〉と。ぼくもまったく賛成です。しかし絶対に現代的なものとは、われわれが五十年のあいだ予見していたものではなく、逆にわれわれに衝撃を与え、われわれを驚かすものです。絶対に現代的なものとは、四半世紀来続いているシュルレアリスムではなく、今この時にわれわれの眼前で起こっているこの革命です。あなたがたがそれを理解しないという事実だけをとってみても、革命は新しいものだという証拠になるのです」

彼らは彼の言葉をさえぎって言った。「現代芸術はブルジョワ階級とその世界に反対する運動なのだ。

——そうでしょう、とヤロミールは言った。しかし、現代社会の否定という点で本当に論理的になるためには、現代芸術は自分自身の消滅を考慮しなければならなかったのです。

革命がやがて全面的に新しい芸術、自分のイメージに合った芸術を創り出すと知るべきだった（そして、望むべきでさえあった）のです。

——それじゃ、あなたは、とアルトの声の女が言った。ボードレールの詩が絶版にされ、現代文学が全面的に禁止され、国立美術館の立体派の絵画が急いで地下室に隠されることを認めるの？

——革命はひとつの暴力行為です、とヤロミールは言った。それはよく知られたことです。シュルレアリスム自身でさえ、老人は容赦なく舞台から追放されねばならないことをきわめてよく知っていました。ただ、シュルレアリスムは自らもその数のなかに入っているとは思ってもいなかったのです」

屈辱を受けたというくやしまぎれに、彼は自分の考えを、まるで自分自身に納得させるかのように、的確に、そして意地悪く表現した。最初の言葉を発して以来、ただひとつのことが彼をとまどわせていた。自分の声のなかに画家の、独特の威張った口調が聞こえ、自分の右手が画家の特徴ある身振りを空中でなぞるのを抑えられないことだった。それは事実上、画家と画家との、大人の画家と子供の画家との、画家と画家自身の反抗的な影との奇妙な議論だった。ヤロミールにはそれがわかったが、そのことでさらに一層屈辱を感じた。そのため、だんだん手厳しい表現を使って、その動作や声のなかに自分を閉じ込めた画家に復讐しようとした。

画家は二度かなり長い説明をしてヤロミールに答えたが、やがて黙ってしまい、ヤロミールを厳しく、険しく見るだけにした。ヤロミールには、もう二度と彼のアトリエに入れてもらえないだろうとわかった。みんなが黙り、しばらくしてアルトの声の女が（しかし今度は、彼に話しかけるのに、イザンバールの妹がランボーの虱だらけの頭のうえにかがみこんだときに示した、あのやさしさはなかった。それどころか、驚いて悲しく、彼から遠ざかるふうだった）、「あなたの詩を知らないけど、あなたが話し、わたしが聞いたところによると、その詩は、あなたが今大変な熱心さで擁護されたこの体制のもとではとても出版されそうにないわね」

ヤロミールはふたりの老人と彼らの最後の愛についての最新の詩を思い出した。かぎりなく好きなその詩が、楽天的な命令の言葉やプロパガンダの詩の時代においては、けっして出版されないのだとぼんやりと考えた。それから、今それを否認することは自分にとってもっとも貴重なもの、自分の唯一の豊かさ、それがなければまったくのひとりぼっちになってしまう豊かさを否認することになるのだと考えた。

しかし彼には、詩よりもずっと切実なことがあった。それは、彼がまだ所有せず、遠くから憧れているもの、つまり男らしさだった。その男らしさは行動と勇気との報いでしかありえないのはわかっていた。そしてその勇気が見捨てられる、あらゆるものから、愛する女から、画家から、さらには自分自身の詩からさえも見捨てられる勇気を意味しているのなら、それならそれで結構だ。ともかく彼は、その勇気を持ちたかった。だからこそこう言ったのだった。

「ぼくには、革命があんな詩など全然必要としていないのはわかっています。あの詩が好きだから、ぼくはそのことを残念に思います。しかし不幸にして、ぼくの後悔は、その無用さに反対する論拠とはならないのです」

ふたたび沈黙があってから、やがて男のひとりが「恐ろしいことだ」と言った。そして、まるで背中に悪寒を感じたように、その男が身震いしたのは事実だ。ヤロミールは自分を眺めながら、愛するものすべて、生きる理由になっているものすべてがまざまざと消滅するのを見ているそれらの者たちに、自分の言葉の及ぼした恐ろしい印象を身に感じた。

それは悲しいことだったが、しかし美しいことでもあった。ヤロミールはたちまち、自分が子供だという印象を失った。

(訳註1) ファンタン・ラトゥール　フランスの画家（一八三六―一九〇四）。

(訳註2) ポール・ヴェルレーヌ　フランスの詩人（一八四四―九六）。代表作『言葉なき恋歌』他。

26

母親は、ヤロミールが机のうえに置いていた詩を、ものも言わずに読んでいた。行間に息子の生活を読みとろうとしていたのだ。それにしても、この詩がもっとわかりやすい言葉で語ってくれたらいいのに！　その詩の正直さは偽りのものだった。詩は謎とほのめかしに満ちていた。母親には息子の頭が女のことで一杯なのはわかるが、その女たちとなにをしているのか全然わからなかった。

そこで彼女はとうとうヤロミールの机の引き出しを開き、日記をさがし出そうとした。床にひざまずいて、興奮しながら日記をめくった。記入してあるのは簡潔なことだったが、それでも彼女は、息子が恋をしているのだという結論を得ることができた。彼は女のことを大文字のイニシャルによって指示しているだけだったので、その女が実際だれなのかはどうしても見抜けなかった。それに反して、ふたりが何日に最初のキスをし、いつ彼が初めて女の乳房に触れ、いつ尻に触れたのかについては細部にこだわって、いやらしいほど熱心に記載されていた。

やがて彼女は、赤く書かれた多くの感嘆符で飾られたひとつの日付に到達した。その日付の横にこう書いてあるのが読めた。「明日だ！　明日だ！　ああ哀れなヤロミール、禿頭をした老人よ、おまえが長い年月を経てこれを読むとき、おまえの人生の真の歴史が始まったのはこの日だったのだと思い出せ！」

彼女はすばやく思いをはせて、それが祖母と一緒にプラハを留守にした日だったのを思い出した。また、家に帰ると、浴室の中にあった大切な香水の壜の栓が抜かれていたのを思い出した。あのとき、その香水でなにをしたのかとヤロミールに尋ねると、バツが悪そうに、「いたずらをしたんだよ……」と答えた。ああ、なんて馬鹿だったんだろう！　あのときわたしは、ヤロミールがちいさいころに香水の発明家になりたがっていたのを思い出し、その思い出に感動したのだった。わたしはこう言っただけだった。「そんないたずらをするには、大きくなりすぎたんじゃないの！」しかし、もうすべてがはっきりした。浴室にはひとりの女が、その夜をヤロミールと一緒にこの家で過ごし、童貞を奪った女がいたのだ。

彼女は彼の裸の体を想像した。その体のそばにいたひとりの女の裸の体を想像した。その女の体が自分の香水をつけ、その匂いが自分のと同じものだったことを想像し、胸がむかつくのを感じた。

彼女はふたたび日記を眺め、感嘆符が印されている日付のあとで記載が終わっていることを確かめた。男にとってはやっぱり、初めて女と寝るのに成功した日に、必ずすべてが終わるんだ、と彼女は苦々しく考えた。すると息子が汚らわしく思えてきた。数日のあいだ、彼女は彼を避け、彼と話すのを拒否した。それから、彼が痩せ、顔色が悪いのに注目した。その理由はセックスのしすぎだと信じて疑わなかった。

それから数日して、彼女は息子の衰弱には疲労だけではなく、悲しみもあるのに気づいた。そのため彼女は少しばかり彼を許し、希望を取り戻した。愛人は傷つけるけれども母親は慰め、愛人は無数に存在しうるけれども母親はひとりだけなのだと思った。わたしは彼のために闘わねばならない、闘ってやらねばならないんだ、と彼女は繰り返し思い、そのとき以来というもの、油断せず、思いやりのある牝虎のように彼のまわりをうろつきだすようになった。

27

以上が、彼が大学入学資格試験《バカロレア》に合格したときの状況だった。彼は大きな悲しみとともに八年間一緒に教室にかよった仲間たちと別れた。公的に確認されたこの成熟も、眼前にひろがっている砂漠のように彼には思えた。ある日（たまたま、褐色の髪の男の家での集まりで見知っていた青年に出会い）、眼鏡の女子学生が大学の仲間のひとりと恋に落ちていることを知った。

彼はもう一度彼女と会うことにした。彼女は数日後に休暇に出かけるつもりだと言った。彼はその住所を書き留めた。彼は知ったことを彼女に話さなかった。そんなことを話して、訣別を早めてしまうのを恐れたのだ。女子学生には別の男がいるのに、まだ完全には自分を捨てていなかったのを彼はうれしく思った。時どきキスを許してくれ、少なくともまだ友達として自分を扱ってくれるのがうれしかった。彼はひどく彼女に執着を覚え、必要なら誇りなどすっかり捨ててしまう覚悟だった。彼女だけが眼前に見ている砂漠にいる生ける存在だったから。彼はかろうじて命脈を保っているふたりの愛が、できればもう一度復活しないものかという希望にしがみついた。

女子学生が出発し、あとに窒息しそうな長いトンネルにも似た焼けつく夏を残した。(哀れっぽく嘆願するような)一通の手紙がそのトンネルのなかに落ち、なんらの響きを目覚ますこともなく消え去った。ヤロミールは部屋の壁にかけてある受話器のことをぼんやり考えた。不幸なことに、突然その受話器が意味を持ちはじめた。線の切れた受話器、返事のない手紙、聞いていない人との会話……

軽装をした女たちが滑るように街路を歩き、流行のメロディーが開け放たれた窓から洩れてきた。市電には鞄にタオルと水着を入れた人びとがあふれ、遊覧船はヴルタヴァ川を南の森のほうに下ってゆく……

ヤロミールは見捨てられていた。ただ母親の眼だけが彼を観察し、忠実に彼とともにいた。しかしその眼がともすれば、人に見られず隠しておきたいそんな打ち棄てられた状態を、むき出しにしかねないのには耐えられなかった。母親の視線も質問もうるさかった。彼は家を逃れ、遅く帰宅してはすぐにベッドに入った。

彼が自慰ではなく、偉大な愛のためにこそ生まれてきたことはまえに述べた。ところが、この数週間のあいだ彼は絶望的に、狂ったように自慰を続け、まるでそんな卑しく屈辱的な行為によって自分自身を罰しようとしているかのようだった。そのあとでは一日中頭が痛かったが、しかし彼はそれでもほとんど幸福だった。その頭痛が軽装の女たちの美しさを隠し、流行歌のずうずうしいまで官能的なメロディーを減殺してくれたから。そして、甘美な無気力の虜になった彼は、苦もなく昼の果てしない表面を通過することができた。

ところで、彼は女子学生から返事を受け取らなかった。ただせめて別の手紙、どんなものでもよいから別の手紙を受け取れさえしたら！　ただだれかが彼の虚無のなかに入ってくることを引き受けてくれさえしたら！　彼が詩を送った有名な詩人が、やっといくつか文句を書くことを承諾してくれたら！　ああ、あの詩人が心のこもった言葉をいくつか書いてくれたら！（そう、彼がひとりの男と見做されるためには、書いた詩を全部捨ててもよいと思っていたことはまえに述べておいたけれども、ここで次のことを付け加えておかねばならない。もし彼が男と見做されないとすれば、ただひとつのことだけがささやかな慰めをもたらすことができた。それは、少なくともひとりの詩人と見られることだった）。

彼はもう一度著名な詩人の注意を惹起しようと望んだ。しかしそれは、手紙によってでなく、詩《ポエジー》を感じさせるひとつの仕草によってだった。ある日彼は、よく切れるナイフを持って外に出た。長いあいだ電話ボックスのまわりをうろつき、近くにだれもいないのを確かめると、なかに入って受話器を切った。彼は一日にひとつの受話器を切ることに成功し、二十日すると（娘からも詩人からも相変わらず手紙を受け取らなかった）、切られた線のついた二十の受話器を持つことになった。その受話器をまとめて箱のなかに入れ、紙と紐で小包をつくって、著名な詩人の名前と住所、それに発送人の名前を書いた。それを郵便局に持って行ったとき、彼はとても興奮していた。窓口から戻ると、だれか彼の肩を叩く者があった。振り返って、それが小学校時代の旧友の、例の守衛の息子だとわかった。彼はその友人に再会してうれしかった（なにも起こらないこんな空虚のさなかでは、どんなささいな出来事でも大歓迎なのだ！）。彼は感謝の気持ちさえ抱きながら会話を始め、旧友が郵便局のそばに住んでいるのを知ると、無理やり家に招待させるよう仕向けた。

守衛の息子はもう両親と一緒に学校には住んでおらず、彼自身の単室アパートを持っていた。「あいにく妻が家を留守にしているもんでね」。ヤロミールを案内して控えの間に入ると、彼はそう説明した。ヤロミールはまさかその旧友が結婚しているなど思ってもいなかった。「そうだ、これで一年になる」と守衛の息子は言い、しかもそうを言うときの彼はひどく落ち着き、さりげなかったので、ヤロミールは羨望を覚えた。

それからふたりは部屋のなかに座ったが、ヤロミールは壁にくっつけられたちいさなベッドに赤んぼうが寝ているのに気がついて、昔の仲間が一家の父親になっているというのに、ぼくはまだオナニストでしかないのか、と思った。

守衛の息子は、戸棚からリキュールの壜を出し、ふたつのグラスに注いだ。ヤロミールは、母親からどれだけ質問されるかわからないので、ぼくのほうは部屋のなかにアルコールの壜を置くことなどとてもできないのだと思った。

「きみはなにをしているんだい？」とヤロミールは尋ねた。

——おれは警察にいるんだ」と守衛の息子が言った。ヤロミールは、喉に湿布をしながら、拍子をつけた喧々囂々《けんけんごうごう》たる群集の叫び声を伝えるラジオのまえで過ごしたあの日のことを思い出した。警察は共産党のもっとも強固な支援団体だったから、あの日々、この昔の級友はきっと興奮の極に達した群集のそばにいたにちがいない。それなのに、このぼくときたら祖母と一緒に家にいたんだ。

やはりそうだった。守衛の息子はその日々を街頭で過ごし、そのことを誇らしく、しかしまた控え目に語った。ヤロミールは、ふたりが共通の信念によって結びつけられていることを是非とも言っておかねばならないと思い、例の褐色の髪の男の家での集まりのことを話した。「なに、あのユダヤ人のところだって？」とあっさりと守衛の息子は言った。あいつには気をつけろよ！　妙なやつだからな！」

守衛の息子にはたえず彼の予想を超えるところがあった。いつも自分より一段高いところにいるので、ヤロミールはなんとかその水準にまで達したいと願った。彼は悲しげな声になって、「知っているかどうかわからないが、ぼくの父が強制収容所で死んだんだ。そのとき以来、ぼくは世界を根本から変えなければならないと思ったんだ。ぼくはいま、自分の場所がどこにあるか知っているよ」

守衛の息子はやっと理解したように見えて頷いた。それから長い議論になり、話がふたりの将来のことになると、ヤロミールはやにわにこう断言した。「ぼくは政治をやりたいんだ」そう言ってしまったことで自分自身でも驚いた。まるで言葉が考えに先行し、彼のために、彼の代わりに、彼の将来を決めたのがその言葉のようだった。「まあ、と彼はつづけた。母親はぼくに美術史とかフランス文学とか、なにかそんなものをやってほしいと望んでいるんだけど、そんなものには興味ないんだ。そんなものは、人生じゃない。現実の人生とはきみが、そう、きみがやっているようなもののことだ」

守衛の息子の家を出たとき、いま、ある決定的な天啓を知ったところなのだと思った。数時間まえの彼は、偉大な詩人宛てに返事をくれるよう送る奇抜な呼びかけだと確信して、郵便局から二十の受話器の入った小包を発送した。そんなふうにして、言葉の空しい待機を、声への欲望を詩人への贈り物にしたのだった。

しかし、間もなく昔の級友とかわした会話が(彼にはそれが偶然だとは思われなかった!)、彼の詩的行為に逆の意味を与えた。あれはもう贈り物でも哀願するような呼びかけでもなかったんだ。全然そんなものではない。空しい待機をそっくりそのまま詩人に誇らしく「お返し」したのだ。切られた線のついた受話器は打ち切られた感嘆の首だったのであり、昔トルコのサルタンが十字軍兵士の首をキリスト教徒軍の隊長に送り返したように、ぼくは皮肉をこめてその首を詩人に送り返してやったのだ。

いまや彼はすべてを理解した。これまでの人生は見捨てられた電話ボックスの受話器をまえにした長い待機にすぎなかった、そこからはどこも呼び出すことができなかったというのに。いまやぼくのまえにはただひとつの出口しかない。見捨てられた電話ボックスのそとに出ること、早くそとに出ることだ！

28

「なにがあったの、ヤロミール？」思いやりのあるその問いの温かさに、彼の眼に涙が昇った。彼は逃れられなかった。母親はつづけて言った。「なんていってもあなたはわたしの子なんだもの。あなたのことならなんでも、空《そら》で覚えているのよ。なんにも打ち明けてくれないけれど、あなたのことなら、わたしにはなんでもわかるのよ」

彼は眼をそらした。恥ずかしかった。が、母親は相変わらず喋りつづけた。「わたしが母親だなんて考えるんじゃないの。年上の女友達だと思いなさい。すっかり打ち明けてしまえば、きっと気も楽になるでしょう。あなたが悩んでいるのはわかっているの。（ここで声をやさしくして）そして、それがひとりの女のせいだってこともね。

——そうなんだ、ママ、ぼくは淋しいんだ、とヤロミールは認めた。お互いに理解し合うそのような温かい雰囲気に取り囲まれ、そこから逃れられなかったから。でも、ぼくには話しづらいんだ……。

——わかるわ。それに、なんだっていいけど、いま話してくれなくてもいいのよ。あなたが好きなときに、わたしにはなんでも言えるんだって知っていてもらえばいいの。ねえ、すばらしい天気でしょう。わたし、お友達と遊覧船で遠足することにしたの。あなたも連れて行くわ。すこしは気晴しもしなくちゃ」

その考えは少しもヤロミールの気を惹かなかったが、とっさに拒む口実が見つけられなかった。それにあまりにも疲れ、悲しかったので、身を守るのに充分なエネルギーもなかった。そこで彼は、いきなり訳もわからず、四人の婦人とともに遊覧船の甲板のうえに身を置くことになった。

婦人たちはみな母親と同じ年齢で、ヤロミールが恰好の話題になった。彼がすでに大学入学資格試験に合格したことを知って、彼女たちはひどく驚き、彼が母親似だと確認した。しかし彼が高等政治学院に登録すると決意したのを知ってびっくりした（そんな勉強はこれほどデリケートな青年にふさわしくないと見做していたからだ）。それからもちろん、彼にはもう恋人がいるのかどうかと下卑た様子で尋ねた。ヤロミールは黙って彼女たちを憎んだが、母親が上機嫌なのが見え、その母親のためにおとなしく微笑した。

やがて船が着いて、婦人たちと青年は半裸の人びとの肉体で覆われた岸に降り立ち、日光浴をする場所を捜した。なかのふたりだけが水着を携帯してきたが、三人目の婦人は白い太った肉体を裸にして、ズロースとブラジャーだけの姿を見せびらかした（彼女は下着というもののもつ内密さをいささかも恥じなかった。たぶん醜さが自分をつつましやかに隠してくれると感じていたのだろう)。彼の母親は眼の縁に皺を寄せ、顔を太陽のほうに向けて焼くだけにした。それから四人の婦人が声をそろえて、青年も服を脱いで日光浴や水浴をすべきだと言い張った。おまけに母親はそのことまで考えて、ヤロミールの水着を持ってきていた。

流行歌が隣りのカフェーからやってきて、ヤロミールを満たされず悩ましい欲望で一杯にした。日焼けした青年男女が、水着しかつけずに近くを行き来していた。ヤロミールは彼らの注目の的になり、火のような視線に包まれる気がした。彼は必死の努力をして、四人の年配の婦人と一緒にいることを知られないようにした。しかし婦人たちは騒々しくまわりを取り巻き、がやがやわめく四つの頭を持ったひとりの母親のように振る舞い、どうしても彼に水浴をさせたがった。

彼は抗議した。「着替えをする場所さえないじゃないですか。

——お馬鹿さんね、だれも見ないわよ。まえにタオルを当てればいいじゃないの、とブラジャーとピンクのズロースの太った女が教えた。

——この子は恥ずかしがり屋さんなの」と、母親が笑いながら言うと、他の者たちもみな一緒になって笑った。

「この子の羞恥心を尊重してやらなくちゃ、と母親が言った。さあ、いらっしゃい、このタオルの陰で着替えをなさい。だれも見ないから」彼女は広げた両手に白いタオルをもって、水浴場の人びとの視線からかくまってやろうというのだった。彼は後ずさりした。母親はタオルを持って後を追った。彼は後ずさりしたが、母親は相変わらず追ってきた。まるで白い羽をした一羽の大きな鳥が、逃げようとする獲物を追いかけるみたいに。

ヤロミールは後ずさりに後ずさりして、やがてくるりと背を向けて走り去った。婦人たちは驚いて彼を眺め、母親は強張った手のあいだに、いつまでもタオルを握りしめていた。他方彼は、裸の青年男女の体のあいだを縫って進み、とうとう彼女たちの視界から消えてしまった。

第四部　あるいは走る詩人

1

詩人が母親の腕から身をもぎ離して逃亡するときが来るはずだ。

つい最近までの彼は、おとなしく二列になり、姉妹のイザベルとヴィタリーを先頭に、そのあとに兄のフレデリックと一緒に歩いていた。そして、そのうしろには、大将然とした母親がいた。彼女はそんなふうに、毎週子供たちを連れてシャルルヴィルの街を歩いたのだ。

十六歳になったとき、彼は初めて母親の腕から離れ、パリで警察に逮捕された。彼の先生イザンバールとその姉妹（そう、髪の虱をとるために彼のうえに身をかがめたあの女たちだ）が数週間のあいだ宿を提供してくれたが、そのあと二発の平手打ちとともに、母親の冷たい抱擁の輪が彼の体のうえにふたたび閉じた。

しかし、アルチュール・ランボーは、なおも、そしていつまでも逃亡した。首輪を首につけたまま逃亡した。彼が詩を作ったのは逃亡しながらだった。

2

ときは一八七〇年、シャルルヴィルの街の遠くのほうで普仏戦争の砲火の音がしていた。それは逃亡にはまたとない好機だった。戦闘の物音が詩人たちに懐かしい引力を及ぼすから。

曲がった脚をし、ずんぐりした彼の体は、軽騎兵の制服に身をかためている。十八歳の年、レールモントフは兵士となり、祖母と、その母親のようなわずらわしい愛情から逃れた。彼は詩人の魂の鍵だったペンを、社会の扉の鍵たるピストルと交換した。われわれがひとりの人間の胸に弾丸をぶち込むとき、それはまるでわれわれ自身がその胸のなかに入るようなものだからだ。そして、他人の胸とは社会のことにほかならない。

母親の腕から身をもぎ離した瞬間から、ヤロミールは逃亡するのをやめなかった。まるで彼の足音にも、砲火の音に似たなにかが混ざっているように。それは榴弾の爆発音でなく、政治革命の喧騒だった。その当時は、兵士は飾り物にすぎず、政治家が兵士の代わりをしていた。ヤロミールはもう詩を書かず、高等政治学院の講義に熱心に通っていた。

3

革命と青春とは一組のカップルのようなものだ。革命は大人たちになにを約束することができるだろうか？　ある者にとっては失墜を、ある者には好意を約束するが、その好意は大したものではない。それは一生のうちで惨めなほうの後半の生にしかかかわらないのに、わずかの利点と交換に、不安定、疲れはてる活動、諸々の習慣の大混乱をもたらすからだ。

青年にはもっとチャンスがある。青年は過誤によって抹殺されることはないし、革命が青年を全面的に保護すべきものと認めてくれることもある。革命の時代の不確実さは、青年には利点となる。あわただしく不確実さのなかに投げ込まれるのは、父親たちの社会だからだ。ああ！　大人たちの城砦が破壊されるときに、成年の仲間入りをするのはなんとすばらしいことだろう！

一九四八年のクーデターにつづく最初の時期、チェコスロヴァキアの高等教育機関では、共産主義者の教授は少数派だった。革命は大学での影響を確保するために、学生に権力を与えなければならなかった。ヤロミールはチェコスロヴァキア青年同盟高等政治学院支部の闘士となり、試験審査官たちの審議に加わった。そのあとで、学院の政治委員会に報告書を提出して、これこれの教授は試験のあいだにどんなふうに振る舞ったか、どんな質問をし、どんな意見を擁護したかなどといったことを書き込んだ。事実上、試験を受けたのは、学生よりもむしろ試験官のほうだった。

4

しかし、政治委員会に報告書を提出すると、今度はヤロミールが試験をされる番になった。彼は厳しい若者たちの質問に答えなければならず、できるだけ彼らの気に入るような話し方をしたいと願った。ことが青年の教育にかかわる場合には妥協は犯罪だ。時代遅れの考えを持っている教師を、そのまま学校に置いておくことはできない。未来は新しいか、存在しないかのどちらかなのだから。また、たった一日で思想を変えた教師たちを信頼することはなおさらできない。未来は純粋か、あるいは汚れたものになるかのどちらかなのだから、といったふうに。

ヤロミールが厳格な闘士となり、その報告が大人たちの運命に影響するいまとなっても、わたしたちはまだ、彼が逃亡していると言えるだろうか？　彼はむしろ目標に到達したという印象を与えるのではないだろうか？

全然そうでない。

彼が六歳だったとき、母親は級友たちより少なくとも一歳だけ年下に見てくれたが、いまでも相変わらず一歳年下なのだ。ブルジョワ的な意見を持っているある教授について報告書をつくるとき、彼が考えるのはその教授のことではない。彼は不安そうに、若者たちの眼を見つめ、そこに映る教授のイメージを観察するのだ。家の鏡で自分の髪型や微笑を確かめるのと同じように、そこでは彼らの眼で自分の言葉の強さ、男らしさ、堅固さを確かめるのだ。

彼はいつも鏡の壁に取り囲まれていて、それを越えて向こうを見ることはない。それは成熟は分割できないものだからで、成熟は全面的であるか、あるいは全然存在しないかのどちらかだからだ。彼が別のところで子供であるかぎり、試験官たちのあいだにいるのも、教授たちの報告書を書くことも、ともに逃亡の変形にすぎないだろう。

5

たえず母親から逃れようとするのに、どうしてもできないので、彼は朝食と夕食を一緒にとり、朝夕のあいさつをする。朝、彼は母親から網の買物袋を受け取る。母親は、そんな家庭の象徴というべきことが大学教授たちのイデオロギーの厳しい番人に似つかわしくないなどとは思ってもみずに、彼を買物にやるのだ。

見たまえ。彼はいま、第三部の冒頭において、わたしたちが、自分のほうに向かって歩いてくる未知の女のまえで顔が赤くなるのを見たのと同じ道にいる。あのときから数年過ぎたのに、彼は相変わらず赤くなる。そして母親に使いにやらされた店のなかで、白いブラウスを着た娘の眼を見るのを恐れている。

勘定場の狭い囲いの囚人となって日に八時間過ごすその娘を、彼は狂おしくなるほど気に入っている。輪郭が柔らかなこと、動作がゆったりとしていること、囚われの状態にあること、それらすべてによって不思議に自分に近しく、そして宿命によって自分に定められた女のように思えるのだ。しかも彼は、それがなぜなのか知っている。その娘がフィアンセが銃殺された女中、あの「美しい顔をした悲しみ」に似ていたからだ。そして、その娘が座っている勘定場の囲いは、女中が入浴しているのを見た浴槽に似ていたからだ。

6

彼は机のうえに身を傾け、試験のことを考えてふるえている。大学になっても、試験は高校時代と同じように彼を怖がらせる。母親には〝優〟しかない成績表を見せる習慣だったので、悪い点をとって苦しみを与えるのがどうしてもいやだったからだ。

しかし、このプラハの、狭い小部屋の空気の不足はなんと耐えがたいのだろう！　その空気には革命歌の響きが満ち、開いた窓から、手に槌をもった力強い男たちの影が勝手に入ってくる。

一九二二年、ロシア大革命から五年も経っているというのに、彼は教科書に身をかがめ、試験のせいでふるえなければならないのだ！　なんという刑罰か！

彼はついに教科書を退ける（夜はもうかなり深くなっている）。そして書きつつある詩のことを考える。それは人生の美しさを夢みるが、それを現実の世界で実現することによって、その夢を殺してしまいたいと願う労働者ヤンについての詩である。彼は手に槌をもち、腕は恋人に貸している。そんなふうに仲間たちの群れに交じって歩き、革命を起こそうとしているのだ。

そしてこの法学生（ああ、もちろん、これはイージー・ヴォルケル）はテーブルのうえに血を見る。たくさんの血を。なぜなら、

ひとが偉大な夢を殺すときには
たくさんの血が流れる

からだ。

しかし彼は血など怖くない。ひとりの男になりたいなら、血など恐れてならないのを知っているから。

7

店は六時に閉まる。彼は道の片隅のその正面に位置して、やがて娘が勘定場を離れ、店の外に出る瞬間を見張っている。娘がいつも、六時より少し遅れて外に出るのを知っているし、またいつも、同じ店のもうひとりの若い売り子と一緒なのも知っている。

その友達は彼女よりずっと不美人で、彼にはほとんど醜く見えると言ってもいいほどだ。彼女はまさしくもうひとりの女の正反対なのだ。勘定場の女は褐色の髪をしているのに、彼女のほうは赤毛だ。勘定場の女がぽってりとしているのに、彼女のほうはやせている。勘定場の女が寡黙なのに、彼女のほうは騒々しい。勘定場の女が不思議なほど近しく思えるのに、彼女のほうは反感をそそるように思える。

彼はしばしばその観察場所に戻った、娘たちが別々に店の外に出てきて、ついに褐色の髪の女に言葉をかけられるように願いながら。けれども、そんな機会は一度も訪れなかった。ある日、彼はふたりのあとを追った。彼女たちはいくつか道を駆けぬけ、ある菓子屋に入った。彼は一時間近く戸口のまえでじっとしていたが、どちらも外には出てこなかった。

8

彼女は田舎から会いにやってきて、彼が詩を読んでくれるのを聞いている。彼女の心は穏やかだ。息子が相変わらず自分のものだと知っているから。女たちも社会も息子を奪わなかった。それどころか、女たちと社会は詩という魔法の輪のなかに入ってきたのだ。それは彼女が息子のまわりに自分で描いた輪で、その内部を彼女が秘かに支配している。彼は彼女に、祖母の思い出のため、すなわち彼女の母親の思い出のために書いた詩を聞かせている。

なぜなら、おばあさん
この世の美しさのために
ぼくは戦いに行くのだから

ヴォルケル夫人の心は穏やかだ。詩のなかでなら、息子が戦いにでかけ、槌を持ち、腕を恋人に与えてもかまわない。そんなことは彼女の心を乱さない。彼は詩のなかで母親と祖母、それに家族の食器棚と彼女に教え込まれたあらゆる美徳を大切にしてくれるから。彼が手に槌を持って行進するのを、社会が見るなら見るがいい！　いや、彼女は彼を失いたくないのだが、なにも恐れる必要がないのをよく知っている。「社会に自分を誇示する」のと、「社会のなかに入ってゆく」のとは、全然同じことではないのをじつによく知っているから。

しかし詩人もまた、その違いを知っている。ところが、詩という家のなかが、いかに物哀しいものか知っているのも詩人だけなのだ！

ただ真の詩人だけが、詩人でなくなりたいという限りない欲望とはどんなものか、耳を聾《ろう》する沈黙が支配するその鏡の家を去りたいという欲望がどんなものかを語ることができる。

9

夢の国を追放され
ぼくは群集のなかに隠れ家を求める
そしてぼくの歌を罵倒に変えたい

しかし、フランティシェク・ハラス(訳註1)がこの詩句を書いたとき、彼は公共広場の群集のなかにはいなかった。彼は机のうえに身を傾け、彼が書いていた部屋は静かだった。

また、彼が夢の国から追放されたというのはまったく嘘だ。彼が詩のなかで語っている群集こそ、まさしく彼の夢想の国の住人なのだった。

また、彼はけっしてその歌を罵倒に変えることはできず、逆に、彼の罵倒こそが常に歌に変えられたのだ。
それでは、鏡の家から逃亡することは本当にできないのだろうか？

（訳註1）フランティシェク・ハラス　チェコの詩人（一九〇一－四九）。代表作『老婆たち』他。

10

しかしぼくは
自分で自分を飼い馴らした
ぼくは
自分自身の歌の喉元を
踏みつけたのだ

ウラジーミル・マヤコフスキーはそう書いたが、ヤロミールにはよくわかる。韻文化された言語は、母親の整理ダンスにでも入れておくのがふさわしいレースのように思われた。彼はこの数カ月来、詩作しなかったし、しようとは思わなかった。彼は逃げている。母親のために買物に出かけるのは事実だが、机の引き出しは鍵をかけて閉めておいた。壁からは現代絵画の複製を全部外してしまった。

彼はその代わりになにを飾ったのか？　たぶんカール・マルクスの写真か？けっしてそうではない。空いた壁のうえに、父親の写真をかけたのだ。それは一九三八年の、あの悲しい動員時代の写真だった。写真の父親は士官の制服を着ていた。ヤロミールはあまりよく知らず、記憶している面影もぼんやりしはじめたその男の写真が好きだった。その男がフットボールの選手で、兵士で、流刑囚だったことが、懐かしさをますます強くするばかりだった。その男がいない淋しさは、それほど切実だったのだ。

11

大学の講堂は黒山の人だかりで、演壇には何人かの詩人たちが座っていた。（当時、青年同盟のメンバーが着ていた）青いワイシャツを身につけ、ふっくらとした、長髪の大男が演壇の前方に立って話していた。

詩の役割が革命の時代ほど大きかったことはけっしてない。詩は革命に声を与え、それと交換に、革命は詩を孤独から解放した。いまでは詩人は、自分の言うことが人びと、そしてとりわけ青年たちから聴かれることを知っている。「青春、詩、革命はただひとつの同じものだ！」からだ。

一番目の詩人が立ち上がって詩を朗読した。そこで語られていたのはひとりの少女であり、その少女は隣りのフライス盤で働いている恋人が怠け者で、計画の目標に到達しないので別れたが、恋人は少女を失いたくなかったから、今度は熱心に働きはじめ、模範労働者の赤旗がフライス盤に立つまでになったというものだった。その詩人のあと、他の詩人たちが立ち、平和、レーニンとスターリン、犠牲者となった反ファシスト闘士、ノルマを越えた労働者についての詩を朗読した。

12

青年たちは、若いという事実によって授けられる計り知れぬ力があるとは気づかないが、いま詩を朗読するために立ち上がったばかりの詩人（六十歳ほどだ）は知っている。若いとは、と彼は調子のよい声で朗読する、世界の青春とともにある者のことだ。そして世界の青春とは社会主義だ。若いとは、未来に潜み、うしろを見るために振り返らない者のことだ。

別の言葉で言えば、この六十歳の詩人の考えでは、青春という言葉は、人生のある特定の年齢ではなく、むしろ年齢を超えて、年齢とは関係なく打ち立てられる「価値」のことを指すのだった。優雅な韻律を与えられたこの思想には、少なくともふたつの目的があった。まず若い聴衆に媚びることであり、次にその思想がこの詩人を皺の年齢から魔術的に解放し（というのも、彼は自分が社会主義の側にいて、うしろを見るために振り返らないことをいささかも疑っていなかったから）、彼に若い青年男女の傍らの席を保証してくれることだった。

ヤロミールは聴衆とともにその会場にいて、興味を持っているが別の陣営にいる者たち、もう自分の仲間ではない者として詩人たちを観察していた。聴いたあとで委員会に報告しなければならない教授たちの講義でも聴くように、冷やかに彼らの詩に耳をかたむけていた。彼の興味をもっとも惹いたのは、いま椅子から立ち上がったばかりの著名な詩人だった（この著名な詩人が例の六十歳の詩人の讃辞に感謝すると、鳴っていた拍手喝采がやんだ）。著名な詩人は演壇の中央に進み出た（そう、この詩人こそ、ついしばらくまえ、切り取られた二十の受話器を受け取った詩人だった）。

13

「親愛なる先生、われわれはいま愛の季節にいます。ぼくは十七歳、希望と狂想の年齢だと人は言います……あなたに詩をいくつか送らせていただいたというのも、ぼくがあらゆる詩人、あらゆる良き高踏派詩人が好きだからです……この詩をお読みになって、あまりしかめ面をなさらないでください。親愛なる先生、もし先生がそのひとつ〈クレド・イン・ウナム〉という作品に高踏派の詩人のあいだのささやかな席を与えてくださるなら、ぼくは歓びと希望とで気が狂ってしまうことでしょう……ぼくは無名の人間です。しかし、それがなんでしょうか？　詩人はそれぞれ兄弟ではありませんか。これらの詩は信じ、愛し、希望しています、それだけなのです。親愛なる先生、ぼくを、このぼくを、少し持ち上げてください。ぼくは若いのです。手をさしのべてください……」(訳註1)

いずれにしろ彼は嘘をついている。彼は十五歳七カ月で、母親から逃れるためにシャルルヴィルを脱出していない。しかしこの手紙は、長いあいだ彼の頭のなかで恥の連禱、弱さと卑しさの証拠として鳴り響く。そして彼はやがてその男、その親愛なる先生、その老いぼれた馬鹿者、その禿頭のテオドール・ド・バンヴィル(訳註2)に復讐する！　それから一年して、彼は残酷にその詩人の全作品、詩人の詩句にあふれているあのヒヤシンスやしおれた百合をすっかり嘲笑し、その皮肉の数々を手紙にして、いわば書留の平手打ちといった感じで送りつけたのだ。(訳註3)

しかしさしあたって、この親愛なる先生は自分を見張っているその憎悪の存在に気がつかず、ファシストたちに破壊され、廃墟から甦ったロシアの街についての詩を朗読している。彼はその街をシュルレアリスト的な魔法の花飾りで飾った。ソヴィエトの若い女たちの胸が、色つきのちいさな風船のように道に漂い、空のしたに置いた石油ランプがこの白い街を照らす。街の家々の屋根に天使に似たヘリコプターが舞い降りる。

（訳註1）ランボーのバンヴィル宛書簡（一八七〇年五月二十四日）。文中の〈クレド・イン・ウナム〉はのちに〈太陽と肉体〉と改題される。

（訳註2）**テオドール・ド・バンヴィル**　フランスの詩人（一八二三―九一）。『綱渡りオード集』他。

（訳註3）ここで言及されているのは、ランボーがバンヴィルに献じた「花々について人が詩人について言うこと」という詩をふくむ手紙（一八七〇年八月十五日）。

14

その詩人の人柄の魅力に誘惑された聴衆は拍手喝采した。けれども、大多数のそれらそそっかしい者たちの横に、少数の思慮深い者たちがいて、革命的大衆はまるで卑しい乞食のように、演壇から与えられるものに期待をかけるべきではないことを知っていた。それどころか、こんにち乞食がいるとすれば、詩こそまさにその乞食にほかならないと考えていた。詩は社会主義という楽園のなかに入れてくれるよう哀願している。しかし、その楽園の扉を守っている革命的な青年は厳しい態度で臨まねばならない。未来は新しいか、存在しないものかのどちらかであり、未来は純粋なものになるか、汚れたものになるかのどちらかだからだ。

「あいつはなんと馬鹿げたものをわれわれに無理強いしようというのか」とヤロミールが叫ぶと、他の者たちも彼に合流した。「あいつは社会主義とシュルレアリスムを無理にくっつけたがっているんだ！　猫と馬を、未来と過去を無理にくっつけたがっているんだ！」

詩人は会場でなにが起こっているのかはっきりわかったものの、誇り高く、譲歩するつもりはなかった。もともと彼は、青春時代以来ブルジョワたちの偏狭な精神を挑発することに慣れており、多勢にひとり立ち向かってもいささかのひるみも見せなかった。彼は顔面を赤らめ、最後の詩として、最初に選んだのとは別のテキストを朗読することにした。それは荒々しいメタファーと放恣《ほうし》でエロチックなイメージにあふれる詩だった。詩人が朗読を終えると、嘲罵と叫びの声が上がった。

学生たちが口笛を鳴らした。彼らのまえには、学生が好きなためにそこにやってきたひとりの老人がいた。その老人は学生たちの猛々しい反抗のなかに、自分自身の青春時代の輝きを見ていた。老人は自分の友情が、思っていることを彼らに告げる権利を与えてくれると思っていた。それは一九六八年の春のパリだった。（訳註1）しかし悲しいことに、学生たちは彼の皺のなかに自分たちの青春の輝きを見ることがまったくできず、その老学者は愛している者たちから口笛を吹かれるのを驚きながら見ていた。

（訳註1）一九六八年五月のフランスの学生たちの反乱、いわゆる〈五月革命〉のこと。

15

詩人は騒ぎを鎮めるために手を上げた。そして、きみたちは清教徒的な女教師、独断的な牧師、偏狭な警察官に似ている、きみたちがこの詩に抗議するのは、自由を憎んでいるからだ、と彼らに向かって叫んだ。

老学者は嘲罵の声を黙って聴き、自分もまた若いころには真先に口笛を鳴らしたものだったが、あのころの仲間たちはずっとまえから散りぢりになり、いまでは自分ひとりになってしまったのだとぼんやり考えていた。

詩人は、自由は詩の義務なのであり、メタファーもまた、人がそのために闘うのに充分値するものだと叫んだ。猫と馬を、現代芸術と社会主義を無理にくっつけようもしよう。それがドン・キホーテ主義だというのならば、喜んでドン・キホーテになりたい。なぜなら自分にとって社会主義とは自由と快楽の時代なのであり、それ以外の社会主義は拒否するつもりだからだと叫んだ。

老学者は騒がしい若者たちを観察しながら突然、この部屋で自由という特権を持っているのは自分ひとりだと気づいた。というのも、自分は年をとっているからだ。人間が大勢の意見を、大衆と未来の意見を無視することができるのは年をとったときでしかない。老人は近づいた死と一緒にひとりでいるのだが、死には眼も耳もないので機嫌をうかがう必要はない。だから自分が行なったり言ったりしたいことを好きなように行なえるし、言えもするのだ。

そして彼らは口笛を鳴らし、彼に反論すべく発言を求めていた。今度はヤロミールが立ち上がった。眼前に黒いヴェールがかけられたようになったが、うしろには大勢が控えていた。彼は革命だけが現代的なのであって、堕落したエロチスムやわけのわからない詩的イメージは詩的な古物でしかなく、人民には無縁のものだと言った。「いったいなにが現代的なのですか？　と彼は著名な詩人に尋ねた。あなたのわけのわからない詩か、それとも新しい世界を建築しているわれわれか？　絶対に現代的な唯一のものとは、と彼は答えを待たずにつづけた。社会主義を建築する人民なのだ」この言葉に、講堂は雷のような喝采でとどろいた。

その喝采がまだとどろいているのに、老学者はソルボンヌの廊下を渡って遠ざかり、壁のうえに、「現実的になろう、不可能なものを要求しよう」とか、さらにもっと先のほうに、「人間の解放は全面的か、存在しないかのどちらかだ」と書いてあるのを読んだ。それからその先には、「後悔だけはごめんだ」とあった。

16

広い教室の椅子が壁のところまで押し寄せられ、床には筆、ペンキ壺、長いステッカーなどが散らかっている。高等政治学院の学生たちがそこでメーデーのスローガンを描いているのだ。スローガンの発案者で起草者であるヤロミールは、学生たちのうしろに陣取って手帖を眺めている。

しかしなんとしたことだ！　わたしたちは年代を間違えたのだろうか？　彼が仲間たちに口述しているスローガンは、まさしくしばらくまえにあのような愚弄を浴びた老学者が、反乱したソルボンヌの壁のうえに読んだのと同じものなのだ。ヤロミールがステッカーに記入しているスローガンは、それから二十年して、パリの学生がソルボンヌ、ナンテール、サンシエの校舎の壁を真黒にするほど書きつけたスローガンとまったく同じなのだ。

あるステッカーに、彼はこのように書くことを命じた。「夢は現実だ」また別のには、「現実的になれ。不可能なものを求めよ」と書かせ、その横には、「われわれは永久の幸福状態を布告する」さらにもっと遠くには、「教会など沢山だ《アセ・デグリーズ》」（この言葉はとりわけ彼の気に入っていた。それはただふたつの言葉でできているのに、二千年にわたる歴史を打ち捨てるのに充分なものだから）。また、「自由の敵には自由はない」それから、「想像力を権力に！」さらに、「生温かい奴らには死を！」そして、「政治、家族、愛のなかに革命を！」

学生たちは文字を描き、ヤロミールは言葉の元帥のように誇らしくひとりひとりを巡回した。彼は自分を有用な人間にすること、それから自分の言語感覚がここで実践的な応用を見出していることに幸福感を覚えていた。詩は死んだ（「芸術は死んだ」とソルボンヌの壁のひとつに布告してあった）が、しかし詩が死んだのは、やがて墓から立ち上がってステッカーや街々の壁のうえに書きつけるプロパガンダやスローガンの技法になるためなのだと彼にはわかっていた（オデオン座の壁の落書きを借りれば、「詩は街頭にある」のだから）。

17

「きみは《ルデ・プラヴォ》〔チェコ共産党の機関紙〕を読んだのか？」一面にはメーデー用のスローガンのリストが載っていた。「党中央委員会宣伝部によって決められたものだ。そのなかに適当なものはひとつもないときみは思ったのか？」

ヤロミールのまえには党地区委員会のぽってりとした青年がいた。彼は大学のメーデー組織委員長として来ているのだった。

「夢は現実か。こいつはもっともひどい類の観念論だよ。教会など沢山か。おれは全面的にきみに同意したいぜ、同志。しかし、さしあたってそれは党の宗教政策とは矛盾する。生温かい奴らに死か。こいつはまるで人びとに死の脅迫をしてもいいとでもいうようではないか！　想像力を権力にだって？　これはいったいなんのことか？　愛のなかに革命を。これはいったいどういう意味なのか言ってくれないか？　きみは自由恋愛をブルジョワ的結婚に対置しようとしているのか、それとも一夫一婦制とブルジョワ的乱交を対立させようとしているのか？」

ヤロミールは、革命は家族や愛もふくめ、あらゆる側面において生活全体を変えてしまうはずで、そうでなければ革命とは言えないと断言した。

「そうかもしれない、とそのぽってりした青年は認めた。しかし、それをもっとうまく表現できると思うよ。社会主義的政治のために、社会主義的家族のために！　とね。なあ、きみ、それが《ルデ・プラヴォ》の指令なんだぜ。なにも頭をひねくりまわす必要なんてなかったんだよ！」

18

「生は彼方に」と、学生たちはソルボンヌの壁に書いていた。そう、彼はそれをよく知っていて、だからこそロンドンを去り、人民が反抗に立ち上がっているアイルランドに出発したのだ。彼の名はパーシー・ビッシュ・シェリー(訳註1)。二十歳で、現実の生のなかに入るための通行券となってくれるはずの、幾百ものビラや声明文を持ち運んでいる。

それというのも、本当の生は彼方にあるからなのだ。学生たちは舗道の敷石をはがし、車をひっくり返し、バリケードを築く。この世界への彼らの侵入は美しく、騒々しく、炎に照らされ、催涙弾の爆発のあいさつを受ける。それに比べれば、パリ・コミューン(訳註2)のバリケードを夢みながら、シャルルヴィルからけっしてパリに赴けなかったランボーの運命は、なんと痛ましいものだったろう。しかし一九六八年には、幾千ものランボーたちが彼らだけのバリケードを持ち、その背後に立って、この世界の古い主人たちとのあらゆる妥協を拒否していた。人間の解放は全面的か、さもなくば存在しないのだと。

しかし、そこから一キロ離れたセーヌ川の向こう岸では、この世界の古い主人たちが相変わらず自分の生活をつづけ、カルティエ・ラタン〔パリの学生街〕の喧騒などはるか彼方の出来事のように届いた。夢は現実だ、と学生たちは壁に書いていたが、真実はむしろその反対だと思われる。その現実（バリケード、切り倒された木々、赤旗）こそが夢だったのだ。

（訳註1）パーシー・ビッシュ・シェリー　イギリスのロマン派詩人（一七九二―一八二二）。代表作『プロメテウスの解縛』他。

（訳註2）パリ・コミューン　一八七一年三月十八日から五月二十八日までパリ市に樹立された史上初の労働者階級主動の革命的自治政権。

19

しかし、現実が夢想であるか、あるいは夢が現実であるかということは、現在の瞬間にはけっしてわからない。大学のまえにプラカードを持って並んでいる学生たちが喜んでやって来たのは事実だが、しかし彼らはまた、もしそこにやってこなければやがて面倒なことになるかもしれないことがわかっていたのだ。プラハの一九四九年は、チェコの学生たちにとって、夢がもはやたんなる夢ではなくなるという、あの奇妙な過度期だった。彼らの歓喜の叫び声はまだ自発的なものだったが、しかし同時にすでに義務的なものにもなっていたのだ。

行列はいくつもの路を行進した。ヤロミールは彼らの傍らを歩いていた。彼はステッカーに書かれたスローガンの責任者だっただけでなく、仲間たちのシュプレヒコールの責任者でもあった。今度ばかりは彼も、挑発的な美しい警句は考案せず、中央宣伝部が勧めているスローガンをいくつか手帖に書きとめるだけにした。彼がそのスローガンを巡礼行列の先ぶれよろしく大きな声で叫ぶと、仲間たちは彼のあとでそれを繰り返した。

20

行列はすでにヴァーツラフ広場の観覧席のまえを行進した。街角に即興楽団が出現して、青いシャツを着た若者たちがダンスを始めている。ここではみんな大胆に知り合いになるので、まえにちょっと知っていたかどうかなどということはあまり重要ではない。しかし、パーシー・ビッシュ・シェリーは不幸だ。彼はひとりだった。

ここ数週間来ダブリンにいて、多量の声明書を配布したので、警察はもう彼を知っている。しかし彼は、まだただひとりのアイルランド人とも仲良くなれない。生はいつも、彼がいないところにあるのだ。

せめてバリケードがあって、銃火が弾けてくれてでもいれば！　ヤロミールは、このおごそかな行列は革命の大デモンストレーションの束の間の模倣でしかなく、これには密度がないので、手にとればすぐに指のあいだからこぼれ落ちてしまいそうだと思った。

そして今、彼は勘定場の籠の囚《とりこ》となっている娘のことを想像し、恐ろしいほどもの悲しい欲望に襲われた。彼は槌で窓ガラスを打ち砕き、買物に来ていた主婦たちを追い散らし、勘定場の籠を開いて、弥次馬が呆然と見守るなかを、解放した褐色の髪の娘をかかえ上げる様を思い描く。

彼はさらに、ふたりが世界の暗い道を並んで歩き、やがて愛の抱擁をかわす様を想像する。すると突然、ふたりのまわりを渦巻いていたダンスがもうたんなるダンスではなく、ふたたびバリケードになる。ときは一八四八年、一八七〇年、一九四五年、ところはパリ、ワルシャワ、ブダペスト、プラハ、そしてウィーンになる。ふたたび永遠の群集が現われ、バリケードからバリケードへと飛びまわり、〈歴史〉を駆けめぐる。彼もその群集たちと一緒に跳びまわりながら、恋しい女の手を握っている……

21

彼がその若い女の手のぬくもりを掌に感じていたとき、突然、あの男の姿を見つけた。大柄で頑丈なその男は反対の方角から向かってきて、その傍らに若い女が連れそっていた。その女は市電のレールのあいだでダンスをしている大部分の娘たちのような青いシャツを着ていなくて、まるでモード発表会に出てくる妖精のように優雅だった。

頑丈なその男はあたりに視線を投げ、たえずあいさつに応えていた。彼がヤロミールのいる数歩前まで来たとき、ふたりの視線が交叉した。突然うろたえ（他の者たちが有名な男に気づいてあいさつをするように）、ヤロミールは瞬間的に頭を下げた。すると、男のほうもあいさつをしたが、その眼はうつろだった（まるで未知の人間にあいさつをするように）。男に連れそっていた女も彼に会釈をしたが、その様子はよそよそしかった。

ああ、その女がなんと限りなく美しかったことか！　しかも彼女は、完全に現実の女なのだ！　この時までヤロミールに身を寄せていた勘定場と浴槽の娘は、その現実の女の体が放つまぶしい光のなかで溶けはじめ、やがて消えてしまった。

彼は屈辱的な孤独感に包まれて歩道の上に立ちどまり、振り返って憎々しげな視線をふたりに投げた。そう、その男こそ、「親愛なる先生」、あの二十の受話器の受け取り人だったのだ。

22

夕闇がゆっくりと街に降りてきた。ヤロミールはなんとかその女に出会いたかった。背面がその女のシルエットを思い出させる数人の女のあとを追った。そして、無数の人間たちのあいだに隠れてしまったひとりの女を、こんなふうに空しく追い求めて全身全霊を費やすのはすばらしいことだと思った。そのあと彼は、その女がなかに入るのを見たことがある建物の近くまで足をのばそうと決心した。彼女に出会う可能性はあまりなかったけれども、母親が寝るまえに家に戻る気にはなれなかった（彼にとって家庭がどうにか我慢ができるのは、母親が眠り、父親の写真が目を覚ましている夜だけだった）。

彼はメーデーの旗や花々もにぎやかさの跡を残さず、忘れ去られた郊外の道を行ったり来たりした。眼前の家々の窓には明かりがともっていた。ちょうど歩道の真横の地下の窓のひとつに明かりがともった。知っている娘がなかにいる！

いや、それは褐色の髪の勘定場の娘ではなかった。彼女の友達の赤毛の娘のほうだった。彼女は日除けを引くために窓に近づいた。彼はその幻滅の苦さに耐えられなかったが、自分が見られたのがわかった。彼は赤くなり、風呂に入っていたあの悲しく美しい女中が鍵穴のほうに眼を向けた日にしたのとまったく同じことをした。

彼は、逃亡した。

23

一九四九年、五月二日の夕方六時だった。売り子の女たちが急ぎ足で店から出てきた。そして、思いもかけないことが起こった。赤毛の娘がひとりで出てきたのだ。

彼は道の片隅に身を隠したいと思ったが遅すぎた。赤毛の娘が見つけて、彼のほうに向かってきた。「ねえ、あんた、夜、窓からひとを見張るなんてやめてよ」

彼は赤くなって、はやく会話を切りあげようとした。赤毛の娘のせいで、友達の褐色の髪の娘が店のそとに出てくるときに、ふたたび好機を逸するのではないかと恐れたのだ。ところが、赤毛の娘はとてもお喋りで、ヤロミールのそばを離れようとは思ってもみないふうだった。そのうえ家まで一緒に来ないかと誘いさえした（女の子を家まで送るほうが、窓から見張るよりよっぽど礼儀にかなっているわ、と彼女が言った）。

ヤロミールは絶望的に店の戸口のほうを眺めた。

「あなたのお友達はどこにいるんですか？　とついに尋ねた。

――なに言っているの。彼女、数日まえに辞めてしまったわ」

ふたりは連れだって赤毛の娘の部屋がある建物まで行った。ヤロミールは、ふたりの娘が地方出身の職場の同僚同士で、同じ住居に住んでいたことを知った。だが、褐色の髪の娘のほうは結婚するためにプラハを去ったという。

ふたりがその建物の前に立ち止まったとき、娘が言った。「ちょっとあたしのところに寄ってゆかない？」

彼は驚き、うろたえながら、彼女のちいさな部屋に入った。それから、どんな具合にだったかわからないうちに抱き合い、キスし合った。そのあと、彼らはベッドのうえに座っていた。

すべてがあまりにも迅速で、簡単だった。これから困難で決定的な任務を成し遂げようとしているのだと考える暇も与えず、赤毛の娘は彼の手を脚のあいだに導いた。彼は恐ろしいような喜びを感じた。体が世にも正常に反応していたから。

24

「すごい、あんたってすごい」と、赤毛の娘は彼の耳にささやいた。彼は枕に頭を埋め、彼女と並んで横たわっていた。彼は信じられないような喜びを感じていた。しばしの沈黙のあと、「あたしのまえに何人女を経験したの？」という声がきこえた。

彼は肩をすくめ、わざと謎めいた微笑を作った。

「言いたくないの？」

——当ててごらん。

——まあ五人と十人のあいだというところかしら」と、娘は経験者ぶって言った。

彼は心強い誇りで一杯になった。そうだ、彼女はおれが愛したたったひとりの女ではない、彼女のまえにも、彼女が授けてくれる五人か十人の女を本当に愛したんだ。彼女ははたんにおれを童貞から解放しただけでなく、男としての年齢の奥深くに一挙に運んでくれたのだ。

彼は彼女を感謝の気持ちで眺めた。彼女の裸体は彼の心を熱狂で満たした。彼女を魅力的だと思わなかったなんて、いったいどうしていたのか？　彼女にも胸にまったく申し分のないふたつの乳房、下腹部にまったく申し分のないヘアがあるじゃないか！

「きみは服を着ているより裸のほうが百倍も美しいよ、と彼は言って、娘の美しさをほめた。

——ずっとまえからあたしとしたかったの？　と彼女が尋ねた。

——そう、したかったんだ。よく知っているね。

——そう、知っているわ。店にやってきたとき、あたし、あんたに目をつけたの。あんたが玄関のまえで待っていたのが、あたしだってわかっていたんだから。

——そうなんだ。

——あたしがひとりでいるときがけっしてなかったから、あんた声をかけにくかったんでしょ。でも、いつかはあんたがここに来ることになるってわかっていた。だって、あたしのほうもあんたとしたかったんだもの」

25

彼はその若い女を眺めながら、出かかった最後の言葉が心のなかで死んでゆくのをそのままにした。そう、これでよかったんだ。孤独で死にそうになり、絶望的に集会やデモ隊に加わり、逃亡や逃走をしていたあのあいだ、おれの大人としての人生がすっかり用意を整えていたんだ。壁に湿気のしみがついているこの地下の部屋は、じっとおれを待っていたんだ。体によってきわめて具体的におれと民衆とをやっと結びつけてくれたこの平凡な娘も、おれを待っていたんだ。

「セックスをすればするほど、革命をしたくなる。革命をやればやるほど、セックスがしたくなる」ソルボンヌの壁のひとつにはそう書かれていたが、ヤロミールはふたたび赤毛の娘の体のなかに入った。成熟は全面的か、存在しないのかどちらかだ。彼も今度は長く見事に彼女を愛した。

ヤロミールのように少女みたいな顔をして、年齢よりずっと若く見えたパーシー・ビッシュ・シェリーはダブリンの道を駆けめぐった。彼がたえず駆けつづけたのは、生が彼方にあることを知っていたからだ。そしてランボーもまた休むことなく、シュツットガルト、ミラノ、マルセイユ、アデン、それからハラールへと駆けつづけたが、帰路のマルセイユでは脚が一本しか残っておらず、そしてただ一本の脚で走ることはむずかしかった。彼はふたたび、自分の体が若い女の体から滑り落ちるままにした。自分が彼女の傍らに横たわっているのが見え、こんなふうに休むのは二度の性交のあとだからではなく、数カ月も続いた長い逃走の果てだからだ、とぼんやり思った。

第五部　あるいは嫉妬する詩人

1

ヤロミールが逃走しているあいだに世界のほうは変わりつつあった。ヴォルテールをボルトの考案者だと思いこんでいた伯父は（当時の何百人という商人と同じように）架空の詐欺罪で告発され、ふたつの店が押収されたうえ（それ以来店は国家のものとなった）、数年間監獄に送りこまれることになった。彼の息子と妻は階級の敵と見做され、プラハから追放された。ふたりとも凍るような沈黙を守ったまま、息子を一家の敵の側にまわした母親をけっして許すまいと決意してその家を去った。

市役所によって一階の部屋を割り当てられた間借人たちが家に引越してきた。彼らは地下室を改造した惨めな住居から移ってきたのだったが、これほど広々として快適な家を持っていた者がいたことを不当だと思った。そして、自分たちがやってきたのはたんに住むためではなく、旧い〈歴史〉の不正を償うためなのだと見做した。彼らはなんの許可も求めずに庭を占領し、子供がそとで遊ぶときに怪我をしかねないから、崩れ落ちた壁の粗塗りを直すように母親に要求した。

祖母は老けこんでしまい、記憶を失ったが、ある日（ほとんど人に気づかれることもなく）火葬場の煙と消えてしまった。

母親がそれだけますます、息子が自分から逃れるのを見るのが耐えられなくなったとしても不思議ではない。息子は彼女の気に入らない勉強をし、定期的に読ませてくれる習慣だった詩ももう見せなくなった。彼女は息子の引き出しを開こうとして、鍵がかかっているのを発見した。それはまるで平手打ちのようなものだった。ヤロミールはわたしに持物を探られるのではないかと疑っているのだ！　しかし、ヤロミールの知らない合鍵で開いたとき、日記には新しい記入がなかったし、新しい詩もなかった。それから彼女は、そのちいさな部屋の壁のうえに制服姿の夫の写真を見て、かつてその顔立ちを自分の内臓が産み出す果実から消し去ってくれるようアポロンの小像に祈ったことを思い出した。まったく、なんということだろう。今になってもまだ、死んだ夫と息子を奪い合わなければならないとは！

第四部の終わりで、わたしたちがヤロミールを赤毛の娘のベッドに残しておいた夜から一週間後、母親はふたたび彼の机を開いた。日記のなかにいくつかの短いメモがあったが、彼女には理解できなかった。しかし、彼女はそれよりもっと重要なものを見つけた。息子の新しい詩だ。彼女はアポロンの竪琴がふたたび夫の制服を制したのだと考え、黙って喜んだ。

その詩を読んだあと、彼女はまえよりもずっと好感の持てそうな印象を受けた。その詩が本当に彼女の気に入ったからだ（たしかにそれは初めてのことだった！）。その詩は韻を踏み（彼女は心の底では、韻のない詩は詩とは言えないと思っていた）、しかもじつに分かりやすく、美しい言葉に満ちていた。もはや老人も、土のなかで分解する体も、垂れ下がった腹も、目やにもなくなっていた。花の名があり、空や雲があった。さらに何度も母親という言葉に出会った（これはヤロミールの詩ではまったく新しいことだった！）。

やがてヤロミールが帰ってきた。階段に足音がするのがきこえたとき、これまでの苦しみの年月がこぞって眼前に浮かび、彼女は嗚咽を抑えられなかった。

「どうしたの、ママ、いったいどうしたんだよ？　と尋ねられた彼女は、その声にはずっと久しいまえから感じられなくなっていたやさしさがあるのを感じた。

──なんでもないのよ、ヤロミール、なんでもないの」と、母親は息子の関心に勇気づけられ、ますます激しくなる嗚咽のなかで答えた。今度もまた、彼女の涙にはいくつもの泉があった。彼女は見捨てられていたので、それは憐れみの涙だった。息子にないがしろにされたので、非難の涙だった。（新しい詩の調子のよい文句によれば）やっと希望が帰ってきつつあったので、希望の涙だった。そこに息子の体がぎごちなく立っているばかりで、髪さえ撫でることができないので、怒りの涙だった。また、息子の心を動揺させ、息子を自分のそばに置いておこうとする計略の涙でもあった。

しばらく間が悪そうにしたあと、彼はとうとう彼女の手をとった。それはすばらしいことだった。母親は泣きやんで、今しがたまで流した涙と同じほどたっぷり言葉を使って話しはじめた。心を苦しめているあらゆること、寡婦生活や孤独のこと、自分の生まれた家からさえ出て行くよう仕向けたがる間借人たちのこと、門戸を閉ざしてしまった姉(「ヤロミール、あなたのせいなのよ!」)のこと、それからもっとも肝心なこと、つまりそんな恐ろしい孤独のなかにいるにもかかわらず、この世にたったひとりしかいないと思っている人間から背を向けられたことを語った。

「でも、それはちがう。ぼくはママに背を向けてなんかいないよ!」

彼女はそんな安直な保証など受けいれるわけにはゆかず、苦笑しだした。どうしてあなたがわたしに背を向けなかったと言えるの? 帰宅が遅いし、何日もひと言も口をきかないことがある。たまに話し合っても、言うことをきいてくれず、別のことを考えているのはよくわかっている。そう、あなたはわたしを見ず知らずの女のように扱っているのよ。

「とんでもない、ママ、なんていうことを!」

彼女はふたたび苦笑した。わたしを見ず知らずの女のように扱っていない? その証拠を見せてほしいものだわ! なにが気にさわったのか言ってくれ? でも、わたしはいつもあなたの個人生活を尊重してきたじゃないの。子供のころ、みんなと争ったのも、あなたが独立した子供部屋を持つべきだと思ったからじゃないの！　それなのに、今はなんという侮蔑よ！　ヤロミール、(あなたの部屋の家具にはたきをかけながら、まったく偶然に)机の引き出しが鍵で閉められているのに気づいた日、わたしがなんと感じたのか想像もできないでしょう！　だれのせいで机の引き出しに鍵をかけたの？　まるでわたしがぶしつけな門番女のように、あなたの持ち物に鼻を突込もうとするなどと本気で考えていたの？

「でも、ママ、それは誤解だ！　ぼくはもうその引き出しなんか全然使っていないんだよ。鍵で閉められていたからって、それは偶然だよ！」

母親には息子が嘘をついているのがわかっていたが、そんなことはどうでもよかった。その偽りの言葉より、なにかしら和解のきっかけを見つけようとしている息子の声の、へりくだった調子のほうがずっと大切だった。彼女は「わたしはあなたを信じたいのよ」と言い、彼の手を握った。

それから彼女は、顔の涙の跡が彼の視線を受けているのを意識した。そこで浴室に駆け込んだのだが、ガラスに映った自分の姿にぎくりとした。泣き濡れたその顔がおぞましく見えたのだ。会社から帰ったあと、そのままつけていた灰色の洋服まで、自分を責める口実になった。彼女は急いで冷たい水で顔を洗い、バラ色のガウンをはおった。台所に行き、ブドウ酒の壜を持って来た。そして、ふたたび滔々《とうとう》と喋りだした。彼女が言ったのは、この悲しい世の中で他に知る人もいないのだから、ふたりはもう一度互いに信頼し合わねばならないということだった。長々とそういう話をしたのだが、じっと自分を見据えるヤロミールの視線には好意と同意が感じられた。そこで彼女は、あえてこう言ってみることにした。もう大学生になっているあなたには、もちろん個人的な秘密だってあるにちがいないし、わたしもそれを尊重するわ。だけど、あなたの恋人だと思われるその女が、わたしたちの親子の関係をめちゃめちゃにしてしまわないようにしてほしいのよ。

ヤロミールは辛抱強く、しかも理解を示しながら耳を傾けていた。しばらくまえから母親を避けてきたのは、彼の悲しみが孤独と暗闇とを必要としていたからだった。しかし、赤毛の娘の肉体という輝ける岸に近づいてからというもの、彼は光と平和を強く求めるようになっていた。母親との仲違いが心に引っかかっていた。感情的次元の動機は別にしても、それには実際的な理由もひとつあった。赤毛の娘のほうは独立した部屋を持っているのに、男であるヤロミールは母親のところに住んでいる。だから、彼が個人的な生活が持てるのは、ひたすらその若い娘の独立のおかげであって、そんな不平等を苦々しく感じていた。そこで彼は、母親がバラ色のガウンを着てやってきて、ブドウ酒のグラスをまえにしてそばに座り、自分の権利について穏便に理解し合える、若く愉快な女のような様子を見せてくれるのをうれしく思ったのだ。

彼は彼女に、隠さなければならないことはなにもしていないと言い（母親は喉元が絞めつけられるような気がした）、赤毛の娘のことを語りはじめた。もちろん彼は、母親が買い物に行く店で見かけているので、その女の顔を知っているはずだとは言わなかった。それでも、その娘は十八歳で学生ではなく、自分の手で働いて生活をしているまったく普通の女だ（彼はそのことをほとんど挑むような口調で言った）と打ち明けた。

母親は自分のブドウ酒をつぎ、事態がうまく運んでいると考えた。急におしゃべりになった息子がいま描いてくれたその娘の肖像は彼女の心配を鎮めてくれた。その娘はまったく若く（幸いにも年をとって陰険な女という恐ろしい予想は解消された）、あまり教育を受けていない（だから母親としてはその女の影響を恐れる必要はない）、そしてヤロミールがその娘の素直さとやさしさという美徳をほとんど眉につばをつけたくなるほどしつこく言い立てているからには、たぶんさほど美人ではないのだろう（だから彼女は、秘かな満足感を覚えながら、息子の熱中もさして永くは続くまいと想像できた）。

ヤロミールは、母親がとくに非難もせずに赤毛の娘の人柄を認めてくれたと感じて、うれしく思った。彼は同じテーブルに、母親と赤毛の娘、幼年時代の天使と成年時代の天使が並んで座っている様を思い浮かべた。それは美しい平和のように思われた。家庭と世間のあいだの平和、ふたりの天使の翼のしたの平和。

そこで久しぶりに、母親と息子はふたたび幸せな親密さを取り戻すことになった。ふたりは大いに語り合ったのだが、そうしながらも、ヤロミールは自分のささやかな実際的目的、つまり恋人を連れ込み、好きなことをしながら好きなだけ一緒に過ごせる部屋を持つ権利のことを見失わなかった。閉じた空間を自由に利用でき、だれにも観察されたり見張られたりせずに、好きなことのできる者だけが本当の大人だと思っていたからだ。そのこともまた（慎重かつ婉曲にではあったが）母親に告げて、自分を自分の主人だと見做すことができるところになれば、それだけますます好んでこの家にいることができるだろうと言った。

だが、ブドウ酒というヴェールの陰にいても、母親は相変わらず警戒を怠らない牝虎だった。「どういう意味、それ？　ヤロミール、それじゃあなた、ここでは自分が自分の主人ではないと感じているの？」

ヤロミールはそれに答えて、家にいるのは自分でも大層気に入っているが、ただ、だれでも好きな人間を連れてくる権利を持ちたいだけだ、ぼくは赤毛の娘が下宿で持っているのと同じ独立がほしいんだと言った。

母親は、ヤロミールはそのことによって大きなチャンスを自分に与えてくれたのだと理解した。彼女にもまた、いろいろ言い寄ってくる男がいたのに、これまでヤロミールの非難を恐れて拒まざるをえなかったからだ。もうすこしうまく立ち回れば、ヤロミールの自由を代償に自分自身の自由を買うこともできるのではないだろうか？

　しかし、ヤロミールが子供部屋に知らない女を連れ込むと考えると、乗り越えがたい嫌悪に襲われた。「母親と下宿女とのあいだには違いがあるのをわかってほしいわ」と、彼女は苛立たしげに言ったのだが、それと同時に、ふたたびひとりの女として生きることをわざと自分に禁止してしまったのを知った。息子の性生活によって与えられる嫌悪のほうが、固有の性生活を営みたいと願う自分の体の欲望よりずっと強いことを理解し、その発見にぎょっとした。

　ねばり強く自分の目標を追求していたヤロミールは、母親の意向など考えずに、相変わらず別の無益な議論を持ち出しながら失われた戦いを続けたが、しばらくして母親の顔に涙が流れているのに気づいた。彼は幼年時代の天使を傷つけたことが恐ろしくなって口をつぐんだ。母親の涙という鏡に映してみると、自分の独立の要求がなにかしら傲慢で、破廉恥で、またいやらしいほど厚かましいものに思えてきたのだ。

　母親は絶望のさなかにあった。息子とのあいだにふたたび深淵が開くのが見えた。わたしはなにも得ず、ふたたびすべてを失おうとしているのだ！　彼女は急いで考え直し、息子とのあいだの貴重な理解の糸をすっかり断ち切ってしまわないためにはどうすればよいのか自問した。彼女は彼の手を取り、涙にあふれながらこう言った。

「ああ、ヤロミール、悪く思わないで！　あなたがどれだけ変わったか知って、わたしは悲しいの。あなた、しばらくまえから恐ろしく変わってしまったわ。

——どこが変わった？　ぼくはちっとも変わってなんかいないよ、ママ。

——いいえ、変わったわ。それじゃ、これから一番辛いことを言わせてもらうわ。あなた、もう詩を書いていないでしょう。とても美しい詩を書いていたのに、もう詩を書かなくなったわね。わたしにはそれがとっても辛いことなの」

ヤロミールが答えそうになったが、母親は発言させなかった。「母親を信じなさい。わたしには多少経験もあるんだから。あなたには大変な才能がある。それがあなたの使命なのよ。それを裏切ってはならないわ。あなたは詩人よ、ヤロミール、詩人なのよ。あなたがそのことを忘れているのを見るのが辛いの」

ヤロミールはほとんど感動しながら母親の言葉をきいた。それは本当だ、この幼年時代の天使はだれよりもよくおれのことを理解していたんだ！　おれもやはり、ものを書かなくなったと考えて苦しんでいたんじゃないか！

「ママ、ぼくはまた詩を書きだしたんだ。書いているんだよ！　見せてあげよう！

——嘘おっしゃい、ヤロミール、と母親は頭を淋しげに振って言い返した。わたしをだまそうとなんてしないで。書いていないのを知っているんだから。

——なにを言っているの。書いているとも、書いているんだよ！」と叫んでから、ヤロミールは部屋に飛んで行き、引き出しを開いて詩を持ってきた。

母親は数時間まえにヤロミールの机のまえにひざまずいて、すでに読んだのと同じ詩を見た。

「ああ、ヤロミール、これは美しい詩だわ！　大変進歩したのね、大変な進歩をしたのね！　あなた詩人なんだわ。わたし幸せだわ……」

2

すべての点からして、ヤロミールが感じていた新しいものへの大きな欲望（「新しいもの」へのあの信仰）は、未知でとてもありそうには思われない性交という行為が、童貞の青年に吹きこんだ欲望の波に映じる幻でしかなかったことを示しているようだ。赤毛の娘の肉体という岸に初めて近づいたとき、彼には絶対に現代的であるとはなにを意味するのかついにわかったという、奇妙な考えが浮かんだ。絶対に現代的であること、それはこの赤毛の娘の肉体という岸のうえに横たわっていることなのだと。

彼は幸福で、熱狂のあまり、その娘に詩を朗読してやりたくなった。空《そら》で覚えているすべての詩（自分のも他人のもふくめて）のことを考えたが、そのいずれも赤毛の娘の気には入らないだろうと（やや呆然とさえしながら）理解した。そして、人民の娘であるこの赤毛の娘に理解でき、鑑賞できる詩だけが絶対に現代的な詩なのだと思った。

それは突然の啓示のようなものだった。いったいどうして、自分の歌の喉元をじっさいに踏みつけるのか？　いったいなぜ、革命のために詩を諦めるのか？　現実（彼がこの現実という言葉によって意味していたのは、群集、肉体の愛、それに革命のスローガンなどが溶け合って生まれる密度のことだった）の生という岸に到達した今となっては、おれはこの生に全身をゆだね、自らその生のバイオリンになるだけでよいのではないか。

彼は自分の心が詩で一杯になるのを感じ、赤毛の娘の気に入りそうな詩を書こうと努めた。しかしそれは、そう簡単ではなかった。今までの彼は韻律のない詩を書いていたから、定型詩が要求する技術的な困難に遭遇したのだ。というのも、赤毛の娘が詩とは韻律のあるものだと思いこんでいるのは確実だったから。それに、勝ち誇っている革命のほうもまた同じ意見だった。その当時、自由詩はひとつも公刊されていなかったことを思い出そう。現代詩はそっくり腐敗したブルジョワ階級の産物として断罪され、なかんずく自由詩は詩的退廃のもっとも顕著な表われとされていた。

勝利した革命が示す韻律への愛のなかに、ただ偶然の熱狂しか見るべきではないのだろうか？　おそらくそうではない。韻律とリズムには魔力がある。定型詩のなかに閉じこめられると、無定形の世界が一挙に透明で、規則的で、明瞭で、美しくなる。ある詩のなかで、死《モール》という言葉が、前行で角笛《コール》という言葉の音が鳴り響いたのと同じ場所にあるなら、死は秩序の妙なる要素となる。そして、たとえ詩が死にたいして抗議している場合でも、その死は少なくとも美しい抗議の主題として自動的に正当化される。骨、バラ、棺、殴打など、詩のなかではすべてがバレエに変わり、詩とその読者はそのバレエの踊り手になる。

そして踊る者たちはもちろん、踊りを非難できない。人間は詩によって存在との調和を実現し、韻律とリズムはその調和のもっともあきらかな手段となる。だからこそ勝利をおさめたばかりの革命は、新しい秩序のあきらかな肯定、つまり韻律にあふれた詩を必要としたのではないだろうか？

「わたしと一緒に錯乱しよう！」とヴィーチェスラフ・ネズヴァルは読者に向かって叫んだ。「いつも酔っていなくてはならない、……気の向くままに、酒で、詩で、あるいは美徳で……」とボードレールは書いた。抒情とはひとつの陶酔であり、人間は酔うことによって普段よりも簡単に世界と交じり合う。革命は人から研究されたり観察されたりするのを望まず、人が革命と一体となってくれることを望む。革命が抒情的であり、抒情が革命にとって必要なのはこの意味においてだ。

もちろん、革命が手に入れようとしている詩は、かつてヤロミールが書いていたのとは別の詩だ。その当時の彼は、自我の静かな冒険や美しい突飛さをうっとりと観察していた。しかし今や、彼は魂を納屋のように空っぽにし、世界の騒々しい物音を受けいれた。彼は自分にしか理解できない様々な独自性の美を、みんなに理解される凡庸さの美と交換した。彼は現代芸術が（背教者の誇りをもって）鼻であしらっていた古くさい美を復活させたいと激しく願った。日没、バラ、草叢《くさむら》のうえの露、星、闇、彼方で響いているメロディー、母親、そして懐かしい家庭など。このような世界はなんと美しく、身近でわかりやすいだろう！　ヤロミールは長い年月のあと、捨てた家に帰る放蕩息子のように、呆然とすると同時に感慨深くそこに戻った。

ああ、そうだ、単純であること、全面的に単純であること、流行歌のように、数え歌のように、小川のように、あのかわいらしい赤毛の娘のように単純であること！

永遠の美の源泉に戻り、「遠方」「銀」「虹」「愛する」などといった言葉や、それから「ああ！」というよくけなされるちいさな言葉まで愛すること！

ヤロミールはまた、ある種の動詞にも魅了された。とりわけ、前方への単純な動きを表現する「走る」「行く」また「漕ぐ」「飛ぶ」といった動詞。彼はレーニンの誕生日に書いた詩のなかで、川の流れがレーニンの国まで運んでくれるようにと、水のなかにリンゴの木の小枝を一本投げ入れた（この仕草は彼を魅惑した。それは、川のなかに花束を投げこんだ民衆の古い習慣との絆を、ふたたび取り戻すことだったから）。ボヘミアからロシアのほうに流れる川はひとつもなかったが、詩は魔法の領域であり、川が流れを変えることもあるのだ。別の詩で彼は、「世界はある日、山脈をまたぐ樅《もみ》の木の香りのように自由になるだろう」と書いた。もうひとつ別の詩では、あまりにも強烈なので、空中を漂う見えぬ帆船になるジャスミンの香りについて語った。彼は自分がその香りのタラップに位置し、遠くまで、（《ルデ・プラヴォ》の記事によれば）同志で兄弟になりたいと思っている労働者たちがストライキをやりはじめたという、遠くのマルセイユまで行く様を想像した。

それがまた、運動のもっとも詩的な手段である「翼」が数えきれないほど多く彼の詩に出てくる理由でもある。その詩が語っている夜は「翼の静かな羽ばたき」に満ちていた。翼には欲望、悲しみ、さらには憎しみの能力さえあったのだが、もちろん、時間もまた翼を持っていた。

これらすべての言葉のなかに隠されていたのは、「無限の抱擁」への欲望であって、そこではシラー(訳註1)の有名な詩句、「百万人の人よ、抱き合え、全世界に口づけを」がよみがえるように思われる。無限の抱擁は空間だけでなく、時間をも含んでいた。その渡航の目標はストライキをしているマルセイユだけではなくて、遠方にある奇跡の島、すなわち未来でもあったのだ。

以前のヤロミールにとって、未来とはとりわけひとつの神秘であった。そこにはあらゆる未知のものが隠されていた。そのために、未来は彼の心を惹きつけると同時に恐れさせたのだった。それは確かな事実とは反対のもの、家庭とは反対のものだった(だからこそ苦しいときに、もはや未来を持っていないために幸福になる老人の愛を夢みたのだ)。しかし、革命はその未来に正反対の意味を与えた。未来はもう神秘ではなくなった。革命家は未来を空《そら》で覚えていた。革命家は未来をパンフレット、書物、講演、宣伝演説で知ったのだ。未来は恐怖を与えるものではない。逆に不確実性から成り立っている現在の内部にひとつの確実性をもたらした。ちょうど子供が母親のもとに隠れるように、革命家が未来に隠れたがるのはそんな理由からだ。

ヤロミールは共産党の専従職員について詩を書いた。その職員は、夜遅く「物思いにふける集会のうえに、夜明けが姿を現わす」時刻に、支部の事務所のソファで眠りこんでいる(当時は、戦闘的な共産主義者という概念は集会をしている共産主義者というイメージによってしか表現できなかった)。窓のしたを通る市電の音は、彼の夢のなかで鐘の音、様々な戦争が最終的に終わり、地球が労働者に属することを告げるために一斉に鳴る鐘の音になる。彼は奇跡のような跳躍がはるか遠くの未来に自分を運んでくれたのを理解する。どこかの田舎にいると、トラクターに乗ったひとりの女がやってくる(あらゆる貼紙には、未来の女はトラクターに乗った女で描かれていた)。女は、その職員が仕事によって見るかげもないほど疲れきった昔の男、自分が農業組合の農場で楽しく(そして歌いながら)働けるようになるために一身を投げ打ってくれた男であるのに気づいて呆然とする。女はトラクターから降りて男を迎え、「ここがあなたの家よ、これがあなたの世界よ……」と言う。女は償いをしたいと思う(しかしどうしたら、任務のためにすり切れてしまったこの老闘士に償いをしてやれるのか!)。そのとき、電車の音がひときわ高く路上で鳴りはじめ、支部の事務所の片隅にある狭い簡易ベッドに休んでいたその男の目が覚める……

彼はすでにかなりの数になる新しい詩を書いていたが、満足できなかった。それまで、その詩を知っているのが自分と母親だけだったからだ。彼はそれをそっくり《ルデ・プラヴォ》の編集部に送りつけ、毎朝《ルデ・プラヴォ》を買った。ある日とうとう、三ページの右上に、表題の下に太字で印刷された自分の名前とともに、五篇の四行詩を見つけた。彼はその日のうちに《ルデ・プラヴォ》を赤毛の娘に手渡し、その新聞をよく見てみるようにと言った。娘は長いあいだ見つめていたが、注目に値することがなにもないようだった（彼女は詩には注意しない習慣だったので、当然のことながら詩と一緒になっている名前にも注意を払わなかったのだ）。そこでヤロミールは、とうとう指でその詩を示してやらねばならなかった。彼女は、「あんたが詩人だなんて知らなかった」と言って、感心したようにその詩を見つめた。

ヤロミールは、ずっと詩を書いていたのだと言って、ポケットから別の詩の原稿を取り出した。

赤毛の娘はそれを読んだ。ヤロミールは彼女に、しばらくまえから詩を書くのをやめていたが、ふたたび詩作に戻ったのはきみに出会ってからだったと告げた。

「本当？」と若い女は尋ね、ヤロミールがうなずくと、腕に抱き締めて口にキスをした。

「不思議なのは、とヤロミールはつづけて言った。きみが今日ぼくが書く詩のミューズだけではなく、きみを知るまえに書いていた詩のミューズでもあることなんだ。きみを初めて見たとき、ぼくは、自分の古い詩が生命を取り戻し、女に変貌したような気がしたんだ」

彼はさも珍しいことでもきくように、信じられないといった表情を浮かべている彼女の顔を熱っぽく見つめた。そして数年まえ、長い散文詩、クサヴェルという名の青年のことを語っている一種の幻想物語を書いたという話をしだした。書いた？　正しくはそうでない。むしろその青年の冒険を夢み、いつかそれを書きたいと思ったのだ。

クサヴェルは他の人間たちとまったく違ったふうに生きていた。彼の生活とは眠りだった。クサヴェルは眠り、夢を見た。その夢のあとで眠ると、また別の夢を見た。その別の夢のあとでふたたび眠ると、さらに別の夢を見た。その夢から目を覚ますと、ふたたびまえの夢のなかにいた。そんなふうに夢から夢へと移り、次から次へといくつもの生を生きた。クサヴェルが生きたように生きるのはすばらしいことではないだろうか？　たったひとつの生のなかに閉じこめられないとは！　たしかに死すべき人間にはちがいはないが、それでもいくつもの生を持っているとは！

「そうね、そうだといいわねえ……」と赤毛の娘が言った。

するとヤロミールはなおつづけて言った。店で会った日、じつをいえばぎょっとした、だってまさしくそんなふうにクサヴェルの最高の恋人を想像していたんだから。かよわく、赤毛で、微妙なそばかすのある女を……

「あたしはブスよ！」と赤毛の娘が言った。

――ちがう！　ぼくはきみのそばかすと赤い毛が好きなんだ。ぼくが好きなのは、それがぼくの家庭で、祖国で、古い夢だからなんだ！」

赤毛の女はヤロミールのくちびるにキスをしたが、彼は話しつづけた。

「想像してごらん、その物語全体は、こんなふうに始まっていた。クサヴェルは郊外のすけた道を散歩するのが好きだった。彼はある地下室の窓のまえを通り、立ちどまった。その窓のうしろに、たぶんひとりの美しい女が住んでいるかもしれないと思ったんだ。ある日、その窓には明かりがともっていて、彼はそのなかにやさしく、かよわで、赤毛の娘の姿を認めた。彼は抵抗できずに、半開きの窓の扉を大きく開いて、なかに飛びこんだ……」

――でも、あんたは窓のところから走って逃げたよ！　と赤毛の娘は笑って言った。

――そうだ、ぼくは走って逃げたさ、とヤロミールは認めた。しかし、それは同じ夢を繰り返すのが怖かったからなんだ！　すでに夢で体験した状況に、突然投げ込まれるのはどういうことかわかる？　あんまり恐ろしいから、ついつい、逃げ出したくなるんだよ！

――そうね、とうれしそうに彼女はうなずいた。

――そういうわけで、彼はなかに飛びこんだのさ。ところがそのあとで夫が帰ってきて、クサヴェルはその夫を樫の重い衣裳ダンスに閉じこめる。その夫は今日でもまだその衣裳ダンスのなかにいて、骸骨になっている。クサヴェルのほうは、その女をとても遠くのほうに連れて行った。ちょうどこのぼくが、これからきみを連れて行くように。
——あんたはあたしのクサヴェルなんだ」と、赤毛の娘は感謝の気持ちをこめてヤロミールの耳もとにささやいた。彼女はその名をいろいろとでたらめに言い替え、クサクサ、クサヴィオ、クサヴィシュなどといった愛称で呼び、長い長いキスをした。

（訳註1）**フリードリヒ・シラー**　ドイツの詩人、劇作家（一七五九—一八〇五）。代表作『群盗』『ドン・カルロス』他。なお、ここに引用されている詩は「歓喜に寄す」と題された詩で、ベートーヴェンの『第九交響曲』の合唱テクストに用いられたことでも有名。

3

ヤロミールが赤毛の娘の地下室に足を運んだ数多くの訪問のうち、彼女が襟から腕まで前面が白く大きなボタンによって縫われている服を着ていた日の訪問のことを、とくに語っておきたい。ヤロミールがそのボタンを外しはじめると、娘はけたたましく笑った。ボタンはただ飾りのためにだけついていたのだから。

「待って、あたし自分で服を脱ぐから」と言って、彼女は腕を上げ、うなじのうえのチャックの端をつかんだ。

ヤロミールは不器用なところを見せてしまったことで気を悪くしていたが、やっとチャックの原理を理解すると、すばやく失敗を取り返したいと思った。

「いいのよ、いいの、ひとりで脱ぐから。かまわないで！」と娘は言い、彼の眼前からうしろに下がって笑った。

彼はそれ以上しつこくできなかった。滑稽な男の役を演ずるのが恐かったからだが、それと同時に、娘がひとりで服を脱ぎたがるのはきわめて不愉快だと感じた。彼の気持ちでは、愛の脱衣と普通の脱衣との違いはまさしく、女が恋人によって服を脱がされることだったのだから。

そうした概念を彼に教えたのは体験ではなく、文学と文学に出てくる「彼は女の脱がせ方を知っていた」とか、「彼は慣れた手つきで女の胴部のボタンを外した」とかいった示唆的な文句だった。彼は肉体の愛というものを、ボタンを外したりチャックを引いたり、セーターを剝ぎ取ったりするといった、うろたえ、あせった動作の序奏なしには想像できなかったのだ。

彼は抗議して、「ひとりで服を脱ぐなんて、医者のところにいるんじゃないんだよ」と言った。しかし彼女はもう服を脱いで、下着だけになっていた。

「医者のところ？　どうして？

――そうさ、きみはぼくに医者のところにいるような気にさせるんだよ。

――もちろんよ、と娘は言った。これってまったくお医者さんのところにいるみたいなものなんだもの」

彼女はブラジャーをとり、ヤロミールのまえに立って、ちいさな乳房を見せびらかした。

「先生、わたくし、心臓のここのあたりがひどく痛いんです」

彼がわけもわからずに眺めていると、彼女は言訳をするように、「ごめんなさい、先生、先生はいつも必ず患者を寝かせて診察されるんでしたね」と言ってソファに横たわり、

「ごらんください、どうぞ。わたくしの心臓はどうしたんでしょう？」とつづけた。

ヤロミールはその戯れにつき合うほかはなかった。彼は娘の胸のうえにかがみこみ、心臓に耳をあてた。外耳で一方の柔らかく丸い乳房に触れ、規則正しい心音を聴きながら、医者が神秘的な診察室の閉じた扉のうしろで聴診するとき、こんなふうにこの赤毛の娘の乳房に触れていたのだと考えた。彼は頭をあげて裸の娘を眺め、激しい苦痛の感覚を覚えた。というのも、彼女をちょうど別の男、つまり医者が診るように見ていたからだ。彼はいちはやくふたつの手を赤毛の娘の胸に置いて、（医者のようにではなく、自分、つまりヤロミールがそうするように）その辛い戯れに終止符を打った。

赤毛の女は抗議して、「まあ、先生、なにをなさるんです？　そんなことをなさってはいけません。これじゃもう診断でないじゃありませんか！」するとヤロミールはかっとなった。自分の知らない男の手に触れられるときに、恋人の顔がどういう表現をするのかわからなかったのだ。娘がかなり軽薄な調子で抗議するのを見て、なぐりつけたくなった。しかしそのとき、その女を欲していることに気がつき、娘のパンティーを剝ぎ取って合体した。あまりにも興奮が大きかったので、嵐のようなヤロミールの嫉妬はまたたく間に溶け去ってしまった。若い女のあえぎ声（あのすばらしい讃辞）と「クサクサ、クサヴィオ、クサヴィシュ！」という、ふたりの親密な瞬間の一部となってしまった言葉がきこえたから、なおさらだった。

そのあと彼は、彼女の傍らに静かに身を横たえ、肩にやさしくキスし、気分よく感じた。ただこの粗忽者は、すばらしい「瞬間」だけでは満足できなかった。彼にとってすばらしい瞬間が意味を持つのは、それがすばらしい永遠の予兆である場合だけだった。汚れた永遠から落ちこぼれたすばらしい瞬間など嘘でしかなかった。そこで彼は、ふたりの永遠が汚れのないものであるのを確認したくなり、攻撃というよりむしろ哀願口調になって、「ところであの診察の話、あれって悪い冗談にすぎなかったんだろうね、と尋ねた。

――もちろんそうよ！」と若い女は言った。もっともそんな馬鹿げた質問にたいしてどう答えられただろう？

ところがヤロミールのほうは「もちろんそうよ」という返事だけで満足したくなかった。彼はつづけて言った。

「ぼく以外の男の手がきみに触れるなんて我慢できないんだ。とても耐えられない」そして、その娘の貧弱な乳房の不可侵性にいっさいの幸福がかかっているとでもいうように愛撫した。

娘は（まったく無邪気に）笑いだし、「でも、あたしが病気のときには、どうしたらいいの？」

ヤロミールには、すべての医学検査を逃れるのはむずかしいし、自分の態度が弁護できないのもわかっていたが、自分以外の男の手がその娘の乳房に触れるなら、自分の世界がすっかり崩壊してしまうことになるのもわかっていた。そこでこう繰り返した。

「でも、ぼくはとても耐えられない、ねえ、とても耐えられないんだ。

――じゃあ、もしあたしが病気になったら、どうすればいいの？」

彼はやさしく、しかし非難めいた口調で言った。「それでも、女の医者ぐらい見つけられるだろう。

――医者を選べるとでもいうの！　あんただって、それがどんなふうにされるんだか知っているでしょう、と今度は彼女が憤慨して答えた。医者は指定されるのよ。みんな同じなの。じゃあ、あんた、社会主義の医学がどういうものか知らないのね。選ぶなんてできはしないの。従わなくちゃならないのよ！　ほら、たとえば、婦人科の診察だと……」

ヤロミールは心臓が止まりそうになるのを感じたが、さりげなく言った。「どこか具合の悪いところでもあるの？

――とんでもない。予防よ。癌のための。これは義務なのよ。

――黙って。そんな話はききたくはない」とヤロミールは言って、彼女の口に手を当てた。あまり乱暴に手が当たったので、彼はその接触にほとんど肝をつぶしそうになった。赤毛の娘が平手打ちだと見做して怒り出しかねなかったからだ。しかし娘の眼がへりくだったように眺めていたので、ヤロミールにはその動作の本能的な乱暴さを和らげる必要がなくなり、そのまま安心して言った。

「もしだれかがもう一度きみに触れたら、ぼくは二度ときみに触れないと思ってもらいたい」

彼は相変わらずその若い女の口に手を置いていた。女に乱暴に触るのは初めてだったが、気持ちのよいものだと考えていた。それから彼は、まるで首を絞めるように、娘の喉のまわりに両手をあてがった。指のしたに女の首のもろさを感じ、このまま力を入れるだけで窒息してしまうだろうと思った。

「もしだれかがきみに触れたら、きみを絞め殺してやる」と言いながら、依然として娘の喉のまわりに手を置いていた。そんなふうに接触していると、その娘の不在の可能性が感じられるような気がしてうれしくなった。少なくともこの瞬間は、この赤毛の娘は本当に自分に所属しているのだと思い、自分がある幸福な権力を持っているような気がしてうっとりした。それがなんともすばらしい感覚だったので、彼はふたたび娘とセックスしはじめた。

セックスのあいだ、彼は何度も乱暴に娘を絞めつけ、首のうえに手を置いた（そして、セックスの最中に恋人を絞め殺したらなんとすばらしいだろうと思った）。それから数回彼女を嚙んだ。

やがてふたりはじっと横たわって並んでいた。しかし、おそらくそのセックスはあまり短すぎたのにちがいない。この青年の怒りを鎮めることができなかったのだから。赤毛の娘は彼の傍らで、絞殺されずに生きたまま、やがて婦人科の診断にゆくかもしれない裸の体を横たえていた。

彼女は彼の手を愛撫しながら言った。「意地悪しないで。

——ぼく以外の男の手が触れた体など胸がむかつくと言ったんだよ」

娘はヤロミールがふざけているのではないと理解して、しつこく言った。「まったくもう、あれってほんの冗談だったのよ！

——あれは冗談じゃなかった。本当だったんだ！

——本当じゃなかったわ。

——もちろん本当だったとも！ あれは本当で、どうしようもないことだったとは、ぼくもわかっている。婦人科の診断は義務だから、きみは行かなければならない。そのことできみを責めているんじゃない。ただ、他人の手が触れた体などには胸がむかつくんだ。ぼくはどうすることもできないのだが、しかしそれが事実だから仕方ない。

——誓って言うけど、あれには本当のことはなにもなかったのよ！ 子供のころは別だけど、あたしって病気になったことなんて一度もないの。医者にはけっして行かないわ。婦人科の診断の呼び出しを受けたことはあるけど、その呼び出しの紙を捨ててしまったわ。だから、一回も行ったことがないのよ。

——ぼくはきみの言うことを信じない」

彼女は彼を納得させるのにさらに努力しなければならなかった。

「ところで、また呼び出しが来たら、どうするつもり？

――心配しないで。言っていることがめちゃめちゃだわ」

彼は彼女の言葉を信じたが、彼の苦い思いはそんな実際的な議論などでは鎮まらなかった。問題はたんなる診察のことではなかった。問題の本質は、彼女がどうもわからない女で、彼女を全面的に所有していないということだったのだから。

「あたしはこんなにあんたが好きなのに」と彼女が言ったが、彼はそんな短い瞬間を信用していなかった。彼が欲していたのは永遠だった。少なくともこの赤毛の娘の生というちいさな永遠だけは欲しいと願っているのに、それを手にしていないのがわかっていたのだ。彼女を知ったとき、処女ではなかったのを思い出した。

「ぼくが我慢できないのは、だれか別の男がきみに触るかもしれないこと、それにだれか別の男がすでにきみに触ったということなんだ、と彼は言った。

――これからは、だれにも触らせない。

――しかし、だれかがきみに触っただろう。それがいやなんだ」

彼女は彼を腕に抱き締めた。

彼は彼女を押しのけた。

「ぼくのまえに何人の男を経験した？

――ひとりだけ。

――嘘つけ！

――誓ってたったひとりだけ。

――きみはその男を愛していたのか？」

彼女は頭を横に振った。

「愛していない男とどうしてベッドに入ることができたんだ？

――あたしを苦しめないで！

――答えるんだ！　どうしてそんなことができたんだ？

――苦しめないで。あたしは、そのひとを愛していなかったの。だから恐ろしかった。

――なにが恐ろしかったんだ？

――もう質問はやめて。

――なぜぼくが質問をするのを望まないんだ？」

彼女はわっと泣き出し、泣きながら、それが彼女の村の年配の男で、いやな奴で、彼女を思うままに扱い（「質問をしないで。もうなにも聞かないで」）、その男のことは思い出せもしない（「あたしを愛しているのなら、もうけっしてその男のことを思い出させないで！」）などと打ち明けた。

彼女があまり泣くので、ヤロミールはとうとう自分の怒りを忘れてしまった。涙とは汚れを清めるのによく効く薬だ。「もう泣かないでくれ」

しまいには彼女を愛撫しながら、と彼女は言った。

——ああ、あたしのクサヴィシュ、あなたが窓から入ってきて、その男を衣裳ダンスに閉じこめたから、骸骨しか残っていないのよ。だからあたしを遠くに、とっても遠いところに連れて行って」

ふたりは抱き合い、キスし合った。娘は、あたしだってもう他の男の手に体を触られるのは耐えられないと断言すると、彼も、ぼくはきみを愛していると断言した。ふたりはまたセックスを始めた。やさしくセックスし、体のすみずみまで魂が満ちあふれた。

「あんたはあたしのクサヴィシュ、と彼女が言って彼を愛撫した。

——そうだよ、ぼくはきみを遠くに、安全なところに連れて行ってあげよう」と彼は言ったのだが、すぐに、どこに連れてゆけばよいのか思いあたった。彼は平和の青い覆いのかかった彼女のための天幕、うえには鳥たちが未来に向かって通過し、いろいろな香水がマルセイユでストライキをやっている人びとのほうに流れている天幕を持っていた。彼女のために、幼年時代の天使が見守っている家を持っていた。

「ぼくにいい考えがある。きみを母に紹介しよう」と言った彼の眼には、涙があふれていた。

4

家の一階の部屋を占領していた一家は、母親の突き出した腹を誇っていたのかもしれない。三人目の子供が生まれてくることになっていたからだ。ある日、その家族の父親が、たまたま出くわしたヤロミールの母親をつかまえて、たった二人の人間が五人の人間とちょうど同じだけの面積を占領するのは不公平だと言い、二階の三部屋のうちのひとつを譲るようほのめかした。ヤロミールの母親はできないと答えた。すると間借人のほうが、そういうことなら、この家の部屋が公平に分配されているかどうか役所に確かめてもらわねばならないと言った。母親は、間もなく息子が結婚するので、そうなれば二階の住人は三人、いやすぐに四人にもなるだろうときっぱり言った。

そんなわけで、数日後、ヤロミールが女友達を紹介したいと告げたとき、彼女はその訪問が時宜にかなっていると思った。そうすれば、間借人たちもわたしが息子の近い結婚について語ったとき、嘘をついていなかったことを確認するだろう。

しかしそのあとで彼が、ママも買い物に行く店で見て、知っている娘だと白状したとき、彼女は不快そうな驚きの表情を隠せなかった。

「彼女が売り子だからといって気を悪くしてもらいたくない、と彼は攻撃的な口調で言った。まえに言ったように、彼女は労働者で、気取りのない娘なんだ」

母親にはあの馬鹿で、不愉快で、不美人の娘が息子の恋人だという考えを認めるのにしばらく時間が必要だったが、やっと自分を抑えて、「わたしを恨んでもらっては困るわ。でも、大変びっくりしたのよ」と言い、息子にどういう目に合わされようとも我慢する覚悟をした。

そこで、訪問が行なわれた。それは辛い三時間のあいだつづいた。彼らはそれぞれに怖気づいていたが、その試煉にどうにか耐えた。

ヤロミールは母親とふたりきりになったとき、待ちきれない様子で尋ねた。「ところで、彼女のこと気に入った？

——大変気に入ったわ。どうして気に入らないなんてことがあるの？　と答えはしたものの、自分の声の調子が逆のことを語っているのがよくわかった。

——それじゃ、気に入らなかったの？

——大変気に入ったと言っているじゃないの。

——いや、声の調子ではっきりわかる、彼女が気に入らなかったって。ママは考えているのとは別のことを言っているんだ」

赤毛の娘は訪問のあいだに数多くの不手際をしでかした（自分のほうから最初に母親に手を差し出したし、自分からテーブルについた。そのうえコーヒー茶わんに最初に口をつけたのも彼女だった）。また数多くの無作法（母親の言葉をさえぎった）や、非常識（母親に何歳かと尋ねた）もあった。そうしたしくじりの数々を数えあげながらも、彼女は狭量な女のような印象を息子に与えるのを恐れた（礼儀作法にたいする過度の愛着をヤロミールはプチブル的だと断罪していたのだ）。そこで彼女はあわててこうつけ加えた。

「もちろん、そんなことはすべてどうにでもなるわ。もっとひんぱんに家に招いてあげさえすればいいことよ。わたしたちの環境に慣れれば、彼女も洗練され、きちんとしてくるでしょう」

しかし間もなく、これから定期的にあの下品で、赤毛で、敵意さえ感じられる体を見なければならないのかと思うと、ふたたびどうしようもない不快感を覚え、慰めるような声で言った。

「もちろん、彼女があんなふうだからといって責められはしないわ。彼女がどんな環境のなかで大きくなり、働いているのか想像してあげなくちゃ。でも、わたしならあんな店の売り子なんかにはなりたくない。みんなに勝手なことを言われ、みんなの思うとおりにならなくちゃいけないんだもの。店長がなにかしてきても拒めないし、もちろん、そんなところにいれば、男女の関係だって真面目なことと考えられなくなってしまうわね」

彼女は息子の顔を眺め、息子が真赤になるのを見た。燃え上がるような嫉妬の波がヤロミールの体を一杯にしたのだ。彼女にはその波の熱さがわが身にも感じられるような気がした（じつをいえば、それは赤毛の娘を見たとき、彼女が身内に感じたのと同じ燃え上がるような波だった。だから母親と息子とは、同じ酸味が流れている通底器のように向かい合っていたのだ）。息子の顔がふたたび子供らしく、おとなしくなった。彼女は突然、息子がもうよそよそしく独立した男でなく、苦しんでいる恋しい子供、それほど遠くない昔、自分のもとに隠れに走ってきて、自分によって慰められていたあの子供を見ているような気がしてきた。彼女はそのすばらしい光景から眼を離すことができなかった。

しかし間もなくヤロミールが自分の部屋に引きこもり、そして（しばらくまえからひとりになっていた）彼女はこぶしで自分の頭を叩き、低い声で、「やめなさい、やめなさい、嫉妬はいけない。やめなさい、嫉妬はいけない」と自分を戒めているのに気づいて驚いた。

とはいえ、起こったことは起こってしまったのだ。軽やかな青いヴェールでできた天幕、幼年時代の天使に見守られている調和の天幕はぼろぼろになってしまった。母親と息子には、嫉妬の時代が始まったのだ。

男女の関係が真面目なものと考えられなくなるという母親の言葉は、ヤロミールの頭のなかでなかなか鳴りやまなかった。彼は、赤毛の娘の同僚たち——同じ店の男の店員たち——がいやらしい話をしている様子や、その話をしている者ときいている者とのあいだに短くみだらな接触がかわされる様子を思い描いて、ひどく不幸になった。店長が体をすり寄せ、こっそりと彼女の乳房に触るか、尻に平手打ちする様子を想像し、そんな接触が「真面目なものと考えられていない」というのに、自分にとってそれがすべてを意味するのだと思うとくやしくて仕方がなかった。彼女の家に行ったある日、彼は彼女がトイレの戸を閉め忘れているのに気がついて喧嘩を吹掛けた。ただちに、彼女が店のトイレにいて、便器に腰掛けているところを見知らぬ男に不意に見られる様子を想像したからだ。

彼が赤毛の娘に嫉妬を打ち明けると、彼女はやさしさといろんな誓いによって、なんとか彼の気を鎮めることができた。しかし、赤毛の娘が安心させてくれたときに確実に本当のことを言ったと保証できるものは、この世になにもないのだと彼が自分に繰り返し言う羽目におちいるには、自分の子供部屋でひとりになるだけで充分だった。とはいえ、彼は彼女に嘘をつくように強いていなかっただろうか？　馬鹿げた診察のことを考えてあれほど乱暴に反応したために、彼女は考えていることが言えなくなってしまったのではないだろうか？

愛撫が楽しく、彼女が自然な自信を持って童貞という迷路のそとに導いてくれたので、彼の心が娘にたいする感謝で一杯だったふたりの愛の最初の幸福なときは終わってしまった。そしていまや、彼は自分が最初に感謝したことを残酷な分析にかけた。初めて彼女の家に行ったとき、あれほどすばらしい感動を与えてくれた娘の手のみだらな接触のことを数えきれないほど多く思い起こし、改めて疑わしそうな眼で検討しだした。彼女があんなふうに生まれて初めて触れたのがこの自分だなんて、とてもありえないと思った。出会って半時間しかたっていない最初から、あれほどみだらな身振りをあえてしたのは、彼女にとってそんな振る舞いがごく平凡で、機械的なことだったからにちがいない。

それは恐ろしい考えだった。彼はたぶん、彼女にはまえに別の男がいたという考えには慣れていたにちがいないが、しかしそれはただ、娘の言葉によってなにからなにまで苦しく痛ましい関係というイメージを与えられ、彼女が乱暴された犠牲者以外の何者でもないと思っていたからにすぎなかった。そう考えることで心中に憐れみが生まれ、その憐れみがやや嫉妬を薄めていたのだった。しかし、娘がそんなみだらな身振りを学んだのがその関係のあいだだったとすれば、それはまったく失敗に終わった関係だったとは言えなくなる。いずれにしろ、あの身振りにはあまりにも多くの歓びが刻まれ、ひとつのささやかな愛の歴史がそっくりあったのだ！

あまりにも辛い主題だったので、彼はそのことについて話す勇気がなかった。まえに存在した恋人のことを大きな声で口にするというただそれだけの事実が、心に鋭い痛みを惹き起こしたからだ。しかし彼は、たえず考えているあの身振りの起源を遠まわしに探ろうと努めた（娘が楽しんでいるふうだったので、彼はその実験を繰り返すことになった）。そしてやっと、突然雷のように生じた偉大な愛は女をあらゆる禁止や恥じらいから一挙に解放する。彼女がまさに純粋で無垢な娘だからこそ、尻軽娘と同じほど迅速に恋人に身を任せるのだと考えて心を落ち着けることにした。いや、もっと言えば、愛が彼女のうちにあった予想外の、じつに力強い霊感の泉を解き放ったので、彼女の率直な振る舞いも堕落した女の手慣れた物腰に似てくるのかもしれない。愛の守護神がまたたく間にあらゆる経験の代わりをつとめるのだから。この推論は彼には美しく透徹したものに思われた。その光に照らすと、恋人がほとんど愛の聖女のように見えてきた。

しかしある日、大学の仲間が彼にこう言った。「おい、昨日、一緒にいるのを見かけたブス、あれはいったい何者なんだ?」

彼はペテロがキリストを否認したように、自分の恋人を否認し、あれは偶然出会った友達だと言い張った。そして彼女のことを軽蔑まじりに語った。しかしペテロがあくまでキリストに忠実だったように、彼も心のうちではあくまで恋人に忠実だった。ふたりで街路を散歩する回数を制限し、一緒にいるところをだれにも見られないようにしたのは事実だが、同時に彼はその仲間を心底非難し憎んだ。そしてたちまち、恋人が安物の下品な服を着ていると考えて感動し、そこに恋人の魅力(気取りのなさと貧しさの魅力)だけでなく、とりわけ彼自身の愛の魅力を見た。輝き、完璧で、優雅な人間を愛するのはむずかしくはない。そんな愛など、たまたま美人に出会ったとき、自動的に心に目覚めるつまらぬ反応にすぎない。しかし偉大な愛はまさしく完璧でない女、完璧でないからこそますます人間的な女を愛の対象として創り出そうとするのだと思った。

（たぶんうんざりする口論のあと）彼が改めて自分の愛を宣言したある日、彼女はこう言った。「結局のところ、あんたがあたしのことをどう思っているのかわからないの。あたしよりきれいな娘はたくさんいるのに」

彼は憤って、美しさは愛とはなんの関係もないと説明して、彼女のなかで好きなところは、他の者たちすべてが醜いと思うところなのだと言い切った。一種の忘我状態に陥った彼は、彼女の特徴的な醜さを数え上げはじめさえした。きみは皺くしゃの大きな乳首のある、みすぼらしく悲しげな胸をしていて、それは他人の心に熱狂よりもむしろ同情を呼び起こす。そばかすが多く、赤毛で、そのうえ体が貧弱だと言い、しかしきみを愛しているのはまさしくそのためなのだと言った。

赤毛の娘はわっと泣きだした。彼女は現実（みすぼらしい胸、赤毛の髪）をあまりに知りすぎていたのに、彼の発想のほうはよくわからなかったから。

反対にヤロミールは自分の考えにうっとりとなった。美しくないことに苦しんでいる娘の涙は、孤独な彼の心をもう一度温め、勇気を与えた。これからの一生を彼女に捧げ、そんなふうに泣かないように教え、自分の愛情を納得させてやろうと思った。このような大きな感情の高揚のなかだと、赤毛の娘の最初の愛人はもはや、彼が彼女のなかで愛する醜さのひとつでしかなくなった。それは意志と思考の、じつに注目すべき成果だった。彼もそのことを知り、詩に書きはじめた。

「ああ！　ぼくがいつも思っている女のことを話してくれ」（この詩句はリフレインとして繰り返された）。「年月がどのように彼女を老けさせるのか語ってくれ」（彼はふたたび人間としての永遠性全体をふくむ彼女の全体を所有することを願った）。「彼女が子供のときにどのようだったか語ってくれ」（彼は彼女の未来だけでなく、過去も一緒に彼女を欲していた）。「昔彼女が流した涙の水を飲ませてくれ」（そして彼はとりわけ、自分自身の悲しみから解放してくれる彼女の悲しみと一緒に彼女を欲した）。「彼女の青春をとらえた様々な恋人たちのことを、彼らが彼女のなにに触れ、なにを傷つけたのかすっかり話してくれ。ぼくは彼女の内面を愛したいのだ」（もっと先になると）「古い愛の膿《うみ》にいたるまで、彼女の体にも魂にも、ぼくが狂喜して飲まないようなものはなにもない……」

ヤロミールは自分の書いた詩に感激した。大きく青い調和の天幕、あらゆる矛盾が廃絶され、平和な共同テーブルに母親が息子と息子の嫁とともに座っている人工的な空間の代わりに、絶対という別の家庭、より残酷でより真正な絶対という家庭を見出したのだから。絶対的な純粋と平和は存在しないとしても、あらゆる不純で未知のものすべてが化学融合のように溶けてしまう、無限の感情という絶対性は存在するのだから。

彼はその詩に感激したが、それを発表してくれる新聞がひとつもないことはわかっていた。そこには社会主義の幸福な時期と共通するものがなにもなかったからだ。しかし彼は、自分自身と赤毛の娘のために書いた。彼が詩を読んでやると、彼女は感動のあまり涙を流した。しかし彼女は同時に、ふたたび怖くなった。そこでもやはり自分の醜さの数々、自分に触れた男、やがてやってくる老いのことなどが語られていたから。

娘の疑惑はヤロミールには少しも気にならなかった。それどころか、その疑惑を眺めて味わいたかった。そこにとどまって、えんえんと反駁したかった。しかし娘は詩の主題についてそんなに長いあいだ議論をする気はなく、別のことを話しだした。

滑稽な乳房や彼女に触れた見知らぬ男どもの手はなんとか我慢できたとしても、彼には絶対許せないことがひとつあった。彼女がおしゃべりだということだ。彼が自分の情熱、感受性、血気などすべてを賭けたものを読んでやったばかりだというのに、ものの数分もすると、さも愉しそうに別の話をしはじめるのだ！

そう、たしかに、彼には愛という溶液で彼女のあらゆる欠陥を消滅させてやる覚悟ができていた。ただし、ひとつだけ条件があった。それは、彼女がおとなしくその溶液に身を浸し、その愛の浴槽のそとにはけっして出ず、たとえ想像によってもそとに出ようと試みないばかりか、ヤロミールの考えや言葉の表面のしたに全身つかって、彼の世界に身を沈め、体もしくは精神のどんなささいな部分も別の世界に住もうとはしないことだ。

ところが、彼女はふたたび話しはじめ、それもたんに話しはじめるだけでなく、自分の家族のことを話すのだ！　そしてまさしくその家族こそ、彼女のなかでなによりもヤロミールが憎んでいるものだった。そんな彼女にどのように抗議してよいか彼にはわからなかったからだ（それはまったく罪のない家族であるばかりか、おまけに民衆の一家族でもあった）。しかし彼は、彼女に抗議したかった。彼がせっかく用意し、愛という溶液で満たしてやった浴槽から彼女がたえずのがれるのは、家族のことを考えるときだったから。

そこで彼はふたたび、彼女の父親（仕事に疲れ切った老いた労働者）、兄弟や姉妹（これでは家族なんてものじゃなく、むしろ下等の淫売屋じゃないか、とヤロミールは思った。なにしろ二人の姉妹に四人の兄弟もいるというんだから！）、そしてとりわけ兄弟のうちのひとり（ヤンという名で、一九四八年以前は変な男にちがいなかった。なにしろ反共主義者の大臣の運転手をしていたんだから）の様々な話をきかねばならなかった。いや、それはたんなる一家族などではなく、まず彼に敵対する異質の環境だった。赤毛の娘はその環境の繭《まゆ》を肌に残していて、そのために彼から遠ざかり、いつになっても全面的、絶対的に彼のものとはならないのだ。しかもその兄弟のヤンはそれほど赤毛の娘の兄弟という印象は与えず、なによりもまず十八年の生活のあいだずっと間近に彼女を見てきた男、彼女について多くの人知れぬ細部を知っている男、彼女と同じ便所を使っていた男（彼女は何度便所の戸の鍵をかけるのを忘れたんだ！）、彼女が女になった時期を思い出す男、きっと何度も彼女の裸を見たにちがいない男だと思われた。

「おまえはぼくのものにならねばならぬ。ぼくが望むなら、刑車のうえで死ぬまでに」と、病気で嫉妬深くなった詩人キーツ(訳註1)は恋人ファニーに宛てて書いたが、ふたたび自分の子供部屋に戻ったヤロミールも、気を鎮めるためにやはり詩を書いた。彼は死のことを、そのあらゆるものが鎮静する大いなる抱擁のことを考えた。厳格な男たち、偉大な革命家たちの死について考え、できれば共産主義者たちの葬式のときにうたわれる葬送行進曲の歌詞を書きたいとさえ、ひそかに思った。

この義務的な歓喜の時代にあっては、死もまたほとんど禁じられたテーマのひとつだったが、(ヤロミールはすでに死について美しい詩句を書いたことがあり、彼なりに死の美しさの専門家だった)、自分なら死が常套的な病的性質から脱皮できるような特別な視点を発見できると思った。死に関する「社会主義的」な詩句を書くことができると感じた。彼はひとりの偉大な革命家の死のことを考えた。「あたかも山陰に沈む太陽のように、その闘士は死ぬ……」

また、彼は〈墓碑銘〉と題する詩を書いた。「ああ、死なねばならないというなら、恋人よ、それがおまえと一緒の死であってほしい。しかも炎のなかで、光と熱に変えられて……」

（訳註1）ジョン・キーツ　イギリスの詩人（一七九五―一八二一）。代表作『エンディミオン』他。

5

　詩とは、あらゆる断言が真実となる領域のことだ。詩人は昨日、「生は涙のように空しい」と書き、今日は、「生は笑いのように楽しい」と書くが、いずれの場合も正しいのだ。今日彼は、「すべては沈黙のなかで終わり没する」と言い、明日になると、「何事も終わらず、すべてが永久に響き渡る」と言うかもしれないが、そのいずれもが本当なのだ。詩人は何事も証明する必要はない。唯一の証明が感情の強さのなかにあるからだ。

　抒情の真髄とは未経験の真髄のことだ。詩人は世間の事柄をあまり知らないが、詩人からあふれる言葉は、水晶のように美しい最終的な組み合わせをかたちづくる。詩人は成熟した人間ではないけれども、しかしその詩句は予言のような響きを持っていて、その予言をまえにすると詩人自身さえも狼狽する。

「ああ、液体のような恋人よ！」。母親がヤロミールの最初の詩を読んだとき、息子のほうが自分よりずっとくわしく愛について知っていると（ほとんど恥ずかしさを覚えながら）ひとりごちたものだった。それが鍵穴から覗かれたマグダのことだとは思いもよらなかったから。液体のような恋人とはもっと一般的ななにか、どちらかと言えばわかりにくい神秘的な種類の愛だと想像したのだが、その意味は難解な文章の意味と同じで、あてずっぽうに見当をつけるしかなかった。

詩人の未熟さはたぶん笑いの対象ともなりうるものだが、しかしまた、われわれを驚かせるに足るものも持っている。詩人の言葉には、心から出現した一滴の真情があって、それが詩句に美しさという輝きを与える。しかし、その一滴を詩人の心から引き出すには本物の生きた体験などいささかも必要ないので、どちらかと言えば、レモンの切れはしをサラダのうえに絞る料理女のように、詩人は時どき自分の心を絞るのだと考えたほうがよい。じつを言えば、ヤロミールはマルセイユのスト中の労働者のことなど少しも気にしていたわけではなかった。ただ、彼らにたいしてはぐくんでいる愛情について詩を書いたとき、彼は実際に感動していて、その感動からいろんな言葉をふんだんにまき散らし、それがたまたま肉と血を具えた真実になったというにすぎない。

この詩人が自分の詩によって描くのは彼自身の肖像だ。しかし、いかなる肖像画も現実に忠実でないのと同様に、詩人もまた詩によって自分の顔を修正しているのだと言ってもよい。

修正する？　そう、彼は自分を実際よりもずっと表情豊かにしているのだ。というのも、彼は自分の特徴がはっきりしていないことに悩んでいるからだ。彼は自分をぼんやりして、取るに足らない、つまらない人間だと思い、独自の形態を捜している。詩という現像液が自分の特徴の輪郭をくっきりさせるよう望んでいるのだ。

そのうえ、彼の人生そのものが出来事に乏しいだけに、なおのこと彼は詩のなかで自分を表情豊かにする。詩のなかに物質化された感情と夢想の世界は、しばしば波瀾に富んだ外観を呈し、現実の彼には拒まれている行動という劇的な激しさに取って代わる。

しかし自分の肖像画を身につけ、その仮面のもとに世の中に入って行くためには、肖像画が人目にさらされる、すなわち詩が公刊される必要がある。ヤロミールの詩のいくつかはすでに《ルデ・プラヴォ》に発表されていたが、彼は満足していなかった。詩と一緒に送った手紙で、彼はまだ見知らぬ編集長に宛てて親しげな文句を書いた。その編集長に返答をする気にさせ、できれば知遇を得たいと思っていたからだ。にもかかわらず、（これはほとんど屈辱的なことだったが）たしかに彼の詩は発表されたとはいうものの、だれも生きた人間として彼と知り合いになろうとも、仲間うちに迎えようともしないのだった。その編集長もまた、彼の数通の手紙に答えたことが一度もなかった。

彼の詩は大学の仲間のあいだにも、当てにしていた反応を惹き起こさなかった。もし彼が演壇のうえに現われ、挿絵入りの雑誌に写真が飾られるエリートの現代詩人に属していたなら、たぶん同級生の好奇心の対象になったかもしれない。しかし、たかが一新聞の数ページのなかに溺れているにひとしい数篇の詩など数分間注意を惹くのがせいぜいで、政治家ないし外交官になろうとしている彼らの眼には、ヤロミールは奇妙に面白いというよりむしろ、面白くもない奇妙な存在と映った。

ヤロミールはどれほど栄光を熱望していたことだろう！　彼はあらゆる詩人と同じように栄光を熱望していた。「おお、栄光、おお、力ある神よ！　ああ、おまえの偉大な名がわたしに霊感を与え、わたしの詩句がおまえを獲得することができるようにしてくれ！」とヴィクトール・ユゴー(訳註1)は懇願した。「ぼくは詩人だ、偉大な詩人だ。いつかぼくが全世界から愛される日がくるだろう。ぼくはそう自分に言わなくてはならない。そんなふうに自分の未完成の陵《みささぎ》のもとで祈らねばならない」イージー・オルテンは未来の栄光のことを考えながらそう自分を慰めていたものだ。

人びとから讃嘆されたいという狂おしいまでの欲望は、たんに抒情詩人の才能につけ加えられる欠陥（たとえば、数学者とか建築家とかの場合にそう解釈されるかもしれないように）といったものではない。それは詩才の本質にかかわるもので、抒情詩特有の徴《しるし》なのだ。詩人とは詩句というスクリーンにとらえられた自分の顔が、愛され崇められたいという意志を持って、自分の肖像を世界に差し出す人間なのだから。

「ぼくの魂は不思議で、生き生きとした匂いのするエキゾチックな花だ。ぼくには偉大な才能、そしてたぶん天分がある」と、イージー・ヴォルケルは日記に書いたが、ジャーナリストたちの沈黙にうんざりしたヤロミールも自作の詩を選び、当時もっとも注目されていた文学雑誌に送った。なんたる幸運！　それから二週間すると、返事を受け取った。その詩が面白いと判定され、雑誌の編集部に立ち寄ってほしいとの依頼だった。彼はその会見を、かつて女性との逢引きのときにしたのと同じほど入念に準備した。編集者たちのまえに言葉のもっとも深い意味で「出頭」しようと決意して、自分が正確にだれであるか、どんな詩人で、どんな人間か、どんな計画を持っているか、どういう出身なのか、なにを克服し、なにを愛し、なにを憎むかなどといったことをはっきりとした言葉にしておこうと努めた。そしてしまいには、鉛筆と一枚の紙を取り出し、自分の立場、意見、進歩の諸段階などの要点を記入しさえした。数枚の紙にぎっしり書き込んだ彼は、ある日その編集部のドアをノックしてなかに入った。

眼鏡をかけた小男が仕事机に向かって座り、どういう用件なのかと尋ねた。ヤロミールは自分の名前を言った。その編集者はふたたび、どういう用件なのかと尋ねた。ヤロミールはふたたび（まえよりはっきりと大きな声で）自分の名を言った。すると編集者は、お会いできてうれしいが、できれば用件をきかせていただけるとよいのだがと言った。ヤロミールは、自分はこの編集部に詩を送り、ここに来るよう依頼された者だと言った。編集者は、詩を担当しているのは自分の同僚だが、その男は只今外出していると言った。ヤロミールは、それは大変残念です、自分の詩がいつ発表されるのか知りたかったものですから、と言った。

編集者はいらいらとして椅子から立ち上がり、ヤロミールを抱き上げるようにして大きな戸棚のところに連れて行き、戸棚を開いて、棚に並べられた高い紙の山を示して言った。

「親愛なる同志、われわれは一日平均、一ダースの新しい詩人の詩を受け取るんだよ。一年でどれだけになると思う？

──そんなことは暗算できません。編集者がしつこくきくので、うろたえたヤロミールはそう答えた。

──一年で四千三百八十人の詩人ということになる。きみは外国に行きたくないか？

──行ってもいいですが？

──それじゃ、書きつづけることだな、と編集者は言った。わたしは遅かれ早かれ、われわれはやがて詩人を輸出することになると確信している。他の国々は演出家、技術者、麦もしくは石炭を輸出しているが、われわれ、われわれの主要な富はなんといっても抒情詩人だ。チェコの抒情詩人たちは開発途上国の抒情詩を創設しに行くことになるだろう。その抒情詩人と交換に、われわれの経済は貴重な計算機やバナナを獲得できるだろう」

それから数日後、母親がヤロミールに、小学校の守衛の息子が家に訪ねてきたと言った。

「あの人はあなたに警察に来てほしいと言っていたわ。それから、あなたの詩のことでおめでとうと言っておいてほしいですって」

ヤロミールはうれしさのあまり顔が赤くなって、「ほんとうにそう言っていたの？

っていたと彼に伝えてください。伝言を頼みますよって。

——そうよ。帰り際に、わたしにはっきりとこう言ったわ。詩のことでおめでとうと言

——そいつはとてもうれしい、うん、とてもうれしいな、とヤロミールは格別しつこく言った。ぼくが詩を書くのは彼のような男たちのためなんだ。なにも雑誌の編集者や出版社のために書くんじゃない。指物師は別の指物師たちのために椅子をつくるわけではない。人間たちのためにつくるんだ」

こうして彼はある日、国家警察の大きな建物の敷居をまたぎ、ピストルで武装した守衛に自分の名を告げ、玄関で待ち、降りてきてうれしそうに迎えてくれる昔の級友と握手することになった。それからふたりは昔の級友の部屋に行った。守衛の息子は四度目も同じセリフを口にした。「有名な男と学校で一緒だったなんて知らなかったよ。おれはいつもこう言っていたんだ、彼だろうか、それとも彼じゃないんだろうか。しかしとどのつまり、これはそんなに多い名前じゃない、そう自分に言っていたんだ」

ついで彼はヤロミールを案内して廊下に出、大きな壁をくりぬいた棚のほうに向かった。その棚には数枚の写真（それは警官たちが犬、武器、落下傘と一緒に訓練している写真だった）が貼ってあり、二枚の回覧状、そしてその中央に、ヤロミールの詩が載っている新聞の切り抜きがあった。切り抜きは赤鉛筆で美しく縁取りがしてあり、まるでその棚全体を支配しているように思われた。

「どうだい？」と守衛の息子が尋ねた。ヤロミールはなにも言わなかったが幸福だった。自作の詩が自分から独立した、詩固有の生を生きているのを見るのは初めてだった。

守衛の息子は彼を腕にかかえ、ふたたび自分の部屋に連れ帰った。「ねえ、きみはたぶん、警官も詩を読むなんて思っていなかっただろう、と笑いながら言った。

——詩を読んでなにが悪いの？と答えながら、ヤロミールは自分の詩がオールドミスではなく、腰にピストルを携帯している男たちに読まれているのだと考えてとても感動した。なにが悪いものか、今日の警官とブルジョワ共和国の傭兵どもとは別者なんだから。

——きみはたぶん、警官と詩というのは、似つかわしくはない取り合わせだと考えているかもしれないが、それは本当じゃない」と守衛の息子は自分の考えを捨てずに、もう一度言った。

するとヤロミールもまた自分の考えを捨てずに、「それに、今日の詩人はもう昔のような詩人じゃないんだ。甘やかされた女々しいやつらじゃないんだ」

しかし、守衛の息子は相変わらず自分の考えの線を崩さずに言った。「おれたちが時どきなにか洗練されたものが欲しくなるのは、仕事が厳しいからなんだ。（どれほど厳しいものか、きみにはわかるまいな）そうでもしなければ、毎日ここでやらねばならないことに、とてもじゃないが耐えられないんだぜ」

そのあと、彼は（勤務が終わったので）向かいのカフェーに寄って行かないかとヤロミールを誘い、ふたりはビールを二、三杯飲んだ。「ねえ、きみ、来る日も来る日も、愉快なことなんかちっともありゃしない、とジョッキを手にしながら彼は話をつづけた。まえにあのユダヤ人のことを話したのを覚えているだろう。やつはムショにいるよ。相当なワルだったんだ」

マルクス主義青年同盟を指導していた褐色の髪の男が逮捕されたことなど、もちろんヤロミールは知らなかった。逮捕された者がいるのではないかと漠然と考えてみることがあったのは事実だが、それが何万人、しかもなかには共産主義者も混じっていたことなど思いもよらなかった。拘留された者たちが拷問を受けていたり、彼らの罪の大部分が架空のものだったりしたことなど全然知らなかった。だから彼はその話をきいても、たんなる驚きの身振りをすることしかできなかった。そこには意見も非難も表われなかったが、それでもいささか啞然とし、同情したそぶりがみられた。だから、守衛の息子は力強くこう断言したのだった。「こんな事件では、感傷などお門違いなんだ」

ヤロミールは、守衛の息子がまたわからなくなり、自分よりもずっと先を進んでいると考えて心を痛めた。「ぼくが彼を憐れんだからといって驚いてもらっちゃ困る。それは当り前だよ。しかし、きみの言うことはもっともだ。感傷は高いものにつくことがあるから。

――ひどく高くつく、と守衛の息子は言った。

――ぼくらのうちで残酷な人間になりたい者なんかひとりもいない、とヤロミールが言った。

――そりゃそうだ、と守衛の息子はうなずいた。

――だけど残酷な者たちにたいして残酷になる勇気を持たないとすれば、それこそ最大の残酷さをおかすことになるだろう、とヤロミールは言った。

――そりゃそうさ、と守衛の息子は認めた。

――自由の敵には自由はない。これは残酷なことだってぼくにはわかっているが、しかし、そうでなくちゃならないんだ。

――そうでなくちゃならない、と守衛の息子は同意した。その点についてなら、いくらでも話すことがあるが、おれはきみになにも言えないし、言ってはならないんだ。すべて国家機密なんだ。妻にだって、おれがここでなにをやっているか、話せないんだぜ。

――知っているよ、とヤロミールは言った。気持ちはわかる」彼はふたたび昔の級友が行なっている男性的な仕事、その秘密とその妻のことを、また級友が妻にたいして様々な秘密を持たねばならず、妻もそれを受けいれざるをえないことを羨ましく思った。彼は級友の「現実の生」を羨んだ。その残酷な美しさ（そして美しい残酷さ）は、やはり彼の想像を越えるものだった（彼には、なぜあの褐色の髪の男が逮捕されたのかまったく理解できなかったが、ただひとつのこと、つまりその必要があったことだけがわかった）。彼は自分がまだ入っていない級友の現実の生を羨ましく思った（またしても、同じ年齢の昔の級友をまえにして苦々しくそう理解した）。

ヤロミールが羨望を抱きながら考え込んでいるのに反して、守衛の息子のほうは相手の眼の奥底まで見抜いていた（彼のくちびるは軽く開き、馬鹿のように笑っていた）。それから、壁の棚にピンで止めておいた詩句を朗読しだした。彼はその詩をすっかり空《そら》で覚えていて、ただひとつの間違いもおかさなかった。ヤロミールはどんな顔をしてよいかわからず（級友は一瞬たりとも彼から眼を離さなかった）、赤くなった（級友の幼稚な解釈を滑稽だと感じたのだ）。しかし、彼が覚えた幸福な誇りは間の悪さよりはるかに強かった。守衛の息子がおれの詩を知り、愛してくれたんだ！　おれの詩はおれよりまえに、おれに代わって男たちの世界に入っていたんだ。まるでおれの使者、先ぶれの歩哨みたいに！彼の眼は幸せな自己満足の涙に曇った。彼はその涙を恥じ、頭を垂れた。

守衛の息子は朗読を終えていたが、依然としてヤロミールの眼を見つめていた。やがて彼は、例年プラハ郊外の美しい別荘で若い警官のための研修が行なわれ、そこには時どき、晩の討論会に興味深い人物が招かれることになっているのだと説明して、「おれたちはいつかの日曜日にチェコの詩人を数人招きたいと思っている。大々的な詩の夕べを行なうためだ」と言った。

それからふたりはまたビールを飲み、ヤロミールが言った。「詩の夕べを主催するのが警察だというのは、じつにいいことだ。

――警察がやってどこが悪い？　いいじゃないか？

――もちろんだとも、いいじゃないか、とヤロミールは言った。警察と詩というのは、たぶん一部の者たちが考えている以上に似つかわしい取り合わせだよ。

――なんで悪い取り合わせになるものか？　と守衛の息子は言った。

――いいじゃないか、とヤロミールが言った。

――まったくだ、結構なことさ」と守衛の息子は言ったあと、そこに招待される詩人にヤロミールを加えたいと言いだした。

ヤロミールは一度は抗議したが、やがてとうとう喜んで招待を受けることにした。そんなわけで、文学が彼の詩に壊れやすい（虚弱な）手を差し延べるのをためらっていたのに、生そのもののほうは彼に（ごつく固い）手をさし延べたのだった。

（訳註1）ヴィクトール・ユゴー　フランスの詩人、小説家（一八〇二―一八五）。代表作『諸世紀の伝説』『レ・ミゼラブル』他。

6

いましばらく、ビールのジョッキをまえに守衛の息子と向かい合っているヤロミールを眺めることにしよう。彼のうしろ遠くには幼年時代の閉じた世界が広がり、まえには昔の級友に象徴される行動の世界、彼が恐れ、必死に憧れている未知の世界が広がっている。

この光景は未成熟のもつ根源的な状況を表わしている。幼年時代の安全な囲いから追放された人間は社会に出たいと望むが、同時に世間が怖いので、自分自身の詩によって現実の社会に「代わる」人工的な世間を創り出す。彼は惑星が太陽のまわりを回るように、自分のまわりに自分の詩を回し、自分をその小宇宙の中心とする。そこでは未知のものはなにもなく、彼はまるで母親の胎内にいるように居心地よく感じる。そこでは、彼の魂を唯一の実体としてすべてが創られているからだ。そこではまた、「そとでは」あれほど困難なものになるすべてのことが成就できる。学生時代のヴォルケルのように、革命をするためにプロレタリアの群集とともに歩むこともできるし、童貞時代のランボーのように「かわいい恋人ども」を鞭打つこともできるのだが、この群集やこの恋人たちは未知の世界の敵意をもった実体でなく、彼自身の夢想を実体として創られている。だからそれらは彼自身なので、彼が自分のためにひとりで建築した世界の統一性を打ち破ることはない。

読者はたぶん、オルテンの美しい詩を知っておられるかもしれない。それはひとりの子供に関する詩だが、その子は母親の体の内部にいたときには幸福だったのに、この世に生まれたとき、それを恐ろしい死、「光と恐ろしい人びとの顔で一杯の死」だと感じ、うしろに、つまり母親のなかに、「あのとても甘美な匂いのなか」に後退したがる。

成人にならないかぎり、人間はなお長いあいだ、自分がひとりで母親の胎内を占領していたあの世界の一体感と安心感とに憧れ、自分が他者性という大海に一滴のしずくのように呑み込まれてしまう大人たちの相対的な世界をまえに不安（もしくは怒り）を覚える。若い人間は情熱的な一元論者であり、絶対性の使者だからだ。だからこそ、詩人は内面世界を自分の詩によって織り成すのであり、まただからこそ若い革命家は思想だけから生まれる根本的に新しい世界を要求するのだ。さらに、だからこそ、彼らは愛においても政治においても妥協を認めないのだ。反抗した学生は歴史を通してその「すべてか無か」という主張を行ない、二十歳のヴィクトール・ユゴーはフィアンセのアデル・フーシェが泥道でスカートを持ち上げ、他人に足首を見せたのを見て怒りだした。「ぼくには、服よりも貞潔のほうがずっと貴いものだと思われる」と。そのあとで、彼は厳しい手紙のなかで彼女を非難し、脅迫している。「もしきみがぼくに、大胆にもきみのほうを振り返る最初の

無礼な人間に平手打ちをくらわせる仕儀に立ち入らせたくないなら、ぼくがここできみに告げることに注意しなさい！」(訳註1)

こんな思いつめた脅迫を耳にすると、世間の大人はわっと笑いだす。詩人は恋人の足首の裏切りと群集の笑いによって傷つき、そして詩と世間とのあいだの惨劇《ドラマ》が始まる。

世間の大人たちは、絶対とは罠にすぎず、人間的なものには偉大とか永遠とかといったものはなく、また兄と妹が同じ部屋に寝るのはごく普通のことだと知っている。ところがヤロミールはそのことでどれだけ悩んだだろう！　赤毛の娘は彼に、兄がプラハにやってきて一週間泊まってゆくと告げた。しかも彼女は、そのあいだは家に来ないように頼みさえした。そんなことは彼にはとても耐えられず、大きな声で抗議した。一週間ものあいだ、そんな野郎（彼は兄のことをある侮蔑的な高慢さをあらわにして野郎と呼んだ）のために恋人に会うのを諦めることなど、おれはどうしても承知できない！

「なんであたしを責めるの？　と赤毛の娘が言い返した。あたしはあんたより年下なのに、ふたりが会うのはいつもあたしの家なのよ。あんたの家で会うなんてけっしてできないじゃないの！」

赤毛の娘のほうが正しいのはヤロミールにもわかっていたけれども、彼の苦しみはそれによってさらにいや増すばかりだった。もう一度自分に自立していないことの屈辱をたっぷり思い知らされたから。怒りに目がくらんだ彼はその日、母親に向かって（いままでになかったほど断乎として）、よそではふたりきりになれないので、恋人を家に連れてくると告げた。

この母親と息子はなんとよく似ていることだろう！　ふたりとも同じように一体感と調和に満ちたあの一元的な楽園が懐かしくて仕方がないのだ。息子は母親の胎内の「甘美な匂い」をもう一度見つけたいし、母親のほうは（まだ、そしていつも）「その甘美な匂い」になりたい。息子が成長するにつれ、母親は空気と化した抱擁のように息子のまわりに広がりたいと思った。息子のあらゆる意見に賛成して、息子のように現代芸術にあこがれ、共産主義を拠りどころにした。息子の未来を信じ、日が変われば違ったことを言う教授たちの偽善を憤った。母親は空気のようにいつも息子のまわりに存在し、いつも息子と同じ実体を持っていたかった。

しかし、調和的な一体感の使徒たる母親に、どうして他の女という異質の実体を受けいれられようか？

ヤロミールは母親の顔に拒否の徴《しるし》を読んで、一徹になった。そうだ、たしかにおれは「甘美な匂い」のなかに戻りたいと願い、昔の母性的な世界を求めてはいた。しかし、おれはずっとまえから、もうそれを母親のもとには求めなくなっている。その失われた母を求めているおれをもっとも邪魔しているのは、まさしくおれの母親なのだ。

息子が譲歩しないのがわかったので母親は折れた。ヤロミールは初めて自分の部屋で赤毛の娘とふたりきりになれた。ふたりがそれほど神経質になっていなかったなら、それはきっとすばらしいことにちがいなかった。たしかに母親は映画に行ったことは行ったが、しかし実際にはたえず彼らとともにいたも同然だった。彼らは話し声がきかれているような気がして、いつもよりもずっとちいさな声で話をした。ヤロミールが腕に赤毛の娘を抱き寄せようと欲したとき、彼女の体が冷たいのがわかって、それ以上しつこくしないほうがよいと判断した。ふたりはその一日の楽しみのすべてを利用しないで、気兼ねしながらいろんな事柄や他人の噂についておしゃべりしたが、母親の帰宅が近いことを知らせる時計の針をたえず目で追っていた。ヤロミールの部屋から出ると必ず母親の部屋を通ることになるのだが、赤毛の娘はどうしても母親と顔を合わせたくなかった。そこで彼女は、母親の帰宅時刻より三十分早く、きわめて不機嫌なヤロミールをそのまま残して帰った。

その失敗は彼の勇気を挫《くじ》くどころか、ますます強固にした。自分が家で置かれている位置が耐えがたいものだと理解したからだ。おれは自分の家ではなく母親の家にいるんだ。そう確かめると、心のなかに頑固な抵抗が目覚めた。彼はふたたび恋人を招き、今度は快活なおしゃべりで迎えた。それによって前の時にふたりを麻痺させた不安を克服しようと望んだのだ。彼はテーブルにブドウ酒さえ持ち出した。アルコールを飲み慣れていなかったふたりは間もなく、どこにいてもつきまとう母親の影を忘れられそうな気分になった。

一週間のあいだ、母親はヤロミールの願いどおり遅く帰宅した。求められた時刻よりも遅いことさえあった。頼まれもしないのに、昼間も家を留守にした。それは彼女の善意ではなく、ましてや分別を持って熟慮した譲歩ではなかった。それは意思表示だった。彼女はわざと遅く帰ることによって、息子の残酷さをこれみよがしに告発してやろうとしたのだ。息子がまるで一家の主人のように振る舞い、自分はただ置いてもらっているにすぎず、仕事で疲れて帰ってきても、部屋の椅子に座って本を読む権利さえないことを示してやりたいと思ったのだ。

家を留守にしたそれらの長い午後や長い晩のあいだ、不幸なことに彼女には訪れるべきただひとりの男もいなかった。昔彼女に言い寄ってきた同僚はずっとまえから空しい努力を続けることにうんざりしてしまっていたからだ。そこで彼女は映画や芝居に行き、(あまりうまくゆかなかったが)半分忘れかけていた何人かの友達との旧交を暖めた。両親と夫を失ったあと、自分自身の息子によって家庭から追放され、依怙地になった女という役割を邪悪な快楽を覚えながら演じた。暗い館内に座ると、遠くのスクリーンではふたりの見知らぬ人間が抱き合っていた。彼女の頰のうえに涙が流れた。

ある日、彼女は傷つけられた顔を見せつけてやり、息子があいさつしても答えまいと決意して、いつもより早く帰宅した。部屋に入ってドアを閉め終わらないうちに、頭に血がのぼった。ヤロミールの部屋から、だから彼女から数メートルしか離れていないところから、息子の弾んだ息づかい、そしてそれに交じって女のあえぎ声がきこえてきたからだ。

彼女はその場に釘づけになったが、同時にそこにじっとして、そのまま愛のうめき声をきいているわけにゆかないこともわかっていた。彼女にはふたりのそばにいて、ふたりを眺めているような気がして（しかもそのとき、彼女の頭のなかでは本当に、まぎれもなくはっきりとふたりの姿が見えた）、とてもそんなことに我慢できなかったのだ。わけのわからない怒りがこみあげてきた。その怒りは、自分がどうしようもなく無力だとすぐにわかったので一層激しくなった。彼女は足を踏み鳴らすことも、家具を壊すことも、ヤロミールの部屋に入ることも、ふたりをなぐりつけることもできず、ただじっとそこに身動きせず、ふたりの立てる音をきいている以外にまったくなにもできないのだから。

しかしそのとき、彼女の心のなかに残っていたわずかの明晰な理性が、突然、悪魔的なひらめきをみせ、その盲目的な怒りの発作と結びついた。隣りの部屋で赤毛の娘がふたたびうめいたとき、母親は不安そうにおびえに満ちた声を出した。

「ヤロミール、お友達がどうかなさったの？」

隣りの部屋のため息がぴたりとやんだ。母親は薬箱のほうに走り、小壜を一本取り出してヤロミールの部屋のドアに走って戻った。ノブを摑んでみたが、ドアに鍵がかかっていた。「まあ、怖くなってきた。どうしたの？　お嬢さんになにかあったの？」

ヤロミールは小葉のように慄えている赤毛の娘の体を抱いて言った。「別になにも……

――お友達が痙攣なさっているの？

——そう、そうなんだ……と彼は答えた。

——開けなさい。点滴薬を持ってきたわ」と母親は言って、閉まっているドアのノブをふたたび握った。

「待って、と息子は言ってすばやく身を起こした。

——恐ろしいものなのよ、痙攣というのは、と母親が言った。

——ちょっと待って、とヤロミールが言って、あわててズボンとワイシャツをまとい、娘の体のうえに毛布を投げた。

——肝臓の発作なんじゃないかしら？ とドア越しに母親が尋ねた。

——そうなんだ、とヤロミールは言って薬壜を取るためにドアを少し開いた。

——ともかくわたしをなかに入れてくれたっていいでしょう」と母親が言った。一種の奇妙な狂乱に駆り立てられ、彼女は追い払われるがままにはならずに部屋のなかに入った。最初に目についたのは、椅子のうえに投げ捨てられているブラジャーその他の女性用の下着だった。それから彼女は娘を見た。娘は毛布のしたで縮み返って、まるで本当にどこか気分でも悪いように蒼ざめていた。

こうなってはもう、彼女も引っ込みがつかなくなって娘のそばに座った。「どうしたの？ 帰ってみると、かわいそうに、あんなうめき声がきこえるじゃないの……」彼女はひとかたまりの砂糖にふんだんに点滴薬を振りかけて、「でも、わたしにも経験があるの、その痙攣が。これを飲みなさい。すぐによくなるわ……」と言い、砂糖を赤毛の娘のくちびるに近づけた。ちょうどしばらくまえに口を開いてヤロミールのくちびるに近づけたのと同じように、娘は従順に口を開いて砂糖のかたまりに近づけた。

母親は怒りの忘我のなかで息子の部屋に入り込んだのだったが、今となってはもう、彼女のなかにはただの忘我の感覚しか残っていなかった。そのかわいらしい口がゆっくり開くのを眺めていると、突然、この赤毛の娘の体を覆っている毛布を剝ぎ取って裸を見てやりたいという恐ろしい欲望にとらえられた。この赤毛の娘とヤロミールが形づくっている閉じた小世界の親密さを打ち破り、彼が触れていたものに触れてやりたい。それを自分のものだと宣言してそこを占領してやりたい。このふたつの体を空気と化した自分の抱擁でがんじがらめにしてやりたい。なんとも他愛ない隠し方で隠されたふたりの裸のあいだに忍び込み（彼女はヤロミールがズボンのしたにつけている運動用パンツが床のうえに置いてあるのを見逃さなかった）、肝臓発作だということにして、ふたりのあいだにずうずうしく、なにくわぬ顔で入り込んでやりたい。かつて裸の乳房から乳を飲ませてやったときにヤロミールと一緒だったように、ふたりと一緒になってやりたい。こんなふうに曖昧にしらばくれて、ふたりの戯れと愛撫に接近してやりたい。空気のようにふたりの裸の体のまわりから離れず、ふたりと一緒になってやりたい……

だが、やがて彼女は自分自身の混乱が恐ろしくなり、娘に深呼吸をするように忠告してから、いちはやく自分の部屋に引き下がった。

（訳註1）ユゴーの小説『レ・ミゼラブル』の第五部第六篇第八章にこのエピソードのことが小説的に取り上げられている。

7

ドアを閉めたミニバスが警察の建物のまえに駐車し、詩人たちは運転手を待っていた。そのなかには討論会の主催者である警察の者がふたり、それにもちろんヤロミールがいた。彼はそこにいる詩人たちのうちの何人かの顔を知っていたが（たとえばしばらくまえの大学のミーティングのさいに青春についての詩を読んだ六十歳の老人がいた）、だれにも言葉をかける勇気がなかった。彼の不安は少しばかり鎮まっていた。数日まえ、ある文学雑誌がとうとう彼の詩のうちの五篇を掲載したからだ。彼はそれが詩人と呼ばれる権利の公的な確認だと思った。とはいえ、あらゆる場合に備えて、上着の内ポケットにその雑誌を入れておいた。そのせいで、彼の胸は一方が男性的で平板なのに、もう一方は女性的で突出していた。

運転手が着いて、詩人たち（ヤロミールを含めると総勢十一人）はバスに乗り込んだ。小一時間走ったあと、ミニバスは行楽地の気持ちのよい風景のなかでとまった。詩人たちが降車すると、主催者たちは彼らに小川、庭、別荘などを見せ、建物じゅうを、つまり教室とそれからしばらく後に荘重な夕べが始まる大広間を案内し、ベッドが三つずつ置いてある研修生用の寝室を見回るように強い（勝手気儘にしているところを不意をつかれた彼らは、詩人たちのまえで気をつけの姿勢をとったが、その入念に訓練された規律正しさは、寝室の秩序が保たれているかどうか確かめに来る公的な検査のさいに示すのと同じだった）、そして最後に研修所長の事務室に連れていった。そこにはサンドウィッチ、二本のブドウ酒、制服を着た所長、それから、それだけあってもまだ足りないとでもいうように、ひとりのとても美しく若い女性が待っていた。彼らがひとりずつ所長と握手して、それぞれの名前をつぶやくと、所長はその若い女性を彼らに紹介した。「これが私どもの映画サークルのリーダーのかたです」と言ったあと、十一人の詩人たち（ひとりずつその若い女性と握手した）に、人民警察には愛好者クラブがあって、様々な文化活動に積極的に参加しているのだと説明した。すでにアマチュア劇団、アマチュア合唱団があるが、最近映画サークルを創ったところで、そのリーダーがこの若い女性であること、彼女は高等映画学院の学生であるが、それと同時に親切にも若い警官を助けてくれていることを話し、それにここには最上の条件がそなわっている、すなわち優秀なカメラ、あらゆる種類のプロジェクター、そしてとりわけ熱心な青年たちがいるが、もっとも所長としては、彼らが映画とリーダーの女性とのどちらのほうにより関心を持っているのか言えないなどと語った。

すべての詩人たちと握手をし終えたあと、若い女性映画作家は大きな明かりのそばに立っていたふたりの若者に合図した。詩人たちと所長はまぶしい光の輝きのしたでサンドウィッチを噛んだ。所長ができるだけ自然なものにしようと努力している会話は、その若い女性の指示、それに続くプロジェクターの移動、それからカメラの軽いうなり声によって何度もさえぎられた。そのあと、所長が詩人たちに来訪を感謝し、時計を見て、「聴衆が待ちくたびれているころです」と言った。

主催者のひとりが「さて、同志の詩人の皆さん、どうかそれぞれの位置についてください」と言い、紙のうえに書いてある名前を読んだ。詩人たちは列をつくり、主催者に合図されるのを待って演壇のうえに昇った。そこには長いテーブルがあり、詩人たちにはそれぞれひとつの椅子と名札がついたスペースがあてがわれた。詩人たちが座ると、ホール（満席だった）には割れんばかりの拍手が起こった。

ヤロミールにとっては、こんなふうに大勢の人びとに見られながら行進するのは初めてのことだった。彼は酔ったような感覚にとらえられ、その感覚がその夕べの終わりまで離れなかった。しかし、すべてが彼にとって好都合に運んだ。詩人たちが定められた椅子に座ったとき、主催者のひとりがテーブルの端にある見台に近づき、十一人の詩人に歓迎のあいさつをしてから紹介した。彼がひとりの名を呼ぶたびに、その詩人が立ち上がっておじぎをした。するとホールには拍手が起こった。ヤロミールも立ち上がっておじぎをした。彼は拍手に呆然とするあまり、一列目にいて、自分に合図を送っている守衛の息子の姿にはすぐに気づかなかった。しかし、しばらくして今度は自分のほうから合図した。みんなが見ているなかで演壇のうえから行なったその動作は、彼に自然らしい技巧の魅惑を感じさせた。そのあとも、彼はその夕べのあいだに数回仲間に合図をした、まるで気楽に舞台に立っている人間のように、家でくつろいでいる人間のように。

詩人たちはアルファベット順に座り、ヤロミールは例の六十歳の老詩人の横にいた。「ああ、きみ、これは驚いたな。きみだとはまったく知らなかった！　最近、雑誌に詩を発表されましたな！」ヤロミールが礼儀正しく微笑すると、その老詩人はなおつづけ、「わたしはきみの名前を覚えたよ。あれはすばらしい詩だ。大変楽しませていただいた！」しかしそのとき主催者がふたたび発言して、アルファベット順にマイクのところに来て、順番に最新の詩をいくつか朗読するよう詩人たちを誘った。

そこで詩人たちはマイクのところに行って朗読し、拍手を受け、そして席に戻った。ヤロミールははらはらしながら順番を待った。口ごもるのではないかと恐れ、必要な声の調子を取ることができないのではないかと恐れ、しまいにはなにもかもすべてが怖くなった。だが、やがて彼が立ち上がると、目が眩んだようになった。彼にはものを考える暇さえなかった。彼は読みはじめたが、最初の数行から自信を覚えた。そして事実、彼の最初の詩のあとに続いた拍手は、それまでホールのなかで聞かれたどの拍手よりも長かった。拍手によって大胆になったヤロミールは、最初よりもずっと安心して二番目の詩を読んだ。近くのプロジェクターが明るくなり、彼に光を浴びせる一方、カメラが彼から十メートルのところで回りはじめたときにも、少しの気づまりも感じなかった。彼はなんにも気づかないふりをし、朗読の最中にうろたえもせず、詩を書いた紙から眼を離しさえして、ホールのかすんだ空間ばかりか、美しい女性映画作家がいる地点（カメラから数歩ばかり離れたところだった）も正確に眺めることができた。やがてふたたび拍手が起こり、ヤロミールはもう二篇別の詩を読んだ。カメラの回る音がきこえ、その女性映画作家の顔が見えた。それから彼はあいさつをして自分の席に戻った。そのとき、六十歳の老詩人が椅子から立ち上がり、うやうやしく頭を下げ、両手を拡げてヤロミールの肩を抱いた。「友よ、きみは詩人だ、きみは詩人だ！」しかし、拍手が鳴りやまなかったので、彼は自分からホールのほうに戻って手をあげ、おじぎをした。

十一人目の詩人が詩を朗読し終えると、主催者がふたたび演壇に昇って詩人たちすべてに感謝し、関心のある者は短い休憩のあと、同じホールに戻って詩人たちと討論をしてもよいと告げた。「この討論は義務ではない。関心のある者だけが参加されたい」

ヤロミールは陶然となっていた。すべての者たちが彼の手を握り、彼のまわりに集まった。詩人のうちのひとりがある出版社の顧問だと自己紹介し、ヤロミールがまだ一冊の詩集も発表していないことに驚いて、自分の社のために一冊書いてくれるように求めた。もうひとりの詩人は学生同盟が主催するミーティングに参加するよう丁重に招待した。そしてもちろん、守衛の息子もやがてそばにやってきて、それっきりただの一瞬も彼のもとを離れなかった。ふたりが子供のときからの知り合いであるのをみんなにはっきりと見せつけるためだった。それから所長自ら近づいて来てこう言った。「今日の勝利の月桂樹は、もっとも年の若い詩人に与えられるような気がしますな！」

そのあと、彼は他の詩人たちのほうを振り向いて、非常に残念ながら討論会には参加できない、詩の朗読会の直後に隣りの小ホールで始まる予定の、この学校の研修生主催のダンス・パーティーに出なければならないもので、と打ち明けた。そして好色そうな微笑を浮かべながらつけ加えた、この機会に村の娘たちが大勢やってきております、警察の人間は名うてのドン・ファンということになっておるもので……と。「それでは、同志諸君、皆さんの美しい詩のことでお礼申しあげる。お会いするのがこれで最後ということにならないようお願いいたしますぞ」彼は詩人たちと握手をし、隣りの部屋に向かった。そこからはもう、まるでダンスの誘いのようにファンファーレの音楽がきこえてきた。

しばらくまえは騒々しい拍手の音が鳴り響いていた部屋には、詩人たちに興奮した少数のグループだけが演壇のしたにいた。主催者のひとりが演壇に昇って、「親愛なる同志諸君、休憩は終わった。ふたたびわれわれのお客様方に発言してもらうことにしよう。同志の詩人たちとの討論に参加を希望する者たちには、席につくようお願いする」

詩人たちはふたたび演壇の席に戻った。十二人ほどの者たちが空っぽの部屋の最前列の、正面のしたのほうに来て座った。そのなかには守衛の息子、ミニバスで詩人たちにつき添ってきたふたりの主催者、片方の脚が木製の義足で、松葉杖を持っている老紳士、それからあまり目立たない幾人かの男、それにふたりの女もいた。そのひとりは五十がらみの女（たぶんタイピストだろう）で、もうひとりのほうが例の女性映画作家だった。彼女は撮影を終えて、いまやその穏やかで大きな眼でじっと詩人たちを見つめていた。隣りの部屋から仕切り越しに、ブラスバンドの音楽とダンス・パーティーの盛りあがる騒ぎがだんだん大きく蠱惑《こわく》的に響いてきたので、それだけよけい、その部屋にひとりの美しい女性がいることが目立ち、詩人たちにとっていい刺激になった。

向かい合って座っている二列の参加者たちはそれぞれ数のうえでも等しく、二つのフットボール・チームを思わせた。しばらくまえから生じているこの沈黙は、対決に先立つ沈黙だとヤロミールは思った。そしてその沈黙がすでにもうほとんど三十秒近くつづいているところを見れば、十一人の詩人たちは最初のポイントを失ったのだと見做した。

しかし、ヤロミールは同僚たちを見くびっていた。じっさい、その年のあいだ、彼らのうちの幾人かは多数の様々な討論会に参加していて、そのような朗読兼討論会は彼らの主要な活動領域、彼らの専門、そして彼らの芸術になっていたのだ。このような歴史的事実があったことを思い出していただきたい。その当時は討論とミーティングの時代で、考えうるかぎりの様々な機関、すなわち企業の愛好者クラブ、党や青年同盟の各委員会などが、あらゆる種類の画家、詩人、天文学者もしくは経済学者を招く「夕べ」を組織した。そうした「夕べ」の主催者たちは、そのあとで厳しく採点されたり、その指導性によって報われたりした。その時代は革命的な活動を求めていたのだが、革命的な活動はもはやバリケードでは行なわれえなかったから、どうしても集会だとか討論で発揮されねばならなかったのだ。それに、あらゆる種類の画家、詩人、天文学者または経済学者たちも喜んでそうした夕べに参加した。彼らはそのことによって、自分たちが偏狭な専門家ではなく、革命的で人民に結びついた専門家だと示すことができたからだ。

だから、詩人たちは大衆がする質問をきわめてよく心得ていたし、同じ質問がまるで統計的な出来事のように、馬鹿馬鹿しいほど規則正しく繰り返されるのもよく知っていた。「同志の皆さんはどんなふうにしてものを書きはじめられたのでしょうか?」と、必ずだれかが尋ねるにちがいないのを知っていた。「何歳のときに、初めて詩を書いたんですか?」と、別のだれかが尋ねるのも知っていた。さらにまた別のだれかに、「好きな作家はだれですか?」と尋ねられるのも、自分のマルクス主義的教養をひけらかしたいために出席している者のひとりに、「同志、社会主義レアリスムをどのように定義されるか?」と尋ねられることを覚悟する必要があるのも知っていた。また質問ばかりでなく、ときには静粛を命ぜられて、第一に一緒に議論している者たちの職業について、第二に青春について、第三に資本主義時代の生活の辛さについて、そして第四に愛について、もっと詩を書くよう頼まれたりするのもよく知っていた。

だから、最初の三十秒ほどの沈黙は困惑の結果ではなかった。それはむしろ、あまりにもよく慣例を知っている詩人たちの怠慢からくるものだった。そうでなければ段取りが悪かったためだ。この組織に詩人たちが現われたことがまだ一度もなかったので、めいめいが最初に発言する特権を他の者に譲り合おうとしていたのだ。とうとう六十歳の老詩人が発言した。彼は楽々とメリハリの効いた話をし、十分程度の即興演説をし終えたあと、正面に並んで座っている人びとに向かって遠慮なく質問をするように誘った。その結果、ついに詩人たちはそれぞれの雄弁や手腕を披瀝できることになった。その後はさながら即興の団体競技の観を呈したが、非の打ちどころのないものだった。彼らは次々に言葉を継ぎ合い、適切に互いに補い合い、すばやく真面目な解答と挿話とを交ぜ合わせる術を心得ていた。もちろん、あらゆる本質的な質問がなされ、それにたいするあらゆる本質的な解答がなされた（しかし、いつどのように詩を書きはじめたのかと尋ねられた六十歳の老詩人が、ミツという牝猫がいなかったら、自分はけっして詩人にはならなかったろう、五歳の自分に最初の詩の霊感を与えたのはほかならぬその牝猫だったからと説明したとき、みんなはなんの興味も示さず聴いた。ところがそのあと、その詩を朗読し、彼が真面目なのか冗談を言っているのか正面に座っている聴衆にはわからない様子だったので、急いで自分から笑いだした。するとやがてみんなが、詩人たちも聴衆も、長々と愉快そうに笑った）。

それからもちろん、静粛を求められることもあった。守衛の息子が立ち上がり、ふんだんに喋った。そうだ、まったくこの詩の夕べは見事なものであり、詩はすべて第一級のものだった。しかし、このなかの者で、少なくともわれわれが聴いた三十三篇の詩（各詩人が約三篇の詩を朗読したと計算してのことだが）のうちには、近くからであれ遠まわしにであれ、国家警察の人間を主題にした詩がただの一篇もなかったという事実を考えた者がいただろうか？　だが、いったいだれが、国家警察は国民生活のなかで三十三番より劣る地位を占めているなどと主張できるのか？

それから五十女が立ち上がり、ヤロミールの級友が言ったことを全面的に認めるけれども、自分の質問はまったく違ったものだと言った。「今日では、どうして愛についての詩がこれほど書かれなくなったのでしょうか？」聴衆のあいだに押し殺した笑い声がきこえたが、五十女はつづけた。「社会主義体制のなかでも、人びとは愛し合っていますし、愛について書かれたものなら喜んで読むと思うのです」

六十歳の詩人が立ち上がり、頭を垂れて、いま同志の女性が言われたことはまったく正しいと言った。社会主義体制では、愛することを恥じねばならないのか？　それはなにか悪いことなのか？　自分は年をとった人間だが、夏の軽装をした女たちを見て、そのしたの若く魅力的な肉体のことを想像すると、そのほうに振り返らざるをえないと認める者だが、そのことを別に恥とは思わないと言った。十一人の詩人たちの列から共犯者的な楽しそうな笑い声が洩れた。それに勇気づけられた詩人はさらにつづけた。若く美しいそれらの女たちになにを捧げるべきだろうか？　アスパラガスで飾られた槌だろうか？　また彼女たちを自分の家に招くとき、花瓶に鎌を入れておくべきだろうか？　そんなことはない、わたしは彼女たちにバラを捧げる。恋愛詩は女たちに捧げられるバラのようなものなのだ……

そうです、そうですわと五十女が言って、その詩人の言うことを熱狂的に認めた。するとその詩人は、内ポケットから一枚の紙を取り出し、長い恋愛詩を朗読しだした。そう、そうですとも、すてきな詩ですわ、と五十女は発言したが、やがて主催者のひとりが立ち上がり、たしかにその詩句は美しいけれども、しかし恋愛詩でも、その詩が社会主義者の詩人によって書かれたと明瞭にわかるものでなければならないと言った。でも、どこでそれがはっきりとわかるようになるのですか？　と、老詩人が悲壮感をもって下げた頭と詩に心を奪われていた五十女が尋ねた。

そのあいだずっと、他の者たちみんながすでに発言していたにもかかわらず、ヤロミールは沈黙していた。そして今度は自分が発言すべき番だと思った。いまがその時だと思った。それこそ自分がずっとまえから考えてきた問題だ。そうだ。画家のところに通って現代芸術や新しい世界についての話をおとなしくきいていた時期からずっと考えてきたことなのだ……。ところが悲しいことに、ヤロミールの口を通して表現するのはまたしてもその画家だった！　口をついて出るのがまたしても画家の言葉、画家の声だった！

彼はなんと言ったのか？　旧い社会においては、愛は金銭的心配、社会的配慮、偏見などによってあまりにも歪曲されてしまっていたので、じっさいそんな愛はけっして本来の愛でなく、愛の影にすぎなかった。人間を充分に人間らしくし、愛を過去においてけっしてなかったほど偉大なものにするのは、金銭の力と偏見の影響を一掃した新しい時代だけだ。したがって社会主義的恋愛詩とは、その解放された偉大な感情の表現のことなのだ……

ヤロミールは自分の言ったことに満足し、自分のほうをじっと眺めているふたつの大きい黒い眼を見た。「偉大な愛」とか「解放された感情」といった言葉は、まるで帆船のように、その大きな眼という港に向かって進むのだと思った。

しかし彼が話し終えたとき、詩人のひとりが皮肉な微笑を浮かべて、「きみの詩はハインリヒ・ハイネ(訳註1)の詩よりも、恋愛感情が力強いと本当に思うのかね？　あるいは、ヴィクトール・ユゴー(訳註2)の恋人たちはきみにとってあまりにちいさすぎるとでもいうのかね？　マーハやネルダ(訳註3)の愛は金銭や偏見によって毀損されていたのだろうか？」

思いがけない災難だった。ヤロミールはどう答えてよいかわからず赤くなった。眼のまえで、ふたつの大きく黒い眼が、まるで彼の壊滅の証人のように輝いて見えた。

五十女はヤロミールの同僚の皮肉な質問を満足そうにきいて言った。「同志の皆さん、あなたがたは愛においてなにを変えたいとおっしゃるのですか？　愛とは時の終わりまでずっと同じものでありつづけるものではないのですか」

ふたたび主催者が介入して、「いや、同志、そんなことはけっしてない！

——わたしが言いたかったのはそのことではない、とその詩人はすぐに言った。ただ、過去の恋愛詩と現在の恋愛詩とのあいだの違いは必ずしも感情の強度と関係がないということなのです。

——それでは、いったいなにと関係があるのですか？　と五十女は尋ねた。

——それはこういうことです、かつての愛はたとえもっとも偉大なものでも、いつも逃亡の手段、忌わしい社会生活から逃れる手段でした。それに反して、現代人における愛はその人の社会的義務、労働、闘争と結びついており、愛はそれらすべてと一体と化すのです。〈新しい〉美しさとはまさにその点にこそあるのです」

正面に並んでいる聴衆はヤロミールの同僚の判断に賛意を表わした。しかしヤロミールは意地悪く笑いころげて、「ところが、その美しさには格別新しいところなどなにもないのですよ。古典作家たちもまた、愛と社会的闘争とが完全に調和している生を送らなかったでしょうか？　シェリーの有名な詩の恋人たちはふたりとも革命家で、一緒に火刑台のうえで人生を終えました。あなたが社会生活から切り離された愛と呼ばれるのは、そのことなのですか？」

なんとも具合悪いことに、しばらくまえのヤロミールと同じように、ヤロミールの同僚は同僚の反対にたいして答えられず、今度は彼のほうが返答に窮してしまった。その結果、過去と現在とのあいだには違いはなく、新しい世界は存在しないという印象（これは許しがたい印象だった）を与えかねないことになった。そのうえに五十女が立ち上がり、けげんそうな微笑を浮かべて尋ねた。「それでは愛の観点から言って、現在と過去との違いはどこにあるのか教えていただけないでしょうか？」

木の義足をして杖を持った男が発言したのは、みんなが袋小路に迷い込んだその決定的な時だった。そのあいだずっと、彼は目に見えて苛立ってはいたものの、熱心に討論を聴いていたが、ようやく立ち上がって椅子にしっかりとつかまり、「親愛なる同志の皆さん、わたしに自己紹介させていただきたい」と言った。するとたちまち、彼の列に並んでいた者たちが抗議して、そんなことは必要でない、みんなはあなたのことをよく知っているのだからと叫んだ。しかし彼はさえぎって、「わたしが自己紹介するのはあなたがたにたいしてではなく、われわれが討論会に招いた同志たちにたいしてなのだ」と言い、詩人たちに自分の名前を告げてもなんにもならないと知っているので、それまで自分のやってきたことを手短かに語った。彼はほぼ三十年来この別荘の雇われ人だった。企業家のコクワラが夏の住まいにしていた時代からもうここにいた。その企業家が逮捕され、この別荘がゲシュタポの憩いの家に役立っていた戦時中にもここにいた。戦後になってこの別荘は国家社会党に押収され、いまでは警察のものとなっている。「ところで、わたしが見てきたところでは、いかなる政府も共産党政府ほど労働者のことを気にかけなかったと言える。もちろん、今日でもすべてが完璧だとは言えない。しかし、企業家のコクワラの時代、ゲシュタポの時代、それに社会主義の時代にも、バスの停留所はこの別荘のまえにあった。そう、あれはとても都合がよかった。わたしに関して言えば、バスの停留所とこの別荘の地下にある住まいとのあいだは、十歩も歩くだけでよかった。ところが、その停留所はここから二百メートルも離れたところに移されてしまったのだ！　わたしは抗議できるところはどこだろうと抗議してきた。なにをしてもまったく無駄だった。どうして（ここで彼は杖で床を叩いた）、どうしていまこの別荘が労働者のものになっているというのに、バス停留所がこれほど遠くのところに置かれなければならないのか？」

一列目の者たちは（一部は苛立ちながら、また一部はある種のからかいをこめて）何百回も説明したことだが、バスはそのあいだに建てられた工場のまえに止まることになったのだと反駁した。

木の義足の男は、そんなことはわかっている、だから自分はまえに、バスを二地点に停車させたらよかろうと提案したのだと答えた。

一列目の者たちは、バスが二百メートルごとに止まるなんて滑稽だと答えた。

この「滑稽」という言葉が木の義足の男の心を傷つけた。彼は、だれもわたしにそんなふうな口をきく権利はないと宣言し、杖で床を叩いて深紅色になった。それに、みんなが言ったことは間違っている。バスが二百メートルごとに止まったからといって、なんの不都合があろう。別の路線には、バスの停留所が同じほど近くに位置している場合もあるのを、わたしはよく知っているのだ。

主催者のひとりが立ち上がり、木の義足の男に向かって、あまり近い区間に意図的に停留所をつくることを禁止しているチェコスロヴァキア道路交通会社の社令を一語一語区切って朗読した(これと同じことをこれまで何度もしてきたのに、と彼はつけ加えた)。木の義足の男は、だから自分は妥協案を出して、別荘と工場のちょうど中間の地点に停留所を置いてもいいだろうと言ったのだと答えた。

しかし、それでは停留所は労働者にも警察官にも同じように遠くなると注意された。

その議論は二十分近くつづいたが、詩人たちが介入しようとしても無駄だった。聴衆はよく知っている話題に熱中して、彼らに発言させなかったのだ。同僚たちの抵抗に気分を害した義足の男が、苛立った様子でふたたび自分の椅子に腰を下ろすと、会場はやっと静かになった。だが、その沈黙もたちまち隣りの部屋から洩れてくるファンファーレの音楽に侵略された。

それから長いあいだ、もうだれもなにも言わなくなったので、ついに主催者のひとりが立ち上がり、詩人たちに来訪と興味深い討論の礼を述べた。六十歳の老詩人が来訪者を代表して立ち、この討論会は（いつもそうだが）、聴衆の皆さん以上に、自分たち詩人にとって大変実りあるものだったので、むしろこちらのほうからお礼申し上げたいと言った。隣りの部屋から歌手の声が聞こえ、聴衆は木の義足の男のまわりに集まり、怒りを鎮めようとしていたが、詩人たちは放っておかれたままだった。しばらくして、守衛の息子がふたりの主催者と一緒にやってきて、彼らをミニバスのところまで送った。


（訳註1）ハインリヒ・ハイネ　ドイツの詩人（一七九七―一八五六）。代表作『歌の本』他。

（訳註2）カレル・ハイネク・マーハ　チェコの詩人（一八一〇―三六）。代表作『五月』他。

（訳註3）ヤン・ネルダ　チェコの詩人（一八三四―九一）。代表作『バラードとロマンス』他。

8

彼らをプラハまで運んだミニバスのなかには、詩人たちの他に例の美しい女性映画作家がいた。詩人たちは彼女を取り囲み、それぞれ彼女の興味を惹こうとできるかぎりの努力をした。不幸なことに、ヤロミールの座席は彼女の席から離れすぎていたので、その競技に加われなかった。彼は赤毛の娘のことを考え、彼女が取り返しがつかないほど醜いことを、どうしようもなくはっきりと思い知った。

やがてバスはプラハの中央部のどこかに止まった。何人かの詩人たちはもうしばらくバーで過ごすことにしたが、ヤロミールと女性映画作家も一緒に行った。彼らは大きなテーブルを囲んで座り、喋り、飲んだ。バーのそとに出たとき、女性映画作家は彼らに家に来ないかと誘った。しかし、もはやひと握りの詩人たちしか残っていなかった。すなわちヤロミール、六十歳の詩人、出版社の顧問だった。彼らは娘が間借りしている近代的な館の二階の、美しい部屋の肘掛椅子に落ち着いて、ふたたび飲みはじめた。

老詩人は尋常ならぬ熱心さで女性映画作家に献身した。彼は彼女の横に座り、彼女の美しさをほめ、彼女に詩を朗読し、彼女の魅力をたたえるために即興の抒情短詩《オード》をつくり、時どき彼女の足元にひざまずいて手を取ったりした。出版社の顧問のほうはそれとほぼ同じくらいの熱心さでヤロミールに献身した。彼がヤロミールの美しさをほめなかったのは事実だが、そのかわりに何度も何度も、「きみは詩人だ、きみは詩人だ！」と繰り返した。（ついでながら、ある詩人が誰かを詩人だと形容するとき、それは技師を技師と呼び、農夫を農夫と呼ぶのと同じではないと記しておこう。農夫は土を耕す人間だが、詩人は詩を書く人間ではなく、詩を書くべく「選ばれた」——この言葉を思い出そう——人間だからだ。だから、詩人だけが他の詩のなかにその恩寵の接近を認めることができるのだ。——ランボーのあの手紙を思い出していただきたい——「あらゆる詩人たちは兄弟です」、ただ兄弟のみが別の兄弟のうちにその種族の不可思議な徴《しるし》を認めることができるのだ）。

六十男に眼前にひざまずかれ、その男にしつこく手を触れられるがままになっていたとはいえ、その女性映画作家はヤロミールから眼を離さなかった。ヤロミールもやがてそれに気づいてうっとりし、彼女から眼を離さなくなった。それはまことに美しい対角線を成していた。老詩人は女性映画作家を、顧問はヤロミールを凝視し、ヤロミールと女性映画作家は互いにじっと見つめ合っている。

この視線の幾何学が破られたのはただ一回きりで、それは顧問がヤロミールの腕をとらえ、部屋に接したバルコニーに連れ出したときだ。彼は欄干越しに一緒に中庭へ小便をしようと言いだした。ヤロミールは喜んで彼を満足させた。詩集を出版してくれるという約束をその顧問に忘れてほしくなかったからだ。

ふたりがバルコニーから戻ったとき、ひざまずいていた老詩人は立ち上がり、もうおいとまする時間だと言った。彼には、その娘が欲しているのが自分ではないことがよくわかったのだ。それから彼は顧問に（このほうはずっと慧眼でなく、ひとりよがりな男だった）向かって、ふたりきりになりたい者たちをふたりきりにしてやろう、ふたりはこの夕べの王子と王女（老詩人はそう呼んだ）だったのだから、それが当然なのだと言った。

やっと顧問はなにが起こったのか理解し、出かける用意をしたが、老詩人はすでにその腕をとって玄関のほうに連れ出そうとしていた。そしてヤロミールは脚を組み、黒髪を乱して、じっと自分を見つめながら広い肘掛椅子に座っているその若い女と、これからふたりきりになるのだと思った。

恋人同士になろうとしているふたりの人間の話はいつの時代にもあることなので、筆者もそれが起こったのがどんな時代だったかほとんど忘れそうになっていた。その種の恋の冒険について語るのはなんと楽しいことだろう！　われわれの短い人生の精気を吸い取って無益な仕事に隷属させる時代を忘れてしまうのはなんとすばらしいことだろう！　〈歴史〉を忘れてしまうのはなんとすばらしいことだろう！

ところがいまや、歴史の妖怪が扉を叩き、この物語のなかに入ってくるのだ。それは秘密警察という外見とか、突然の革命という外観のもとには入ってこない。歴史は人生の悲劇的な頂点だけを進むとはかぎらず、汚水のように日常生活に滲みこんでくることもある。わたしたちの物語のなかには、それはひとつの猿股という側面から入ってくる。

筆者が話している時代のヤロミールの国では、おしゃれは政治的軽犯罪だった。その当時人びとが身につけていた物はきわめて醜かった（そのうえ、戦争が終わったのが数年まえでしかなく、物資も欠乏していた）。その厳格な時代には下着のおしゃれは許しがたい贅沢だと見做されていたのだ！　当時売られていた猿股（これは膝のところまで来るうえに、腹のうえに滑稽な開きのついている広い猿股だった）の醜さに耐えられない男は、かわりに「トレーニング」と呼ばれる布ででき、（その名が示すとおり）スポーツ用、すなわち運動場や体育館で用いられるちいさなパンツをはいていた。変な話だが、その時代のボヘミアの男たちは、フットボール選手のいでたちで恋人のベッドに入り、まるで運動場に行くような身支度で恋人の家に通っていた。しかし、おしゃれという観点からすれば、それはそんなに悪いものでなかった。運動用パンツにはスポーティーな優雅さがあって、色も明るく、青、緑、赤、黄色などのものがあった。

ヤロミールは自分が着るものについては心配しなかった。母親が世話をしてくれたからだ。母親は彼の洋服や下着を選び、彼が寒がらないように、いつも充分暖かい猿股をはいているように気を配った。どれだけの数の猿股が彼の下着用引き出しに並べられているか彼女は正確に知っているので、その日にヤロミールがどれをはいているか知るには、そこを一目見るだけで充分だった。一枚の猿股も引き出しのなかに欠けていないのがわかると、彼女はただちに怒りだした。ヤロミールが運動用パンツをつけるのをあまり好まなかったのだ。運動用パンツは猿股ではなく、体育館でしか身につけるべきではないと見做していたから。猿股は醜いと言ってヤロミールが抗議すると、彼女は秘かな苛立ちを覚えながら、猿股を人に見せるわけでもないでしょうと答えるのだった。だから、ヤロミールが赤毛の娘の家に行くときには、下着用引き出しから猿股をひとつ取り出して勉強机の引き出しのなかに隠してから、こっそりと運動用パンツをはくのを忘れなかった。

ところがその日の彼は、その夕べが自分になにをもたらしてくれるか知らなかったので、恐ろしく醜く、分厚で、すり切れ、汚らしい灰色の猿股をはいていたのだ！

そんなことはささいな不都合にすぎず、彼もたとえば、人から見えないように明かりを消すことぐらいできるだろうと思われるかもしれない。ところが悲しいかな、その部屋にはバラ色の笠の電気スタンドがあり、あかあかとともされたそのスタンドは、ふたりの恋人たちの愛撫を照らし出そうと、じりじりしながら待っているように思われた。だから、これからその若い女を抱擁に誘うのにどんな言葉を口にすればよいのか、ヤロミールは想像もできないのだった。

あるいは、ヤロミールはその汚らしい猿股をズボンと一緒に脱いでしまえばよいと指摘する人がいるかもしれない。ところがヤロミールには、猿股とズボンを同時に脱ぐことなど思いつくことさえできなかった。彼はそんなふうに着物を脱いだことは一度もなく、いきなり裸になってしまうことに怯《ひる》みを覚えたからだ。彼はいつもひとつずつ脱いでゆき、運動用パンツをつけたままで赤毛の娘を長々と愛撫するのだったが、そのパンツをとるのは興奮したときでしかなかった。

だから彼は、その黒く大きい眼のまえで恐怖のあまり立ちつくし、自分も帰ると告げたのだった。

老詩人はほとんど怒りだしそうになった。女性を傷つけるべきではないとヤロミールに言い、彼を待っている様々な魅力を低い声で描いてみせた。しかしその言葉はますます、自分の猿股の醜さを彼に納得させることにしかならなかった。彼はその黒くすばらしい眼を見、心が引き裂かれそうになりながら、戸口のほうに後ずさりした。

道路に出るか出ないうちに、彼は後悔にとらえられた。あのすばらしい娘の面影を追い払うことができなかった。そのうえ老詩人は（彼らは市電の駅で顧問と別れ、いまやふたりだけで暗い道を歩いていた）、彼を苦しめた。若い女性を傷つけ、愚かな振る舞いをしたと言ってヤロミールを非難するのをやめなかったのだ。

ヤロミールはその詩人にたいして、別にあの女性を侮辱しようという気はなかったので、気が狂うほど自分を愛してくれている恋人を愛しているだけなのだと言った。

きみはうぶな男だな、と老詩人は言った。きみは詩人だ、人生の恋人なのだ。別の女と寝たからといって、恋人にさほど悪いことをするわけでもあるまいに。人生は短いし、失った機会はもう戻らないんだよ。

それをきくのは辛かった。ヤロミールは老詩人に、自分のなかにあるすべてのものを注ぎこむ唯一の偉大な愛は、幾千もの束の間の愛よりもずっとよいと考えている、自分は恋人という人間のなかにあらゆる他の女性を所有している、自分の恋人は多様で、自分の愛には限りがないので、彼女と一緒に生きていると、ドン・ファンが千一人もの女と生きるよりもずっと多くの予期せぬ冒険が得られるのだ……などと語った。

老詩人は立ち止まった。あきらかにヤロミールの言葉が彼の心を動かしたのだ。「きみの言うことがたぶん正しいかもしれない、と彼は言った。ただ、わたしは老人で、旧い世界に属している。打ち明けてしまうと、わたしは結婚しているとはいえ、きみの立場だったらどれほどあの女性のところに残りたいと願ったかわからないな」

ヤロミールが唯一の愛の偉大さについての考えをなおつづけたので、老詩人は天を仰いだ。「ああ、きみのほうがたぶん正しいのだろう。いや、きっと正しいにちがいない。わたしもまた、偉大な愛を夢みたことがなかっただろうか？　たったひとつの愛を？　宇宙のような無限の愛を？　ただわたしはそれを無駄遣いしたのだ。旧い世界においては、あの金銭と淫売どもの世界では、偉大な愛は断罪されていたのだから」

ふたりとも酔っぱらっていた。老詩人は腕を若い詩人の肩にまわし、市電のレールの中央でともに立ちどまった。彼は空中に腕を上げて叫んだ。「旧い世界よ、死滅せよ！　偉大な愛万歳！」

ヤロミールはそれを壮大で、自由で、詩的だと思い、ふたりはプラハの暗い路上で熱狂し長々と、「旧い世界よ、死滅せよ！　偉大な愛万歳！」と叫んだ。

それから老詩人は舗道でヤロミールに向かってひざまずき、手にキスした。「友よ、わたしはきみの若さに敬意を表する！　わたしの老いはきみの若さに敬意を表する！　若さだけがこの世界を救うことができるのだ」そのあとしばらく沈黙し、無帽の頭でヤロミールの膝に触れ、ひどく沈鬱な声になってつけ加えた。「そしてわたしは、きみの偉大な愛に敬意を表する」

やっとふたりは別れ、ヤロミールは帰宅して自分の部屋に戻った。すると眼のまえに、あの美しい女、失った美しい女の面影がふたたび現われた。彼はマゾヒスト的な欲望に突き動かされ、自分の姿を眺めるために鏡のところに行った。ズボンを脱いで、すり切れた厭《いと》わしいその猿股姿の自分を眺めた。いつまでも憎しみをこめて自分の滑稽な醜さを見つめつづけた。

そのあと彼は、憎しみをこめて考えなければならないのは自分のことではないと理解した。彼は憎しみをこめて母親のことを考えた。自分にこんな下着を与える母親、眼を盗んで運動用パンツをはくのに勉強机の引き出しに猿股を隠さねばならない母親、自分の靴下のひとつひとつ、ワイシャツのひとつひとつを知悉《ちしつ》している母親のことを考えた。長い綱の端を握って自分をつなぎとめている母親のことを考えた。するとその先についている首輪が頸にくい込んできた。

9

その晩以来、彼は赤毛の娘にたいしてますます残酷になった。もちろん、その残酷さは愛というもっともらしい外套に包まれていたが。どうしてきみは、いまぼくの心を占めている問題を理解しないのか？　ぼくがどんな精神状態にあるのかわからないのか？　ぼくの心の底でなにが生じているのか少しもわからないほど、きみはよそよそしい女なのか？　ぼくがきみを愛しているように、もしきみがぼくを本当に愛しているなら、少なくともそれくらいのことは見抜けそうなものだ！　どうしてきみは面白くもなんともないことに関心を持つんだ？　どうしてたえず兄弟や姉妹のことばかり話すんだ！　じゃあ、きみは、ぼくに大きな気がかりがあってきみの協力と理解を求めているので、きみのひとりよがりの果てしない話などに興味がないのを感じていないのか？

もちろん、娘は自分を弁護した。たとえば、なぜあたしが、自分の家族のことを話しちゃいけないの？　あんただって自分の家族のことを話すじゃないの？　それに、あたしの母があんたのお母さんより悪い人だとでもいうの？　（これはあの日以来初めて言ったことだが）あんたのお母さんたら、突然あんたの部屋に入ってきて、あたしの口に水薬と一緒に砂糖を押し込んだじゃないの？

ヤロミールは母親を憎むと同時に愛してもいた。だから赤毛の娘のまえでは、ただちに母親を弁護した。きみの世話をしようとしたのは悪いことだったのか？　あれはただ、きみが好きであり、きみを家族のなかに受けいれたことを示しているだけなんだ！

赤毛の娘は笑いだした。愛の嘆息と肝臓が悪い人の苦痛のうめき声とを混同するなんて、あんたのお母さん、よっぽどどうかしているんだわ！　ヤロミールが苛立ち、黙り込んでしまったので、娘は許しを請わねばならなかった。

ある日、街を散歩しながら、赤毛の娘は彼に腕を任せ、ふたりとも頑固に黙りこくっていた（彼らは互いに非難し合わないときには黙りこくっていたし、黙りこくっていないときには非難し合った）。突然、ヤロミールは自分たちのほうに向かって歩いてくるふたりの美しい女の姿を認めた。ひとりは若く、もうひとりはそれより年をとっていた。若いほうがずっと優雅で美しかったが、（ヤロミールが大変驚いたことに）年をとったほうもきわめて優雅で、びっくりするほどきれいだった。ヤロミールはそのふたりの女を知っていた。若いほうは例の女性映画作家で、年をとったほうは彼の母親だった。

彼は赤くなってあいさつをした。ふたりの女も同じようにあいさつをした（母親はあてつけがましいほど陽気だった）。ヤロミールにとって、その不美人な小娘と一緒にいるところを見られるのは、厭《いと》わしい猿股をはいているところに、突然きれいな女性映画作家に入ってこられるのにもひとしかった。

彼は家に帰ると、どこであの女性映画作家と知り合ったのか母親に尋ねた。すると母親は、はぐらかすようにもったいぶって、かなりまえから知っていると答えた。ヤロミールはなお問いつめたが、母親はいつも話をそらした。それはまるで、恋する男が恋人の内奥の細部について問いつめるのだが、恋人のほうは男の好奇心を刺激するために、わざと答えを遅らすのに似ていた。しかし、彼女はとうとう、あの感じのよい女性が二週間ほどまえに訪ねてきたのだと教えた。彼女はヤロミールの詩に大変感心し、彼について短篇映画を撮りたがっている。国家警察のクラブの賛助を得て制作されるアマチュア映画だから、かなり多くの観客が見込まれるはずだという。

「どうしてママに会いに来たんだろう？　なぜ直接ぼくに言いに来なかったんだろう？」

とヤロミールは驚いた。

どうも彼女、あなたの邪魔をしたくなかったらしいわ。母親からできるだけのことを知りたいと思ったのよ。それに、息子について母親以上に知っている者がいるかしら？　それから、あの若い女性はとても親切な人で、台本をつくるのに協力してほしいとわたしに言ったの。そう、わたしたち共同で若い詩人についての台本の構想を練ったのよ……

「どうしてなにも言ってくれなかったの？　と母親と女性映画作家との結びつきを本能的

に不快に思ったヤロミールが尋ねた。

――折悪くあなたに出くわしたのよ、あなたを驚かせてやろうと決めていたのに。ある日、あなたが家に帰ると、カメラを持った映画関係の人たちがいる予定だったのに」

ヤロミールにはなにができたろう？ ある日、家に帰ると、若い女性が手を差し出した。数週間前にその女性の家に行ったのだが、そのときと違ってズボンのしたに赤い運動用パンツをはいているというのに、彼はあの晩と同じほど自分をあわれに感じた。警官たちのところでの詩の夕べ以来、彼はもう二度と憎らしい猿股をはかなくなっていた。ただ彼がその女性映画作家のまえに出ると必ず、なにかしらその猿股の代わりをするものが生じるのだった。母親と一緒にいる彼女と出会ったとき、彼は恋人の赤毛のまわりにあの憎らしい猿股がまといついているのを見る思いがした。そして今度、あのおどけた猿股の代わりをつとめているのは、母親の浮ついた文句とヒステリックなお喋りだった。

女性映画作家は、これから資料、つまり幼年時代の写真をとるところで、その写真については母親が解説するはずだと告げた（だれもヤロミールの意見を求めなかった）。ふたりの女がついでに知らせてくれたところでは、映画全体は詩人である息子について母親が物語る話という構想になっているのだ。彼は母親になにを話すつもりなのかと尋ねたかったが、それを知るのが恐ろしくて赤くなった。部屋のなかには、ヤロミールとふたりの女のほか、カメラを持った三人の男、それにふたつの大きなプロジェクターがあった。彼はそれらの男たちに観察され、敵意のこもった様子で笑われているような気がして、話す勇気を失った。

「幼年時代のすばらしい写真をお持ちですのね。できれば全部使わせていただきたいわ、と女性映画作家が家族のアルバムをめくりながら言った。

——うまく効果がでるかしら？」と専門家ぶって母親が尋ねると、女性映画作家はなにも心配することはないと保証した。それからヤロミールに、映画の最初のシークエンスはそれらの写真のモンタージュから成り、母親がスクリーンに登場せずに思い出を語り、つづいて母親本人が出て、そのあとやっと詩人が出る。生家のなかにいる詩人、詩を書いている詩人、庭の花々のあいだにいる詩人、そして最後に、好んで行く自然のなかにいる詩人を写す。好みの場所であるその宏大な風景のなかで彼が詩を朗読し、そこで映画が終わるのだと説明した（「ぼくの好みの場所って、なんのことですか？」と彼は呆然として尋ねた。その場所はプラハ近郊のロマンチックな風景で、そこの地面は起伏が多く、岩に蔽われていることを知って、彼は「なにを言っているんですか？　そんなところなど大嫌いだ」と反駁したが、彼の言うことを真に受ける者はひとりもいなかった）。

その台本はヤロミールの気に入らず、もっと自分で考えてみたいと言った。彼は、これにはかなりありきたりのところがあると指摘し（一歳の小僧っ子の写真を見せるなんて、なんにせよ馬鹿馬鹿しい！）、もっと面白い問題があるので、そっちのほうを扱ったほうが有益かもしれないと断言した。ふたりの女は、どういう構想があるのかと尋ねたが、彼はそんなことはいきなり言えないから、カメラを回すのをしばらく待ってもらったほうが都合がよいと言った。

彼はどうしても撮影を遅らせたかったのだが、議論に勝てなかった。母親は彼の肩を抱き寄せ、黒い髪の協力者に、「ほらね！　これがうちの永遠の不平家さんなんですよ。この子ときたら、これでいいって言ったためしがないんですから……」。そのあと彼女は、やさしそうにヤロミールの顔のうえに身をかがめ、「そうでしょう？」と言った。ヤロミールが答えなかったので、彼女は繰り返した。「そうでしょう？　あなたはうちの不平家さんなんでしょう？　そうだって言いなさい！」

女性映画作家は、不平不満は作家にとっては美徳だけれども、今度の場合、作家は彼でなく、自分たちふたりであり、自分たちはあらゆる危険を引き受ける覚悟がある、自分たちが彼に好きなように詩を書かせてあげているのと同じように、彼はただ自分たちが考えているように映画を撮らせてくれさえすればよいのだと言った。

すると母親は、ヤロミールはこの映画によって悪い目に遭うのではないかと恐れる必要はない、自分も映画作家も、彼にたいする最大の共感をもってこの映画を構想したのだからと言った。彼女は魅惑するような口調でそう言ったのだが、その魅力は、ヤロミールと新しい女友達のどちらに向けられていたか言うのは困難だった。

いずれにしろ、彼女は愛嬌をふりまいていた。ヤロミールはそんな母親を一度も見たことがなかった。彼女はその朝、美容院にまで行き、若づくりにしているのがはっきりとわかった。いつもより大きな声で喋り、たえず笑みを浮かべ、人生で学んだありとあらゆる気の利いた言い回しを用い、プロジェクターのそばに立っている男たちにコーヒー茶わんを運んだりしながら、うれしそうにこの家の女主人の役割を演じた。いかにも友達らしい露骨な親しみを見せて、黒い眼の女性映画作家に言葉をかけ（それによって同じ年齢の仲間に入った）、寛大そうにヤロミールの肩に手を回して不平家の子供として扱った（これは彼を童貞時代、幼年時代、さらにはおむつをしていた日々に戻しかねないやり方だった）。（ああ、このふたりはなんとすばらしい見世物を提供してくれるのだろう。ふたりは向かい合って互いに相手を押し合っている。彼女は彼をおむつのなかに押し戻そうとし、彼は彼女を墓のなかに押しやろうとしている。ああ、このふたりはなんとすばらしい見世物を提供してくれるのだろう……）

ヤロミールは譲った。ふたりの女が機関車みたいに疾走していて、ふたりの雄弁に抵抗するだけの力が自分にないことがわかったのだ。彼はプロジェクターとカメラのそばにいる三人の男たちを見て、こいつらは、おれがヘマをしでかすたびに口笛を吹きだしかねない皮肉な聴衆なのだと思った。だから、彼がほとんど小声で話すのに反して、ふたりの女たちはその聴衆によく聞こえるように、大きな声で彼に答えることになった。聴衆の存在は彼女たちには有利だが、彼には不利だったからだ。そこで彼は、ふたりの言うことに従うから部屋に引きこもりたいと言った。しかし彼女たちは（相変わらず愛嬌をふりまきながら）残っているべきだと反駁した。彼がふたりの仕事に立ち合ってくれるのがうれしいのだという。そのため、彼はカメラマンがアルバムの様々な写真を撮るのをしばらく眺めたあと、部屋に戻って本を読むか勉強をするふりをした。心のなかに様々に混乱した考えが次々に浮かんだ。彼はじつに不利なこの状況のなかになんらかの利点を見出そうとし、たぶんあの女性映画作家はおれと接触するためにこの撮影を思いついたのだと考えた。母親は邪魔でしかないから、どうしても避けて通らねばならないと思った。この滑稽な撮影を自分に有利なように利用するため、つまり愚かにも女性映画作家の部屋を立ち去った夜以来、心を苦しめていた失敗を取り返す手だてを見つけるために、心を落ち着けてよく考えてみようと努めた。自分の臆病さを乗り越えようと努力しながら、時どき隣りの部屋に眼を遣って、少なくとももう一度、ふたりが互いに見つめ合い、女性映画作家のなかで彼をあれほど魅惑したあの動かない長い視線がもう一度向けられることを願いながら、撮影の進行具合をうかがった。しかし今度は、女性映画作家は無関心で、仕事に没頭し、ふたりの視線が出会うのもまれで、しかも出会ってもほんのわずかの時間でしかなかった。そこで彼は、仕事が終わったら送って行こうと提案しようと決意して、その試みを諦めた。

三人の男たちがカメラとプロジェクターをライトバンのなかに片づけるために下に降り

て行ったとき、彼は部屋から出た。すると母親が女性映画作家に、「さあ、わたしがあなたを送って行くわ、途中でなにか飲んで行きましょうよ」と言っているのがきこえた。彼が部屋に閉じこもっていたというのに、ふたりは仕事をしていたこの午後のあいだに親称で呼び合う仲になっていたのだ！　彼がそのことを理解したとき、鼻先で恋人を奪い盗られたような気がした。彼は女性映画作家に冷たくさよならを言い、ふたりの女が外出すると、今度は自分が外出し、急ぎ足で怒りながら、赤毛の娘の住んでいる建物のほうに向かった。娘は家にいなかった。彼が家のまえを半時間近くも行き来し、だんだん不機嫌になってきたとき、とうとう彼女の姿が見えた。娘の顔はうれしそうな驚きを表わしたが、ヤロミールの顔は残忍な非難を表わしていた。どうしてこの女は家にいなかったんだ？　どうしておれが来るかもしれないと考えなかったんだ？　こんなに遅く帰るなんて、いったいどこに行っていたんだ？

彼女がドアを閉めるか閉めないうちに、彼は彼女の洋服を剝ぎ取った。そして、おれのしたに寝ているのは黒い眼の女なのだと自分に言いきかせながらセックスした。赤毛の娘の吐息をきくと同時に黒い眼を見ていたので、この吐息と眼とは同じ女に属していると思えるようになった。そんな想像によって興奮した彼はたてつづけに何度もセックスしたが、けっして数秒以上はつづかなかった。赤毛の娘には、それがなにかあまりに突飛なことだったので笑いだした。ところが、その日のヤロミールは皮肉には特別に敏感だったから、赤毛の娘の笑い声のやさしい寛大さを見抜けなかった。彼は苛立って平手打ちを二発くらわせた。娘は泣きだしたが、ヤロミールには慰安のようなものだった。娘が泣くと彼は叩いた。わたしたちが泣かせる女の涙、それは贖罪だ。わたしたちのために十字架で死にかけているイエス・キリストのようなものだ。しばしのあいだ、ヤロミールは赤毛の娘の涙の光景を楽しんでから、顔の涙にくちびるを当て、彼女を慰めてから、むしろ晴れ晴れとした気分で家に帰った。

それから二日して撮影が再開された。ふたたびライトバンが止まって三人の男たち（あの敵意ある聴衆）、それから、前夜赤毛の娘の口を借りてその吐息をきいた美しい女が降りてきた。またもちろん、だんだん若やいでくる母親もいた。このほうは唸り、とどろき、笑い、やがてオーケストラから抜け出してソロを演ずる楽器に似ていた。

今度は、カメラのレンズが直接ヤロミールに向けられるはずだった。彼は家庭のなか、仕事机のまえ、庭のなかなどにいる自分を見せなければならなかった（ヤロミールは庭が、花壇や芝生や花が好きだということになっていたから）。また覚えておられるだろうが、自分の息子についての長い解説を録音した母親と一緒にいるところを見せなければならなかった。女性映画作家はふたりを庭のベンチに座らせ、ヤロミールにたいして自然らしさを失わずに母親とお喋りするよう求めた。自然らしさの練習は一時間前からつづいていたが、母親は一瞬たりとも熱心さを捨てなかった。彼女はいつもなにかを話していた（この映画では、ふたりがなにを話しているのか観客には聞こえず、その沈黙の会話には母親の解説が付けられることになっていた）。そして、ヤロミールの表情がさして愛想よくないと確かめると、あなたのような青年の、いつも怖気づいてばかりいる内気で孤独な青年の母親になるのはやさしいことではないと文句を言った。

そのあと彼らはライトバンに乗り、ヤロミールが宿されたと母親が確信している、あのプラハ郊外のロマンチックな一隅に赴いた。母親は貞淑ぶった女だったので、その場所がなぜそんなに懐かしいのか、だれにも説明する勇気がなかった。心のなかで願っていても、本当にはそうしたくなかった。そこで彼女はみんなのまえで緊張し、曖昧に、個人的な話をすれば、この風景は自分にとって愛の風景、とりわけ官能の風景の象徴だったのだと告げた。「ごらんなさい。どうでしょう、大地は波打ち、ひとりの女、女の母性的な曲線や形態に似ているでしょう！　またこの岩をごらんなさい。離れて直立しているあの岩の一角です。なんて巨大なんでしょう！　あれらの張り出し、険しく、目もくらむ岩にはどこか男性的なところがあるんじゃないかしら？　これは男と女のいる風景じゃありませんか？　エロチックな風景じゃございませんか？」

ヤロミールは反抗したかった。こんな映画など馬鹿げたものだと言ってやりたかったのだが、良い趣味のなんたるかを心得ている者の誇りがむっくりと首をもたげるのを感じた。彼もその気になれば、ささやかなスキャンダルを起こして失敗するか、少なくともヴルタヴァ川での水浴の際にしたように逃げることができたかもしれない。しかし今度はできなかった。女性映画作家の黒い眼があり、そのまえに出ると力を失ってしまう。彼はふたたびその眼を失ってしまうのを恐れた。その眼が彼の逃げ路を塞いでいたのだ。

やがて、彼は大きな岩のそばに立たされ、好きな詩を朗読しなければならなかった。母親は興奮の極に達していた。ここに来たのは何年ぶりだろう！ ずいぶん昔のある日曜日の朝、彼女が若い技師とセックスした、まさにその場所に、いまや自分の息子が立っているのだ。息子はまるで長い年月のあと、きのこのように生えてきたという感じだった。（ああ、そうなんだわ、子供というのは両親が種をまいた場所に、まるできのこのようにこの世に生まれてくるんだわ！）。ふるえ声で詩を朗読し、炎のなかで死にたいと言っている、異様で、美しく、この世のものとは思えないそのきのこを見て、母親はうっとりとなった。

ヤロミールは自分の朗読が拙《つたな》いと感じていたが、どうしようもなかった。おれは怖気づいてなんかいない。警察の別荘でのあの夕べには、堂々とすばらしい朗読をしたじゃないか、といくら自分に言いきかせても、どうにもならなかった。こんな馬鹿げた岩のまえに立ち、こんな馬鹿げた風景に包まれているところを、プラハの人びとが犬に風を当てるか、恋人を散歩させるかするためにやってきて見るかもしれないと考えただけで恐慌状態におちいって（ほら、彼は二十年前の母親と同じ怯えを感じたのだ）、注意力を集中できなくなり、苦労し、ぎごちなく言うべき言葉を発音した。

彼女たちは何度もつづけてその詩を繰り返すよう強いたが、やがてとうとう諦めてしまった。「この子はいつも怖気づくのよね、と母親は嘆いた。高校のときにはもう、作文の時間ごとにふるえていたのよ。怖気づいたこの子を、わたしが何度無理やり教室に送り返したかわかりゃしないわ！」

女性映画作家は、詩は役者にアフレコで朗読してもらってよいのだから、ヤロミールはただ岩のまえに立って、なにも言わずに口を開ければよいと言った。

彼はそうした。

「しようがないわね！　と今度は我慢できずに女性映画作家が叫んだ。口を正しく開かなくてはならないの、ちょうどあなたが詩を朗読するときみたいに。なんでもいいというわけじゃないのよ。役者はあなたのくちびるの動きに合わせて詩を朗読するんだから！」

そこでヤロミールは岩のまえに立ち、（おとなしく、正しく）口を開いた。やっとカメラが唸り声を出した。

10

一昨日の彼は、軽オーバーを着、カメラをまえにしてそとにいたが、今日は冬のオーバー、マフラー、それに帽子をつけねばならなかった。雪になったのだ。彼らは六時に彼女の家のまえで会う約束になっていた。しかし、六時十五分になるのに、赤毛の娘は来なかった。

数分の遅刻など大したことではないかもしれないが、ヤロミールはここ数日のあいだいろんな屈辱を受けていたので、どんなささいな侮辱にも耐えられなくなっていた。大勢の人びとがいる建物のまえの道路を行ったり来たりしなければならなかったのだが、彼に会うのを急がない人間を待っていることは、一見してだれにでもわかった。それが彼の敗北を公けのものにした。

彼は腕時計を眺める勇気はなかった。あまりに雄弁なその動作のために、道路にいる人びとの眼に、空しく待たされている恋人としてはっきり自分を印象づけるのを恐れたのだ。彼は心もちオーバーのそでを引いて、時計の腕輪のしたに忍びこませ、こっそりと針の進み具合を追えるようにした。長針が定刻より二十分過ぎを指しているのを確認したとき、彼はほとんど気が狂いそうになった。おれはいつも約束より早く来ているというのに、おれより醜く馬鹿なあの女がいつも遅れてくるのは、いったいどうしてなんだ？

彼女はやっと到着し、ヤロミールの石のような顔を見た。ふたりが部屋に入って腰を下ろすと、娘はさっそく言訳を述べだした。友達のところに行っていたのだという。彼女にはなにがそんなに悪いことなのか、まったく思いあたらなかった。もちろん、だからといって彼女を正当化するものもなにもなかった。まして、友達などヤロミールにとって無意味そのものだったから、事態は一層悪化するばかりだった。彼は赤毛の娘に、友達と会うのがどれだけ大切なのかよくわかったから、もう一度その友達のところに戻ったらいいだろうと言った。

娘は事態がうまく進んでいないのを知って、友達ととても真剣な話をしていたのだと言った。その仲間は恋人と別れる覚悟をしたが、ひどく悲しかったらしくて泣いていた。あたしは彼女の気持ちを鎮めたかったので、慰めてやれないうちは帰れなかったの……

ヤロミールは言った、友達の涙を乾かしてやるのはとても立派なことだが、もしぼくがきみと別れたら、だれがきみの涙を乾かしてくれるのか。というのも、ぼくより馬鹿な小娘の、くだらない涙のほうを大切にする女と会いつづけるのはもうお断わりだからだ。

娘は、事態はうまくゆかないどころか、最悪になりそうになっているのを理解し、ごめんなさい、あたし後悔しているわ、許して、とヤロミールに言った。

しかしそれとて、彼の屈辱という飽くことのない欲望のまえではなにほどのこともなかった。彼は、いくら言訳をしても自分の確信はいささかも変わらないと反駁した。今やぼくはわかった、きみが愛だと呼んでいたものは愛などではないのだ、と。いや、とあらかじめ反論を斥《しりぞ》けて彼は言った、一見して平凡なエピソードからこれだけ極端な結論を引き出したのは、別に悪意からではない。ぼくにたいするきみの感情の本質を明らかにするものこそまさに、そうしたささいな細部なんだ。その許しがたい軽薄さ、ぼくをまるで仲間か、店の客か、たまたま道で出会った通行人のように扱うその生まれつきのだらしなさ！　もうきみは、ぼくを愛しているなどと軽はずみに言わないでくれ！　きみの愛など、愛のみすぼらしい模倣にすぎないのだから！

娘には最悪の事態になったのがわかった。彼女はヤロミールの憎しみに満ちた悲しみをキスによって中断させようと試みたが、ほとんど暴力といっていいほど乱暴に押し退けられた。彼女はそれを利用して膝から崩れ、頭を彼の腹に押しつけた。彼はためらったが、やがて彼女を起こし、触らないでくれ、と冷たく頼んだ。

アルコールのように頭に昇ってきた憎しみはすばらしいもので、彼は魅了された。あまりに魅了されたので、その憎しみは娘に当たって反射し、ふたたび戻ってきて彼を傷つけた。それは自己破壊的な怒りだった。その赤毛の娘を退けることは、この世でたったひとり所有している女を退けることになるのを彼も知っていたからだ。自分の怒りが正当なものではなく、不当な振る舞いをしているのをよく感じてはいたが、しかし、まさにそう感じていたからこそ、なお一層残酷になった。彼の心を魅惑しているのは、深淵、孤独という深淵、自己破壊という深淵だったから。この恋人がいなくなれば不幸にはなるだろうし（そのときにひとりぼっちになるだろう）、自分自身にも満足できないだろう（彼は自分が不当だという意識を持っていた）とはわかっていたが、わかっていても怒りというすばらしい陶酔には抗しがたかった。彼は恋人に、いま言ったことはただ一瞬のことではなく、永久に有効なのであり、もうきみの手には触られたくないと告げた。

その娘がヤロミールの怒りと嫉妬に直面するのは初めてではなかった。しかし、今度という今度は、彼の声にはほとんど狂ったような執拗さが感じられた。ヤロミールがそのわけのわからない激情を満足させるためなら、どんなことでもしかねないのを感じとった。そこで、ほとんど最後の瞬間になって、いわば深淵の縁すれすれのところにまで追いつめられて、こう言った。「お願い、怒らないで。嘘をついたの。じつは友達の家に行ってはいなかったの」

彼は呆気にとられ、「じゃあどこにいたんだ？」と言った。

——あんたは怒るかもしれない。その人が好きじゃないんだから。でも、どうしようもないの。その人に会わなくちゃならなかったんだから。

――つまり、だれの家に行っていたというんだ？

――兄の家。うちに泊まったことがある兄の家」

彼はいきり立って、「きみはその男としょっちゅうなにをやらなきゃならないんだ？

――気を悪くしないで。あたしにとっては、兄はなんでもないひとよ。あんたに比べたら、まったくどうでもいいひとだわ。でも、わかってほしいの、なんて言ったってあたしの兄なのよ。あたしたち十五年ものあいだ一緒に大きくなったのよ。その兄が行ってしまうの、長いあいだ。どうしてもさよならを言わなくちゃならなかったの」

兄との感傷的な別れという話は彼の気に障った。「ほかのことをすっかり忘れてしまうほど長々と別れを告げなきゃならないとは、いったいきみの兄さんはどこに行くというのか？ 一週間出張に出かけるのか？ 田舎に日曜を過ごしに行くのか？」

いや、彼は田舎にも出張にも行くわけではない。もっと重大なことなの。それを言えないのは、あんたが怒るからなの。

「それが、きみの言う、ぼくを愛しているということなのか？ ぼくの認めないなにかを隠すことが？ ぼくに隠して秘密を持つことが？」

そう、愛し合うとは互いにすべてを言い合うことだとは、あたしにもよくわかっている。でも、あんたもあたしの身になって。あたしは怖いの。ただ怖いの。

「きみが怖がらなくちゃならないとは、いったいそれはどういうことなんだ？ きみが言うのも怖いとは、兄さんはいったいどこに行くというんだ？」

はたして、ヤロミールには本当にそれは思いもよらないことなのだろうか？　本当にそれがどういう性質のものか見抜けないのだろうか？

いや、ヤロミールは見抜けなかった（そして今や彼の怒りは好奇心の陰で跛行《はこう》しはじめた）。

娘はとうとう打ち明けた、兄がこっそりと、ごまかして、非合法的に国境を越えようと決意して、明日にはもう外国に行っているのだと。

なんだって？　きみの兄さんがわれわれの若い社会主義共和国を捨てたいだって？　革命を裏切りたいだって？　亡命者になりたいだって？　それじゃきみは、亡命がなにを意味するかわからないのか？　あらゆる亡命者は自動的に、われわれの国を無きものにしようと望む外国のスパイの一員になるってことがわからないのか？

娘はうなずいて認めた。彼女の本能は、ヤロミールが十五分の待ち時間よりも、兄の裏切りのほうをずっと簡単に許してくれるだろうとささやいた。だから彼女はうなずいて、ヤロミールの言うことをすべて認めると言ったのだ。

「きみがぼくの考えに賛成だというのは、どういうことか？　思いとどまらせなくちゃならなかったんだ！　引き止めなくちゃならなかったんだよ！」

そう、あたしは兄を思いとどまらせようと努力したわ。思いとどまらせるため、できることはなんでもやったわ。これであんたも、あたしがなぜ遅れて到着したのかわかったでしょう？　これで、きっと許してくれるでしょう。

ヤロミールは、遅刻ならば許してもいい、しかし、外国に逃げようと決意をした兄のことでは許せないと言った。「きみの兄さんはバリケードの向こう側にいるんだ。それはぼく個人の敵だ。もし戦争が起こったら、きみの兄さんはぼくを撃つだろうし、ぼくは彼を撃つことになるんだ。わかるか？

――ええ、わかるわ、と赤毛の娘は言った。そして、あたしは必ずあんたと同じ側につくだろうと受け合った。あんたの側につき、けっして他のだれの側にもつかないわ。

――どうしてきみがぼくの側につくなどと言えるんだ？　もしきみが本当にぼくの側についているのなら、絶対兄さんを出発させてはいけなかったはずだ！

――あたしになにができたというの？　あたしが兄を引き止める力を持っているとでもいうの？

――ただちにぼくのところに来るべきだったんだ。ぼくならどうすればいいかわかっただろう。ところが、そうはしないで、きみは嘘をついた！　友達のところにいたと言い張った！　きみはぼくを過ちに陥れたかったのか！　それでもぼくの味方だと言い張るのか」

あたしは本当にあんたの味方だし、なにが起こってもずっとあんたの味方になると彼女は誓った。

「もしきみの言うことが本当なら、警察を呼ばなきゃならなかったんだ！」

警察、どうして？　なんといっても兄なんだから、あたしは自分の兄を警察に密告するなんてできない！　いくらなんでもそんなことはできなかったわ！

ヤロミールは矛盾に我慢できなかった。「なんだって、そんなことはできないだと？　もしきみが警察を呼ばないなら、ぼくが自分で呼んでやる！」

娘はもう一度、兄は兄なんだから、警察に密告するなんて考えられない、ときっぱり言った。

「それじゃ、きみはぼくより兄さんのほうを大事にしているのか？」

もちろんそうじゃないわ！　でも、だからといって、なにも兄を密告していいということにはならないわ。

「愛とはすべてか、無かということだ。愛は全面的か、存在しないかのどちらかだ。このぼくはこちら側にいて、彼はあちら側にいる。きみはぼくと一緒にいるはずだ。ぼくらのあいだの中間のどこかにいるんじゃない。そしてもし、きみがぼくと一緒にいるんなら、ぼくがすることをしなくちゃならないし、ぼくが欲することを欲しなくちゃならない。ぼくにとって、革命の行末はぼく個人の運命なんだ。もしだれかが革命に反対の行動をとるなら、ぼくとは反対の行動をとることになる。もしぼくの敵がきみの敵でないなら、そのときはきみはぼくの敵だ」

いいえ、いいえ、あたしはあんたの敵なんかじゃない。あたしはどんなことでも、どこでもあんたと一緒にいたいの。あたしだって、愛はすべてか無かのどちらかだってわかっている。

「そうだ、愛はすべてか無かのどちらかだ。真の愛のそばでは、すべてが蒼ざめる。他のものはすべて、なんでもなくなるんだ」

そう、まったく賛成よ、そう、それがあたしも感じていることだわ。

「真の愛は他人が言うかもしれないことに絶対耳を貸さない。人が愛を真の愛と認めるのは、まさしくそのことによってなのだ。ところがきみはいつも、人の言うことを聞こうと用意している。いつも他人のことばかり気にしている。気にするあまり、ぼくを踏みつけにするんだ」

とんでもない、絶対そうじゃない、あたしはあんたを踏みつけにしたくなんかないわ、ただ、あたしの兄に悪いことを、大変悪いことをするのが怖いの。あとで兄が大変高い代償を払うことになるんだもの。

「それがどうしたっていうんだ？　彼が高い代償を払うのは、それが正義というものだからだ。きみはたぶん兄さんが怖いんだろう？　兄さんと別れるのが怖いんだろう？　きみの家族と訣別するのが怖いんだろう？　もしきみに、ぼくがどれだけ、そんな恐るべき意気地なさを、愛の能力のひどい欠如を憎んでいるかわかったら！」

いいや、あたしがあんたを愛せないというのは本当じゃない。あたしはあんたをできるだけの力をふりしぼって愛しているのよ。

「そうだ、きみはぼくをできるだけの力をふりしぼって愛しているのかもしれない、と彼は苦々しく言った。しかし、きみは人を愛する力を持っていないんだ！　きみには絶対できないんだ！」

ふたたび彼女は、それは本当じゃないと誓った。

「きみはぼくなしで生きられるのか？」

彼女はできないと誓った。

「ぼくが死んでも、きみは生きられるのか？」

いいえ、いいえ、いいえ。

「ぼくがきみを捨てたら、きみは生きてゆけるのか？」

いいえ、いいえ、いいえ。彼女は頭を振った。

彼にはそれ以上なにを要求できただろう？　怒りが消え、そのあとに大きな興奮しか残らなかった。突然、死がふたりと一緒にいた。ある日一方が他方から捨てられたら、ふたりが互いに選ぼうと約束し合った穏やかな、きわめて穏やかな死が。感動のために割れてしまった声で、「ぼくだって、きみがいないと生きてゆけない」と彼は言った。すると彼女は、あたしはあんたなしには生きてゆけないし、生きてゆかない、ともう一度言った。ふたりは互いにその文句を繰り返し、しかもあまり長いことと同じことを言っていたのでとうとう、はっきりしないけれども大きなある魅惑に屈してしまった。彼らは着ているものを剝ぎ取って愛し合った。突然彼は手のしたたに、赤毛の娘の顔を流れている涙の湿気を感じた。それはすばらしかった。女が自分にたいする愛のために泣いてくれるとは、これまで彼が経験しなかったことだった。彼にとって涙とは、人間がひとりの人間であることに甘んじたくなくなり、人間の本性という限界を越えたいと欲するときに自己を解消させる物質だった。人間は涙という代弁者によって自分の物質的な本性、限りある存在から逃れ、彼方のものと一緒になり、無限になるのだと思っていた。彼は涙の湿気にひどく感動し、突然、自分も泣いているのを自覚した。彼らは愛し合い、互いの体と顔はぐしょ濡れになった。彼らは愛し合い、そしてじつを言えば、溶け合った。ふたりの体液は混じり合い、二本の川の水のように合流した。彼らは泣き、愛し合った。そのとき、彼らは世界のそとにいた。彼らは大地から身を離し、天に昇る湖のようになった。

そのあと、ふたりは並んで静かに横たわり、いつまでも恋しそうに顔を撫で合った。娘の赤毛はグロテスクなフィラメントのような形に凝固し、顔は赤かった。彼女は醜かった。ヤロミールは自分の詩を思い出した。そこでは古い愛の数々、醜さ、くっついた赤毛、そばかすの垢など、彼女のなかにあるものならなんでも飲みたいと書いてあった。彼は彼女を愛撫し、愛をこめてそのすさまじい醜さを見つめた。彼が愛していると言うと、彼女は同じ文句を繰り返した。

そして、互いの死の約束によって心を魅了する、その絶対的な満足の瞬間を断念したくなかったので、彼はもう一度言った。「本当だ、ぼくはきみなしには生きられないんだ。きみがいなければ生きられないんだ。

――あたしだって、あんたがいなくなると、ひどく淋しくなるわ。ひどく」

するとたちまち彼は警戒し、「でもきみは、ぼくがいなくても、なんとか生きてだけはゆけるかもしれないと思えるんだな？」

娘はその言葉の裏に差し出された罠を見抜けなかった。「ひどく淋しくなるわ。

――でも生きてだけはいけるだろう。

――あんたが去って行ったら、あたしになにができるの？　でも、ひどく淋しくなるわ」

ヤロミールは自分が誤解の犠牲者だったことを理解した。赤毛の娘は死の約束などしていない。あんたなしには生きられないと言ったとき、それはただ愛の欺瞞、言葉の綾、比喩でしかなかったんだ。このあわれな馬鹿娘は、なにが問題になっていたのかちっともわかっていなかったんだ。きっと淋しくなるなどと言っているが、このおれはすべてか無か、生か死か、という絶対的な基準しか知らないのだ！　彼は苦い皮肉をたっぷりこめて尋ねた。「どれだけの期間、きみは淋しいと感じるんだろうか？　一日？　一週間？　――一週間？　と彼女はとげとげしく言った。まあ、あたしのクサヴィシュ、一週間だって……もちろんもっと長いあいだよ！」彼女は身を寄せ、体の接触で、その淋しさは週単位では計れないことを示そうとした。

一方のヤロミールはこう考えていた。この娘の愛にはどれほどの価値があるのか？　数週間の淋しさ？　ところが、淋しさというのはなんなんだ？　ちょっとふさぎこみ、ちょっと懐かしむだけのことじゃないか。また、一週間の淋しさとはなんなんだ？　昼間に数分、晩に数分淋しがる。それで合計何分になる？　この娘の愛の重さは何分間の淋しさになるのか？　何分の淋しさと見積るべきなのか？

ヤロミールは自分の死を思い描いた。それから赤毛の娘の生、自分の不在のうえに冷たく楽しげにそびえる、無関心で、変わらない娘の生を想像した。

彼は嫉妬で激したあの対話をもう一度繰り返す気はなかった。なぜそんなに悲しそうにしているの、と問う娘の声がきこえたが答えなかった。その声のやさしさは、なんの役にも立たない慰めだったから。

彼は起き上がって服を着た。彼はもう彼女に意地悪でさえなくなっていた。彼女はなお、なぜそんなに悲しそうにしているのと尋ねた。彼は答える代わりに、悲しそうにその顔を愛撫した。それから眼を注意深く見つめて言った。「きみは自分で警察に行くのか？」

彼女はふたりのすばらしい愛撫が兄にたいするヤロミールの怒りを最終的に鎮めたものとばかり思っていたから、その質問が意外で、なんと答えてよいかわからなかった。

ふたたび彼は（悲しそうに、と同時に落ち着いて）尋ねた。「きみは自分で警察に行くのか？」

彼女はなにごとか呟いた。彼にそのもくろみを断念させたいと願ったのだが、はっきり口にするのを恐れたのだ。しかし、彼女の言いかけた呟きの意味は明白だったので、ヤロミールは、「きみが行きたくない気持ちはよくわかる。それじゃ、ぼくにまかせてくれ」と言い、ふたたび（悲しく、憐れみ深く、落胆したような身のこなしで）彼女の顔を愛撫した。

彼女は面くらい、なんと言ってよいかわからなかった。ふたりはキスし、彼は帰った。

翌朝、彼が目を覚ますと、母親はすでに外出していた。朝早く、彼がまだ眠っているあいだに、彼女は彼の椅子のうえにワイシャツ、ネクタイ、ズボン、上着、それにもちろん、猿股をのせておいてくれた。二十年来つづいているその習慣を破るのは不可能だった。ヤロミールはいつもその習慣をしぶしぶ受けいれていた。しかしその日、椅子のうえに、例の長い脚を垂れ、まさしく小便への招待というべきものにほかならない、腹のあたりに大きな開きのある、折りたたんだ明るいベージュの猿股を見たとき、彼は厳かな怒りにとらえられた。

そう、その朝、彼はなにか決定的で偉大な一日に起きるのと同じ気持ちを抱いて起きたのだった。彼はその猿股を手に取り、延ばした手のあいだに置いて、じろじろと調べるように見た。恋情にも似た憎しみをこめて凝視した。そして、一方の端を口にくわえて、歯で嚙みしめ、もう一方の端を右手に持ち、激しく引き裂いた。破ける布の音がきこえた。彼はその裂けた猿股を床のうえに投げ捨て、そのままそこに残しておいてあるのを母親が見るようにと願った。

それから彼は、黄色の運動用パンツをはき、用意されたワイシャツ、ネクタイ、ズボン、上着を身につけて家のそとに出た。

11

彼は身分証明書を門衛に預け（国家警察本部のような重要な建物に入りたい者ならだれでも必ずそうしなければならない）、階段を昇った。彼がどんなふうに歩き、自分の歩幅のひとつひとつを測っているか見てほしい！　彼が階段を昇るのは、ひとつの建物の上の階に近づくためではない。人生の上の階に近づくためなのだ。彼の眼差しはやがて、かつて一度も見たことがなかったものをそこから見ることになる。

すべてが彼にとって好都合だった。彼が事務所のなかに入ったとき、昔の級友の顔を認めた。それはひとりの親友の顔だった。友達はうれしそうな微笑で迎え、愉快そうに驚き、楽しげな様子だった。

守衛の息子は、ヤロミールの来訪が大変うれしいと断言した。ヤロミールの魂は至福感を味わった。彼は差し出された椅子に座り、本当に初めて、男対男として、対等者として、厳しい人間同士として友達に向かい合っているのだと感じた。

彼らは数分間、友達同士がするような、なんでもない雑談をしたが、ヤロミールには、それは味わい深い序曲でしかなかった。そのあいだ、彼はじりじりしながら開幕を待っていた。「きみにきわめて大切なことを知らせたいんだ、と彼は厳かな声になって言った。これからほんの数時間後に、こっそりと西側に移ろうとしている男を知っているんだ。なんとかしなければならない」

守衛の息子はたちまち身構え、ヤロミールにいくつか質問した。ヤロミールはすばやく正確な返答をした。

「これはきわめて重大な事件だ、と守衛の息子が言った。おれ自身では決定をくだせない」

それから彼はヤロミールを案内して長い廊下を渡り、別の事務所に行き、平服を着た年配の男に紹介した。友達として紹介されたので、平服の男は親しそうにヤロミールに微笑した。彼らは女秘書を呼び、調書をつくった。ヤロミールはすべてを正確に述べねばならなかった。恋人の名前、彼女が働いている場所、彼女の年齢、彼女と知り合った経緯、彼女の父、兄弟、姉妹が働いている場所、兄が西側に渡ろうという意図を持っていると彼女が知らせた時刻、彼女の兄の人柄、ヤロミールが彼について知っている情報など。

——ぼくはかなりくわしく知っています。恋人がしばしば彼のことを話していたからです。そして、まさにその理由から、この事件全体がきわめて重大だと判断し、手遅れにならないうちに、党の同志たち、戦いの同志たち、友人たちに知らせようと急いだのです。

恋人の兄はわれわれの体制を憎んでいるのです。なんと悲しいことでしょう！　恋人の兄はきわめて貧しく慎ましい家の出だというのに、しばらくのあいだブルジョワ政治家の家の運転手として働いていたため、われわれの体制に反対する陰謀を企てる人間たちの側に身も心も移ってしまったのです。そうです、ぼくはそのことをまったき確信を持って断言することができます。恋人がきわめて正確に兄の持っている意見を伝えてくれたからです。その男は今に共産主義者にたいして銃口を向けるにちがいありません。彼が亡命者の側に合流したときになにをするか、ぼくはたやすく想像できます。彼の唯一の情熱が社会主義を無きものにすることだとぼくにはわかっているからです。

三人の男たちは、男らしい簡潔さでその調書を女秘書に口述し終えた。年配の男は急いで必要な措置を取るようにと守衛の息子に言った。事務所でふたりきりになったとき、男はヤロミールの協力に感謝した。もし国民がすべてあなたほど慎重な者ばかりなら、われわれの社会主義の祖国は無敵なのだがと言い、さらに、これが最後の出会いにならないようにしていただきたいと言った。あなたはわれわれの体制には、いたるところに敵がいるのを知らないわけではないでしょう。おそらく、大学の学生たちや文学界の連中とよくつき合っていらっしゃるんでしょうから。そうです、われわれは彼らの大部分が誠実な人びとだということを知っています。しかし、なかにはかなりの破壊分子がいることも事実なのです。

ヤロミールは感激してその警官の顔を眺めた。その顔は立派に見えた。深い皺が刻まれ、荒々しく男らしい生活をしていることを証している顔だった。そうですね、これがふたりの最後の出会いにならなければ、ぼくのほうもまたうれしく思います。ぼくはその他のことはなにも願いません。ぼくは今や、自分の場所がどこにあるか知ったのです。

ふたりは握手をし、微笑をかわした。

ヤロミールは心にその微笑（武骨な男の、皺くちゃのすばらしい微笑）を残しながら、警察の建物のそとに出た。彼は広い階段を降り、街の家々の屋根のうえに立ち昇る朝の、凍えた太陽を見た。それから冷たい空気を吸い込んで、男らしさが身内にあふれ、肌のありとあらゆる孔からそとに出て、うたいだしそうになるのを感じた。

まず彼は、ただちに家に帰って勉強机に向かい、詩を書こうと考えた。しかし数歩進んでから引き返した。ひとりになりたくなかったのだ。一時間のあいだに自分の顔立ちが厳めしくなり、歩みが地につき、声が以前より重々しくなったように思われ、その変貌を人びとに見せたくなったのだ。彼は大学に行ってみんなと話しこんだ。だれも彼が変わったとは言わなかったが、太陽は輝きつづけ、街の煙突のうえにはまだ書かれていない詩が漂っていた。彼は家に戻って自分のちいさな部屋に閉じこもった。彼は数枚の紙を埋めつくしたが、さして満足しなかった。

そのあと、彼はペンを置いてしばらく考えてみることにした。青年がひとりの人間になるために越えねばならない神秘的な敷居のことをぼんやり考え、その敷居の名を知ったと思った。その名は愛という名ではなく、「義務」と呼ばれるものだった。ところが、義務を主題に詩を書くのはむずかしかった。この厳めしい言葉はどんな想像力を燃え立たせることができるのか？　とはいえヤロミールには、その言葉によって目覚まされた想像力は新しく、未聞の、驚嘆に値するものとなるだろうとわかっていた。彼は古典的な意味での義務、外部から割り当てられ、強制される義務のことは念頭になく、人間が自分のために自分で創り出し、自由に選べる義務、任意のものであり、人間の勇気と誇りとなる義務のことしか考えていなかったからだ。

その瞑想はヤロミールを誇らしさで一杯にした。そのことによって、まったく新しい光のもとに、自分自身の肖像を素描することができたからだ。彼はふたたびこの驚くべき変貌を人びとに見せたい気がして、赤毛の娘の家に駆けつけた。もう六時近かったので、娘はとっくに戻っているはずだった。しかし家主は、彼女がまだ店から帰っていない、かれこれ半時間まえにふたりの男が彼女を訪ねてきたが、間借人はまだ戻っていないと答えねばならなかったと告げた。

ヤロミールにはたっぷり時間があった。彼は赤毛の娘の通る道を行ったり来たりした。しばらくして、同じように行ったり来たりしているふたりの男がいることに注意を惹かれ、これがたぶん、家主が話していたふたりの男たちなのだろうと考えた。やがて、向こう側からやってくる赤毛の娘が見えた。彼は見られたくなかったので、ある建物の正門の陰に身を隠し、恋人が急ぎ足で自分の住んでいる建物に歩いていってなかに消えるのを見た。するとと今度は、ふたりの男がなかに入るのが見えた。彼は疑惑を覚えたが、自分の見張場から動く勇気はなかった。ほぼ一分ほどして、彼らは三人で建物のそとに出て来た。彼はそのときになってやっと、建物から数歩ばかしのところに駐車している一台の車があったことに気づいた。ふたりの男とひとりの娘が乗り込むと、その車は動き出した。

ヤロミールは、そのふたりの男がきっと警察の人間に違いないと思った。しかし、今朝の自分が行なったのはひとつの現実の行為だったのだと考えると、体を凍えさせる怯えは間もなく、心を高揚させる仰天の気持ちと混じり合った。万事はあの行為の厳命に基づいて動き出していたのだ。

翌日、彼は仕事から帰ったばかりの娘の不意を襲おうと家に駆けつけた。しかし家主は赤毛の娘はふたりの男に連れ去られて以来帰っていないと告げた。

彼はひどく動揺した。翌朝、彼はただちに警察に行った。まえと同じように、守衛の息子はきわめて親しげに彼に接し、握手をしながら陽気な微笑を浴びせた。ヤロミールが、恋人はまだ家に戻らないが、どうなったのかと尋ねると、心配しないようにと言った。「きみは大変重要な経路を教えてくれた。連中のほうは適当に料理するさ」その微笑は雄弁だった。

ふたたびヤロミールは、凍えた太陽を浴びた朝の警察の建物のそとに出て、ふたたび冷たい空気を吸い込んだ。すると自分が大きくなり、自分の運命に自信が持てるような気がしてきた。しかし、それは一昨日とは同じものではなかった。今度は、自分の行為が「自分を悲劇のなかに足を踏み入れさせた」のだと初めて思ったのだから。

そう、それこそまさしく、彼が広い階段を降りながら考えていたことだった。おれは悲劇のなかに足を踏み入れたのだ。彼にはたえず、不安で脅かすような、「適当に料理するさ」という文句がきこえてきた。その言葉は彼の想像力をかき立てた。恋人が今や見知らぬ男たちの手中にあって、彼らの思いのままになり、危険に陥っていること、また、数日間の尋問はけっしてあだやおろそかにできないものだということがわかった。彼は、昔の級友が褐色の毛のユダヤ人、それから警官たちの荒っぽい仕事についてどう言っていたか思い出した。その考えやイメージのすべてが一種甘く、匂いがよく、高貴な実体で彼を満たした。彼は自分が大きくなり、悲しみの巡回記念物のように道から道へと進んでいるような気がした。

それから彼は、なぜ二日まえに書いた詩がなんの価値もなかったのか、これでわかったと思った。あのときには、自分がなにを成し遂げてきたのか、まだわからなかったからなんだ。今になってやっと、おれは自分の行為を理解し、自分自身と自分の運命を理解できたんだ。二日まえにはまだ、義務についての詩を書きたいと思っていた。しかし今ではそれ以上のことを知っている、義務の栄光は刎《は》ねられた愛の首から生まれるのだ。

ヤロミールは自分自身の運命に魅せられて、道から道へとどんどん歩いた。家に帰ると一通の手紙があった。来週のこれこれの日時にささやかなパーティーを開くので、おいでいただければ幸いです、大勢の興味深い方々とお会いになれるでしょう、と書かれてあった。その手紙には例の女性映画作家の署名がしてあった。

その招待は確実なことはなにも約束していなかったけれども、ヤロミールには大きな喜びを与えた。彼はそこに、女性映画作家との関係はすっかり駄目になったのではなく、ふたりの愛の冒険は終わっていないのであり、ゲームがまだつづいているという証拠を見たのだ。その手紙がちょうど自分の立場の悲劇的な側面を理解した日に届いたのはじつに象徴的なことだという、漠然としているが奇妙な考えが心のなかに忍び込んだ。この二日来経験したことのすべてがついに、黒髪の女性映画作家のまぶしい美しさに面と向かい、自信をもち、ひとりの男として、恐れもなく彼女のパーティーに出かける資格を自分に与えてくれるのだという、漠然としているものの心を高揚させる感情を覚えた。

彼はかつてないほど幸福だと感じた。自分が詩に満ちあふれていると感じて机に向かった。いや、愛と義務とを対立するものと考えるのは正しくないのだと思った。それこそまさにこの問題についての古い考え方だ。愛か義務、愛する女か革命か、いや、いや、全然そんなことじゃないんだ。おれが赤毛の娘を危険に陥れたとしても、それはおれには愛が意味をもたないということではない。おれが望んでいたものこそまさしく、来たるべき世界が男と女がかつてないほど強く愛し合える世界になることだったのだから。そう、そうだったんだ。おれが自分自身の恋人を危険に陥れたのは、まさしく他の男たちがその女を愛する以上に愛していたからだ。それはまさしく、おれが愛、そして未来の愛の世界のなんたるかを知っていたからにほかならない。たしかにひとりの血と肉とをそなえた（赤毛で、そばかすがあり、きわめて小柄でおしゃべりな）女を未来の世界のために犠牲にするのは恐ろしいことかもしれない。しかし、それがおそらく美しい詩に値し、偉大な詩に値する唯一の現代の悲劇なのだ！

そんなわけで、彼は机に向かって書いた。やがて机から立ち上がると、部屋のなかを行ったり来たりして、いま書いているのはこれまでに書いたうちで最高の詩だと思った。

それは陶然とする晩だった。想像しうるあらゆる恋の晩にも増して陶然とする晩だった。自分の部屋でひとり過ごしているにもかかわらず陶然とする晩だった。母親が隣りの部屋にいたが、ヤロミールは数日まえまで彼女を憎んでいたことをすっかり忘れてしまっていた。彼女がなにをしているのか尋ねようとドアをノックしたとき、「ママ」とやさしく言いさえして、落ち着いて精神を集中するのを助けてほしいと頼んだ。「だってぼくは今日、生涯で最高の詩を書いているんだから」と言った。母親は微笑し（母親らしい、注意深く、理解に満ちた微笑だった）、彼をそっとしておいてやった。

それから彼はベッドに入り、今この時、あの赤毛の娘は男たち、警官、取調官、看守などに取り囲まれている、彼らは彼女をなんとでも好きなようにできる、彼女がバケツに座って小便をしているのを、看守がのぞき穴から観察しているかもしれないと思った。彼はそんな極端な可能性があるとは少しも信じていなかったが（彼女は尋問され、間もなく釈放されるだろう）、想像が走るのを抑えきれなかった。彼は独房にいる彼女の姿を飽きずに想像した。彼女がバケツに座り、見知らぬ男に観察されているか、取調官たちが彼女の着ているものを剝ぎ取る様子などだ。しかし、彼を驚かせることがひとつだけあった。それは、そうしたすべてのイメージにもかかわらず、どんな嫉妬も覚えないことだった！

「おまえはぼくのものにならねばならぬ。ぼくが望むなら、刑車のうえで死ぬまでに」ジヨン・キーツのこの叫びは何世紀もの空間を横切る。どうしてヤロミールは嫉妬などするだろうか？　今や赤毛の娘が彼のもの、かつてなかったほど彼のものになっているのだから。彼女の運命は彼の創造だった。彼女がバケツに座って小便しているのを観察しているのは彼の眼だ。看守の手という仮象を借りて彼女に触れるのは彼の掌だ。彼女は彼の犠牲者で、彼の作品で、彼、彼、彼、ただ彼にしか属していないのだ。

ヤロミールは嫉妬してない。彼は男たちの男らしい眠りに落ちた。

第六部　あるいは四十男

1

この物語の第一部にはヤロミールの生活のほぼ十五年がまとめられていたが、第五部は第一部より長いのに、一年足らずのことがまとめられているにすぎなかった。だからこの本では、時間は現実生活のリズムとは逆のリズムに従って流れている、つまり緩やかになっているのだ。

その理由は、筆者が時の流れのなかに彼の死が位置づけられる地点に定めた観察所からヤロミールを眺めるからだ。筆者にとっては、彼の幼年時代はいくつもの年月が合流する背景だ。筆者は、ぼんやりとした彼方から、彼が母親とともにこの観察所のところまで進んでくるのを見た。この近くからだと、すべてが、まるで古い絵の前景にあるようにはっきりと見える。眼は樹々の一枚一枚の葉、そして葉の葉脈の微妙な跡までも見分ける。

人生が職業や結婚の選択によって決定づけられるのと同じように、この小説も、筆者に差し出されるこの観察地点から見える視野に限定される。ここから見えるのはヤロミールと母親だけで、他の人物たちの姿を認めるのは、その人物たちがふたりの主役がいるところに現われるときだけだ。ちょうど人がそれぞれの運命を選ぶように、筆者がこの方法を選んだのだから、この選択は運命と同じように取り返しがつかない。

しかし、だれでもたったひとつの人生とは別の、様々な人生を生きることができないのを残念がる。だれでも、できれば現実のものとはならなかった潜在的な性質なり、可能な人生のすべてなりを生きてみたいと欲するにちがいない（ああ！　近づきたいクサヴェル！）。筆者の小説もまたそんな人びとと同じだ。この小説もまた、できれば他の小説、そうなりえたかもしれないのにそうはならなかった他の小説になってみたいと願うのだ。

だから筆者はたえず、可能だが建築されなかった他の観察所を夢みる。たとえば、筆者が観察所を画家の人生、守衛の息子の人生、あるいは赤毛の娘の人生のなかに定めたと仮定しよう。実際のところ、筆者が彼らについてなにを知っているだろうか？　あの間抜けなヤロミールが、現実にはだれについても、なにも知らなかったという以外にはほとんどなにも知らない。もしこの小説があの虐げられた人間、つまり守衛の息子の生涯、そこには彼の昔の級友である詩人がひとりの挿話的人物として一、二度しか現われない生涯を辿ったとすれば、この小説はどのようなものになっていただろうか？　あるいは、もし画家の歴史を辿り、彼がその腹を水墨のデッサンで飾った愛人のことを、正確にどう思っていたのか、ついに知ることができたなら！

人間が自分の人生のそとに出ることができないのに反して、小説のほうはそれでも、人間よりずっと自由だ。筆者がすばやく、こっそりとこの観察所を解体して、ほんのしばらくのあいだ他の場所に移したと仮定しよう！　たとえば、ヤロミールの死のはるか彼方にでも！　たとえばもうだれも、まったくだれも（彼の母親も数年前に死んだ）ヤロミールの名前を思い出さないこんにちの時点にでも……

2

ああ、まったく、もし筆者が現在までその観察所を移すことができたら！　そして、警官たちの別荘で行なわれた夕べのあいだ、ヤロミールと一緒に演壇に座っていた十一人の詩人を訪問してみることができたら！　彼らがあの晩に朗読した詩はどこに行ったのか？　だれも、じつにだれもそれを思い出さない。彼らは、恥ずかしいからだ。いまでは、彼らはみんなあのことを恥ずかしく思っているのだ……

とどのつまり、あの遠い時代のなにが残されているのか？　こんにちでは、みんなにとって、あれは政治裁判、迫害、禁書、裁判による暗殺の年月だ。しかし、その時のことを覚えている筆者としては、筆者なりの証言をしなければならない。あれはただ恐怖の時代だけではなかった。あれはまた抒情の時代でもあったのだ！　詩人たちはその時代、死刑執行人たちと一緒に君臨していたのだ。

背後に男たちや女たちを閉じこめていた壁は一面詩句で飾られ、人びとはその壁のまえで踊っていた。いや、とんでもない、あれは死の舞踏などではなかった。あそこでは無邪気が踊っていたのだ！　血まみれの微笑と結びついた無邪気が。

あれは悪しき詩の時代だったのだろうか？　必ずしもそうではない！　あの時代のことを体制追随者の盲《めし》いた眼をもって書いた小説家は、死産の作品をつくっていたのだ。しかし、小説家とまったく同じようにあの時代を盲目的に賞揚した抒情詩人たちは、あとに美しい詩を残すことがしばしばあった。というのも、もう一度繰り返せば、詩という魔法の領域においては、あらゆる断言が背後に生きられた感情の力がありさえすれば真実になるからだ。そして詩人たちは、空が虹に、監獄のうえに立つ見事な虹に輝くようになるほどに、自分の感情を生きていたのだ……

いや、とんでもない。筆者は自分の観察所を現在に置くつもりはない。あの時代を描き、あの時代にさらに新しい鏡を差し出してやることなど、どうでもよいことだから。筆者があの年代を選んだのは、あの時代の肖像を描きたかったからでなく、それがランボーやレールモントフに差し延べられた、たぐい稀な罠、詩と青春に差し延べられた罠であったように思われたからにすぎない。そして小説とは、主人公に差し延べられた罠以外のなんだろうか？　あの時代を描いた絵など悪魔にでも喰われたらよい！　筆者に関心があるのは、詩を書く若い男なのだ！

だから筆者が、ヤロミールという名を与えたその若い男をまったく見失ってしまってはならないのだ。そう、筆者の小説のことはしばらく除けておこう、わたしたちの観察所をヤロミールの人生を越えた地点に移し、全然違った捏粉《ねりこ》で作られたまったく別の人物の頭のなかに置こう。しかし、わたしたちの詩人が完全に忘れられることがないように、その観察所をヤロミールの死から二、三年以上は遠ざけないようにしよう。この物語の残りの部分に、庭園の分館が館にたいして占めるのと同じ位置を持つような一部を設けよう。その分館は館から数十メートル離れたところにあり、館には無くても済まされる独立した建物だ。ずっとまえからもとの家主が借りていたのだが、館の住人たちは使用していない。しかし分館の窓は開かれ、館の住人たちの台所の匂いや話し声が勝手に入ってくる。

3

その分館を、ある単室アパートだと想像してみよう。壁に組みこまれた衣裳ダンスのある玄関。その戸が大きく無造作に開かれている。念入りに磨かれた浴槽のある浴室。よく並べられていない皿類のあるちいさな台所。それに寝室がひとつ。寝室にはとても広いソファがあり、その正面に大きな鏡、まわりをぐるりと取り囲む本棚、それからたぶんガラスのカヴァーのしたの二枚の版画（絵と古代の彫刻の複製）、長いテーブルと二脚の肘掛椅子、庭に面した窓。その窓から家々の煙突や屋根などが見えるかもしれない。

午後の終わり。この単室アパートの借し主が帰ったところだ。彼は鞄を開いて皺くちゃの仕事着を取り出し、衣裳ダンスにかける。部屋に入って窓を大きく開ける。春の日射しを浴びた一日で、冷たい微風が部屋に入ってくる。それから彼は浴室に入り、熱い湯を浴槽に流して脱衣する。自分の体つきを調べて満足する。四十代の男だが、手を使って働くようになって以来、自分の体がすばらしい形になったと感じている。頭脳は以前より軽く、腕はたくましくなっている。

いま、彼は浴槽に身を横たえ、浴槽の縁に板をのせた。そのため、浴槽は同時に机としても役立つことになる。何冊もの本がまえに広げられている(古い作家へのこの奇妙な偏愛!)。そして彼は、熱い湯で温まりながら読書する。

やがて呼鈴の音がきこえる。短い音がひとつ、そのあとで長いふたつの音、そしてしばらく休止があってから、ふたたび短い音。彼は不意の訪問によって迷惑を蒙《こうむ》るのを好まなかった。そのため、訪問者がだれとわかるように、恋人たちや友人たちとのあいだに合図を取り決めていた。しかし、こんな合図をするのはいったいだれなのか?

年をとって記憶が悪くなったな、と彼は思った。

「ちょっと待って!」と彼は叫んだ。彼は浴槽から出て体を乾かし、急いでガウンをはおって戸を開けに行った。

4

冬のオーバーを着た娘がひとり、戸のまえで待っていた。

ただちにだれかわかったが、あまり驚いたので言うべき言葉が見つからなかった。

「釈放されたの、と彼女は言う。

——いつ？

——今朝。あんたが仕事から帰ってくるのを待っていたの」

彼は女がオーバーを脱ぐのを助けた。栗色の重く、すり切れたオーバーだった。彼はそれをハンガーにかけ、外套掛けに吊した。娘が着ていた服は、その四十男もよく知っている服だった。彼女が最後に会いに来たとき、まさしくその服とそのオーバーとを着ていたのを思い出した。突然、三年まえの冬の一日が春の午後に侵入してきた。

娘のほうも、その部屋が相変わらず同じであることに驚いていた。あの日から自分の人生ではたくさんのことが変わったというのに。「全部まえと同じね、ここは、と彼女が言う。

——そうだ、全部がまえと同じだ」と、その四十男はうなずき、彼女がいつも座ってい
た椅子に座らせた。それから矢継ぎ早に質問しだした。腹がへっている？　そうか、食事をすませたのか？　いつ食べた？　ここを出てからどこへ行くつもり？　両親のところに行くのか？

彼女は、両親のところに行く予定で、今しがたも駅に行ったのだが、決心がつかずに彼の家に来たのだと言った。

「待ってくれ。着替えるから」と彼は言った。ガウン姿でいることにやっと気づいたのだ。彼は玄関に行って戸を閉めた。着替えるまえに電話の受話器を取り、番号を回した。女の声が聞こえると、彼は弁解し、時間がないと言った。

彼は部屋で待っている娘にどんな約束もしていなかった。しかし、彼は娘に話を聞かれたくなかったので、声を押し殺して話した。話しながら、外套掛けにかけられ、控えの間を感動的な音楽で満たしている栗色の重いオーバーを眺めていた。

5

彼が彼女を最後に見たのは三年まえで、知り合いになったのは五年ほどまえだった。彼にはそれよりずっと美しい恋人たちもいたのだが、その娘にはかけがえのない長所があった。彼が出会ったとき、彼女は十七歳になるかならないところだったが、魅力的な機転があり、官能の面でも豊かで従順な娘だった。彼女は彼の眼に読みとれることだけをした。十五分ほどすると、彼女は彼のまえでは感情のことを話してはならないのを理解した。またなんの説明も求めず、おとなしく、誘われた日（月に一度くらいがせいぜいだった）だけやってきた。

その四十男はレスビアンの女にたいする嗜好を持っていることを隠さなかった。ある日、肉体の愛の陶酔のなかで、その娘は耳元に、プールの脱衣所で見知らぬ女を不意に襲い、その女とセックスしたとささやいた。その話はひどくこの四十男の気に入った。あとで、それがありそうもない話だと理解したのだが、それ以上に娘が気に入ってもらおうとして行なうその努力に感動した。そのうえ、その娘はつくり話をしただけではなかった。彼女は進んで四十男を友達に紹介した。彼女は彼の数多くのエロチックな気晴しの発案者で組織者になった。

その四十男がたんなる忠節を要求しているのではなく、自分の友達が真面目な恋愛関係を持っている場合のほうが、ずっと安心だと思っているのが彼女にはわかっていた。そこで彼女は、飾り気のない率直さで過去や現在の恋人のことを彼に話した。それが四十男を面白がらせ、楽しませた。

いま、彼女は彼のまえの肘掛椅子に座っている。（四十男は軽いズボンをはき、セーターをはおっていた）そして彼女は、「監獄から出ると馬が見えた」と言った。

6

「馬？　どんな馬だい？」

彼女が朝早く監獄の格子を越えたとき、乗馬クラブの騎手たちと行き違った。彼らは鞍のうえで真直ぐ、固く身を立て、その動物に従属し、その動物と一体となって、まるでひとつの非人間的な大きな体でしかないようだった。彼らの足元にいた娘は、自分を地上すれすれの、ちいさく、取るに足らない存在のように感じた。彼女の上方の遠くから、馬の鼻息と笑い声が聞こえてきた。彼女は壁にぴったり身を寄せた。

「そのあとでどこに行ったんだい？」

彼女は市電のターミナルに行った。まだ時間が早かったが、太陽はすでに焼けつくようだった。彼女は重いオーバーを着ていたのに、通行人たちの視線におびえた。市電の停留所にいる人びとにじろじろ見られるのが怖かった。しかし幸いなことに、安全地帯にはひとりの老女しかいなかった。ほっとした。老女がひとりしかいないということが心強かった。

「そしてきみはただちに、まずぼくの家に来ればいいと思ったのか？」

彼女の義務は自分の家、両親のところに行くことだった。駅に行き、切符売場に並んだが、切符を買う順番になったとき、気が変わった。家族のことを考えると体がふるえたのだ。それから空腹を感じて、ひと塊のソーセージを買い求めた。辻公園に腰を下ろし、四時になって四十男が仕事から戻るのを待った。

「最初にぼくのところに来てくれたのはうれしいよ。最初にぼくの家に来てくれてありがとう」と彼は言った。

「ところで、覚えているかい？　と、しばらくして彼はつけ加えた。もう二度とぼくのところには来ないとはっきり言っていたのを？

——嘘よ」と娘が言う。

彼は微笑しながら「本当だよ、と言う。

——違う」

7

　もちろんそれは本当だった。あの日、彼女が会いに来たとき、四十男はただちにバーになっているちいさな戸棚を開けた。ふたつのグラスにコニャックを注ごうとすると、娘が頭を振った。「いいの。あたし、なにも飲みたくないの。もうあんたとは飲まないわ」四十男は驚いたが、娘はつづけ、「あたしはもうあんたのところに来ないつもり。今日来たのはそのことを言うためだけなの」

　四十男が相変わらず驚いていたので、彼女は、あんたもよくその存在を知っている若い男をあたしは心から愛しているので、もう騙したくないのだと言った。彼女が来たのはそんな気持ちを理解してもらい、恨みに思わないでほしいと頼むためだった。

　四十男の愛情生活はきわめて多彩だったけれども、心の底では純情なところがあり、自分の情事が良心を痛めず、秩序立ったものであるよう心を配っていた。たしかにその娘は、彼の様々な愛の星座のなかに間歇的に現われるみすぼらしい星のように昇ってきたのだったが、しかしただひとつのちいさな星でも、突然その場所から奪われると、ひとつの世界の調和を破ってしまうから不愉快になる。

また、彼は彼女の無理解にも腹を立てた。娘が愛する恋人を持っているのを、彼はいつもうれしく思っていたからだ。彼は恋人のことを話すようにそそのかし、恋人にたいしてどう振る舞うべきか、その方法について忠告してやった。その若い男は大層彼を面白がらせ、娘が恋人から受け取った詩を引き出しにしまっておくほどだった。その詩は彼には唾棄すべきものと思われたが、同時に興味をそそられたのも事実だった。それは、まわりで形を取りはじめ、彼が浴槽の熱い湯から観察しているこの世界が、嫌悪と同時に興味もそそるように思われたのと同じだった。

彼はそのふたりの恋人たちを皮肉な満足感を覚えながら監督してやっている気でいた。だから、娘の突然の決意は、どこか忘恩のように思えたのだ。彼はなにも気取られまいと自分を抑えたのだが、充分にそうはできず、不機嫌な様子を見てとった娘は、多弁になって自分の決意を正当化しようとした。彼女は恋人を愛していて、恋人に誠実になりたいのだと断言した。

ところが今、その彼女が四十男の正面に座って（同じ椅子に座り、同じ服を着て）そんなことはけっして言った覚えがないと言い張っている。

8

　彼女は嘘をついていたわけではなかった。彼女はあることとあるべきことを区別せず、自分の倫理的な願望と真実とを一緒にする、あの例外的な魂の持ち主のひとりだった。もちろん彼女とて、その四十男になにを言ったのか覚えていた。しかしまた、あんなことを言うべきではなかったとも思っていて、そのため、今、思い出が現実の生に侵入してくるのを拒んでいるのだった。

　もちろん彼女は、あの日のことをよく覚えていた！　あの日、彼女は思っていたよりもずっと長いあいだ四十男の家でぐずぐずしていた。そして逢引きに遅れて到着した。恋人は死ぬほど怒り、その機嫌を直すには怒りに釣合うだけの言訳を持ち出すしかないと感じた。そこで、こっそりと西側に渡ろうとしている兄のところに長時間残っていたという話を作り出したのだが、兄を密告するよう恋人に強いられようとは思いもよらなかった。

　だから翌日、仕事が終わるとすぐに四十男のところに駆けつけ、忠告を求めた。四十男は物わかりがよく、やさしさに満ちた態度を示し、あくまで嘘をつきつづけ、なんらかの劇的な場面のあとで、兄が西側に渡るのを断念すると誓ったと言って、恋人を納得させるよう忠告した。彼はまた、兄が西側に渡るのを思いとどまった場面をどう描写すべきか、さらに、恋人が間接的に一家の救世主になってくれたのだとほのめかしてやるにはどう言ったらよいか教えた。恋人の影響と介入がなかったら、兄はたぶん国境かどこかで逮捕されているはずだし、場合によっては国境警備隊に撃たれて死んでしまっていたかもしれない、とでも言えばよいと教えたのだ。

「あの日、きみと恋人との話し合いは、どんなふうに終わったんだ？　と今度は彼が尋ねた。

——彼とは話し合わなかったわ。あなたのところから戻ったときに逮捕されたの。彼らが家のまえで待っていたのよ。

——それじゃ、あれ以来一度も彼と話していないのか？

——一度も。

——しかし、彼がその後どうなったか、きっとだれかが教えてくれただろう。

——いいえ。

——本当に知らないのか？　と四十男は驚いた。

——なにも知らないわ」

娘は関心がなさそうに肩をすくめた。まるでなにも知りたくはないとでもいうように。

「彼は死んだよ、と四十男は言った。きみの逮捕から間もなく死んだんだ」

9

まさか、そんなこととは知らなかった。とても遠いところから、どうしても死という物差しで愛を測りたがった若い男の激昂した言葉が聞こえてきた。

「自殺したの?」と、彼女は落ち着いた声で尋ね、突然恋人を許してやってもよいという気になった。

四十男は微笑して、「とんでもない、まったく平凡に病気になり、死んだ。母親は引越して行った。あの家に行っても、もう彼らの影も形もないだろう。墓場の黒く大きな記念碑のほかはなにもない。まるで偉大な作家の墓のようなやつがね。母親はそこにこんな銘を彫らせた、〈ここに詩人が眠る……〉。そして彼の名前のしたに、あのころきみがぼくに持ってきてくれた墓碑銘が刻んである。できれば炎のなかで死にたいと言っていたあの墓碑銘だ」

彼らは沈黙した。娘は、あのひとは自分で生命を絶ったわけではなく、まったく平凡に死んでしまったのかと思った。彼のそんな死はもうひとつの裏切りだった。監獄から出たときには、二度と会うまいと固く決心していたのだが、もうこの世にいなくなっていると は考えていなかった。彼がこの世にいなくなっているなら、自分の三年間の監獄生活の理由もまた存在しなくなり、あれはすべて悪夢、無意味、非現実的ななにかになってしまう。

「さあ、晩飯の用意をしよう。来て手伝ってくれないか」と、彼は言った。

10

彼らはふたりとも台所に行ってパンを切った。ハムやソーセージの薄切りをバターのうえにのせ、缶切りでサーディンの缶詰を開けた。ブドウ酒を一本見つけて、食器棚からふたつのグラスを出した。

彼女が四十男の家に来るときには、いつもそうする習慣だった。そこにはいつも変わらず、動かずに自分を待っていてくれる生活の決まりきった断片があることが、彼女の心を強くしていた。彼女はそのなかに苦もなく入ることができた。彼女はこれが今までに知ったなかで一番すばらしい生活だと考えた。

一番すばらしい？　どうして？

それは彼女がほっとできる生活の一部分だったから。この男は彼女にやさしく、けっしてなにも要求しなかった。彼にたいすると、どんな罪の意識も責任感も自覚する必要がなかった。彼のそばにいるといつもほっとした、ちょうどわたしたちがしばしのあいだ自分の運命の圏外にあるときにほっとするように。ドラマの主人公が、第一幕のあとで幕が下り、幕間が始まるときにほっとするように。すると今度は、他の人物たちもそれぞれ仮面をはずして、人間として寛《くつろ》いで話し合うようになる。

四十男はずっとまえから自分の人生のドラマのそとで生きているような気持ちを抱いていた。戦争が始まったとき、彼は妻とともにこっそりイギリスに行き、イギリス空軍に入って戦った。ロンドンの爆撃で妻を亡くし、そのあとプラハに戻って軍隊に入った。それはちょうどヤロミールが高等政治学院に登録しようと決意したころで、上官たちは、戦争中に資本主義国家イギリスとあまりにも密接な接触を持っていた彼を、社会主義の軍隊ではさして信用できない男だと見做した。その結果、彼は仕事場の工場に戻って、歴史と歴史の劇的な情景に背を向け、自分自身の運命にも背を向けて、もっぱら自分自身のこと、束縛のない遊びと書物のことしか気にしなくなった。

三年まえ、その若い女が別れを告げに来た。彼はただ休息しか与えてくれないけれども、恋人は人生を約束してくれるからだと言った。ところが現在、彼女は彼のまえに座り、パンとハムを嚙み、ブドウ酒を飲んでいる。彼女は限りなく幸福だ。四十男に幕間を与えられ、その心地よい沈黙が、ゆっくりと自分のなかに広がるのを感じるから。

彼女は突然、一段と居心地がよくなるのを感じ、喋りはじめた。

11

テーブルにはパン屑が落ちている空の皿と半分空の壜しか残っていなかった。彼女は(ゆっくり、淡々とした口調で)監獄のこと、同じ囚人たちのこと、看守たちのことなどを話した。いつものように、面白いと思った細部で長引き、独特のおしゃべりの、非論理だが魅力的な流れのなかで、ひとつの細部を別の細部に結びつけた。

しかし、今日の彼女のおしゃべりにはそれまでとは別のなにかがあった。普通なら、彼女の言葉は率直に肝心の点に向かうのだが、今日の言葉は問題の本質を避けるための口実でしかないように思われた。

しかし、その本質とはなんなのか? しばらくして、四十男はそれを見抜けたように思った。そこで彼は尋ねた。「きみの兄さんはどうなった?」

──知らない……と娘は言った。

──釈放されたの?

──いいえ」

四十男はやっと、なぜ娘が駅の切符売場から逃げたのか、なぜそんなに自分の家に帰るのを恐れたのかわかった。彼女はたんに罪のない犠牲者であるだけではなく、自分の兄と家族全員に不幸をもたらした罪のある人間でもあったのだ。彼女に自白させるために、彼らが尋問の最中にどんなふうに振る舞ったか、また、言い逃れをしていると信じながら、彼女がどんなふうに、段々と疑わしいものとなる新しい嘘にのめり込んでいったか、彼は容易に想像できた。架空の犯罪のために兄を密告したのが自分でなく、だれもきいたことがないうえに、もうこの世に生きてさえいない恋人だったことを、両親にどう説明できるだろうか？

娘は黙り、四十男は心のなかで同情の流れが大きくなり、自分が捲き込まれるのを感じた。「今日は両親のところに帰らないほうがよい。きみには時間がある。まずきみ自身よく考えてみなくちゃならない。きみが望むなら、ここにいたっていいんだよ」

それから彼は彼女のうえにかがみこみ、顔のうえに手をのせた。が、愛撫はせず、ただ自分の手をやさしく、いつまでも彼女の肌のうえに押しつけていた。

その動作は並々ならぬ親切さを表わしていたので、若い女の頬に涙が流れだした。

12

愛していた妻の死以来、彼は女の涙が嫌いだった。自分が女たちにそれぞれの人生のドラマを演ずる役者にされるかもしれないという考えと同じように、女の涙は彼をおびやかした。涙は自分を抱き締め、遊びという牧歌からもぎ離そうとする触手みたいなものだと思ったし、涙というもの自体がいやだった。

だから彼は、そのいまわしい湿気を手に感じて驚いた。しかしそのあと、今度ばかりは涙の感情的な力に抵抗できないと確認して、なお一層強く驚いた。事実、それが愛の涙ではなく、自分に向けられたものでもなく、手管でも脅迫手段でも、喜劇の一場面でもないのがわかった。その涙はただ存在することで満足し、人間からこっそりと悲しみや歓びが洩れだすように、その娘の眼から流れだしているのだとわかった。その無垢な涙はどんな嫌悪も催させず、彼の魂の奥底まで感動させた。

この娘と知り合って以来、ふたりは一度も互いに悪いことをしなかった。ふたりのどちらかがいつも相手を迎えに行った。ふたりはいつも短い幸福の瞬間を与え合ってきた。それ以上はなにも望まなかったし、互いに責め合うものもなにもなかったと彼は思った。そして娘が逮捕されたとき、彼女を救うためにできるかぎりのことをしたのだと考えて、とりわけ強い満足感を覚えた。

彼は娘に近づき、椅子から抱き上げた。指で女の涙をぬぐい、やさしく腕に抱き締めた。

13

この瞬間の窓の彼方、どこか遠いところ、すなわち三年まえにわたしたちが捨てた物語では、死は辛抱できずにいらいらとしていた。いまやもう死の骨ばった輪郭が照明を受けた舞台に登場し、遠くまで影を投げかけている。そのため、娘と四十男が向かい合って立っている単室アパートの借間は、薄い闇の侵入を受けている。

彼が愛情をこめて娘の体を抱き締めると、彼女は腕のなかで、そのままじっと、ただ縮こまっている。

それはなにを意味するのか、彼女が縮こまるというのは？

それは、彼女が彼に身を任せ、腕のなかにとどまって、じっとそのままでいたいということだ。

しかし、その自己放棄は入口ではないのだ！　彼女は彼の腕のなかにとどまり、閉じこもったまま、人を近づけようとしない。猫背の肩は乳房を守り、頭は四十男の顔のほうに向けられず、胸のうえに垂れたままだ。彼女は彼のセーターの黒い色を眺めていた。彼女が彼の腕のなかにとどまり、ひとり閉じこもったのは、鋼鉄の金庫のように、その抱擁のなかに自分を隠してほしいからだ。

14

彼は彼女の濡れた顔を自分の顔のほうに持ち上げ、キスをしはじめた。彼がつき動かされたのは官能的な欲望よりも共感を誘う同情によってだったが、状況にはそれぞれ固有の働きがあり、そこから逃れられない。彼はキスしながら、舌で彼女のくちびるを開けようとした。だが、無駄だった。娘のくちびるは閉じ、彼のくちびるに応えるのを拒否していた。

しかし奇妙なことだが、キスに成功しなければしないほど、彼はますます心に同情の波が増大するのを感じた。腕のなかに抱き止めているこの娘は呪いにかけられ、魂を奪われ、そんな切断のあとでは、もはや血まみれの傷しか残されないことがわかったから。

彼は腕に血の気のない、骨ばった、かわいそうな体を感じていたのだが、共感の湿った波が、帳《とばり》を降ろしはじめた夜の助けを借りて、物の輪郭やふくらみを消し去り、物から精密さと物質性とを奪ってしまった。ところがまさにそのとき、彼は彼女の肉体を欲した！まったく思いがけないことだった。彼は肉欲なしに官能的になり、欲望なしに女の体を欲していた！　それはたぶん、ある不思議な実体変化によって、肉体の欲望に変じたやさしさだったのかもしれない。

しかしその欲望は、まさしく思いがけず、理解できないものだったため、彼を夢中にさせた。彼は貪欲に彼女の体を愛撫し、洋服のボタンを外しはじめた。

彼女は身を護った。

「いや、いや！　お願い、いや、いや！」

15

その言葉には彼を止めるだけの力がなかったので、彼女は逃げて部屋の片隅に避難した。

「どうしたんだ?　なにがあったんだ?」と彼は尋ねた。

彼女は壁に身を寄せ、黙っていた。

彼は近づいて彼女の顔を愛撫した。「ぼくを怖がってはならない。怖がる必要はないんだよ。そして、どうしたのか言ってくれ。きみになにが起こったのか?　なにがあったんだ?」

彼女はじっと動かず、黙りこくり、言葉を見つけられなかった。彼女の眼前には、監獄の格子のまえを通るのを見た馬、騎手と一体になってふたつの体の傲慢な生きものと化した、たくましく、大きなけだものが現われた。彼らのそばでは、彼女はあまりにちいさすぎ、彼らの獣的な完璧さに比べようにも共通の尺度がなかった。彼女は自分の手近にある物、たとえば樹の茎とか壁とかと合体して、その生命のない物質のなかに消えてしまいたかった。

彼はなおしつこく尋ねた。「いったいどうしたんだ?

——あんたがおじいさんか、おばあさんでないのが残念だわ」と、彼女はやっと言った。

それから、こうつけ加えた。「あたしはここに来てはいけなかったんだわ。だって、あんたはおじいさんでもおばあさんでもないんだから」

16

彼はなにも言わずにいつまでも彼女の顔を撫でていた。それから（部屋のなかは暗くなっていたので）、寝る用意をするのを手伝ってくれるよう彼女に頼んだ。彼らはとても広いそのソファに並んで横たわった。彼はゆっくりと勇気を与えるような声で彼女に話した。何年ものあいだずっと、だれもそんなふうに彼女に話してくれたことはなかった。肉体の欲望は消えてしまっていたが、深く疲れを知らない同情が依然として残っていて、光を求めた。四十男は枕もとのちいさな電気スタンドをつけて娘を眺めた。

彼女は身を引きつらせて横たわり、天井を見つめていた。あそこで彼女はなにをされたのか？　なぐられたのか？　脅迫されたのか？　拷問されたのか？

彼にはわからなかった。娘は黙っていた。彼は彼女の髪や額や顔を撫でた。

彼は娘の眼から恐怖が消え去るのを感じるまで愛撫した。

彼は娘の眼が閉じるまで愛撫した。

17

単室アパートの借間の窓は開かれ、部屋に春の夜の微風が入るがままにしてあった。枕もとの電気スタンドが消され、四十男は娘の傍らでじっと動かずに横たわっていた。彼は彼女の神経質な呼吸を聴き、まどろみをうかがっていた。そして眠り込んだのを確認すると、彼女の悲しい自由の新時代に最初の眠りを与えてやれたことを幸福に思い、ふたたびとてもやさしく彼女の手を撫でた。

だから、この第六部を構成しているその分館の窓は常に開かれ、頂点に達する直前に筆者が捨てた小説の匂いや物音が入りこんでくるがままにしてある。遠くのほうで辛抱しきれずにじりじりしている死の音が、読者には聞こえるだろうか？　死よ、待ってくれ、わたしたちはまだここに、別の冒険、別の小説のなかに隠れて、この見知らぬ男の単室アパートの借間のなかにいるのだから。

別の冒険のなか？　いや、そうではない。四十男と娘の人生においては、それはひとつの冒険というよりむしろ、いくつかの冒険の中途の幕間にすぎなかった。ふたりの出会いが彼らの人生の共通の横糸のなかに、やっと場所を占めるかどうかというところなのだ。四十男が娘に与えているのは、彼女の人生がやがてあの長い療治になってしまうまえの、短い猶予の瞬間でしかない。

わたしたちの小説においてもまた、この第六部は、ひとりの見知らぬ男が、突然やさしさのランプをともした静かな休息でしかない。なおしばらくのあいだ、そのランプを、その安らかなランプ、その憐れみ深い光を眼前にとどめておこう、この第六部という分館がわたしたちの視界から姿を消すまで。

第七部　あるいは瀕死の詩人

1

ただ真の詩人だけが、詩という鏡の家のなかがどんなに悲しいものかを知っている。窓ガラスのうしろ、遠くで銃声の弾ける音がすると、詩人の心は出発を熱望する。レールモントフは軍服のボタンをとめる。バイロンはナイトテーブルの引き出しのなかにピストルを置く。ヴォルケルは詩のなかで群集とともに行進する。ハラスは挑戦の言葉を韻文で書く。マヤコフスキーは歌の喉元を踏みつける。壮大な戦闘が彼らの鏡のなかで荒れ狂う。

しかし気をつけよう！　詩人たちが誤って鏡の家の境界を越えるやいなや、死に出会うのだ。彼らは撃ち方を知らず、撃ったとしても、弾は彼ら自身の頭に当たるだけだからだ。

悲しいかな、読者には彼らの立てる物音がきこえるだろうか？　一頭の馬がコーカサスの曲がりくねった道を進んでいる。馬上の人、それはレールモントフで、彼はピストルで武装している。ところが今度は、別の木靴の突撃の音がきこえ、一台の車が軋みながら進んでくる。それはプーシキンで、彼もまたピストルで武装している。彼もまた決闘に出かけようとしているのだ。

そして今、わたしたちにはなにがきこえるのだろうか？　一台の市電の音。喘息病みのような騒がしい市電の音だ。市電のなかにはヤロミールがいる。彼は街の郊外から別の郊外に行こうとしている。寒いのでダークスーツ、ネクタイ、オーバー、帽子を身につけて。

2

自分の死を夢みたことがない詩人とは何者だろうか？　死を想像したことのない詩人とは何者だろうか？「ああ、死なねばならないというなら、恋人よ、それがおまえと一緒の死であってほしい。しかも炎のなかで、熱と光に変えられて……」。そんなふうにヤロミールに自分の死を炎のなかに思い描くよう促したのは、想像力の偶然の戯れにすぎなかったとお考えになるだろうか？　けっしてそうではないのだ。なぜなら、死とはひとつのメッセージだからだ。死は語る。死という行為はそれ自体の意義を持っている。だから、ある人間がどんな形で、そしてどんな環境で死に出会ったか知るのはつまらないことではないのだ。

ヤン・マサリク(訳註1)は一九四八年、プラハの城の中庭に身投げして生命を絶った。彼の運命は歴史の堅い殻のうえで砕け散った。その三年後、詩人コンスタンチン・ビーブル(訳註2)は、自分が建築を助けた世界の顔にぞっとし、ある建物の六階から同じ街（窓外放出の街）の舗道のうえに飛び込み、イカロス(訳註3)のように大地によって死に絶え、その死によって空間と重力、夢と覚醒の悲劇的な葛藤のイメージを残した。ヤン・フス師(訳註4)とジョルダーノ・ブルーノ(訳註5)は紐によっても刃によっても死ねず、火刑台のうえでしか死ねなかった。それによって彼らの生は、ひとつの白熱の信号、まぶしい燈台、果てしない時空間のはるか遠くに輝く松明《たいまつ》になった。肉体はかりそめのものだが、思想は永遠のものであり、ふるえる炎の存在はその思想のイメージだからだ。ヤロミールの死の二十年後、〔一九六八年ソ連の占領に抗議するために〕プラハの広場で自分の体にガソリンをかけて火をつけたヤン・パラフも、もし水のなかの溺死を選んでいたとすれば、きっと国中の良心にあれほどの叫びを鳴り響かせることは困難だったろう。

それとは反対に、炎のなかのオフェーリア(訳註6)は考えられず、彼女は水の流れのほかでは生命を絶てなかったろう。水の深さは人間の魂の深さと混じり合うからだ。水は自分自身、愛、感情、錯乱、鏡、渦巻のなかで迷っている者たちを破壊する要素である。歌謡曲の娘たちが、許婚者が戦争から戻らないので飛び込む(訳註7)のは水のなかだ。ハリエット・シェリーが身を投げたのは水のなかだ。パウル・ツェランが溺死したのもセーヌ川だ。

(訳註1) **ヤン・マサリク** チェコの政治家(一八八七―一九四八)。初代チェコスロヴァキア大統領トマーシュ・マサリクの子。当時外相だったが、謎の自殺を遂げた。

(訳註2) 一六一六年プラハ代官窓外放出事件により三十年戦争が起こったという歴史的事実の想起。

(訳註3) **イカロス**　ギリシャ神話。父ダイダロスの発明した翼で空を飛んだが、高く飛翔しすぎて太陽の熱で翼の蠟が溶け海に落ちた。

(訳註4) **ヤン・フス**　ボヘミアの宗教改革者(一三七〇—一四一五)。異端の罪で焚刑に処せられた。

(訳註5) **ジョルダーノ・ブルーノ**　後期ルネッサンス・イタリアの哲学者。(一五四八—一六〇〇)。ドミニコ会修道士であったが、異端の罪で焚刑に処せられた。

(訳註6) **オフェーリア**　シェイクスピア作『ハムレット』の主人公の恋人。

(訳註7) **パウル・ツェラン**　ルーマニアの詩人(一九二〇—七〇)。代表作『けしと追憶』他。

3

彼は市電を降り、いつかの夜、美しい褐色の毛の娘をひとり残して、あわただしく逃げ出した館のほうに向かっていた。

彼はクサヴェルのことを考えた。

最初は、彼、ヤロミールしかいなかった。

そのあと、ヤロミールは自分の分身であるクサヴェルを創り、そしてこの分身とともに夢幻的で波乱に富んだ別の生を創り出した。

そして今、夢の状態と目覚めの状態の、詩と生の、行動と思想のあいだの矛盾が廃絶されるときが来た。それと同時に、クサヴェルとヤロミールのあいだの矛盾もまた消えてしまった。ふたりはついに混り合い、ただひとつの存在でしかなくなった。夢想の男が行動の男になり、夢の冒険が生の冒険になったのだ。

彼はその館に近づいたが、ふたたびかつての臆病風が生じるのを感じた。たまたま喉のあたりがむずがゆくなったために、その臆病風がますます大きなものとなった（母親は、彼がそのパーティーに行くために外出するのをなかなか許さなかった。彼女によれば、ベッドに寝ていたほうがよいと言うのだった)。

彼は戸口のまえでためらった。自分を勇気づけるために、最近経験した偉大な日々のことをすべて改めて思い起こさねばならなかった。彼は赤毛の娘のことを考えた。彼女が受けた尋問のこと、警官たちのこと、彼が自分の力と自分の意志とによって動かした事件の進展のことを考えた……

「おれはクサヴェルだ、おれはクサヴェルだ……」と、彼は自分に言いきかせながらベルを鳴らした。

4

パーティーのために集まった人びとは、若い男優や女優、若い画家や美術学校の学生たちだった。館の持ち主もみずからその宴に参加して、館の部屋を全室提供した。女性映画作家は何人かの人物にヤロミールを紹介し、彼の手にグラスを持たせて、数多くのブドウ酒の壜から勝手に飲むようにと言ってから彼のもとを去った。

ヤロミールは、夜会服を着て、白いワイシャツにネクタイをつけている自分を滑稽なほど堅苦しい身なりだと思った。まわりにいる人びとはみんな思い思いの自然な服装をし、なかにはセーターで来ている者さえ数人いた。彼は椅子に座って脚を動かしていたが、とうとう決心して上着を脱ぎ、椅子の背凭《せもた》せに置いた。ワイシャツの襟を開いてネクタイを下げると、やっとまえよりも少しくつろいだ気分になった。

めいめいが他の人びとの注意を惹くために相手を乗り越えようとしていた。若い男優たちはまるで舞台に立っているように振る舞い、高く、わざとらしい声で話し、それぞれ自分の機転や意見の独創性を目立たせようと努力していた。すでに数杯もブドウ酒のグラスを重ねていたヤロミールは、なんとかその会話の表面に頭角を現わそうとした。自分でも傲慢なほど才気煥発だと思われる文句を何度か口にしたが、数秒のあいだ人びとの注意を惹いただけだった。

彼女は仕切りを通して、ラジオの騒々しいダンス音楽を聴いていた。市役所はその階の三つ目の部屋をしばらくまえから間借人の家族に割り当てたのだ。未亡人が息子と一緒に住んでいるふたつの部屋は、四方八方から物音に包囲された沈黙の貝殻といったふうになっていた。

5

母親はその音楽を聴いていた。彼女はひとりで、あの女性映画作家のことを考えていた。初めてその女に会ったとき、この女とヤロミールとのあいだにいつか恋愛が生まれる危険があると予感した。彼女がその女と親しくなろうと努めたのは、ただまえもって有利な位置を占め、それを出発点に、あくまで息子を手もとに置いておこうと闘うためだった。しかしいまや、そんな努力もなんの役にも立たなかったのを、彼女は屈辱感とともに理解した。あの女性映画作家はわたしをパーティーに招待しようと考えさえしなかったのだ。ふたりはわたしを除け者にしたのだ。

ある日、あの女性映画作家は、自分が国家警察の愛好者クラブの仕事をしているのは、豊かな家に生まれたので、勉学をつづけるための政治的なうしろだてが必要だからだと言ったものだった。そして今、母親の心に、あの厚かましい娘は自分の利益になることならなんでも利用する恥知らずな女なのだという考えが浮かんだ。わたしは踏台にすぎず、彼女はヤロミールに近づくためにその踏台に昇ったのだ。

6

そして、競争がつづいていた。めいめいが人びとの関心の中心になりたがっている。だれかがピアノを弾きはじめ、幾組かの男女がダンスをし、その隣りで幾群れかの人びとが笑い、高い声で話していた。皮肉の張り合いをしつつ、それぞれが他人を押しのけて注目の的になりたがっていた。

マルトゥイノフもそこにいた。背が高く、美男で、ほとんどオペレッタ風のおしゃれをし、いつもつけている短刀を持ち、女たちに取り囲まれている。ああ、その男はなんとレールモントフをいらいらさせることだろう！……こんな馬鹿な男にこんな美しい顔を与え、レールモントフには短い脚を与えるとは、神様も間違っている。しかし、この詩人は長い脚をしていないが、鋭利な精神を持っている。それが彼に優越感を与えるのだ。

彼はマルトゥイノフのグループに近づいて、機会を狙っていた。それから彼はぶしつけな言葉をひとつ言い、呆然とするまわりの者たちを見守った。

7

やっと（長い不在のあと）、彼女はふたたびその部屋に姿を現わした。彼女は彼に近づいて、黒い大きな眼でじっと見据えた。「楽しんでいらっしゃる？」

ヤロミールは、かつてふたりがこの若い女の部屋で向かい合って座り、互いに視線をはずさずに一緒に過ごしたあのすばらしい瞬間を、これから生き直すことになるのだと思った。

「いいえ、と彼は答えて彼女の眼を見つめた。

——退屈していらっしゃるの？

——ぼくがここに来たのはあなたのためです。ところが、あなたはいつもどこかに行っていらっしゃる。ぼくがあなたと一緒にいられないというのに、なぜぼくを招待したんですか？

——でも、ここには、面白い方々がこんなに沢山いらっしゃるじゃありませんか。

——そうかもしれません。でも、ぼくにとっては彼らはあなたのそばにいるための口実にすぎません。彼らはあなたに近づきたいために昇る踏台にすぎません」

彼は自分が大胆だと感じ、自分の雄弁に満足した。

彼女は笑った。

「でも、そんな踏台なら、今夜、ここにはありあまっているほどですよ！——踏台の代わりに、ぼくをもっと早くあなたのそばに運んでくれる裏階段を教えていただけないでしょうか」

女性映画作家は微笑して、「やってみましょう」と言った。彼女は彼の手を取って、引き立てていった。彼女の部屋のドアに通ずる階段に案内されると、ヤロミールの心臓はさらに高鳴りだした。

無駄だった。見覚えのあるその部屋には、また別の招待客たちがいたのだ。

8

隣りの部屋の連中は、ずっと前からラジオを消していた。暗い夜になっても、母親は息子を待っていた。彼女は自分の敗北のことを考えていた。しかしそのあと、たとえこの戦闘に敗れても、これからも闘いつづけようと思った。そう、それがまさしく彼女が感じていることだった。わたしは闘いつづけるだろう。わたしから彼を奪うことなどだれにも許さない。むざむざ彼と別れることはないのだ。いつも彼につき添い、いつも彼のあとに従ってやろう。肘掛椅子に座っているのに、彼女は自分が歩きはじめたような気がした。彼に追いつき、彼を取り戻すために、長い夜を横切って歩きはじめたような気がした。

9

女性映画作家の部屋は演説とタバコの煙で一杯だった。その煙をとおして、男たちのひとり（三十ぐらいの男）がかなりまえから熱心にヤロミールを見ていた。「きみのうわさをきいたことがあるように思うんだが」と、やっと男は切り出した。

「ぼくの？」と、うれしそうにヤロミールが言った。

その男は、子供のときから画家のところに通っていた青年というのはきみのことか、とヤロミールに尋ねた。

ヤロミールは、共通の知り合いを手がかりに、この見知らぬ人びとの社会にもっと強くかかわり合えると考えて幸福になり、急いでうなずいた。

「だが、ずっとまえからもう彼に会いに行かなくなっているんだろう、とその男が言った。

——ええ、ずっとまえから。

——それは、いったいどうしてかな？」

ヤロミールはどう答えていいかわからなかったので、肩をすくめた。

「どうしてだか知っているよ、このぼくは。きみの出世のさまたげになるかもしれないからだ」

ヤロミールは笑おうとして、「ぼくの出世？

——きみは詩を発表し、ミーティングで朗読し、この家の女主人がきみの政治的な評判の面倒をみるために、きみを主題にした映画を撮っている。ところが、あの画家には自分の絵を展示する権利はないのだ。彼が新聞で人民の敵として扱われていることは知っているだろう」

ヤロミールは口をつぐんだ。

「きみは知っているのか、知らないのか？

——いや、そんな話を聞いたことがある。

——彼の絵はブルジョワ的汚辱ということらしいね」

ヤロミールは黙った。

「あの画家がなにをやっているか知っているかい？」

ヤロミールは肩をすくめた。

「彼は学校から追い出され、工事現場の労働者として働いているよ。自分の思想を捨てたくないからだ。彼は夜、人工の光でしか絵が描けない。しかし、いい絵を描いているよ。それに比べ、きみはよくもまあ、あんな糞みたいなものが書けるね！」

10

さらにひとつのぶしつけな言葉、そしてまた別のぶしつけな言葉。その結果、美男子マルトゥイノフはとうとう腹を立ててしまった。彼はレールモントフを公衆の面前で叱りとばした。

なんだって、このレールモントフが気の利いた言葉を断念しなければならないというのか？　あやまれというのか？　とんでもない！

友人たちが彼に警告した。そんな愚かしいことのために決闘の危険を冒すなどきちがいじみている。すべてをまるく収めたほうがよい。レールモントフよ、きみの生命は名誉などという当てにならない鬼火なんかよりずっと、ずっと大切なものなのだ。

なんだって？　名誉より大切なものがあるとでもいうのか？

そうだ、レールモントフ、きみの生命、きみの作品が大切なんだ。

いや、名誉より大切なものはなにもない！

名誉とはきみの虚栄心の飢えにすぎない、レールモントフ。名誉とは鏡の幻像にすぎない、名誉とは、明日になればもうここにはいない、このくだらない公衆のための見世物にすぎない！

しかし、レールモントフは若く、彼が生きているその数秒は永遠にも等しかった。自分を見ているこれらの貴婦人や紳士たちはこの世界の観客なのだ！　この世界を男らしい、しっかりとした歩調で渡るか、さもなくばもう生きるに値しないかのどちらかだ！

11

彼は泥のような屈辱感が頰のうえを流れるのを感じた。こんな汚れた顔になっては、もう一分たりとも彼らのあいだにとどまっていられないと思った。彼らは彼の気を鎮め、慰めようとしたが無駄だった。

「ぼくらを仲直りさせようとしても無駄だ、と彼は言った。仲直りができない場合もあるんだ」それから立ち上がり、力強く相手のほうに顔を向けた。「ぼくも個人的には、あの画家が労働者になり、人工の光で絵を描いているのを気の毒に思う。しかし、物事を客観的に見れば、彼がろうそくの光で絵を描こうと、また全然描いていまいと、そんなことはまったくどうでもよい。なんの変わりもありはしない。彼の絵の世界は全部、とうの昔に死んでしまっているのだ。現実の生は、その彼方にあるのだ！　はるか彼方にだ！　ぼくがその画家のところに行くのをやめてしまったのはそのためなのだ。実在しない問題について議論するなど、ぼくには興味がない。彼ができるだけ元気でいてくれるように願うだけさ。ぼくは死者たちにたいしてなんのかかわりも持たない。彼らにとって大地が軽いものであってくれるように！　それから、ぼくは同じことをきみにも言っておく」と相手のほうに人差指を突き出してつけ加えた。「きみにとっても大地が軽いものであってくれるように、とね。きみはすでに死んでいるのに、それを知ってさえいないのだ」

今度はその男が立ち上がって言った。「死体と詩人とが闘うと、どんなことになるか見るのも一興かもしれないな」

ヤロミールは頭に血が昇るのを感じ、「やってみようじゃないか」と言い、相手を叩こうとこぶしを振り上げた。しかし相手のほうが彼の手をつかみ、激しくねじ上げて彼を一回転させ、片方の手で首を、もう一方の手でズボンの尻を取って持ち上げた。「この詩人をどこに持っていったらいいだろう？」と男は尋ねた。

しばらくまえに、ふたりの敵同士を仲直りさせようと努めていた若い男や女たちは、笑いをこらえられなかった。無力で必死の魚のようにじたばたするヤロミールを、今やしっかりと空中に持ち上げながら、男は部屋を横切った。彼はそのままバルコニーの戸口まで運び、ガラス窓を開いて詩人を放り出して、大股で引き上げてきた。

12

一発の銃声が鳴り、レールモントフは手を心臓にやった。そしてヤロミールはバルコニーの凍ったセメントのうえに倒れた。

ああ、わがボヘミアよ、おまえはあまりにもたやすく銃火の栄光を足蹴りの嘲笑に変えてしまう!

だが、ヤロミールがレールモントフのパロディーにすぎないからといって、彼を嘲笑すべきだろうか? 画家が革のオーバーと狼犬によってアンドレ・ブルトンを模倣したからといって、彼を馬鹿にしなければならないだろうか? アンドレ・ブルトンもまた、なにかしら高貴なもので、自分がそれに似たいと願っていたものの模倣ではなかったろうか?

パロディーは人間の永遠の運命ではなかろうか?

とはいえ、この状況を逆転させるほどたやすいことはなにもない。

13

一発の銃声が鳴り、ヤロミールは手を心臓にやった。そしてレールモントフはバルコニーの凍ったセメントのうえに倒れた。

彼はツァーの大きな士官服に身を固め、地面から起き上がる。彼は手ひどく見捨てられた状況にいた。そこには、その転落に荘重な意義を与えてくれるかもしれない慈悲深い文学史家が欠けている。そこには、爆鳴によって彼の子供じみた屈辱を消し去ってくれるかもしれないピストルが欠けている。そこにあるのは、窓ガラスを通して彼のところにやってきて、彼を永久に辱しめる笑い声だけだ。

彼は欄干に近づいてしたのほうを眺める。しかし悲しいかな、そのバルコニーは飛びこめば確実に自殺できると思えるほど充分には高くない。寒く、耳が凍え、足が凍え、激しく足踏みしながら、彼はどうすればよいのかわからない。彼はバルコニーの戸が開かれるのが恐い、人びとのからかい顔が現われるのが恐い。彼は罠にかかった。笑劇《ファルス》という罠のなかにいるのだ。

レールモントフは死を恐れないが、無様を恐れる。飛びこんでやりたいと思うが、飛ばない。自殺は悲劇になるが、失敗した自殺は笑いを誘うのを知っていたから。

(しかし、なに、なんだって? なんという奇妙な文句か! 自殺が成功しようと失敗しようと、どのみち、唯一の同じ行為ではないか、同じ理由と同じ勇気によって導かれるのだから! それではこの場合、悲劇的なものと滑稽なものとの違いはどこにあるのか? 運がいいか、悪いかということだけではないのか? 偉大さと卑小さを分けるものはなにか? 言いたまえ、レールモントフ! 飾りのあるなしだけではないのか? ピストルか足蹴りかの違いだけではないのか? 歴史によって人間の冒険に押しつけられる舞台装置の違いだけではないのか?)

これで充分だろう! バルコニーにいるのはヤロミールだ。彼は白いワイシャツを着て、ネクタイの結び目を下げている。そして寒さにふるえている。

14

すべての革命家は炎を好む。パーシー・ビッシュ・シェリーもまた火による死を夢みていた。彼の偉大な詩篇の恋人たちは火刑台のうえで一緒に死に絶える。その恋人たちはシェリー自身と妻の化身だったのだが、しかし彼のほうは溺死した。しかし、彼の友人たちはまるでその死の意味論的間違いを償うように、海辺に火刑台を建て、魚どもに嚙まれたその死体を火葬にしたものだった。

しかし死は、炎のかわりに寒気を浴びせることによって、ヤロミールをも愚弄したがっているのか？

というのも、ヤロミールは死を望んでいるからだ。自殺という考えが、ナイチンゲールの鳴き声のように彼の心を惹きつける。冷えこみ、やがて病気になるのがわかっていたが、彼はその部屋には戻らない。もう屈辱に耐えられないのだ。死の抱擁によってしか気が鎮められないのはわかっている。彼は全身全霊でその抱擁を満たし、そこでやっと偉大さを見出すことができる。死だけが復讐をし、いま笑っている者たちを殺人罪で告発できるのだとわかっている。

彼はガラス戸のまえに横たわり、したから寒さに体を焼かせて、死が仕事をやりとげるのを助けてやろうと思う。彼は地面に座るが、セメントがあまりにも冷たいので、数分すると、もう尻の感覚がなくなる。横になりたいと思うが、背中を凍った地面にのせる勇気がなく、起き上がる。

寒気が全身を締めつけた。彼は軽い靴の内部に、ズボンと運動用パンツのしたにいた。彼は手をワイシャツのしたに入れた。ヤロミールの歯はガチガチと鳴り、喉が痛み、つばを飲みこむことができなくなって、くしゃみをした。そして小便がしたくなった。彼は凍えた手でズボンの前立てのボタンを外した。それから、前の地面のうえに小便をした。自分のものを支えている手が寒さでふるえているのが見えた。

15

彼はセメントの地面のうえで苦痛のあまりのたうちまわった。しかし、なにがあろうとガラス戸を開いて、嘲笑していた人間どもと同席することに同意したくはなかった。それにしても、彼らはなにをしているのか？　なぜおれを捜しにやってこないのか？　彼らはそれほど意地の悪いやつらなのか？　あるいは酔っぱらいすぎているのか？　それに、どれだけまえから、おれはこの凍るような寒さのなかでふるえながらここにいるのか？

突然、部屋のシャンデリアが消え、和らかい光だけになった。ヤロミールは窓に近づいた。バラ色の傘のちいさなスタンドがソファを照らしているのが見えた。いつまでもなかを眺めていると、やがて裸の体がふたつからみ合っているのが見えた。

歯をカチカチと鳴らし、ふるえながら、彼は見ていた。半分引かれたカーテンのために、男の体に覆われた女の体があの女性映画作家のものかどうかはっきり見分けられなかったが、しかしあらゆる点から見て、そうにちがいないと思われた。女の髪は黒く長かった。

しかし、その男はだれなのか？　なんと、ヤロミールはその男をよく知っているのだ！　彼はすでにそんな光景を見たことがあったから。寒さ、雪、山に囲まれたテラス、それに照明された窓をうしろにしたクサヴェルとひとりの女！　でも、今日からクサヴェルとおれは唯一の同じ人物になるはずだったのに！　どうしてクサヴェルがおれを裏切るようなことがありうるのか？　まったく、どうしてあのクサヴェルがおれの眼前でおれの恋人とセックスできるのか？

16

いまや部屋のなかは真暗になった。もはや聴くものも見るものもなくなった。そして彼の心のなかにもまた、もうなにもなくなった。怒りも、くやしさも、屈辱感もなくなった。心のなかには恐ろしい寒さしかなくなって、それ以上長くそこにいることに耐えられなくなった。彼はガラス戸を開いてなかに入った。なにも見たくなかった。彼は右も左も眺めず、急ぎ足で寝室を横切った。

廊下には明かりがついていた。彼は階段を降り、上着を置いてきた部屋のドアを開いた。なかは真暗で、玄関から届いてくる弱い光だけが、騒々しい寝息を立てながら眠っている何人かの人間をぼんやり照らしていた。彼は依然として寒さにふるえていた。手探りでいくつもの椅子のうえを上着を捜そうとしたが、見つからなかった。彼はくしゃみをした。すると眠っていた男のひとりが目を覚まして、静かにするように言った。

彼は控えの間に出た。オーバーが外套掛けにかかっていた。彼はワイシャツのうえに直接それを着て、帽子を取ってから館のそとに出た。

17

葬列が進みはじめた。先頭には、馬が柩車を引いている。柩車のうしろをヴォルケル夫人が歩いている。彼女は白い枕の端が黒い覆いのそとにはみ出しているのに気づく。その布きれはひとつの非難のように彼女の心に突きささる。かわいい子供（ああ、この子はまだ二十四歳でしかないのだ！）が永遠の眠りについているベッドがきちんとしていないのだ。この子の頭のしたのあの枕を整えてやりたいという、どうしようもない願望を覚える。

やがて、人びとは花輪に取り巻かれた棺を教会のなかに置く。祖母は発作を起こしたばかりで、ものを見るには指で眼蓋をこじあけねばならない。彼女は花輪を調べる。そのひとつにマルトゥイノフという名のリボンがついている。「それは捨てなさい」と彼女は命令する。指で支えた麻痺した眼蓋のしたで、彼女の老いた眼は、まだ二十六歳でしかないレールモントフの最期の顔を忠実に見守っている。

18

ヤロミール（ああ、彼はまだ二十歳にもなっていない！）は彼の部屋のなかにいる。高い熱が出たのだ。医者は肺炎だと診断した。

仕切り越しに、間借人たちが騒々しく言い争っているのがきこえる。未亡人と息子の住んでいる二部屋は沈黙の小島、包囲された小島だ。しかし母親には隣りの部屋の騒ぎはきこえない。彼女は医薬や熱い煎じ薬や湿布のことしか考えない。かつて彼が子供だったとき、彼女は彼のそばで数日間も立てつづけに過ごし、赤くなって燃えそうに熱い彼を死者たちの王国から連れ戻したことがあった。今度もまた、まったく同じように情熱的に、辛抱強く、忠実に彼を見守ってやるつもりだ。

ヤロミールは眠り、うわごとを言い、目を覚まし、またうわごとを言いだす。熱の炎が彼の体をなめる。

それでも、それは炎ではないか？　やはり、彼は熱と光に変えられるのか？

19

母親のまえには見知らぬ男がいて、ヤロミールと話をしたがっている。母親は拒否する。男は赤毛の娘の名を彼女に思い出させる。「あなたの息子が彼女の兄を密告したんだ。これまでに、彼らはふたりとも逮捕された。あなたの息子と話をしなければならない」

彼らは母親の部屋で向かい合って立っている。しかし今の母親にとってこの部屋は、ヤロミールの部屋の入口でしかない。武器をもって天国の入口を防備している天使のように、母親はそこで見張っている。その訪問客の声が傲慢なので、彼女の心に怒りを惹き起こす。彼女は息子の部屋の戸を開いて、「それじゃ、話をしてごらんなさい!」

見知らぬ男は、熱のためにうわごとを言っている若い男の真赤な顔をちらっと見た。すると母親は低く、しっかりとした声でこう言った。「あなたがなんの話をしているのかわたしにはわかりません。しかし、息子は自分のしていることがどういうことか承知しているると保証できます。息子がやっていることすべては、労働者階級の利益にかなっているのです」

息子の口からよくきいたが、それまで無縁だったその言葉を口にしたとき、彼女は限りない力の感覚を覚えた。いまや彼女は、かつてないほど強く息子と一体になっていた。彼女と彼はもはや唯一の魂、唯一の知性でしかなく、ただひとつの材料を用いて裁たれた、ただひとつの世界しか成していなかった。

20

クサヴェルは、国語のノートと自然科学の教科書が入っている手さげ鞄を手にしていた。

「きみはどこに行きたいの？」

クサヴェルは微笑んで窓を指差した。窓は開かれ、太陽が輝いていた。そして遠くのほうから、様々な冒険に満ちた街の声がきこえてきた。

「一緒に連れて行くと約束してくれたのに……

——昔の話だ、とクサヴェルは言う。

——ぼくを裏切りたいのか？

——そうだ。きみを裏切るつもりだ」

ヤロミールは息をつぐことができなかった。彼はただひとつのことしか感じていなかった。クサヴェルを限りなく憎んでいるということだ。最近までの彼はまだ、自分とクサヴェルは二つの外観をしてはいるが唯一の存在だと考えていた。しかし今、クサヴェルがそれとはまったく異なっただれかだと、自分の不倶戴天の敵だったのだと理解した。

クサヴェルは彼のうえに身をかがめて顔を愛撫し、「きみは美しい、こんなに美しいのに……

――どうしてきみはぼくに、まるで女にでも話すように話しかけるんだ？　気でも狂ったのか？」とヤロミールは叫んだ。

しかしクサヴェルは話を中断されるままにならなかった。「きみはとても美しい。しかし、ぼくはきみを裏切らなくてはならない」

それから彼はきびすを返して、開いた窓のほうに向かった。

「ぼくは女じゃない！　ねえ、女じゃないんだよ！」と、その背中にヤロミールは叫んだ。

21

熱は一時的に下がり、ヤロミールはあたりを眺める。壁にはなにもない。士官服を着て額縁に入っていた男の写真は消えている。

「パパはどこへ行ったの？

——パパはもういないのよ、と母親はやさしい声で言う。

——なんだって？　だれがはずしたの？

——わたしよ。わたしたちのことパパに見られたくないの。だれにもわたしたちのあいだに入りこんでもらいたくないのよ。今となっては、あなたに嘘をついてもしようがない。あなたに知ってもらわなくてはならない。パパは、あなたが生まれてくるのをちっとも望んでいなかったの。あなたが生きることをちっとも望んでいなかったのよ。あなたをこの世に産み出さないようにわたしを仕向けたかったのよ」

ヤロミールは熱のために疲れ切り、質問をしたり議論をしたりする力がもうなかった。

「わたしのかわいい美しい子供」と彼女は言うが、その声がかすれる。

語りかけているその女がいつも自分を愛してくれたし、けっして自分から逃げなかった。彼女を失うことを恐れねばならなかったためしはなく、彼女がけっして自分を嫉妬させたためしがなかったのをヤロミールは理解する。

「ぼくは美しくないよ、ママ。ママこそ美しい。とても若々しく見える」

彼女は息子の言うことをきき、うれしさのあまり泣きたくなる。「わたしを美しいと思ってくれるの？　でも、ヤロミール、あなたはわたしに似ているのよ。あなたは似ているなんてけっして認めたがらなかったけど。でも、あなたはわたしに似ているの。わたしにはそれがうれしいの」そして彼女はうぶ毛のように黄色く柔らかい彼の髪を撫でてキスした。「あなたは天使みたいな髪をしている」

ヤロミールは自分がひどく疲れているのを感じている。しかし彼にはもはや、別の女を捜しに行こうにも、そんな力などないにちがいない。女たちはみんなとても遠いところにいて、彼女たちのところまで通じている道は限りなく長い。

「じつをいえば、どんな女もけっして気に入らなかったんだ、と彼は言う。ただ、ママだけだ。ママはあらゆる女のなかでもっとも美しい女なんだ」

母親は泣き、彼にキスして、「湖の街で過ごした休暇のこと覚えている？

――覚えているとも、ママ。ぼくがもっとも愛したのは、ママ、ママだったよ」

母親は大粒のうれし涙を通して世界を見る。まわりのものはすべて、湿気のなかでかすんで見える。形態というくびきから解き放たれた事物が歓び踊っている。「それは本当？

——本当だよ」と言ったヤロミールは、熱い掌のなかに母親の手を握った。彼はけだるかった。限りなくけだるかった。

22

すでにヴォルケルの棺のうえに土が積み重ねられている。すでにヴォルケル夫人は墓場から引き上げる。すでにランボーの棺のうえには元通り石がのせられている。しかし、人の言い伝えるところでは、母親はシャルルヴィルのランボー家の地下埋葬所をふたたび開かせたという。喪服をまとったあの高慢な女の姿がごらんになれるだろうか？　彼女は暗く湿ったその穴をのぞき込み、棺がその場所にあり、それが閉じられているのを確かめる。そう、すべてがきちんとしている。アルチュールは眠り、もう逃げ出さない。アルチュールはもうけっして逃亡しないだろう。すべてがきちんとしている。

23

それでは結局、水、水の他はなにもないのか？　炎はないのか？

彼は眼を開いて、自分のうえに、顎がやさしく落ち込み、黄色く柔らかい髪をした顔がうつむいているのを見た。その顔があまり近くにあるので、自分が井戸のうえに身をのり出して、その井戸が自分の顔を送り返しているのだと思った。

いや、どんなちいさな炎もなかった。彼はやがて水に溺れることになる。

彼は水面に映った自分の顔を眺めていた。突然、その顔に大きな恐怖が見えた。そして

それが、最後に彼に見えたものだった。

訳者解説

本書ミラン・クンデラの小説『生は彼方に』は、一九六七年ごろから書きはじめられ、六九年から七〇年のあいだに書きおえられた。ただ、こんにちの私たちの国にあってはおよそ想像することもできない理由で、長くクンデラの母語であるチェコ語では発表できず、ようやく一九七三年、パリのガリマール社からフランス語訳の形ではじめて出版され、この年の〈メディシス賞外国文学賞〉に選ばれた。そして私が手がけた最初の邦訳は、そのフランス語訳からの重訳として七八年二月に早川書房から出版された。

諸外国語に堪能な者たちの数が限られていた明治から第二次世界大戦にいたる昭和初期までの時代ならともかく、少なくとも「翻訳大国」という命名がなされたこともある第二次世界大戦後のこの国において、世界の文学作品を原語ではなく、原語から他言語に訳されたテクストから翻訳する「重訳」という事態は、きわめて異例なことである。どうしてこのような事態が生じたのか。すでにチェコの人気作家だったクンデラの小説を、どうして原作のチェコ語を一言も解さないフランス文学者の私が翻訳することになったのか。この度〈ハヤカワepi文庫〉の一冊として『生は彼方に』を上梓するにあたり、本書によってはじめてクンデラの小説に接する若い世代の読者のために、まずその間の事情を説明しておく必要がある。だが、そのまえに今や確固たる世界的な名声を確立していて、ここ十年来毎年ノーベル文学賞の候補者として取りざたされている作家だとはいえ、この小説の作者ミラン・クンデラの略歴を手短に紹介しておくのが順序というものであろう。

クンデラの生涯

ミラン・クンデラは一九二九年四月一日チェコスロヴァキア中央部モラヴィア地方の中都市ブルノで生まれた。父ルドヴィークは作曲家ヤナーチェクの高弟の音楽学者・ピアニストで、のちにブルノのヤナーチェク音楽学院の院長を務めることになる人物だった。母親はミラダと言い、ミランはクンデラ夫婦の一人息子だった。幼いころから父親にピアノを教わり、また父親の友人の作曲家に作曲の手ほどきを受け、二十五歳ごろまでは作曲が彼の創作活動の主要な部分を占めていたという。文学活動は、十四歳のときから従兄の詩人ルドヴィーク・クンデラ（父親と同名）の影響で詩作を試みるようになり、十六歳のときにマヤコフスキーの詩の翻訳が雑誌に掲載されて以後、のちに見るように、まず詩人としてチェコのさまざまな雑誌に作品を発表することになった。

クンデラの祖国チェコは数世紀もの永いあいだ、オーストリア・ハプスブルク王家の支配下にあり、チェコスロヴァキア共和国として独立を達成したのはやっと、第一次世界大戦後の一九一八年だった。だが、一九三〇年代にはいると隣国のナチス・ドイツの影響力・脅威が急速に増大してゆき、一九三八年のミュンヘン協定によってチェコのズデーテン地方がナチス・ドイツに割譲され、翌三九年にはチェコスロヴァキアという国全体がナチス支配下に組み入れられて独立を失い、解体された。ナチス・ドイツによるチェコ占領時代は第二次世界大戦が終了する一九四五年までつづくのだが、ミラン・クンデラの青春時代はまさにこのような歴史の激動期と重なっている。

だが、チェコにおける歴史の激動はまだまだつづく。解放後の四六年の憲法制定議会では共産党が第一党になり、四八年にはいわゆる〈二月クーデター〉の結果、きわめて社会主義的な人民民主主義憲法が採択され、クレメント・ゴットワルトを大統領とする共産主義体制になった。チェコはそれまでのドイツに代わって、以後四十年間ソビエト・ロシアの支配下にはいることになり、この体制は一九六八年、ソ連からの自立を求めた〈プラハの春〉およびロシア軍を中心とするその軍事的圧殺という悲劇的なエピソードをはさんで、一九八九年のいわゆる〈ビロード革命〉による、共産主義からの最終的な解放までつづいた。クンデラの人生も、他の多くのチェコ人たちと同様、そんな過酷なまでに劇的な〈歴史〉の激流に翻弄される生涯となる。

　ミラン・クンデラは一九四七年、当時多くの知識人たちがそうしたように、十八歳で共産党に入党する。四八年には故郷ブルノのギムナジウムを卒業し、プラハのカレル大学で二学期ほど文芸学と美学を学んだあと、芸術アカデミー映画学部《FAMU》に入学するが、五〇年「反党的な思想」の持ち主だとして共産党を除名された。五二年にＦＡＭＵを卒業するが仕事もなく、しばらく労働者として働いたり、酒場でピアノを弾いたりしながら生活し、やがてＦＡＭＵに助手として迎えられる。五三年に処女詩集『人間、広い庭』を刊行し、以後『最後の五月』（五五）、『モノローグ』（五七）などの詩集や、アポリネールの詩の訳詩集（五八）なども発表したが、心中期するところがあって最終的に五九年から詩作を放棄した。その後、評論『小説の技法――偉大な叙事詩を求めるヴラヂスラフ・ヴァンチュラ』（六〇）や戯曲『鍵の所有者』（六二）などを発表したものの、五九年ごろから書きはじめていた短篇小説「誰も笑わない」他二篇（のちに『微笑を誘う愛の物語』（七〇）に収録）の発表以後は完全に小説家に転向し、六七年に刊行した『冗談』によってチェコを代表する、いわば国民作家のひとりとして認められることになった。

　チェコ人たちが「人間の顔をした社会主義」をスローガンに掲げ、ソ連型共産主義からの自立、自由を求めた反乱、いわゆる一九六八年五月の〈プラハの春〉の時期、クンデラは国際的にも知られはじめたチェコの人気作家であると同時にFAMUの助教授であり、チェコ作家同盟事務局長だった。彼は大多数のチェコ人たちとともに、この自由化運動に参加し、積極的に擁護した。ところが、一時は勝利するかに見えたこの運動は、国内的および国際的に圧倒的かつ熱烈に支持されていたにもかかわらず、同年八月ソ連を中心とする軍事的介入によって、無惨にもあえなく圧殺されてしまった。その後、七〇年からチェコではソ連の指令によって「正常化」という名の恐怖政治が敷かれ、〈プラハの春〉に参加した知識人たちへの容赦ない報復、弾圧が猛威をふるうことになった。他の多くのチェコ知識人たちと同様、クンデラもまたこの年に共産党から二度目の除名処分を受けたのは当然だったとしても、それにくわえて、FAMUの助教授職を解任されるばかりか、作品はすべて発禁処分になった。さらに、彼の本は店頭はもちろん、図書館においてさえ禁書になり、ミラン・クンデラという作家は過去と未来とを問わず、公的にはチェコスロヴァキア文学史のなかに存在しないことにされたのである。作品を書いても国内で発表する手だてがまったくなくなった彼は、貯金を食いつぶしたあと、ある雑誌の星占いのコーナーを書いてわずかの金銭を得たり、妻のヴェラが英語を教えることで生計を支えられたりしていた。

こうした国内的における追放状態、内的亡命がその後一九七五年までの五年間つづいたのだが、その間幸いなことに、彼の小説『冗談』の仏訳が六八年ガリマール社から刊行され、この小説を「今世紀の小説のなかでもっとも卓《すぐ》れたもののひとつ」と讃え、「チェコスロヴァキアに〈精神のビアフラ〉が起ころうとしているとは、わたしは信じたくない。けれどもこの暴力の道のゆきつくところ、わたしにはどんな光も見出せない」と嘆じたルイ・アラゴンの有名な序文の力もあってフランスで大反響を呼んだ。また、前記したように七三年に『生は彼方に』が仏訳で出版され、この年の〈メディシス賞外国文学賞〉があたえられた。私がこの『生は彼方に』を仏訳から日本語に重訳することになったのはそのためである。そして七五年クンデラはフランスのレンヌ大学の客員教授になるという形で、ついに事実上の国外亡命をすることになる。その後七六年に小説『別れのワルツ』を、七九年にはフランス亡命中に書いた『笑いと忘却の書』を最初から仏訳の形で刊行した。ところが、この『笑いと忘却の書』のなかでチェコの大統領、およびその「正常化」路線を容赦なく批判したために、クンデラはチェコの市民権を剝奪され、二年足らずのあいだ文字通りの無国籍者になった。それでも八一年には、パリの社会科学高等研究所の教授に迎えられるとともに、フランス共和国大統領フランソワ・ミッテランの特別な計らいでフランスの市民権をあたえられることになる。

こうしてクンデラはフランスでの生活の安定をみるとともに、作家としての名声も徐々にヨーロッパ、そしてアメリカへとひろがっていく。八四年には『存在の耐えられない軽さ』を刊行して、この小説がアメリカの映画監督フィリップ・カウフマンによって映画化されるに及んで、その名声は世界的になった。彼は以後、ソ連型共産主義は永遠であり、そうであるかぎり自分がふたたび祖国チェコに戻ることは永久にありえないと思い定め、八八年には初めて舞台をフランスに移した小説『不滅』を完成させて、その翻訳、刊行を待っていたところ、なんとも皮肉なことに、八九年に突如チェコで〈ビロード革命〉が起こり、彼を国外に追放し、発禁処分にしていた共産主義体制があっけなく崩壊、彼は祖国に帰っても、母語のチェコ語で作品を書き、発表してもいいことになったのである。

ところが、〈ビロード革命〉後のクンデラの選択は、大方の予想に反するものだった。彼は祖国には帰らず、あいかわらずフランスに住みつづけることを選ぶばかりか、「作家は唯一の言語の囚人ではない」として、齢《よわい》六十を越えているのに、あえて作家としての表現言語もチェコ語から最終的にフランス語に代えてしまったのである。そして、九三年には最初からフランス語で書いた評論集『裏切られた遺言』を、九五年には同じく最初からフランス語で書いた小説『緩やかさ』を発表した。さらに、「作家はみずからの作品を好きな時、好きな場所で発表する権利がある」と考えて、やはり最初からフランス語で書いた小説『ほんとうの私』を九七年まず日本語訳で、そして祖国チェコへの帰還の悲喜劇を哀切きわまりない筆致で書いた小説『無知』を二〇〇〇年にスペイン語訳で発表した。現在、彼は新たな評論集を執筆中であり、その一部が本年の四月刊行の文芸雑誌《すばる》五月号に、私の手で翻訳・紹介されている。

クンデラの作品

ミラン・クンデラがみずからの作品と認め、出版を許可している作品は現在までにすべて日本語に訳されている。最初の二作品をのぞいて、いずれもフランスのガリマール社から出版されている原書、およびその翻訳書はつぎのとおりである。なお、邦訳の年代は初版の出版年。

『微笑を誘う愛の物語』（短篇小説集）一九七〇年。千野栄一・沼野充義・西永良成訳、一九九二年に集英社より刊行。

『冗談』（長篇小説）一九六七年。関根日出男・中村猛訳、一九七〇年にみすず書房より刊行。

『生は彼方に』（長篇小説）一九七三年。西永良成訳、一九七八年に早川書房より刊行。

『別れのワルツ』（長篇小説）一九七六年。西永良成訳、一九九三年に集英社より刊行。

『笑いと忘却の書』（変奏曲形式の小説）一九七九年。西永良成訳、一九九二年に集英社より刊行。

『ジャックとその主人──ドニ・ディドロへのオマージュ』（戯曲）一九八一年。近藤真理訳、一九九六年にみすず書房より刊行。

『存在の耐えられない軽さ』（長篇小説）一九八四年。千野栄一訳、一九八九年に集英社より刊行。

『小説の精神』（評論集）一九八六年。金井裕・浅野敏夫訳、一九九〇年に法政大学出版局より刊行。

『不滅』（長篇小説）一九九〇年。菅野昭正訳、一九九二年に集英社より刊行。

『裏切られた遺言』（評論集）一九九三年。西永良成訳、一九九五年に集英社より刊行。

『緩やかさ』（小説）一九九五年。西永良成訳、一九九五年に集英社より刊行。

『ほんとうの私』（小説）一九九七年。西永良成訳、一九九七年に集英社より刊行。

『無知』（小説）二〇〇〇年。西永良成訳、二〇〇一年に集英社より刊行。

また、近年わが国においても、とみにクンデラ研究が盛んになり、多くの論文、著書がクンデラの作品を紹介し、論じている。そのうち、以下の三点だけを参考書として刊行順にあげておく。


工藤庸子『小説というオブリガート――ミラン・クンデラを読む』、東京大学出版会、一九九六年。

西永良成『ミラン・クンデラの思想』、平凡社、一九九八年。

赤塚若樹『ミラン・クンデラと小説』、水声社、二〇〇〇年。

小説『生は彼方に』概説

小説『生は彼方に』は以上に掲げたクンデラの作品のなかでも、きわめて特異な地位を占めている。第一にこの小説の主人公が作者とほぼ同じ家族構成、同じ世代であり、しかも第二次世界大戦後にチェコ共産党に入党した抒情詩人という共通の経験をもっている。したがって、間接的ながら、クンデラがもっとも多く自己を語っていると考えられる小説である。ただ自己を語るといっても、その語り方は異常なまで明晰かつ批判的であり、主人公とその母親の肖像はほとんどサディスティック、あるいは、クンデラのもっとも信頼の厚い批評家であるフランソワ・リカールによれば、「悪魔的視点」から描かれている。それはこの小説が、みずからの主観的な感情のみを絶対的な価値に仕立て上げて疑わない抒情主義を告発し、根本的に批判するために書かれているからであり、著者は最初、この小説を「抒情の時代」と題そうと考えていたという。若き日のクンデラ自身もまた、そんな主人公と同じような抒情詩人であり、しかも同じように共産党支持者であっただけに、それだけよけいここにはある種の仮借ない自己批判、自己嫌悪の色調がにじみ出ていると も言っておくべきだろう。ただこうした抒情主義は必ずしもクンデラや彼の小説の主人公のみに見られるものではなく、状況、あるいは程度と質はちがっても、近現代人であればだれしもが多少なりともその胸中に隠し持っている心的傾向である。おそらく近現代人に特有のものと思われるその抒情の精神との、それほどまでに苛烈で徹底的な訣別の事情をクンデラは何度もくりかえし述べているが、たとえば『裏切られた遺言』ではこう書いている。

一九四八年以降の、祖国の共産主義革命のあいだ、私は〈恐怖政治〉の時代に抒情的な迷盲が果たす傑出した役割を理解した。私にとってそれは、〈詩人が死刑執行人とともに支配した〉（『生は彼方に』）時期だった。そのときに私は、マヤコフスキーのことを考えた。彼の天才はロシア革命にとって、ゼルジンスキーの秘密警察と同じくらい不可欠のものだった。抒情主義、抒情化、抒情的演説、抒情的熱狂は、全体主義と呼ばれるものの構成要素を成している。その世界はたんなる収容所ではない、外壁が詩句で覆われ、そのまえで人びとが踊る収容所なのだ。私にとって〈恐怖政治〉の抒情化は、〈恐怖政治〉そのものよりずっと心的な外傷《トラウマ》になった。だから私は、あらゆる抒情的誘惑にたいして永遠に免疫になったのである。その当時の私が深く、激しく望んでいたのは、醒めて透徹した眼差しだった。そしてそれをやっと小説というジャンルのなかにみつけた。だからこそ、私にとって小説家であることは、他のジャンルのなかの一つのジャンル、〈文学ジャンル〉を実践する以上のことになったのである。それは一つの態度、一つの知恵、一つの立場だった。一つの政治、イデオロギー、道徳、集団へのどんな同化も排除する立場。逃避もしくは受け身としてではなく、抵抗、挑戦、反抗として理解される自覚的で、執拗な、怒りにも似た非＝同化。

この回想は彼の抒情主義との訣別の事情のみならず、これとほぼ同じ言説が『生は彼方に』の第六部二章にも見られることを考え合わせるなら、彼の「存在論的選択」としての、「抒情の精神」から「小説の精神」への転回、詩人から小説家への転身の理由、そしてその「存在論的選択」の記念碑的な作品であるこの小説の成立の経緯をもまた、端的に語っているものといえる。以後クンデラにあっては、この「小説の精神」の選択は最終的かつ不動のものとして実践され、擁護されることになるが、また、この小説でおこなわれた「悪魔的」な抒情主義批判は、のちの作品でロマン主義批判、キッチュ批判、ホモ・センティメンタリス（感傷的人間）批判、さらに現代ヨーロッパ批判として、より深化、拡張されて、クンデラの小説世界の最大の特徴を形成することになる（この点に関心のある読者は、上の参考書に掲げた拙著『ミラン・クンデラの思想』第三章「ホモ・センティメンタリスとホモ・ポエティクス」を是非参照されたい）。

クンデラは小説の内容のみならず形式、構成にもきわめて敏感な小説家であり、しかも自己模倣はけっしてしない厳格な作家だから、彼にはどれひとつとして同じ形式で書かれた小説はない。『生は彼方に』も当然、クンデラの他の小説のどれにも似ていない。そこで、つぎにこの小説の構成、形式に着目することにしたいが、さいわい『小説の精神』のなかに作者自身の解説がある。

彼はまず、小説の各部が「固有の語りのモード」に従っていると指摘する。すなわち、

第一部 「一貫した」（つまり各章間に因果関係のある）話法

第二部 夢幻的な話法

第三部　「一貫しない」（つまり各章間に因果関係のない）話法
第四部　ポリフォニー的話法
第五部　「一貫した」話法
第六部　「一貫した」話法
第七部　ポリフォニー的話法

このように話法は単一、単調ではなく、それぞれの部が「それ自体一つの全体」になるように工夫され、小説の「分節」が明確になるようにされているのだが、それに加えて小説のテンポにもまた、つぎのような音楽的な配慮がなされているのだという（なお、以下の頁数は原書の数字）。

第一部　一一章七一ページ、モデラート（中庸の速度で）
第二部　一四章三一ページ、アレグレット（やや快速に）
第三部　二八章八一ページ、アレグロ（快速に、活発に）
第四部　二五章三〇ページ、プレスティッシモ（できる限りはやい速度で）
第五部　一一章九六ページ、モデラート（中庸の速度で）
第六部　一七章二六ページ、アダージョ（緩やかに）

第七部　二三章二八ページ、プレスト（きわめて速く）

クンデラによれば、このような多様なテンポは、それぞれの部の長さとそこで語られる出来事の（現実的な）時間との関係によって決まるのであって、たとえば、第五部「あるいは嫉妬する詩人」はヤロミールのほぼ一年間の生活を描写しているが、第六部「あるいは四十男」はわずか数時間を扱っているにすぎない。その結果、この六部では章の短さによって時間の動きが緩くなり、ある大切な瞬間（四十男と不幸な赤毛の娘との魂の交流）が固定されることになるのだという。また、テンポ間の対比もきわめて重要なものであって、その対比は彼の小説の「最初の構想の一部」とさえなることがあり、『生は彼方に』の第六部「あるいは四十男」のアダージョ（平安と同情の気分）のつぎに第七部「あるいは瀕死の詩人」のプレスト（高揚した荒々しい気分）がつづくという、最後の対比のなかに「この小説の感情の力のすべてを集中させたかったのだ」と打ち明けている。いかにも若いときに作曲を学び、小説以外の最大の情熱を音楽に注いでいる彼ならではの小説作法と言うべきである。

さらにこの小説には話法、およびテンポの組み合わせのほかに、もう一つ注目すべき特徴がある。それは、小説がヤロミールという若い天才詩人の伝記の形式で書かれているのだが、ヤロミールを中心にほぼ伝統的な伝記の形式で書かれているのは第一部、第三部、第五部の奇数の部だけであり、第二部、第四部、第六部の偶数の部ではヤロミールはみずからの分身クサヴェル、ランボー、レールモントフその他の詩人たち、四十男といった副次的な人物などに主人公の座をゆずり、そして第七部は奇数の部と偶数の部の中間形式をとるといったように、きわめて規則的な視点、パースペクティヴの転換がおこなわれていることである。このようになんとも精緻な構成——しかしながら、けっして実験的と思わせず、ごく自然な印象を読者にあたえる構成——は、「全体のポリフォニックな構築と様々な章のモザイックな構造との結合」（フヴァチーク）と呼びうるものであり、これがのちのクンデラの小説技法の支配的な形式となる。ただし、『生は彼方に』の中心的な手法として絶大な効果を発揮しているパロディーの手法——クンデラが「だが、ヤロミールがレールモントフのパロディーにすぎないからといって、彼を嘲笑すべきだろうか？　画家が革のオーバーと狼犬によってアンドレ・ブルトンを模倣したからといって、彼を馬鹿にしなければならないのだろうか？　アンドレ・ブルトンもまた、なにかしら高貴なもので、自分がそれに似たいと願っていたものの模倣ではなかったろうか？　パロディーは人間の永遠の運命ではなかろうか？」（本書五一六頁）と問うている手法——は、この後しばらく用いられないが、『不滅』ではじつに鮮やかな形で復活する。

以上のことで私が言いたいのは、要するに『生は彼方に』はテーマ的にも、技法的にものちにクンデラが書きつづけた小説群の原型と言ってよい作品であり、その意味できわめて特異な地位を占めているということである。したがってこの小説は、クンデラの豊かな小説世界の理解と鑑賞には不可欠な作品だと言って過言ではないし、作者が『小説の精神』、『裏切られた遺言』といった評論のみならず、『不滅』のような小説においてまでこの『生は彼方に』に言及するほどの愛着を見せているのも、けっして偶然ではないのである。

かつてこの小説はチェコの歴史を題材に、共産主義的社会を批判した政治小説として読まれることが多かった。それはフランスでも、またこの小説の初版を仏訳から「重訳」した私にしても同じことだった。しかし、それがきわめて偏狭な一面的読解にすぎなかったことは、共産主義が崩壊した今日でも、この小説がいささかもリアリティーを失っていないことからも明らかである。クンデラ自身は当初からそのような一面的な読解を「政治的な還元」と呼び、ねばり強く反論してきたのだったが、最後にこの小説のアメリカ版に寄せた彼の序文から、今や一種の青春小説と呼ぶべき彼自身の自作観を紹介しておこう。

小説家にとって、一つの歴史状況は〈人類学的な実験室〉となり、そのなかで小説家は、人間の実存とはなにか、というみずからの主要な問いを研究する。この小説の場合には、その問いにいくつかの派生的な問いが加わる。抒情的な態度とはなにか？青春とはなにか？　母親は幼い人間の抒情的世界の形成期にどんな役割を果たすのか？　また、青春とは未成熟の年齢だとするなら、未成熟と絶対への渇望とのあいだ、そして絶対への渇望と革命的な熱狂とのあいだには、どんな関係があるのか？　さらに抒情的な態度は愛のなかにどのようにあらわれるのか？　愛の〈抒情的形式〉というものが存在するのか？　等々。このいずれの問いにたいしても、むろん小説はどんな答えももたらさない。答えは、それらの問いそれ自体である。なぜなら、ハイデガーが言ったように、人間の本質とは問いの性格をもっているのだから。

『生は彼方に』の翻訳

この解説の冒頭に記したように、本書『生は彼方に』は、一九六七年ごろから書きはじめられ、六九年から七〇年のあいだに書きおえられた小説だが、政治的な理由によって祖国チェコで母語のチェコ語では発表できず、ようやく一九七三年、パリのガリマール社からフランス語訳の形ではじめて出版された。そして私が手がけた最初の邦訳は、そのフランス語訳初版からの重訳の形で早川書房から七八年二月に出版された。ところが、七五年のフランスへの亡命後、『笑いと忘却の書』、『存在の耐えられない軽さ』を発表したあと、クンデラはあるときふと、それまでの自作のフランス語訳に疑問を抱き、一九八五年から八七年にかけて全作品の仏訳を徹底的に見直す作業に没頭することになった。そして九〇年以後、改めて再検討されたフランス語訳の全自作小説に「チェコ語のテクストと同じ価値の真正さ」をあたえることにした。その結果、『生は彼方に』も「新版」および「決定版」として一九九一年十二月にガリマール社から出版されることになったのである。そこで、作者は当然ながら、邦訳もまた「新版」から全面的に改訳されることをかねてより強く望んでいた。訳者にしても、むろん同じ思いだった。だから一九九五年五月、早川書房編集部の勇断により、「チェコ語のテクストと同じ価値の真正さ」をもつフランス語の「新版」および「決定版」に基づいて徹底的な改稿をおこなったうえ、「新版」として出版する機会があたえられたことは大きな喜びだった。

そしてこのたび、その『生は彼方に』新版が〈ハヤカワepi文庫〉の一冊に加えられることになり、幸運にもふたたび旧稿を見直す機会があたえられて、九五年の「新版」の訳文をさらに推敲することができた。また、とりわけ二十一世紀の若い読者に向けられたものだという〈ハヤカワepi文庫〉の性格を考慮して、この文庫版には初版にも新版にもなかった相当数の訳註を付すことにするとともに、訳者解説も新たに書き直した。

最後になるが、『生は彼方に』翻訳の企画、編集にあたっては、初版のときも「新版」のときも、私の大学時代のクラスメートである早川書房の菅野圀彦編集部長、かけだしの教師時代の数少ない教え子のひとりである早川書房編集部の祖川和義氏に大変お世話になった。また、新版の編集作業については滝井朝世さんのきわめて適切な指摘と、早川書房校閲課の厳密な検証の恩恵に恵まれた。さらに、この文庫版『生は彼方に』の出版にあたっては、やはり菅野圀彦編集部長の格別の配慮をいただき、また編集部書籍課の鹿児島有里、光森優子さんに大変ご尽力いただいた。末筆ながら、心から感謝したい。

二〇〇一年六月十一日

西永 良成

本書は一九九五年七月に早川書房より『生は彼方に〈新版〉』のタイトルで単行本として刊行された作品です。

コレクションズ 上・下

The Corrections

ジョナサン・フランゼン

黒原敏行訳

〈全米図書賞受賞作〉ランバート家の老家長アルフレッドは頑固そのもの。妻イーニッドは落胆ばかりの日々を過ごしている。子供たちの生活も理想とは遠い――裕福だが家族仲が悪い長男ゲイリー。学生と関係し大学を解雇された次男チップ。末っ子の才気あるシェフ、デニースは恋愛下手。卓越した筆力で描写される五人の運命とその絆の行方は？　アメリカの国民作家の大作

心臓抜き

L'arrache-cœur

ボリス・ヴィアン
滝田文彦訳

成人として生れ一切過去をもたぬ精神科医ジャックモールは、全的な精神分析を施すことで他者の欲望を吸収し、空っぽな心を満たす。被験者を求めて日参する村で目にするのは、血のように赤い川、動物や子供の虐待、人の〝恥〟を食らって生きる男といったグロテスクな光景ばかり……ジャズ・ミュージシャン、映画俳優、劇作家他、20以上の顔を持つ、天才作家最後の長篇小説

ハヤカワepi文庫

日の名残り

The Remains of the Day

カズオ・イシグロ
土屋政雄訳

人生の黄昏どきを迎えた老執事が、旅路で回想する古き良き時代の英国。長年仕えた先代の主人への敬慕、女中頭への淡い想い……忘れられぬ日々を胸に、彼は美しい田園風景の中を旅する。すべては過ぎさり、取り戻せないがゆえに一層せつない輝きを帯びた思い出となる。執事のあるべき姿を求め続けた男の生き方を通して、英国の真髄を情感豊かに描いたブッカー賞受賞作。

ハヤカワepi文庫

青い眼がほしい

The Bluest Eye

トニ・モリスン
大社淑子訳

誰よりも青い眼にしてください、と黒人の少女ピコーラは祈った。そうしたら、みんなが私を愛してくれるかもしれないから。美や人間の価値は白人の世界にのみ見出され、そこに属さない黒人には存在意義すら認められない。自らの価値に気づかず、無邪気に憧れを抱くだけの少女に悲劇は起きた——白人が定めた価値観を痛烈に問いただす、ノーベル賞作家の鮮烈なデビュー作

ハヤカワepi文庫

ハヤカワepi 文庫は，すぐれた文芸の発信源（epicentre）です。

訳者略歴　1944年生，東京大学仏文科卒，東京外国語大学名誉教授
著書『ミラン・クンデラの思想』，『グロテスクな民主主義』他
訳書『人間の顔をした野蛮』レヴィ（早川書房），『詩におけるルネ・シャール』ヴェーヌ（第七回日仏翻訳文学賞），『無知』クンデラ，『レ・ミゼラブル』ユゴー他

生《せい》は彼方《かなた》に

〈epi 8〉

二〇〇一年七月十五日　発行
二〇一四年九月十五日　三刷

（定価はカバーに表示してあります）

著者　ミラン・クンデラ
訳者　西《にし》永《なが》良《よし》成《なり》
発行者　早川浩
発行所　株式会社早川書房
郵便番号　一〇一－〇〇四六
東京都千代田区神田多町二ノ二
電話　〇三－三二五二－三一一一（大代表）
振替　〇〇一六〇－三－四七七九九
http://www.hayakawa-online.co.jp

乱丁・落丁本は小社制作部宛お送り下さい。
送料小社負担にてお取りかえいたします。

印刷・中央精版印刷株式会社　製本・株式会社明光社
Printed and bound in Japan
ISBN978-4-15-120008-3 C0197

本書は活字が大きく読みやすい〈トールサイズ〉です。